BERÜHMTE SPIONAGEFÄLLE

WAFFENSCHMUGGEL

Eric Ambler

WAFFEN-SCHMUGGEL

Titel der Originalausgabe: „Passage of Arms“

Aus dem Englischen übersetzt von Tom Knoth

ISBN 2-8302-1071-9
(Erschienen beim Diogenes Verlag: ISBN 3-257-20364-0)

17 047 026 (03)

ERSTES KAPITEL

I

Daß eine Armeepatrouille weniger als eine Meile von seinem Bungalow entfernt einer Terroristenbande aufgelauert hatte, daß fünf Monate später Girija Krishnan, sein indischer Sekretär, ihm gemeldet hatte, von den Trockenplätzen seien drei Zeltplanen verschwunden, und daß drei Jahre danach irgend jemand von einem alten Roller, der einem seiner Kinder gehörte, die Räder abmontiert hatte – das war alles, was Mr. Wright, Manager der Gummiplantage, jemals von der Angelegenheit erfuhr. Da es ihm nie in den Sinn kam, einen möglichen Zusammenhang zwischen diesen drei Vorkommnissen zu vermuten, mußte er ihm auch verborgen bleiben. Es gab damals in Malaya wichtigere Dinge, über die man sich den Kopf zerbrach und die man sich zusammenzureimen versuchte. Gestohlene Zeltplanen und fehlende Räder an einem Kinderroller waren belanglose Rätsel. Und der dritte Vorfall blieb nicht so sehr deswegen im Gedächtnis, weil er ungewöhnlich war, sondern vielmehr, weil er sich in so unmittelbarer Nähe abgespielt hatte.

Mr. und Mrs. Wright saßen gerade beim Frühstück, als sie die Schüsse hörten. Es fing mit ein paar Maschinengewehrsalven an und dauerte mit Unterbrechungen etwa zwei Minuten.

Der Lastwagen, der die Plantagenarbeiter zu ihren Arbeitsplätzen hinausbringen sollte, hatte das Lager noch nicht verlassen. Und obwohl es viel Geschrei und Aufregung gegeben hatte, war nur leichte Verwirrung und keine Panik entstanden. Noch bevor die Schüsse aufgehört hatten, waren die Drahtverhaubarrikaden errichtet und die inneren Verteidigungsposten bezogen worden. Während der anhaltenden Stille, die dann eintrat, beruhigte Mrs. Wright, die eine beherzte Frau war, die Hausangestellten und bestellte frischen Toast und Tee nach, damit sie und ihr Mann das Frühstück beenden konnten.

Um halb neun erschien die Patrouille: fünfzehn malaiische Infanteristen unter dem Kommando eines britischen Leutnants sowie zwei Funker der Royal Air Force. Sie waren wochenlang im Dschungel gewesen und konnten damit rechnen, daß man ihnen nach dem heutigen Erfolg eine Ruhepause gönnen würde. Sie lachten und schwatzten, als sie den steilen Pfad zum Lager hinaufstapften.

Kurz nach ihrem Eintreffen wurde Girija zum Bungalow gerufen. Als er die Stufen zur Veranda hinaufging, sah er, daß der Offizier, auf dessen dschungelgrünes Buschhemd die Schwingen der Fallschirmjäger genäht waren, ein milchgesichtiger blauäugiger Engländer war. Mrs. Wright schenkte ihm eine Tasse Tee ein.

»Alles Chinesen. Sieht so aus, als hätten sie vorgehabt, die Hauptstraße zu verminen«, sagte er. »Wir haben die Bande gefaßt.«

»Gut gemacht«, bemerkte Mr. Wright.

»Hätte besser sein können, Sir.« Der junge Offizier grinste. »Sind alle draufgegangen dabei. Verhören kann man sie nun nicht mehr.«

Mr. Wright lachte in sich hinein. Dann sah er seinen Sekretär draußen auf der Veranda warten und winkte ihn heran.

»Girija, hier ist Leutnant Haynes. Er hat gerade eine Bande von Terroristen erledigt. Ich habe ihm ein paar Männer zugesagt, die ihm beim Beerdigen helfen sollen. Wollen Sie dafür besorgt sein?«

»Selbstverständlich, Sir.« Girija wandte sich mit einer leichten Verbeugung an den Offizier.

Leutnant Haynes lächelte leutselig. »Ich habe zwei Mann dort als Wache zurückgelassen«, sagte er. »Sie werden Ihren Leuten helfen, wenn Sie ein paar Spaten mehr mitschicken. Ich glaube, der Boden ist ziemlich locker. Wird nicht lange dauern. Wenden Sie sich an meinen Sergeanten, damit er Ihnen einen Führer mitgibt.«

»Danke, Sir. Ich werde alles Nötige veranlassen.«

Das Lächeln des Offiziers wurde schwächer. »Schon viele tote Partisanen in dieser Gegend gesehen?« fragte er.

»Nein, Sir. Hatte bisher noch nicht das Vergnügen.«

»Nun gut. Sehen Sie zu, daß Sie die Neuigkeit unter die Leute bringen.«

»Ich verstehe, Sir. Zwei Mann aus jedem Kampong?«

»Recht so. Und sagen Sie ihnen, sie würden noch viele Tote sehen, bevor wir uns geschlagen geben.«

Girija lächelte höflich und trat ab, um die Beerdigungsgesellschaft zusammenzutrommeln.

Über die Hintergründe war er sich im klaren. Seit langem hatten die Behörden die Bewohner der umliegenden malaiischen Dörfer im Verdacht, daß sie den kommunistischen Guerillas Verpflegung und Unterkunft gewährten. Nicht, daß die Dorfbewohner mit den Eindringlingen sympathisierten: aber jede Weigerung, ihnen zu helfen, konnte grausame Vergeltungsmaßnahmen nach sich ziehen, die sie mehr einschüchterten als die Möglichkeit, von den Engländern zu Geldbußen oder anderen Kollektivstrafen verurteilt zu werden. Sie waren kein kriegerisches Volk, ihre Dörfer lagen meist abseits; die britischen Streitkräfte waren dünn gesät. Zu oft schon war offiziell versichert worden, die Polizei und die Armee würden nun die Oberhand gewinnen und seien durchaus in der Lage, die abseits gelegenen Gebiete zu schützen, und zu oft hatten sich derartige Zusicherungen als falsch erwiesen. Die Dorfbewohner glaubten jetzt nur noch das, was sie mit eigenen Augen gesehen oder was ihre eigenen Leute zu berichten hatten. Tote Terroristen zählten nur, wenn ihre Leichen vorgezeigt wurden. Das Beerdigungsunternehmen war also eine Art moralischer Aufrüstung, ein Kunstgriff der Meinungssteuerung.

Girija machte den Vorarbeiter ausfindig und erklärte ihm, was benötigt wurde: je zwei Mann aus den vier benachbarten Dörfern sowie Hacken und Schaufeln. Dann ging er zu dem malaiischen Sergeanten und ließ sich einen Führer geben. Binnen zwanzig Minuten war die Gruppe zum Abmarsch bereit. Offensichtlich hatte der Vorarbeiter gehofft, mitkommen zu dürfen, aber Girija schickte ihn und die restlichen Leute mit dem Lastwagen zur Arbeitsstelle zurück. Er hatte beschlossen, die Leitung des Beerdigungskommandos selber zu übernehmen.

Die Kampfhandlung hatte in einem tiefen Graben stattgefunden, der vom Monsunregen aus dem roten Gestein des Hügelabhangs herausgewaschen worden war. An seinen Rändern wuchsen Bambusgestrüpp, Farnbäume und dichtes Krotonunterholz. Auf diesem unzugänglichen Hügelabhang war der Graben so etwas wie eine natürliche Straße und geradezu ideal für einen Überfall aus dem Hinterhalt.

Zehn Tote lagen dort; vier nur wenige Meter voneinander entfernt, und die übrigen in Abständen von etwa fünfundzwanzig Metern über die ganze Länge des Grabens verteilt. Was sich abgespielt hatte, war völlig klar. Die Patrouille hatte im Unterholz zu beiden Seiten des Grabens in Deckung gelegen und das Feuer in direktem Beschuß eröffnen können, ohne dabei fürchten zu müssen, die eigenen Leute zu treffen oder den Feind unten im Graben zu verfehlen. Die Körperhaltung von einigen Toten ließ den verzweifelten

Versuch ahnen, hinter dem Wurzelwerk eines umgestürzten Baumes Deckung zu suchen. Einer war in den Rücken getroffen worden, als er davonrennen wollte. Ein anderer – seine Leiche lag am weitesten entfernt – hatte noch versucht, das Feuer der Patrouille zu erwidern. Leere Patronenhülsen lagen um ihn verstreut; aber er war tot wie alle anderen. Die Patrouille hatte keine Verluste gehabt.

Die beiden malaiischen Soldaten, die als Wache zurückgeblieben waren, hockten vor einem Spirituskocher, rauchten und machten Tee heiß. Von der Beerdigungsgruppe nahmen sie keine Notiz. Auf einer Zeltplane neben ihnen waren die Waffen und Ausrüstungsgegenstände aufgestapelt, die man den Toten abgenommen hatte: Maschinenpistolen, Kisten mit Munition, Straßenminen und Leinengürtel, in deren Taschen Handgranaten steckten.

Der Soldat, der das Beerdigungskommando vom Lager hergeführt hatte, gesellte sich zu seinen Kameraden. Girija wußte, daß sie beim Schaufeln nicht mithelfen würden, falls ihnen nicht ausdrücklich gesagt wurde, was der Leutnant angeordnet hatte, und er unterließ es, sie zur Arbeit aufzufordern. Als er sich kurz in dem Graben umsah, machte er zwei kleine Entdeckungen. Sie erweckten seine Neugierde und den Wunsch, mehr über die toten Terroristen zu erfahren. Er ließ das Beerdigungskommando mit der Arbeit anfangen und setzte sich in der Nähe auf die Erde.

Zunächst war ihm die Tatsache aufgefallen, daß keinerlei Kochgeräte bei den Toten gefunden worden waren, obwohl man sie durchsucht und ihnen alle Waffen und Ausrüstungsgegenstände abgenommen hatte. Man konnte also mit einiger Sicherheit annehmen, daß ihr Lager nicht weiter als einen Tagesmarsch entfernt war. Was wiederum darauf schließen ließ, daß sie wahrscheinlich von einem der vier Dörfer in der Umgebung der Plantage unterstützt wurden. Wenigstens zwei Männern des Begräbniskommandos mußten sie also – und sei es nur vom Sehen her – bekannt sein.

Die zweite Entdeckung bezog sich auf die Waffen und die übrigen Ausrüstungsgegenstände. Die Maschinenpistolen waren zweifellos neu; nicht unbedingt dem Typ nach neu, aber neu erworben. Sein Vater war *Subahdar* in der britischen Armee gewesen, und Girija hatte seine Kindheit in Kasernen und Mannschaftsquartieren verbracht. Er wußte, wie neue Waffen aussahen und wie schnell sich durch Gebrauch und regelmäßiges Reinigen die Patina der Benutzung einstellte. Mindestens drei der Maschinenpistolen auf der Zeltplane konnten erst kürzlich ausgepackt worden sein; sie waren so wenig benutzt und gereinigt worden, daß an ihnen noch Spuren von braunem Schutzfett sichtbar waren. Ebenfalls neu waren die Munitionskisten, die Minen und die Handgranaten. Die Handgranaten waren zwar alten Typs, aber ihr grauer Farbanstrich war frisch, und die Schrauben blitzten.

Der Graben wurde nur teilweise von den überhängenden Bäumen beschattet, und gegen elf Uhr schien die Sonne direkt hinein. Die Plantagenarbeiter waren Handwerker; sie verstanden sich darauf, die Gummibäume so vorsichtig anzuzapfen, daß sie nicht beschädigt wurden. Gräber schaufeln, und das auf einem Hügel, dessen Boden sich, entgegen den Zusicherungen von Leutnant Haynes, als steinhart erwies, gehörte nicht zu den Arbeiten, die sie mit Begeisterung anpackten. Die Erregung über das Ereignis vom Morgen, über den Anblick von zehn blutigen Leichen, hatte sich schnell gelegt. Als das dritte Grab ausgehoben war, hatten die meisten Männer ihre gewohnte gute Stimmung verloren. Kritische Stimmen über die Soldaten wurden laut, die im Schatten hockten und Tee tranken, während die anderen den Dreck wegräumten, den sie verursacht hatten. Es fielen sogar vernehmliche Bemerkungen, der Sekretär des *Tuan* könnte seine Beliebtheit noch steigern, wenn er selber eine Schaufel anpackte und sich an der Arbeit beteiligte.

Girija überging diese unwürdige Zumutung gleichmütig. Die Unzufriedenheit der Plantagenarbeiter interessierte ihn aus ganz anderen Gründen. Er war sich jetzt nahezu sicher, in welcher Gegend die Bande ihr Hauptquartier aufgeschlagen hatte. Nur zwei Männer des Begräbniskommandos waren unverändert guter Dinge geblieben. Im allgemeinen verstanden Malaien ihre Gefühle nur schlecht zu verbergen, und diesen beiden war die Befriedigung über den Gang der Ereignisse und die Art ihrer Tätigkeit anzumerken, obwohl sie sich alle Mühe gaben, eine finstere Miene zu zeigen wie die anderen. Girija sah sie eine der Leichen mit unmißverständlicher Genugtuung in das Erdloch werfen und sich dann schuldbewußt umblicken, weil sie einander zugegrinst hatten.

Die beiden Männer kamen aus Awang, einem Dorf, das drei Meilen weiter westlich an einem Fluß lag. Früher gab es dort in der Gegend Zinnbergwerke, aber die verminderte Ausbeute und die steigenden Kosten hatten die Minen unrentabel gemacht. Seitdem waren die wenigen Arbeitskräfte von Awang von den Gummiplantagen aufgesogen worden.

Ein paarmal war Girija im Dorf gewesen, um Krankengelder an Familien auszuzahlen, deren Männer im Hospital lagen; aber gut kannte er das Dorf nicht. Es lag am Ende einer kleineren Straße, die in den letzten Jahren so sehr verfallen war, daß man sie praktisch nur noch mit dem Fahrrad benutzen konnte. Hinter den alten Zinnbergwerken erstreckten sich die dschungelbedeckten Hügel bis hin zur thailändischen Grenze. In dieser üppigen Wildnis konnten sich kleine Gruppen trainierter Männer, die sich körperlich und seelisch auf ihre Umgebung eingestellt hatten, nahezu unbegrenzt lange gesund und munter erhalten. Es war damals ebensowenig möglich, diese Gegend polizeilich zu kontrollieren, wie den Strom chinesischer Guerillakämpfer aufzuhalten, der vom Norden her in die Halbinsel eindrang. Dörfer wie Awang wurden zu Stützpunkten für Terroristengruppen, die sich vorsichtig nach Süden auf die politisch gefährdeteren Gebiete von Selangor, Negri Sembilan, Malakka und Johore vorarbeiteten. Wahrscheinlich hatten die Männer, die jetzt verscharrt wurden, nicht weiter als eine Meile von Awang entfernt ihr Lager aufgeschlagen; heute nacht wären sie dorthin zurückgekehrt, hätten Verpflegung empfangen, Nachrichten gesammelt, den Dorfältesten eingeschüchtert und Freiwillige geworben.

Girija ging zu den beiden Plantagenarbeitern hinüber und beobachtete sie beim Zuschaufeln des Grabes. Als er sich ihnen näherte, verstummten sie. Nach einer Weile trat er an sie heran.

»Eine gute Tagesleistung«, bemerkte er.

Sie blickten ihn aufmerksam an.

Er lächelte. »Das Vergangene begräbt sich selbst.«

Das bewirkte ein blödes Grinsen.

»Und ehrliche Leute sind wieder frei«, fügte er hinzu.

Sie arbeiteten weiter. Die Leiche war jetzt mit Erde bedeckt.

»Der *Tuan* war froh«, sagte Girija nachdenklich, »froh, daß keines dieser Schweine von hier ist. Für ihn war es ein Beweis für die Treue und den Mut unserer Leute.«

Wieder sahen sie ihn an. Einer von den beiden murmelte: »Der *Tuan* ist wie ein Vater zu uns.«

»Schade, daß der *Tuan* Leutnant nicht seiner Meinung ist«, fuhr Girija fort.

Sie sahen ihn bestürzt an.

Girija zuckte die Achseln. »Er sagte, daß die Bande erst

kürzlich in diese Gegend gekommen sei. Er meinte, eine Woche sei zu kurz für einen Treuebeweis.«

Jetzt hatte er sie bei ihrer Ehre gepackt. Ihre Bestürzung wurde von Empörung abgelöst. Derjenige von den beiden, der schon vorher gesprochen hatte, ergriff jetzt wieder das Wort. »Der *Tuan* hat recht«, sagte er bestimmt. »Der *Tuan* Leutnant sagt nicht die Wahrheit.«

Wieder zuckte Girija die Achseln. »Es ist ja auch nicht wichtig.«

»Der *Tuan* Leutnant hat unrecht«, beharrte der Mann. »Es waren viele Wochen.«

Girija grunzte zustimmend.

»Viele Wochen«, wiederholte der andere Mann mit Nachdruck.

Girija streckte abwehrend die Hände aus. »Mich geht es nichts an. Vielleicht solltet ihr das dem *Tuan* Leutnant melden.« Er bemerkte die plötzliche Angst in ihren Augen und fuhr beschwichtigend fort: »Ich selbst halte es allerdings nicht für nötig oder angebracht. Die Schweine sind tot. Am besten, man redet nicht mehr davon.«

»Ja, ja. Das ist das beste. Wir wollen es vergessen.«

Girija lächelte wohlwollend und ging weiter. Er wußte, daß sie ihm ängstlich nachblickten und sich fragten, ob er sie an den Leutnant verraten würde. Er hatte nicht die Absicht, das zu tun; aber es war sinnlos, sie beruhigen zu wollen; sie würden ihm doch nicht glauben. Sein Ziel hatte er jedenfalls erreicht, was er wissen wollte, hatte er herausgefunden.

2

Girija wurde in Cawnpore, United Provinces of India, geboren. Seine Eltern waren Bengalen. Er war der einzige Sohn und hatte fünf Schwestern. Als er sechs Jahre alt war, reiste sein Vater, der *Subahdar*, mit einer Abordnung seines Regiments nach London, um im Krönungszug von König Georg VI. mitzumarschieren. Während dieses Aufenthalts nahm der *Subahdar* an einer Stadtrundfahrt teil, bei der er den Tower, die Westminster-Abtei, das Parlamentsgebäude, das Britische Museum, den Gerichtshof, die Battersea-Elektrizitätswerke und aus unerfindlichen Gründen eine Fabrik in Acton zu sehen bekam, in der Autobuskarosserien hergestellt wurden. Beladen mit Souvenirs und voller ehrgeiziger Pläne für seinen Sohn kehrte er nach Indien zurück. Ganz besonders hatte ihn der Gerichtshof beeindruckt. Girija würde Rechtsanwalt werden oder, falls er das nicht erreichte, Polizist.

Girija wurde keines von beiden. Der *Subahdar* fiel in der Schlacht von Alamein, und Girija verbrachte die nächsten drei Jahre in einem Militärwaisenhaus in Benares. Nach Kriegsende schrieb seine Mutter ihrem Bruder, der in Singapur eine Baumwollfirma hatte, ob er sie und die Kinder aufnehmen wollte, da sie von ihrer Witwenpension nicht leben könnten. Die Aussicht auf billige Arbeitskräfte veranlaßte den Bruder, das Geld für die Passage sofort abzuschicken. Im Dezember 1946 reisten sie als Zwischendeckpassagiere von Kalkutta nach Singapur. Die Orden des *Subahdars* und die kostbaren Andenken an seine Reise nach London nahmen sie mit: den Krönungsbecher, die bunten Postkarten, die Zeitungsausschnitte und Photographien, den Aschenbecher aus der Unteroffiziersmesse der Chelsea-Kaserne und den Katalog des Omnibuskarosserien-Fabrikanten.

Im letzten Jahr seiner Waisenhauszeit hatte Girija gelernt, im Geschäftsjargon Briefe zu schreiben, und war in Buchhaltung und Betriebsorganisation unterwiesen worden. Der Onkel in Singapur fand ihn brauchbar; so brauchbar, daß er nach drei Monaten seinen Buchhalter entließ, dem er vierzig Dollar (*Straits*) in der Woche gezahlt hatte, und durch Girija ersetzte, der nur zwanzig bekam. Girija war damals sechzehn Jahre alt. Er blieb zwei Jahre lang in Singapur. In dieser Zeit lernte er Malaiisch und ein paar Brocken Kantonesisch und schloß Freundschaft mit einem Inder, der Mitglied der Parsi-Sekte war und im Büro eines chinesischen Finanzkonzerns arbeitete.

Kapitalknappheit, durch Internierung zerrütteter Gesundheitszustand oder auch nur allgemeine Hoffnungslosigkeit, die von den anfänglichen Erfolgen der Terroristen verursacht wurde, veranlaßten damals viele Engländer in Malaya, ihre Gummiplantagen zu verkaufen. Und das chinesische Syndikat kaufte. Von seinem indischen Freund, dem Parsi, erfuhr Girija, daß der neue Manager eines kürzlich erworbenen Grundstücks im Norden über das Büro in Singapur einen Sekretär angefordert hatte.

Der Onkel war sehr erzürnt über Girijas Entschluß, ihn zu verlassen. Er erging sich in dunklen Drohungen, ihn mit Hilfe eines gerichtlichen Zahlungsbefehls zur Erstattung der Passagekosten zu zwingen. Zu seiner Überraschung blieb der Bluff ohne Wirkung. Nicht nur, daß Girija, den er für einen nachgiebigen und etwas furchtsamen jungen Mann gehalten hatte, ihn laut auslachte und jeden Respekt vermissen ließ, er drohte auch noch, Mutter und Schwestern mit sich nach Norden zu nehmen, falls deren Bezahlung nicht sofort verdoppelt würde. Ein lautstarker bengalischer Familienstreit entwickelte sich, in dessen Verlauf Girija eine weitere und viel ernstere Drohung ausstieß. Er hatte insgeheim eine Aufstellung der Konten seines Onkels verfertigt und war nun entschlossen, sie dem Inspektor der Steuerbehörde zu schikken. Der Onkel weinte und redete von der Undankbarkeit seines Neffen, gab jedoch klein bei. Girijas Mutter umarmte den Sohn voller Stolz und erklärte, daß er sich seines Vaters würdig erwiesen habe.

Als die Zeit zur Abreise gekommen war, bat sich Girija jedoch von all den Sachen, die seinem Vater gehört hatten, nur eine einzige aus: den Katalog der Autobuskarosserie-Fabrik. Seine Schwestern waren erleichtert. Sie hatten befürchtet, daß er als Mann die Orden des *Subahdars* beanspruchen würde.

Der Katalog war ein Buch im Quartformat, dessen brauner Deckel in erhabenen grünen Lettern den Namen des Fabrikanten trug. Der Band enthielt achtundvierzig Seiten aus satiniertem glänzendem Papier, auf denen, neben den farbigen Abbildungen ihrer Außen- und Innenansichten, zwanzig verschiedene Bustypen aufgeführt und bis ins einzelne beschrieben waren. Es gab Doppeldeck- und Eindeckbusse; Busse, in denen der Fahrer selbst kassierte, und Busse, die einen Schaffner erforderten. Es gab Zwölf-, Vierundzwanzig- und Sechzigsitzer; Busse für den Überlandverkehr und Busse für den Stadtverkehr, für kalte und für warme Gegenden. Der Einband hatte Eselsohren bekommen, und vom vielen Umblättern hatten sich ein paar Seiten gelöst. Ein Tintenfleck zierte die Titelseite. Der Katalog war Girijas kostbarster Besitz.

Als kleiner Junge hatte er stundenlang darin geblättert, die Abbildungen betrachtet und den Text wieder und wieder gelesen, bis er ihn schließlich auswendig kannte. Im Waisenhaus, getrennt von Mutter und Katalog, hatte er Trost darin gefunden, daß er sich den Text vorsprach. Er fing an mit dem Vorwort des Vorsitzenden des Aufsichtsrates:

»Indem wir diese, die achtzehnte Ausgabe unseres Katalogs mit, wie ich glaube, berechtigtem Stolz unseren Kunden in aller Welt vorlegen, sind wir uns bewußt, daß . . .«, und endete mit der genauen Beschreibung eines vierzigsitzigen Mittelstreckenbusses (erhältlich auf A.E.C. oder Commer-Chassis), *»wie er auch der argentinischen Regierung geliefert wurde. Preis 8.586 Pfund, ab Schiff London.«*

Eines Tages hatte er in Benares einen neuen Bus gesehen, in dem er eine Abwandlung eines der im Katalog aufgeführten Typen zu erkennen glaubte. Der Bus war gerade im Anfahren, und Girija mußte fast eine halbe Meile laufen, ehe er ihn an der nächsten Haltestelle einholen konnte. Noch außer Atem suchte er nach dem Firmenschild des Karosserie-Herstellers. Als er es endlich entdeckte, war der Bus schon wieder im Anfahren. Girija erfaßte eine Welle freudiger Erregung; es war das richtige Firmenschild gewesen. Von diesem Augenblick an wußte er genau, was er auf dieser Welt tun wollte. Er würde einen Autobusdienst betreiben.

Auf dem Geschäftspapier seines Onkels schrieb er von Singapur aus seinen ersten Brief an den Karosserie-Hersteller. Seit einiger Zeit war er sich bewußt geworden, daß der Originalkatalog aus London, so teuer er ihm war und immer bleiben würde, inzwischen längst veraltet sein mußte. Dennoch fiel es ihm nicht leicht, die neueste Ausgabe zu bestellen. Aus irgendwelchen ihm selber unerfindlichen Gründen kam es ihm wie Verrat vor.

Das Eintreffen des Katalogs bereitete ihm dann Sorgen anderer Art. Der Katalog selbst war großartig; aber unglücklicherweise war er mit einem höflichen Schreiben des Verkaufsmanagers übersandt worden, der ihm darin mitteilte, daß der Fernost-Vertreter der Firma, Mr. W. W. Belden, demnächst in Singapur eintreffen würde, um den Bedarf seines Omnibusparks an Ort und Stelle persönlich mit ihm durchzusprechen. Wochenlang war Girija voller Angst vor Mr. Beldens drohender Ankunft ins Büro seines Onkels gegangen und hatte sich vor den beschämenden Szenen gefürchtet, die sich abspielen mußten, sobald die Wahrheit herauskam. Aber Mr. Belden war niemals eingetroffen, und nach einer gewissen Zeit hatte Girija den einzig richtigen Schluß daraus gezogen. Mr. Belden mußte sich über die Finanzlage seines Kunden informiert und beschlossen haben, keine Zeit an ihn zu verschwenden.

Seine Vorsicht war verständlich. Der billigste Vierundzwanzigsitzer kostete zur Zeit mehr als 3000 Pfund; also fast doppelt soviel wie der billigste Bus, der im Katalog von 1937 aufgeführt war. Eines aber hatte Girija im neuen Katalog besonders interessiert: der Auszug aus einem Artikel, der einer Fachzeitschrift für Straßenverkehrsmittel entnommen war. Er fand heraus, daß die Zeitschrift in Singapur erhältlich war, und wurde Abonnent. Diese Lektüre machte ihn mit den wirtschaftlichen Problemen öffentlicher Verkehrsbetriebe vertraut. Als er die Stellung bei Mr. Wright antrat, hatte er bereits eine recht klare Vorstellung von der Möglichkeit, seinen Traum zu verwirklichen. Falls er sich nicht ein Betriebskapital von mindestens zwanzigtausend Dollar (*Straits*) verschaffte, waren seine Chancen, einen Überland-Busverkehr in bescheidenem Umfang aufnehmen zu können, gleich Null.

3

Girija wohnte auf der Plantage in einem Einzimmer-*Atap*-Haus, das ihm von einem der im Wrightschen Haushalt beschäftigten Diener saubergehalten wurde. In dem etwa sechs Meilen entfernten Dorf lebten indische Familien, die seiner eigenen Kaste angehörten; sonntags radelte er zum Frühstück hinüber. In einer der Familien gab es eine hübsche Tochter – Sumitra –, die er eines Tages zu heiraten gedachte. In der Woche jedoch zwang ihn das Ausgehverbot, zu Hause zu bleiben, und dort bereitete er sich seine Mahlzeiten selber. Manchmal ging er nach dem Abendessen ins Büro zurück, um vor dem Zubettgehen noch etwas zu arbeiten; an anderen Abenden stellte er Radio Malaya an, las und träumte.

An jenem Tag, an dem der Feuerüberfall stattgefunden hatte, blieb er abends länger im Büro, um die Zeit, die ihn das Begräbniskommando gekostet hatte, wieder aufzuholen. Am nächsten Morgen würde er mit Mr. Wright zur Bank nach Bukit Amphu fahren, um den Scheck für die Wochenlöhne einzulösen, und er hatte die Kontrollkarten noch nicht fertig ausgefüllt.

Diese Arbeit erforderte Sorgfalt und Konzentration, und er war froh darüber, denn so wurde der Augenblick hinausgeschoben, in dem sich jene gefährlichen Gedanken wieder einstellen würden, die ihm am Morgen gekommen waren. Was er selber am Ort der Kampfhandlung beobachtet hatte und was er sich von den beiden Zapfern hatte erzählen lassen, versetzte ihn in die Lage, sich ein einigermaßen zutreffendes Bild von den letzten Tagen der toten Männer zu machen.

Sie waren erst kürzlich aus dem Norden hierher gekommen und noch ziemlich unerfahren gewesen. Davon war er überzeugt. Allein schon die Tatsache, daß sie den bequemen Weg durch das ausgetrocknete Flußtal benutzt hatten, bewies es. Zugegeben, sie hatten eine Menge zu schleppen gehabt, aber das entschuldigte noch nicht ihre Unvorsichtigkeit. In einer Gegend, wo britische Patrouillen durch die R.A.F. versorgt wurden – ein Umstand, der ihnen kaum verborgen geblieben sein konnte –, hatten sie es nicht einmal für nötig befunden, Späher auszusenden, um den Weg zu erkunden; sie waren geschlossen in die Falle marschiert.

Der Leutnant meinte, sie seien unterwegs gewesen, um die Hauptstraße zu verminen. Girija war anderer Ansicht. Die Munitionsmengen, die sie mit sich führten, standen zu einem solchen Unternehmen in gar keinem Verhältnis. Und wenn sie sich tatsächlich so weit von ihrem Stützpunkt entfernt hätten, wie sollte man sich dann das Fehlen von Kochgeräten und Verpflegung erklären? Dafür konnte es, Girijas Meinung nach, nur eine einzige Erklärung geben: Was die Patrouille des Leutnants da abgefangen hatte, mußte eine Nachschubkolonne gewesen sein, unterwegs, um weiter südlich operierende Banden mit Minen und Munition zu versorgen.

Als Girija an diesem Punkt seiner Überlegungen angekommen war, begann sein Herz schneller zu schlagen, und er spürte ein unangenehmes Gefühl in der Magengrube. Wenn seine Vermutungen zutrafen, dann konnte das nur eines bedeuten: Der Stützpunkt bei Awang war ein Waffenlager der Partisanen.

Er beendete seine Arbeit, schloß das Büro ab und ging langsam über den Hof zu seinem Haus zurück. Es war eine warme, feuchte Nacht. Er zog Hemd und Khakishorts aus, wusch sich sorgfältig von Kopf bis Fuß und zog dann einen *Dhoti* an. In einem eisernen Kochtopf stand Linsensuppe bereit. Er steckte den Ölbrenner an, stellte den Topf darauf, setzte sich hin und wartete. Was ihn beunruhigt hatte, war eigentlich nicht so sehr der Inhalt seiner Gedanken gewesen, sondern vielmehr die Art und Weise, wie sie ihm gekommen waren. Girija hielt sich weder für grundehrlich noch für sonderlich unehrlich, für unbestechlich oder korrupt, für gesetzestreu oder pflichtvergessen. Seine Vorstellung von sich selbst ließ sich nicht in derartige Begriffe pressen. Bisher hatte er noch jede seiner Schwierigkeiten dadurch meistern können, daß er sie als eine einfache Frage der Entscheidung zwischen zwei Möglichkeiten auffaßte. Entscheidung A wäre klug (vorteilhaft). Entscheidung B töricht (unvorteilhaft). Es war eine beunruhigende Entdeckung gewesen, daß er sich in Gedanken eifrig mit der Möglichkeit befassen konnte, ein schweres Verbrechen zu begehen, und sich dabei erst reichlich spät – und angewidert – des dornigen Tugendpfades entsann.

Denn um ein schweres Verbrechen würde es sich zweifellos handeln.

Er hatte von den versteckten Waffenlagern gehört. Man wußte, daß die Waffen von berufsmäßigen Schmugglern hereingebracht wurden, die von jenseits der thailändischen Grenze operierten und andere Wege benutzten als die Partisanen. Eine Anzahl derartiger Lieferungen war abgefangen worden. Aber es wurde allgemein angenommen, daß eine weitaus größere Anzahl jedesmal durchkam. Terroristen, die man weit im Süden, in der Gegend von Kuala Lumpur, gefangengenommen hatte, waren im Besitz ansehnlicher Mengen von Waffen, Munition und Handgranaten gewesen, vom gleichen Muster wie die im Norden erbeuteten. Man sagte, es gebe in ganz Malaya nicht genug Truppen, um die Grenze nach Thailand wirksam abzuschirmen.

Kurz bevor das Beerdigungskommando an jenem Vormittag seine Arbeit beendet hatte, waren der malaiische Sergeant und vier weitere Soldaten eingetroffen. Sie trugen Bambusstangen, an denen Kisten hingen. Die Munition und die Granaten wurden in die Kisten gepackt und zur Plantage geschafft. Während sie die Maschinenpistolen einsammelten, hatte Girija dem Sergeanten eine Frage gestellt.

Der Sergeant hatte auf die Maschinenpistole, die er in

seinen Händen hielt, hinuntergeblickt und die Achseln gezuckt. »Woher soll ich wissen, was sie kosten?«

»Aber wissen Sie denn nicht, wieviel Ihre eigene kostet, Sergeant? Nehmen wir an, einer von Ihren Leuten hätte eine verloren.«

»Er käme vors Kriegsgericht.«

»Aber sicherlich würde man ihm doch den Sold kürzen?«

»O ja. Um zweihundert Dollar vielleicht.«

»So viel?«

»Maschinenpistolen wachsen schließlich nicht auf Bäumen.«

Der Sergeant war fortgegangen. Girija hatte sich umgedreht und die Reihe der Gräber überblickt. Jeder der Toten hatte eine Maschinenpistole gehabt; und Munition war nicht billig. Was die zehn Männer geschleppt hatten, mochte gut und gern dreitausend Dollar wert sein. Es müßte interessant sein zu erfahren, wieviel mehr es dort, woher sie gekommen waren, noch von dem Zeug gab.

Die Suppe fing an zu blubbern. Er goß sie in eine Schüssel, und als sie ein wenig abgekühlt war, begann er zu essen.

Auf illegalen Waffenbesitz stand Todesstrafe. Ob bereits das Wissen von der Herkunft geschmuggelter Waffen als gleichbedeutend mit deren Besitz galt und ob die Verheimlichung solchen Wissens die gleiche Strafe nach sich zog, wußte er nicht. Eines war klar: der illegale *Verkauf* geschmuggelter Waffen war zweifellos eine Sache, für die man aufgeknüpft wurde; ganz gewiß jedenfalls, solange die Notstandsgesetze in Kraft blieben. Am besten ginge er unverzüglich zu Mr. Wright und schenkte ihm reinen Wein ein.

Aber worüber sollte er ihm eigentlich reinen Wein einschenken? Denn er *wußte* ja gar nichts von einem Waffenlager. Er glaubte nur, daß es eines gäbe. Und wo? Wenn seine Überlegungen zutrafen, dann befand sich das versteckte

Waffenlager in einem Dschungelgebiet von mindestens drei Quadratmeilen Ausdehnung. Durchaus möglich, daß es unauffindbar blieb. Mr. Wright würde ihm für eine erfolglose Suchaktion nicht dankbar sein. Und die Polizei ebenfalls nicht. Und wenn es dann eines Tages für ihn soweit wäre, die Konzession für einen örtlichen Omnibusdienst zu beantragen, dann könnte ihnen wieder einfallen, welchen Ärger er verursacht hatte, und das würde sie gegen ihn einnehmen. Nein. Das beste war, gar nichts zu unternehmen.

Er aß seine Suppe und fühlte sich besser. Er war wieder ein unbescholtener Mann, der friedlich sein Abendessen verdaute. Was sollte er mit geschmuggelten Waffen anfangen? Würde er sie jemals verkaufen können? Natürlich nicht. Wer sollte sie denn kaufen? Und angenommen, andere wüßten von dem Waffenlager – wenn es ein solches gab. Zehn Mann waren getötet worden; aber angenommen, es wären einige Mitglieder der Terroristenbande dort zurückgeblieben. Es konnte höchst gefährlich sein, die Gegend nach dem Lager abzusuchen. Abgesehen davon bestand die Möglichkeit, daß der eine oder andere der Männer, die in Awang lebten, schon wußte, wo es sich befand. Sehr wahrscheinlich war das allerdings nicht; die Guerillas hatten ihre unfreiwilligen Gastgeber schwerlich ins Vertrauen gezogen; aber irgend jemand konnte es zufällig entdeckt haben. Natürlich würde niemand aus dem Dorf den Mut haben, die Polizei zu informieren; jedenfalls nicht sofort. Es müßte erst eine angemessene Zeit verstreichen, bevor das Versteck ›zufällig‹ entdeckt werden könnte. Besser wäre, es würde einfach vergessen werden. Und das war es vielleicht, was er tun sollte: die Geschichte vergessen. Schließlich konnte er später wieder darauf zurückkommen, wann immer es ihm paßte.

In einer Ecke des Zimmers stand ein Metallkoffer. Er bewahrte seine Kataloge und Fachmagazine darin auf und den Fahrplan für einen geplanten täglichen Busdienst, der zehn der wichtigsten Gummiplantagen des Distrikts mit dem sechzehn Meilen entfernten Bukit Amphu verbinden sollte. Er nahm den Fahrplan heraus, überlas ihn aufmerksam und begann, die eine oder andere lange bedachte Abänderung einzutragen.

4

Ein Monat verging, bevor Girija irgend etwas unternahm, um das Waffenlager ausfindig zu machen.

Im Distrikt war keine besondere Patrouillentätigkeit gemeldet worden, und die Guerillaüberfälle in der Provinz hatten sich auf näher an der Küste gelegene Gebiete konzentriert. Girija hatte die Männer von Awang wachsam im Auge behalten und nichts Ungewöhnliches an ihrem Verhalten bemerken können. Aber mit dieser Beruhigung kamen neue Zweifel. Wenn kein Waffenlager entdeckt worden war, dann womöglich aus dem einfachen Grunde, weil es keines gab.

Tatsächlich war es die wachsende Überzeugung, sich geirrt zu haben, die ihm den Mut zu allem Weiteren gab. Wo es nichts zu finden gab, sagte er sich, konnte das Suchen auch nicht strafbar sein.

Um den ersten Teil seines Planes auszuführen, mußte er sich einen plausiblen Vorwand ausdenken, der es ihm erlaubte, wiederholt in die Gegend von Awang zu fahren. Das Dorf selbst würde er umgehen können, aber er mußte die dorthin führende Straße eine Meile oder länger benutzen. Unvermeidlich, daß er dabei Männern begegnete, die ihn kannten und die schwätzen oder ihn ausfragen würden. Zunächst erschien diese Schwierigkeit unüberwindlich; aber schließlich kam ihm ein Einfall.

Der Latex, den die Plantage produzierte, wurde mit Lastwagen dreißig Meilen nach Süden zum Hafen Kuala Pangkalan transportiert und ging von dort per Schiff nach Singapur. Seitdem der Ausnahmezustand herrschte, mußten die Lastwagen, die von der Küste heraufkamen, von Panzerfahrzeugen begleitet werden und konnten daher die Fahrt nicht mehr so häufig machen. Mr. Wright hatte schon seit einiger Zeit davon gesprochen, daß zusätzliche Lagerschuppen gebraucht würden, und deswegen auch schon mit Singapur korrespondiert. Das Büro in Singapur hatte gezögert, die Ausgabe zu bewilligen. Girijas Idee war, die neuen Schuppen zum Vorwand für seine Fahrten nach Awang zu nehmen.

In der Nähe der stillgelegten Zinnbergwerke gab es eine Anzahl verfallener Wellblechhütten, die als Büros, Lagerräume und Reparaturwerkstätten gedient hatten. Girija schrieb an die Zentralverwaltung der Bergwerksgesellschaft in Kota Bharu und bat um die Erlaubnis, das verlassene Werkgelände zu besichtigen, wobei er durchblicken ließ, daß man für das Baumaterial der Hütten ein Kaufangebot machen würde.

Mr. Wright sagte er nichts davon. Und sollte Mr. Wright etwas zu Ohren kommen, so wäre das auch nicht sehr schlimm. Mr. Wright würde ihm sogar anerkennend auf die Schulter klopfen, weil er aus eigener Initiative und mit so viel Eifer versucht hatte, das Problem der fehlenden Lagerräume zu lösen. Aber Mr. Wright würde ihm auch etwas sagen, was er schon wußte: daß nämlich die rostzerfressenen Wellblechhütten der Bergwerksgesellschaft nicht einmal ihre Abbruchskosten wert wären und daß ihre Besichtigung Zeitverschwendung sei.

Die Bergwerksgesellschaft antwortete mit verständlicher Begeisterung, Mr. Kishnan habe uneingeschränkte Erlaubnis, die Anlagen jederzeit zu besichtigen. Das war alles, was er brauchte. Die Leute, die ihm dort begegneten, würden niemals herausbekommen, wie viele Besichtigungen er schon gemacht hatte und wie viele noch erforderlich wären. Man würde annehmen, er handele auf Anweisung von Mr. Wright. Und sollte es hart auf hart gehen, dann konnte er immer den Brief vorweisen.

Am nächsten Sonntag radelte er nach Awang. Unmittelbar vor dem Dorf bog er in einen überwachsenen Pfad ein, der von der Straße fort und zum Gelände der Bergwerksgesellschaft führte. Er begegnete niemandem.

Erdschürfungen hatten in der Flußbiegung ein Gebiet von etwa zwanzig Hektar gelichtet. Kein fruchtbarer Boden war geblieben, auf dem der Dschungel hätte nachwachsen können, und unter einer dünnen Schicht von Unterholz und Unkraut waren immer noch die braunen, vom Schürfen herrührenden Schrunden sichtbar. Girija ging am Ufer entlang zu den Überresten eines Gebäudes, das einmal eine große Kreiselpumpe beherbergt hatte, und gab sich den Anschein, als ob er das Gebäude besichtige und sich dabei Notizen mache. Dies geschah für den Fall, daß irgend jemand ihn gesehen hatte und ihn vom anderen Flußufer aus beobachtete. Nach ein paar Minuten entfernte er sich; er bemühte sich, nicht ins Sichtfeld des jenseitigen Ufers zu geraten, bis er hinter ein paar Bäumen Deckung fand.

Er hatte die Schwierigkeiten, die das Absuchen der Gegend mit sich brachte, lange und sorgfältig bedacht. Die einzige im Maßstab große Landkarte, die er normalerweise hätte einsehen können, war ein Meßtischblatt, auf dem die Grenzen der Plantage eingezeichnet waren. Unglücklicherweise waren zum damaligen Zeitpunkt die Ausgabe und Aufbewahrung solcher Karten an strikte Sicherheitsvorschriften gebunden; und so mußte sie in Mr. Wrights persönlichem

Safe verwahrt werden. Girija war gezwungen, sich auf seine nicht allzu deutliche Erinnerung an die Karte zu verlassen.

Das Bild, das ihm vor Augen stand, zeigte drei parallel verlaufende Hügelketten mit enggezogenen Höhenlinien, die wie Stufen aussahen. Das bedeutete – er wußte es –, daß die Abhänge steil waren und tiefe Schluchten zwischen den Bergketten lagen. Viel war es nicht, wonach er gehen konnte, aber es war immerhin etwas. Selbst unerfahrene Männer, so glaubte er, würden nicht ausgerechnet eine Schlucht zum Stützpunkt ausbauen, ebensowenig wie sie sich den Gipfel eines Bergrückens aussuchen würden. Insofern waren die abzusuchenden Gebiete begrenzt. Und noch einen weiteren Umstand galt es zu bedenken. Selbst wenn sie nur kleine Mengen von Waffen und Munition zu lagern gehabt haben sollten, würden sie doch versucht haben, dafür einen einigermaßen wettergeschützten Platz zu finden. Daß es Höhlen dort gäbe, hielt er für unwahrscheinlich; aber an den steileren Hängen mußten während der Monsunzeiten, wenn größere Bäume entwurzelt wurden, tiefe Löcher entstanden sein. Derartige Löcher ließen sich mit Leichtigkeit in Unterstände verwandeln. Alles in allem schien es am vernünftigsten zu sein, mit der Suche bei den oberen Hängen anzufangen.

Das versuchte er zu tun. Und beinahe wäre dieser erste Sonntagsausflug auch der letzte gewesen. Er brauchte eine Stunde, um dreihundert Meter am Hang des ersten Bergrückens hinaufzuklettern, und fast ebenso lange, um wieder herunterzukommen. Seine Kleidung wurde zerrissen, seine Haut an Armen und Beinen zerkratzt, und am Ende war er völlig erledigt. Zudem bekam er es mit der Angst zu tun. Wenn ihn jetzt ein patrouillierender Polizist nach der Ursache seiner Schrammen und Kratzer befragen sollte, müßte er sich sehr anstrengen, um eine überzeugende Ausrede zu erfinden.

Er schaffte es, ungesehen in sein Haus zurückzukehren. Aber der Ausflug hatte ihn viel Nerven gekostet, und er beschloß, das ganze Vorhaben aufzugeben. Dann, als die Schrammen an seinen Armen und Beinen heilten, begann er erneut über die Sache nachzudenken. Keiner der getöteten Männer hatte Kratzer an Armen und Beinen gehabt. Das bedeutete, daß sie einen bequemen Weg zu und von ihrem Versteck benutzt hatten. Der Reiz dieser Folgerung stellte seine Zuversicht wieder her.

Beim nächsten Mal versuchte er nicht mehr, den Dschungel zu durchdringen. Statt dessen arbeitete er sich am Rand entlang vor und hielt Ausschau nach gangbaren Pfaden ins Innere. Er entdeckte mehrere und merkte sie sich für später.

Am folgenden Sonntag begann er mit einer systematischen Suche. Er hatte aus seinem anfänglichen Irrtum viel gelernt. Wurde der Weg allzu beschwerlich, dann versuchte er nicht, auf Biegen und Brechen weiterzukommen, sondern ging zurück und suchte einen anderen Pfad, der die Stelle umging. Es war ihm inzwischen klar geworden, daß er nicht hoffen konnte, jemals das ganze Gebiet auch nur annähernd zu durchkämmen. Aber er hatte eine philosophische Gelassenheit entwickelt; die Suche war eine Art Sport für ihn geworden, und obschon er nicht mehr damit rechnete, das Spiel zu gewinnen, war er noch nicht bereit, die Niederlage einzugestehen.

Acht Wochen später fühlte er sich zum erstenmal ermutigt. Entlang eines Hügelabhangs war er einem ausgetrockneten Flußbett eine weite Strecke stromaufwärts gefolgt. Zu beiden Seiten wuchs jene Art Rohrdickicht, die er inzwischen zu meiden gelernt hatte. Es war zwecklos, sich hindurchschlagen zu wollen. Man konnte das Dickicht nur umgehen; und häufig bedeckte es ausgedehnte Flächen. Als dann das Flußbett scharf nach links bog, blieb er stehen.

Stücke von Bambusrohr lagen umher. Sein erster Gedanke war, irgendein Tier, das auf der Suche nach Nahrung zwischen den Wurzeln gewühlt hatte, müßte sie abgebrochen haben. Dann sah er, daß sie abgeschnitten worden waren.

Er stutzte und blieb einen Augenblick reglos stehen. Die Kerben auf dem Bambusrohr ließen keine Täuschung zu. Sie waren mit einer Messerklinge geschnitten worden. Er untersuchte den Rand des Dickichts sorgfältig. In einer Breite von etwa einem halben Meter war das Unterholz dünner und grüner, und in der Nähe des Bodens entdeckte er inmitten junger Triebe kurze Stümpfe von älterem Gestrüpp. Irgendwann vor noch nicht allzu langer Zeit hatte hier jemand einen Pfad geschlagen.

Es war spät geworden, und er hatte sich mehr als anderthalb Meilen von den Zinngruben entfernt und auch von dem Schuppen, in dem er sein Fahrrad zurückgelassen hatte. Er beschloß, die weitere Untersuchung bis zum nächsten Sonntag aufzuschieben. Unter dem Vorwand, eine Bestandsliste aufnehmen zu müssen, ging er in der Woche zum Werkzeugmagazin, lieh sich einen der sogenannten *Parangs* aus, ein langes Hackmesser, das von den Plantagenarbeitern zum Ausschneiden von Gestrüpp und Unterholz benutzt wurde, und versteckte ihn in seinem Zimmer. Am Sonntagmorgen wickelte er den *Parang* in Zeitungspapier, band ihn an die Lenkstange seines Rades und fuhr in aller Frühe nach Awang.

Er fand den Weg zum Rohrdickicht ohne Schwierigkeit wieder und begann unverzüglich, sich mit dem *Parang* einen Pfad hindurchzuschlagen. Die neuen Triebe waren noch recht zart, und er kam gut voran. Er hatte keine Angst, etwa überlebenden Mitgliedern der Bande zu begegnen. Wenn dies tatsächlich der Weg zu ihrem Lager sein sollte, war er seit Monaten nicht benutzt worden.

Der Pfad führte bergauf. Nachdem er etwa fünfzehn Meter gegangen war, lichtete sich das Unterholz, und er fand sich auf einem flachen Vorsprung, von dem aus er auf das Flußbett hinabsehen konnte. Auf dem Boden waren ein paar Äste zu einer Art Sitzgelegenheit zusammengestellt. Es sah aus, als habe der Vorsprung als Ausguck gedient, von dem aus ein Posten den Zugang längs des Flußbettes überblikken konnte. Ein ausgetretener Pfad führte rechts weiter. Mit pochendem Herzen folgte er ihm.

Das Lager befand sich in einer Lichtung, die durch überhängende Äste eines großen Baumes vor Sonne und Fliegereinsicht geschützt war. Vor Girija waren die Dschungelaffen bereits hiergewesen. Kleidungsstücke waren zerrissen worden und lagen über die Lichtung verstreut zwischen Kochgeschirren und leeren Reistüten herum. Eine Metallkiste war das einzige, was ihrer Aufmerksamkeit entgangen zu sein schien. Sie war mit Flugblättern vollgepackt, die in chinesischer und malaiischer Sprache verfaßt waren und die Bevölkerung von Malaya aufforderten, sich gegen die imperialistischen Ausbeuter zu erheben und eine Volksdemokratie zu gründen.

Es gab noch einen weiteren Pfad, der von der Lichtung hinunterführte, und Girija folgte ihm. Etwa zwölf Meter weiter unten war eine Grube ausgehoben worden, die sie als Latrine benutzt hatten. Er ging langsam zur Lichtung zurück. Während der langen Suche nach dem Lagerplatz hatten sich seine Zweifel verflüchtigt. Jetzt waren sie wieder da, und er bekam die Bitterkeit der Niederlage zu spüren. Leutnant Haynes hatte recht gehabt. Er, Girija, hatte sich geirrt. Sonntag auf Sonntag hatte er die Freuden des gemeinsamen Frühstücks bei seiner zukünftigen Schwiegermutter und die sanften Blicke Sumitras gegen sinnlose Streifzüge durch den Dschungel eingetauscht, um einer Illusion nachzujagen. Es gab kein geheimes Waffenlager; es hatte nie eines gegeben.

Er war schon im Begriff umzukehren, als sein Fuß gegen etwas stieß; es klirrte. Er blickte nach unten. Auf dem Boden lag eine Patronenhülse aus Messing. Als er sich bückte, um sie aufzuheben, sah er noch eine. Einen Augenblick später hatte er drei weitere gefunden. Verdutzt starrte er auf die Messinghülsen. Sie waren vom Kaliber 0,303 Zoll. Er suchte den Boden noch einmal ab und fand, wonach er Ausschau gehalten hatte: den Ladestreifen, der die fünf Patronen enthalten hatte.

Es gab keinerlei Zweifel. Hier war ein Gewehr vom Kaliber 0,303 Zoll abgefeuert worden. Am Ort der Kampfhandlung hatte man aber kein einziges Gewehr gefunden. Und keine der Waffen war vom Kaliber 0,303 Zoll gewesen. Wo also war das Gewehr? Zunächst suchte er sorgfältig den Lagerplatz ab. In einer Teakholzkiste fand er einen kleinen Radioapparat, mit dem man nur einen bestimmten Sender empfangen konnte; aber kein Gewehr. Er begann den Hügelabhang oberhalb des Lagers abzusuchen und folgte jeder Spur, die so aussah, als ob sie möglicherweise einmal als Pfad benutzt worden sein könnte. Nach etwa einer Stunde stand er vor einem Bambusdickicht, aus dem eine Anzahl dicker Triebe herausgeschnitten waren. Und dann, etwa zwölf Meter entfernt, sah er es.

Zwischen dem steilen Berghang und einem Baumstamm war ein dreieckiges Bambusdach ausgespannt. Zusammengeflochtene Rohrmatten schlossen die Hütte seitlich ab.

Girija arbeitete sich heran, rutschte und schlitterte auf dem schwammigen Laubteppich vorwärts und hieb wie wild mit dem *Parang* auf das Unterholz ein, das ihm den Weg versperrte. Als er die Hütte erreicht hatte, stand er einen Augenblick atemlos da und versuchte, sich auf die niederschmetternde Enttäuschung gefaßt zu machen, die ihm eine leere Hütte bereiten würde. Dann zog er eine der Matten zur Seite.

Es raschelte heftig, und Girija fuhr zusammen, als irgendein kleines braunes Tier an ihm vorbeistrich und das Freie suchte. Er zog die Matte weiter zurück und blickte ins Innere.

Um einen annähernd rechteckigen Platz zu schaffen, hatte man unterhalb des Bambusdaches den Erdwall begradigt. Der Raum war etwa zwei Meter hoch und drei Meter lang und vom Boden bis unters Dach mit Holz- und Blechkisten vollgestellt.

Er setzte sich auf die Erde, um zu verschnaufen, und starrte die Kisten an. Einige davon, das sah er, waren lang und schmal und hatten Seilgriffe. Eine solche stand ganz in der Nähe der Rohrmatte und sah aus, als sei sie geöffnet worden. Er kletterte hinüber und stemmte den Deckel mit dem *Parang* auf. In der Kiste fand er, sorgfältig auf Gestelle gepackt, sechs Gewehre vom Kaliber 0,303 Zoll. Fünf davon waren dick eingefettet und mit schwerem Ölpapier umwickelt, das den Namen eines belgischen Herstellers trug. Ein Gewehr war ausgepackt worden. Girija nahm es heraus und öffnete das Schloß. Das Gewehr war abgefeuert – wahrscheinlich auf dem Lagerplatz – und ungereinigt zurückgelegt worden. Der Lauf war angerostet.

Girija brummte mißbilligend. So behandelte man kein wertvolles Gut. Er legte das Gewehr in den Kasten zurück und machte sich daran, den restlichen Fund zu untersuchen. Er stellte sehr bald fest, daß weit mehr vorhanden war, als er zunächst angenommen hatte. Es waren zehn Gewehrkisten und mindestens dreißig weitere Kisten und Behälter verschiedener Größen, dazu noch Munitionskästen.

Die größeren Kisten trugen Bezeichnungen, die mit Schablonen aufgemalt waren. Um einen Blick darauf werfen zu können, begann Girija einige von den kleineren Behältern zur Seite zu schieben, und hielt dann plötzlich inne. Er würde sehr bald den Rückweg antreten müssen, und es bestand keine Aussicht, noch an diesem Tag Inventur machen zu können. Übrigens war es auch überflüssig, Inventur zu machen.

Ihm war klar, vorerst berechtigte seine Entdeckung nur zu etwas größerer Hoffnung; natürlich wäre es angenehm gewesen, sich den Wert dieser Dinge in barem Geld vorzustellen, aber Werte, die, wenn überhaupt, erst in ferner Zukunft umgemünzt werden konnten, waren bedeutungslos. Was in nächster Zeit zählen würde, war diese Hoffnung: und wenn sie ihm die Kraft geben sollte, weiterhin ruhig die Fachzeitschriften für das Verkehrsgewerbe zu lesen, in seinen Katalogen zu blättern, hypothetische Fahrpläne zu verbessern und Mr. Wright wie bisher treu zu dienen, kurz und gut, wenn er geduldig und verschwiegen blieb, dann konnte er vielleicht eines Tages sein Ziel erreichen.

5

Drei Jahre wartete er geduldig und unauffällig.

Zu Anfang war es ihm verhältnismäßig leichtgefallen. Es gab genug praktische Dinge, um die er sich kümmern mußte.

Zunächst reinigte er das Gewehr, das abgefeuert worden war, und fettete es gründlich ein. Dann durchdachte er die mit der langfristigen Erhaltung und Lagerung verbundenen Probleme. Bald würde der Monsunregen einsetzen, und das Bambusdach war nicht wasserdicht.

Er beschloß, die Hütte umzubauen. Eines Sonntags schaffte er alle Kisten nach draußen und legte den Boden mit

Bambus aus, damit die Luft genügend zirkulieren konnte. Darüber breitete er eine schwere Zeltplane, die er aus der Plantage entwendet hatte, und stapelte die Kisten darauf. Eine weitere Zeltplane, die mit Draht festgebunden wurde, deckte sie ab. Mit einer dritten verstärkte er das Dach. Auch die Bambusmatten besserte er aus.

Von da an ging er nur noch einmal im Monat hin, um sich zu vergewissern, daß alles in Ordnung war. Er wäre öfter hingegangen, wenn er sich auf sich selbst hätte verlassen können; aber zu seiner eigenen Überraschung hatte er festgestellt, daß er die Geduld leichter bewahren konnte als das Stillschweigen.

Trotz aller Vorsätze fiel es ihm schwer, von dem, was sich im Versteck befand, keine Bestandsaufnahme zu machen, die er in seinem Metallkoffer verwahren könnte. Er wußte, daß es voreilig und sinnlos wäre, eine solche Liste anzulegen. Er wußte, daß seine Lügen nicht überzeugend sein würden, falls Mr. Wright durch irgendeinen Zufall das Dokument zu sehen bekäme. Und doch ließ die Versuchung nicht nach. Zudem hatte sich ein unsinniges Verlangen gemeldet, Sumitra ins Vertrauen zu ziehen, ihre Bewunderung und Anbetung einzuheimsen und ihrer beider Zukunft noch fester miteinander zu verknüpfen. Er wußte, daß sie es bestimmt ihrer Mutter erzählen würde, die es dem Vater sagen würde, der an der Bank in Bukit Amphu arbeitete und ein notorisches Klatschmaul war; trotzdem hatte auch diese Versuchung nicht aufgehört, ihn zu quälen.

Im zweiten Jahr hatte er anderen Kummer. Seine Mutter starb, und an zwei der Kisten, die auf der unteren Zeltbahn standen, hatten sich die Termiten herangemacht. Glücklicherweise bemerkte er es rechtzeitig und konnte den Schaden noch beheben. Die Munitionskisten waren aus Metall, und nachdem er ihnen einen dicken Isolieranstrich gegeben hatte, stellte er sie zuunterst. Die beschädigten Kisten besserte er mit Teakholzstreifen aus und bespritzte alle Holzbehälter mit einer starken Benzin-Hexachlorid-Lösung.

Das zweite Jahr ging vorüber und das dritte. General Templers Politik, die Mitarbeit und den guten Willen der Bewohner von Malaya zu gewinnen und sie in die Abwehrfront gegen die Terroristen einzureihen, war erfolgreich; und im Verlauf dieser Entwicklung wurden die Ausgehbeschränkungen aufgehoben und die Straßensperren beseitigt. Gegenden, die frei von Terroristen waren, wurden als ›weiß‹ erklärt und die Einschränkungen, die den ungeschützten Waren- und Personentransport betrafen, aufgehoben.

Einen Tag nachdem die Provinz, in der er arbeitete, als ›weiß‹ erklärt wurde, schrieb Girija nach England, um einen Buskarosserien-Katalog zu bestellen. Am darauffolgenden Sonntag ging er zum Versteck und verbrachte dort zwei der glücklichsten Stunden seines Lebens, indem er Inventur machte.

ZWEITES KAPITEL

I

Wenn die Gummiplantagen im Pangkalan-Distrikt Latex zu verladen hatten, benachrichtigten sie meistens die Anglo-Malaiische Transportgesellschaft in der Hafenstadt Kuala Pangkalan. Die Gesellschaft schickte dann ihre Lastwagen auf die Reise, um den Latex abzuholen, zeitweilig in ihren Speichern zu lagern und ihn schließlich, wenn aus Singapur die Anweisungen dazu eingetroffen waren, auf einer ihrer großen Motordschunken zu verschiffen.

Begründer, Manager und Alleininhaber dieses nützlichen Unternehmens war ein Chinese, Mr. Tan Siow Mong.

Mr. Tan war in einer Missionsschule in Macao erzogen worden und sprach Hokkien und Portugiesisch ebensogut wie Kantonesisch, Malaiisch und Englisch. Sein Vater hatte eine Dschunke besessen und sein Leben damit verbracht, Fische zu fangen und Schilfrohrladungen die Küste entlang nach Hongkong zu bringen. Als er Anfang der dreißiger Jahre starb, hatten Mr. Tan und seine beiden Brüder die Dschunke übernommen und sich dem einträglicheren Geschäft des Opiumschmuggels zugewandt. Schließlich hatte ein britisches Kanonenboot sie aufgebracht, und die Dschunke war beschlagnahmt worden. Aber zu diesem Zeitpunkt hatten sie bereits eine erkleckliche Geldsumme gespart und den Verlust der Dschunke mit Gleichmut hinnehmen können. Vom Familienrat war den Tans daraufhin nahegelegt worden, die Chinaküste für eine Weile zu meiden und ihr Glück anderswo zu versuchen.

Ein Bruder war nach Singapur gegangen, ein anderer nach Manila. Tan Siow Mong, der Älteste, war mit seiner Mutter nach Kuala Pangkalan gegangen. Mit Hilfe seines Anteils am Familienvermögen begann er in Kopra zu handeln und an Malaien zu vierzig Prozent Zinsen Geld zu verleihen. Während der japanischen Besatzungszeit hatte er einen nicht mehr benutzten Speicher in Zahlung genommen. Nach dem Krieg hatte er versucht, ihn zu verkaufen, und, als sich kein Käufer fand, entschieden, daß der Speicher sich rentieren müsse. Die Anglo-Malaiische Transportgesellschaft verdankte ihre Gründung diesem Entschluß.

Mr. Tan war jetzt Ende Vierzig, hatte angegrautes Haar und trug eine randlose Brille. Seine rohseidenen Anzüge waren vorzüglich geschnitten, und selbst in der größten Hitze sah man ihn niemals ohne schwarze Krawatte. Er strahlte eine noble Würde aus, die in chinesischen Geschäftskreisen von Kuala Pangkalan sehr bewundert wurde.

Sein Büro war so gelegen, daß er ohne seinen Platz am Schreibtisch verlassen zu müssen die Lastwagen an der Laderampe von Speicher Nummer eins und den hölzernen Kai übersehen konnte, wo die Dschunken gelöscht und neu beladen wurden. Wenn er den Kopf drehte, konnte er durch eine neben der Tür in die Wand eingelassene Glasscheibe hindurch seine vier chinesischen Assistenten sehen. Mr. Tan glaubte nicht an die Vorteile ausgetüftelter Organisation. Die vier Assistenten arbeiteten fünfundsechzig Stunden in der Woche und waren durchaus in der Lage, den größten Teil der täglichen Schreibarbeit des Geschäftes zu erledigen. Um die Buchhaltung kümmerte er sich lieber selber.

Man war gerade dabei, zwei Lastwagen zu entladen, die an diesem Nachmittag von einer Plantage des Chiang Thye Phu-Syndikates Latexballen abgeholt hatten, und er konnte den indischen Sekretär des Plantagenbüros sehen, der mit dem Vorarbeiter das Gewicht der Waren prüfte.

Mr. Tan schätzte das nicht. Bisher hatte Mr. Wright, der Plantagenmanager, sich vertrauensvoll auf die Gesellschaft verlassen, und das mit Recht. Warum hatte er es auf einmal für nötig befunden, seinen Sekretär mitzuschicken und das Abwiegen zu prüfen?

Wie Mr. Tan beobachten konnte, waren sich Sekretär und Vorarbeiter jetzt offenbar über die Zahlen einig geworden. Denn der Sekretär lächelte und wandte sich zum Gehen. Mr. Tan hatte sich gerade notiert, daß er den Vorarbeiter fragen wollte, welche Gründe – wenn es überhaupt solche gab – für die wenig schmeichelhafte Änderung im Geschäftsgebaren angeführt worden waren, als er sah, daß der Sekretär quer über den Hof auf sein Büro zukam.

Mr. Tan blickte auf die Papiere hinunter, die vor ihm auf dem Tisch lagen. Es wäre unwürdig, beim Hinausstarren ertappt zu werden. Kurz darauf trat einer seiner Assistenten ein, um ihm zu sagen, daß Mr. Krishnan um das Vergnügen bäte, eine kurze Unterhaltung mit ihm führen zu dürfen. Mr. Tan schätzte die Inder nicht. Mehr als einmal hatte er ihre peinliche Genauigkeit in geschäftlichen Dingen als ärgerlich empfunden. Und Plantagen-Clerks, die – falls man ihnen nicht gelegentlich Geschenke zukommen läßt – fällige Zahlungen verzögern und andere Unbequemlichkeiten verursachen konnten, schätzte er ebenfalls nicht.

Er erinnerte sich, diesen hier mit Mr. Wright, dem Plantagenmanager, zusammen gesehen zu haben. Er war mager und sehr dunkelhäutig, hatte leuchtende, intelligente Augen und einen gierigen Zug um den allzu häufig lächelnden Mund. Es würde interessant sein, von diesem Mann zu hören, wie hoch er seine Bedeutung als potentieller Störenfried veranschlagt wissen wollte.

Er begrüßte Girija mit feierlicher Höflichkeit und bat ihn, Platz zu nehmen.

»Es passiert nicht oft«, fuhr er auf englisch fort, »daß wir das Vergnügen haben, Sie zu sehen, Mr. Krishnan.«

Girija lächelte. »Danke. Mr. Wright sendet Empfehlungen und beste Wünsche.«

Mr. Tan gratulierte sich, daß er die englische Sprache für diese Unterhaltung gewählt hatte. Sein eigenes Englisch, das wußte er, war ausgezeichnet. Das des Plantagenaufsehers war nur wenig besser als das ungebildete Kauderwelsch, das die Engländer ›Babu‹ nannten. Das brachte ihm einen Nachteil, der zwar nur geringfügig war, sich aber vielleicht als nützlich erweisen mochte.

»Und sind Mr. und Mrs. Wright wohlauf?«

»Beide, danke. Wir hoffen dasselbe für Mrs. Tan, Sie selbst und für die Familie.«

»Danke, danke.«

Aus dem Vorzimmer wurde Tee hereingebracht und in winzigen Täßchen gereicht. Jetzt konnte man behutsam Fühler ausstrecken, um den eigentlichen Grund des Besuches zu erfahren.

»Sie müssen um diese Zeit viel zu tun haben auf der Plantage«, bemerkte Mr. Tan.

Diese banale Floskel war in Wirklichkeit nichts anderes als die Frage, warum Mr. Wright es für nötig befunden hatte, die Zeit seines Sekretärs damit zu verschwenden, daß er ihn nach Kuala Pangkalan schickte, um einen völlig normalen Einlagerungsvorgang zu überwachen.

Girija lächelte und antwortete auf malaiisch. »Wenn der Gummimarkt so fest wie jetzt ist, haben wir immer viel zu tun.«

Mr. Tan nickte. Er fragte sich, ob man seinem Gesicht die Belustigung über das Englisch des Sekretärs in irgendeiner Weise hatte anmerken können. Das Malaiisch war fließend. Höflich antwortete er in der gleichen Sprache.

»Hoffen wir, daß die schlechten Zeiten endgültig vorüber sind.«

»Gute Geschäfte für einen sind gute Geschäfte für alle«, sagte Girija.

»Sehr wahr.« Jetzt, so entschied Mr. Tan, kam man zur Sache. Der Hinweis auf gegenseitige Vorteile galt als Einleitung zu einer Erpressung.

»Dieser Tee ist ausgezeichnet, Sir«, sagte Girija.

Unverzüglich ließ Mr. Tan weiteren Tee nachkommen. Das wiederum verzögerte das angesteuerte Gesprächsthema nochmals, und man tauschte weitere Allgemeinplätze aus. Widerwillig mußte Mr. Tan sich eingestehen, daß der junge Mann die Unterredung geschickt lenkte. Er stellte fest, daß er sich für ihn zu interessieren begann.

Als sie wieder allein waren, sagte er: »Mr. Wright ist ein ausgezeichneter Manager. Es muß ein Vergnügen sein, für einen solchen Mann zu arbeiten.«

Girija nickte. »Das ist es wirklich. Er ist, wie Sie sagen, ein hervorragender Manager. Aber er ist auch ein sehr gütiger Mann.«

»Das kann ich mir gut vorstellen.«

»Als ich ihn um die Erlaubnis fragte, wegen persönlicher Angelegenheiten nach Kuala Pangkalan hinunterzufahren«, fuhr Girija fort, »hat er sich sofort einverstanden erklärt, ohne eine Frage zu stellen.«

»Daß er Ihre Dienste sehr hoch schätzt, wußte man schon immer.« Mr. Tan spielte jetzt wieder den Schrittmacher. Der Gebrauch der Wendung: »schätzt Ihre Dienste«, würde das Faß zum Überlaufen bringen.

»Und doch«, sagte Girija, »war ich froh, daß er mir keine Fragen stellte.« Er schwieg.

Mr. Tan sagte nichts. Er war überzeugt, daß jetzt der Augenblick gekommen war.

Girija lächelte strahlend. »Wenn er das getan hätte, wäre ich gezwungen gewesen, ihn zu verletzen oder ihn zu belügen. Keines von beidem hätte ich gern getan.«

»Beides verstößt gegen den guten Geschmack«, stimmte Mr. Tan zu.

»Mr. Wright war wie ein Vater zu mir«, sagte Girija. »Wie konnte ich ihm sagen, daß ich in einer Angelegenheit von größter Bedeutung Rat suche und mich in dieser Sache nicht an ihn, sondern an Mr. Tan Siow Mong wenden wollte?«

Mr. Tan schwieg. Er hatte nichts Passendes dazu zu sagen. Er beeilte sich, seine Einschätzung der Situation zu revidieren. Wenn der Plantagenaufseher diese Art der Einleitung zu einer Bitte um Geld wählte, dann mußte er an eine absurd hohe Summe denken.

Girija beugte sich vor und sagte ernst: »Was wichtige geschäftliche Dinge angeht, so gibt es in Kuala Pangkalan keinen klügeren Kopf. Das ist allgemein bekannt.«

Mr. Tan war die Einschränkung, ›was wichtige geschäftliche Dinge betrifft‹, nicht entgangen. Er sagte: »Sie machen mir ein unverdientes Kompliment.«

»Mein Freund wußte niemanden zu nennen«, fuhr Girija fort, »dessen Rat in dieser Angelegenheit von gleich unschätzbarem Wert sein würde.«

»Ihr Freund?« Das verwirrte Mr. Tan erneut und machte ihn infolgedessen auch ein wenig ärgerlich; aber sein Tonfall blieb höflich.

»Sie kennen ihn nicht, Sir«, sagte Girija. »Und er weiß nur von Ihrem hervorragenden Ruf. Als ich ihm sagte, daß ich in dieser wichtigen Angelegenheit, die ihn so sehr bedrängt, Ihren Rat einholen wollte, bat er mich, seinen Namen nicht zu nennen. Die Sache ist sehr vertraulich.«

»Das sind die meisten geschäftlichen Dinge«, sagte Mr. Tan trocken. Er nahm an, daß ›vertraulich‹ in diesem Zusammenhang wahrscheinlich soviel wie ›kriminell‹ bedeuten sollte.

Girijas Lächeln wurde unsicher. Zum erstenmal sah Mr. Tan, daß er sich in seiner Haut nicht wohl zu fühlen schien, und entschloß sich, ihm mit einem aufmunternden Wort zur Hilfe zu kommen. Es wäre ärgerlich, wenn der Mann es mit der Angst bekäme und fortginge, ohne den Zweck seines Besuches verraten zu haben.

»Wenn Ihr Freund meine Klugheit so hoch schätzt«, bemerkte er, »dann muß er auch meine Verschwiegenheit voraussetzen.«

Girijas Lächeln entkrampfte sich, und seine Augen begegneten Mr. Tans Blick. »Selbstverständlich. Aber er ist ein nervöser Mann. Sie werden verstehen, warum, sobald ich Ihnen alles erkläre.« Er machte eine Pause, um sich seine Worte zu überlegen, bevor er fortfuhr. »Während des Ausnahmezustandes vor ein paar Jahren, als die Terroristen von Norden her Waffen einschmuggelten, hat mein Freund einige von diesen Waffen – Gewehre, Karabiner, Maschinengewehre, Munition – gefunden.« Er hob den Blick, um zu sehen, wie Mr. Tan das aufnahm.

Mr. Tan lächelte schwach. »Und dann hat er sie der Polizei übergeben?«

»Das ist es, was er wahrscheinlich hätte tun sollen.« Girija zuckte die Achseln. »Aber, wie ich schon sagte, mein Freund ist ein nervöser Mann. Er wollte keine Aufmerksamkeit auf sich lenken. Damals schien es das beste zu sein, nichts zu unternehmen. Jetzt ist er in einer schwierigen Lage.«

»Ja?«

»Mein Freund braucht Geld. Da fielen ihm diese Waffen ein. Wenn er der Polizei jetzt davon erzählte, würde man ihn ausfragen und ihm Ärger bereiten. Ließe sich aber ein Käufer finden, so könnte er seine Schulden bezahlen und niemand wäre geschädigt. Der Ausnahmezustand ist aufgehoben. Ärger könnte daraus nicht entstehen, und mein Freund hätte seinen Vorteil.«

Mr. Tan saß reglos da. »Sie wollen, daß ich Ihrem Freund einen Rat gebe?«

Girija nickte. »Das ist es, was er sich erhofft hat, Sir. Ja.«

»Er sollte die Angelegenheit dennoch der Polizei melden. Es wäre ganz falsch, wenn er die Waffen zu verkaufen versuchte. Daß er sie vor langer Zeit gefunden hat, braucht er ja nicht zu sagen, aber zur Polizei gehen sollte er auf jeden Fall.«

Girija streckte die Hände aus. »Aber mein Freund hat Schulden, Sir.«

»Es ist besser, zu einem Geldverleiher zu gehen als eine Gefängnisstrafe zu riskieren.«

Girija lächelte triumphierend. »Das ist genau der gleiche Rat, den ich ihm gegeben habe. Für ein paar hundert Dollar eine Gefängnisstrafe riskieren, das tut nur ein Narr. Das habe ich ihm gesagt.«

Mr. Tan zögerte. Diese Zustimmung machte ihn stutzig. Er fühlte instinktiv, daß er die Unterhaltung irgendwann und irgendwie falsch gehandhabt hatte. Er wußte, daß ihm nur noch eine einzige Frage übrig blieb, und daß er sich, wenn er sie stellte, als der weniger gewitzte Gesprächspartner erwiesen hätte. Aber er wußte auch, daß seine Neugier befriedigt werden mußte. Er nahm die Erniedrigung in Kauf.

»Und was hat er geantwortet?« fragte er.

Girijas Hand fuhr zu der Reihe von Kugelschreibern in seiner Hemdtasche hinauf und zog ein gefaltetes Blatt Papier hervor. Er glättete es und reichte es über den Tisch.

»Dieses Papier, Sir«, sagte er, »mein Freund gab mir dieses Papier.«

Mr. Tan nahm das Blatt, breitete es vor sich auf dem

Tisch aus und blickte darauf. Es war eine mit der Maschine geschriebene Liste, über der das Wort ›Inventur‹ stand. Er las weiter:

Artikel	Typ	Anzahl	Heutiger Wert auf dem freien Markt in Dollars *(Straits)*
Gewehre	0,303 Zoll Military S.A. Belgisch	54	16 000
0,303 Munition	für obige	5000 Schuß	6 000
Maschinen-pistolen	Schmeißer	25	18 000
0,3 Munition	mit Magazinen für obige	8000 Schuß	7 000
Panzerfäuste	Modell US Govt.	4	6 000
Munition für dieselben	Modell US Govt.	35 Schuß	1 000
Granaten Zünder	ohne Zünder für obige	100	2 000
Landminen	Teller	40	4 000
			60 000
		= Dollars (US)	21 000
		= Pfund Sterling	7 500

Anmerkung: Alle Waren in fabrikneuem Zustand und Originalverpackung – Behälter etc.
Preise: Alle Preise frei ab Nähe Kuala Pangkalan.
Zahlungsbedingungen: Einzelposten unterliegen einem Preisaufschlag von 20%.

Mr. Tan blickte auf.

»Sie verstehen, Sir«, sagte Girija sanft. »Ich habe mich geirrt. Es handelt sich nicht um ein paar hundert Dollars, sondern um viele tausend.«

Um Zeit zum Nachdenken zu gewinnen, tat Mr. Tan, als lese er die Liste ein zweites Mal. Er war fast sicher, daß der ›Freund‹, für den der Plantagenaufseher zu handeln vorgab, nicht existierte. Der Inder mußte in verzweifelter Geldnot sein, wenn er das Risiko auf sich nahm, sich an jemanden zu wenden, den er so wenig kannte, oder er mußte seiner Menschenkenntnis sehr sicher sein. Mr. Tan hatte das unangenehme Gefühl, daß die zweite Erklärung die wahrscheinlichere war. Selbstbewußt genug sah der Bursche aus, und keineswegs verzweifelt. Natürlich war es möglich, daß er log; und die ganze Geschichte konnte ein bloßer Trick sein, um zu Geld zu kommen. Aber eigentlich glaubte Mr. Tan das nicht. Auf jeden Fall würde es leicht nachzuprüfen sein. Er blickte wieder auf und begegnete dem Blick des Sekretärs.

»Mein Freund ist bereit«, sagte Girija, »jedem, der einen Käufer auftreibt und die Ablieferung der Waren übernimmt, eine Kommission von fünfzig Prozent zu zahlen.«

Mr. Tan schüttelte den Kopf. »Aber das wäre eine kriminelle Handlung. Begreift Ihr Freund das denn nicht?«

»Das war auch mein erster Gedanke«, sagte Girija zustimmend, «aber mein Freund war anderer Meinung. Dies ist kein gestohlenes Gut, sagt er. Es gibt keinen Eigentümer. Wenn die Ware ins Ausland ginge, würde sich die Polizei sowieso nicht mehr dafür interessieren. Der Ausnahmezustand ist vorbei.«

»Aber die Gesetze bleiben bestehen.«

»Das ist wahr.« Girija nickte nachdenklich. »Sie meinen also, Sir, ich sollte meinem Freund sagen, Sie rieten ihm, zur Polizei zu gehen?«

»Ich denke, Sie sollten ihm sagen, er müsse sich die ganze Sache aus dem Kopf schlagen.« Mr. Tan unterbrach sich und fügte dann hinzu: »Vielleicht werden die Gesetze eines Tages weniger streng sein.«

»Ja, das ist wahr.«

»Derartige Waren wird man immer verkaufen können«,

Mr. Tan sah wieder auf die Liste hinunter. »Haben Sie selbst irgend etwas von diesen Dingen zu sehen bekommen?«

»Mein Freund ist natürlich vorsichtig.«

»Aber glauben Sie ihm? Sie sagen, er wünsche einen Käufer zu finden. Eine Liste ist kein Beweis dafür, daß es wirklich etwas zu verkaufen gibt. Könnte er Muster vorzeigen?«

»Er wäre nur allzu gern bereit dazu, Sir.«

Mr. Tan faltete das Verzeichnis wieder zusammen. »Ich kenne mich in diesen Dingen wenig aus«, sagte er, »aber ich habe mir sagen lassen, daß man auf diesem Marktgebiet nicht leicht an Käufer herankommt. Es müssen Kontakte aufgenommen werden. Das kostet Zeit. Man darf nichts überstürzen.«

»Mein Freund hat Geduld.«

»Dann tun Sie, was ich Ihnen vorgeschlagen habe. Sagen Sie ihm, er soll die Sache einstweilen vergessen.« Er blickte zu Girija auf. »Einverstanden?«

»Selbstverständlich, Sir.«

Mr. Tan hielt die Liste hoch. »Und ich darf dieses Papier behalten?«

Es war eine Testfrage.

Girija lächelte. »Mein Freund wird sich glücklich schätzen, wenn es in so erfahrenen Händen verbleibt, Sir.«

Er erhob sich. Die Unterredung war beendet. Nachdem die üblichen Höflichkeiten ausgetauscht worden waren, ging er.

Mr. Tan sah ihn über den Hof davonschreiten und ließ sich dann die Akten des Chiang-Thye-Phu-Gummiplantagen-Syndikats kommen. Als erstes wollte er herausfinden, ob der starke Eindruck, den er von der Verschwiegenheit und Umsicht des Sekretärs bekommen hatte, den Tatsachen entsprach. Mr. Tan wollte mit der Sache nichts mehr zu tun haben und die Liste sofort verbrennen, falls sich herausstellte, daß Girija leichtsinnig genug gewesen war, sie auf der Maschine in Mr. Wrights Plantagenkontor zu schreiben, um diese Liste dann jemandem zu überlassen, der, wenn ihm das angebracht zu sein schien, damit zur Polizei gehen und sich mit der Meldung des Vorfalls moralischen Kredit verschaffen konnte. Wenn, wie er annahm, der junge Mann darauf geachtet hatte, daß er immer in der Lage blieb, jede Kenntnis von der Liste und der Unterredung zwischen ihnen glaubhaft zu verleugnen, dann mochte aus der Situation etwas zu machen sein.

Er sah Mr. Wrights Warenbegleitschreiben durch und verglich die Maschinenschrift mit derjenigen auf der Liste. Es war offensichtlich, daß die Liste nicht auf derselben Maschine geschrieben worden war. Schön und gut soweit. Er las die Liste noch einmal durch und schloß sie dann in seinen Privatsafe.

Noch am selben Tage, nachdem er Zeit gehabt hatte, die Sache zu überdenken, schrieb er an seinen Bruder in Singapur.

2

Tan Yam Heng war das schwarze Schaf der Familie. Zumindest in den Augen seiner beiden Brüder in Kuala Pangkalan und Manila war er das.

Er gehörte zu den Gründern der Demokratischen Aktionspartei in Singapur und war der Organisator der Hafenarbeiter-Gewerkschaft, die zwar klein an Mitgliederzahl, doch schlagkräftig genug war, um zwei der größeren Stauereien Gebühren aufzuerlegen. Da die Früchte dieser Verhandlungen ihm stets persönlich, privat und in bar überreicht wurden, hielt er es weder für nötig, die Rechnungsprüfer der

Gewerkschaft vom Empfang in Kenntnis zu setzen, noch ihn der Einkommenssteuerbehörde anzugeben. An so armselige Gepflogenheiten wie Buchführung und andere dem gesellschaftlichen Aufstieg hinderliche Gewohnheiten verschwendete er keine Zeit. Er hielt sich für einen Machtmenschen, für einen Drahtzieher, der es vorzog, hinter den Kulissen zu wirken und die Marionetten tanzen zu lassen, bis der richtige Augenblick für ihn gekommen war, ans Licht zu treten und seine Partei zum Sieg zu führen.

Wäre das alles gewesen, was es über ihn zu sagen gab, dann hätten seine Brüder zufrieden sein können. Seine politischen Gelüste konnten sie ignorieren, und gegen die Methoden, mit denen er sein Einkommen vermehrte, hatten sie nichts Ernsthaftes einzuwenden, gingen sie doch selbst ähnliche Wege. Was er damit machte, das war es, wogegen sie Bedenken hatten, starke sogar.

Die meisten Chinesen spielen gern, und bei manchen wird diese Neigung zur Sucht, die genauso unwiderstehlich ist wie die nach Alkohol oder Rauschgift. Yam Heng war ein solcher Spieler. Schlimmer noch, er war ein törichter Spieler. Glücksspiele sind zumindest dem Gesetz der Wahrscheinlichkeit unterworfen, Rennpferde laufen zuweilen ihrem Bau entsprechend, und Pech beim Pokern kann oft durch Geschicklichkeit gemildert werden; aber Yam Hengs Eigendünkel und die größenwahnsinnigen Vorstellungen, die er von sich und seinen Fähigkeiten hegte, hatten zuletzt nach Höherem verlangt. Er hatte auf dem ›Pickle Market‹ zu spielen begonnen.

Dieser inoffizielle Rohgummimarkt wird von Freibeutern beherrscht, die außerhalb der angesehenen Maklerfirmen Singapurs operieren und kurzfristig mit kleinen Preisschwankungen spekulieren. Auf dem ›Pickle Market‹ kann eine Transitladung Gummi im Laufe eines Tages mehrmals den

Besitzer wechseln. Große Summen werden bei fieberhaften Transaktionen zwischen Preistreibern und -drückern gewonnen und verloren. Die erfolgreichen Spekulanten sind Chinesen, die über große Erfahrung, einen kühlen Kopf und zuverlässige Informationsquellen verfügen. Vielfach wird der Zeitunterschied zwischen dem Londoner Markt und dem in Singapur ausgenutzt. Dem Empfänger einer telegraphischen Information kann ein Vorsprung von wenigen Minuten Tausende von Dollars einbringen. Meistens gewinnen die Tüchtigen, und die Spieler verlieren.

Für Yam Heng war der ›Pickle Market‹ nicht das richtige. Der Bekannte, der ihn dort eingeführt hatte, gehörte zu einer Gruppe unbedeutenderer Leute. Sie hatten durchaus nichts dagegen, daß ein Outsider sich einkaufte; je stärker das Syndikat war, um so besser. Aber sehr bald mißfiel ihnen die arrogante Ungeduld, mit der er ihrer Wachsamkeit und Vorsicht begegnete. Er hatte sein Geld wieder aus dem Syndikat herausgezogen, um sein Glück auf eigene Faust zu versuchen. Hätte Yam Heng sofort schwere Verluste erlitten, dann würde dieser Rückschlag ihn zur Vernunft gebracht haben. Unglücklicherweise hatte er gewonnen. Und dann war es zu spät gewesen.

Seinen ersten Bitten um Kredit entsprachen seine Brüder in geschwisterlicher Nachsicht und im guten Glauben, daß er das geliehene Geld zurückzahlen würde. Natürlich hatten sie von seiner Neigung zum Glücksspiel gewußt, aber sie hatten geglaubt, daß sie sich auf Pferderennen und Fan-tan beschränkte. Als sie dahinterkamen, welcherart die ›Investitionen‹, die sie so ahnungslos unterstützt hatten, in Wirklichkeit waren, und außerdem die Entdeckung machten, daß Yam Heng seine Bitten um Geld jedesmal gleichzeitig und in gleicher Weise an sie beide gerichtet hatte, verspürten sie einen unangenehmen Schock.

Aber es sollte noch schlimmer kommen. Angesichts ihrer einstimmigen Ablehnung, ihm auch nur einen weiteren Cent zu leihen, hatte Yam Heng ihnen rundweg erklärt, daß in den verschiedenen Gewerkschaftskassen, die er verwaltete, mehrere tausend Dollar fehlten. Es könnte ernstliche Folgen für den unbescholtenen Namen der Familie Tan haben, wenn die Fehlbeträge vor der jährlichen Überprüfung der Kasse nicht ersetzt würden. Es hatte eilige Beratungen zwischen Kuala Pangkalan und Manila gegeben. Am Ende hatten die Brüder alles bezahlt; aber erst nachdem beide nach Singapur gekommen waren und die Bücher der Gewerkschaft persönlich überprüft hatten. Die Zeiten, in denen Yam Heng ihr Vertrauen besessen hatte, waren vorbei. Von jetzt an war er für sie so etwas wie ein verarmter Verwandter; eine Verpflichtung, der man sich auf möglichst billige Weise entledigte.

Diese Verpflichtung hatte Mr. Tan im Sinn gehabt, als er seinen Brief schrieb. Vor ein paar Wochen war wiederum eine von Yam Hengs regelmäßigen Geldforderungen gekommen, und Mr. Tan glaubte zwischen den Zeilen eine gewisse Aggressivität herausgelesen zu haben. Das hatte ihn daran erinnert, daß die Überprüfung der Gewerkschaftsbücher bevorstand und Yam Heng sehr bald seinen alljährlichen Versuch machen würde, durch Andeutungen über Unstimmigkeiten in der Gewerkschaftskasse Geld zu erpressen. Mr. Tan besaß starke Nerven und hatte in den vergangenen drei Jahren mit Erfolg abgelehnt, sich einschüchtern zu lassen. Aber er kannte sich mit Spielern aus und wußte, es bestand immer die Gefahr, daß Yam Heng eines Tages zum Desperado werden könnte.

Tatsächlich war Yam Heng zu jenem Zeitpunkt nur deprimiert. Er hatte in den letzten Wochen zwei kleinere Gewinne zu verzeichnen gehabt und einen größeren Verlust, der diese wieder zunichte machte. Der Brief seines Bruders ärgerte ihn.

Er enthielt eine höfliche Frage nach seiner Gesundheit, einen ausführlichen Bericht über die allerneueste Krankheit ihrer Mutter sowie den Vorschlag, möglichst bald nach Kuala Pangkalan zu kommen. Der Brief erwähnte, daß die Dschunke ›Schöne Morgendämmerung‹ in der folgenden Woche in Singapur entladen würde und der Kapitän Order hätte, ihm eine freie Passàge anzubieten. Über den Anlaß des Besuches gab der Brief keine Aufklärung.

Yam Heng kannte seinen Bruder zu gut, um anzunehmen, daß er den Besuch aus gesellschaftlichen oder familiären Gründen vorgeschlagen habe. Ihre Mutter war sehr alt. Ihr augenblicklicher Gesundheitszustand war wohl nur erwähnt worden, um die Einladung für Außenstehende plausibler erscheinen zu lassen.

Yam Heng schätzte es nicht, wenn man seine Neugier erregte, es sei denn, er hatte die Möglichkeit, sie auf der Stelle zu befriedigen. Die angebotene Passage auf der Dschunke ärgerte ihn ebenfalls. Dies war die Art seines Bruders, ihm zu sagen, daß er die Reise selber bezahlen könne, falls er es bequemer fände, mit dem Flugzeug oder mit der Eisenbahn zu kommen. Er erwog, den Brief würdevoll zu beantworten und zu bedauern, daß er wegen Arbeitsüberlastung gezwungen sei, die Einladung abzulehnen. Aber seine Neugier und die schwache Hoffnung auf weiteren Kredit brachten ihn schließlich doch dazu, die Einladung anzunehmen. Er hatte gerade genug Geld für die Eisenbahn.

Sein Bruder holte ihn vom Bahnhof ab, begrüßte ihn herzlich und fuhr mit ihm zu seiner prächtigen Stuck- und Backsteinvilla in der Willoughby Road. Am ersten Abend wurde die Wiedervereinigung der Familie gefeiert. Die alte

Mrs. Tan kam aus ihrem Zimmer, ein reichhaltiges Abendessen wurde verzehrt, die kleineren Kinder ließen sich von ihrem Onkel Yam über Singapur berichten, und der älteste Sohn zeigte seine Voigtländer-Kamera und einige Farbdiapositive von Vögeln, die er mit ihr aufgenommen hatte. Yam Heng fand das alles sehr nett. Sein Bruder blieb freundlich und höflich. Es gab keinerlei Anspielungen auf die langwährende Entfremdung zwischen ihnen und auch nicht auf die Gründe, die dazu geführt hatten. Er erlaubte sich gelegentlich ein verhaltenes Lächeln, ein paar artige Komplimente für seine Schwägerin und den einen oder anderen Scherz mit den Kindern.

Erst am nächsten Tag klärte ihn sein Bruder über die Gründe der Einladung auf. Am Vormittag besichtigten sie die Speicher, gingen zum Lastwagen-Reparaturschuppen und schauten zu, wie eine der Dschunken entladen wurde, die Treiböl in Fünfzig-Gallonen-Fässern gebracht hatte. Dann gingen sie ins Kontor und ließen sich Tee servieren.

»Und wie ist die Situation am ›Pickle Market‹?« erkundigte sich Siow Mong schließlich. Yam Heng starrte ihn ausdruckslos an.

»Ich frage nicht, um zu kritisieren«, fuhr Siow Mong nach einer Weile fort, »sondern weil ich mich informieren will.«

Einen kurzen Augenblick fragte sich Yam Heng, ob sein Bruder etwa selbst einsteigen wollte. Dann zuckte er die Achseln. »Der eine scheffelt Geld, der andere wird es los.«

Sein Bruder nickte weise, als sei seine Vermutung bestätigt worden. »Ich habe gehört«, fuhr er fort, »daß es jetzt in Singapur noch einen andern Markt gibt, der floriert.«

»Es gibt dort Märkte für die meisten Dinge.«

»Ja. Aber ich habe gehört – ich weiß nicht mehr, aus welcher Quelle –, daß der Waffenmarkt zur Zeit besonders lebhaft ist.«

»O ja«, sagte Yam Heng gleichmütig. »Die indonesischen Rebellen versuchen zu kaufen. Sie haben mehrere Ankäufer dort sitzen.«

»Mehrere?«

»Da ist einer von Sumatra, einer von Java und einer von Celebes. Ihre Opposition gegen die Zentralregierung ist das einzige, was sie verbindet.«

»Sie machen einander Konkurrenz?«

Yam Heng zuckte die Achseln. »Das müssen sie. Viel zu kaufen gibt es nicht. Es ist nicht leicht.«

»Womit bezahlen sie? Mit Rupien?«

»Rupien nimmt keiner. Sie bezahlen in Pfunden und Dollars, nehme ich an.«

»US-Dollars?«

»*Straits* oder Hongkong-Dollars, denke ich. Warum?«

»In bar?«

»Das nehme ich an.«

Sein Bruder nickte zustimmend. »Ich halte das für ein sehr einträgliches Geschäft.«

»Das ist es ohne Zweifel.«

»Diese Agenten, von denen du gesprochen hast – kennst du sie?«

»Ich weiß, wer sie sind, ja.«

»Hast du nicht daran gedacht, dich für dieses Geschäft zu interessieren?«

Yam Heng lächelte säuerlich. »Mit einem leeren Bauchladen kann kein Hausierer Geschäfte machen.«

»Und wenn man den Bauchladen auffüllte?«

Yam Heng zögerte. Es sah seinem Bruder nicht ähnlich, sich in leeren Redensarten zu ergehen. »Dazu braucht man Kapital«, sagte er vorsichtig.

»Nicht unbedingt.«

Siow Mong ging zu seinem Privatsafe hinüber, holte das

Schriftstück heraus, das Girija ihm überlassen hatte, und reichte es Yam Heng.

»Das hat mir ein Mann gegeben, der einen Käufer für diese Waren sucht«, sagte er. Yam Heng las die Liste aufmerksam durch. Sein Gesichtsausdruck blieb unbewegt. Als er fertig war, blickte er zu seinem Bruder auf. »Hier steht, daß die Warenanlieferung in der Umgebung von Kuala Pangkalan erfolgt. Was soll das heißen?«

Siow Mong erzählte ihm von Girijas Besuch und gab in einer kurzen Zusammenfassung die Unterhaltung wieder, die er mit ihm geführt hatte.

Yam Heng hörte zu, ohne ihn zu unterbrechen, und sah dann die Liste noch einmal durch. Während des Lesens sagte er: »Die Sache ist gefährlich, Siow Mong.«

»Ja.«

»Dieser Inder ist vertrauenswürdig?«

»Ich glaube ja. Wenn er bekommt, was er will.«

»Ich kenne den Markt sehr wenig. Sind diese Preise realistisch?«

»Ich habe nur eine einzige Auskunft einholen können. Es gibt hier einen Maschinenhändler, der Sportgewehre importiert hat. Selbstverständlich mußte ich sehr vorsichtig mit meinen Fragen sein, aber aus dem, was ich erfahren konnte, würde ich schließen, daß diese Preise dreimal höher sind, als sie sein müßten. Aber wer kennt sich auf dem freien Markt aus?«

»Darüber könnte ich mich in Singapur informieren.« Yam Heng unterbrach sich. »Was schlägst du vor?«

Siow Mong setzte sich an seinen Schreibtisch und beugte sich über die Tischplatte. »Du bist ein Spieler, Bruder«, sagte er freundlich, »und du weißt, was ich davon halte – noch dazu, wo du ein Spiel spielst, das du nicht gewinnen kannst. Ich schlage dir vor, ein anderes zu versuchen.«

»Waffenhandel ist kein Spiel.«

»Er kann sehr einträglich sein.« Siow Mongs Lächeln wurde schwächer. »Wir wollen uns nicht mißverstehen. Ich habe hier ein gutgehendes Geschäft. Ich nehme nicht gern ein Risiko auf mich. Ich habe es auch nicht nötig. Wenn du diese Transaktion ermöglichen kannst, ohne daß dabei ein Risiko für mich entsteht, will ich dir gegen eine kleine Maklergebühr von zehn Prozent gern dabei helfen. Aber zuerst muß ich genau wissen, was du vorhast. Wenn mir dein Plan zusagt, werde ich dich mit dem Inder zusammenbringen. Ist das klar?«

Yam Heng hatte geistesabwesend zugehört und antwortete nicht auf die Frage seines Bruders. »Es handelt sich da um zwei Probleme«, sagte er nachdenklich. »Das erste wäre, wie man die Sachen aus dem Lande herausbekommt. Das ist eine Frage der guten Organisation. Viel schwieriger ist das zweite Problem. Die Ware muß legalisiert werden.«

Siow Mong wartete. Gewiß war Yam Heng in vieler Hinsicht ein Tor, aber zuweilen konnte er auch sehr schlau sein. »Du mußt verstehen«, fuhr Yam Heng nach einer Weile fort, »wenn *ich* diese Waren in Singapur verkaufen wollte, würde ich womöglich keinen Cent bekommen. Man würde verhandeln, ja; aber hier geht es nicht um normale geschäftliche Verhandlungen. Es gibt kein Vertrauen. ›Bezahlung bei Ablieferung‹, darauf würde man bestehen. Und wenn ich geliefert habe, kann man mich mit einem Fünftausend-Dollar-Trinkgeld abspeisen und mich auffordern, den Rest von der Polizei eintreiben zu lassen. Was könnte ich in einem solchen Fall schon antworten? Du sagst, diese Waffen seien nicht gestohlen, und das wird schon stimmen. Aber was mich betrifft, könnten sie ebensogut gestohlen sein, wenn ich sie illegal verkaufen müßte.«

»Welche Möglichkeiten gibt es? Wie kann man Waren dieser Art legalisieren?«

»Dazu ist ein Zwischenhändler nötig. Irgend jemand, der seine Unterschrift hergibt, wenn nötig als Eigentümer auftritt und für seine Bemühungen vielleicht fünf Prozent nimmt.«

»Und wer käme dafür in Frage? Ein Engländer?«

»Ich fände es besser, wenn es kein Angehöriger der Malaiischen Staaten und auch niemand aus Singapur wäre. Ich denke an die Ausnahmegesetze.«

»Vielleicht ein Franzose oder ein Amerikaner?«

»Es gibt Amerikaner, die solche Geschäfte machen.«

»Kannst du an einen von ihnen herankommen?«

Yam Heng verzog den Mund. »Ich glaube, für diese Leute dürfte das Objekt zu klein sein, und abgesehen davon würden sie zu viel Geld für sich selbst verlangen. Wir brauchen keinen erfahrenen Mann.«

Siow Mong dachte einen Augenblick nach. Dann fragte er: »Kennst du Khoo Ah Au?«

»Wer ist das?«

»Ich vergaß, daß du in Familienangelegenheiten nicht mehr auf dem laufenden bist. Er hat im letzten Jahr unsere Nichte in Manila geheiratet. Sie leben jetzt in Hongkong. Vielleicht kennt er einen geeigneten Amerikaner. Ich fahre im nächsten Monat hinüber. Ich könnte das Erforderliche mit ihm besprechen. Möglicherweise ...«, er unterbrach sich. »Aber das ist alles nur Theorie. Du hast gesagt, es sei nur eine Frage der Organisation, die Waren zu transportieren. Wie würdest du das regeln?«

Yam Heng beschrieb es ihm.

Sein Bruder hörte zu und war beeindruckt. »Das wäre zu machen«, gab er zuletzt widerwillig zu.

Sie besprachen einige Einzelheiten, und später rief Siow Mong Girija an. Er bezog sich auf die Unterhaltung, die sie kürzlich miteinander geführt hatten, und sagte dann, daß er, Mr. Tan, in der Angelegenheit selber zwar nichts tun könne, jedoch von einem Mr. Lee gehört habe, der vielleicht in der Lage sei, nützliche Ratschläge zu erteilen. Man verabredete eine Zusammenkunft.

3

Girija ahnte nicht, daß ›Mr. Lee‹ niemand anderes als Mr. Tans Bruder war. Mr. Tan sah sehr fein aus. Mr. Lee hatte grobe, schwere Züge, einen mürrischen Gesichtsausdruck und eine prahlerische, ungeduldige Art zu reden, die an Rüpelhaftigkeit grenzte. Girija mochte ihn nicht.

Sie hatten sich nicht weit von der Plantage entfernt in einem Gasthaus getroffen. Mr. Lee hatte dort für die Nacht ein Zimmer genommen, und die beiden erkannten einander ohne Schwierigkeit.

Dieses erste Zusammentreffen war kurz. Mr. Lee zog Girijas Liste hervor und fragte ihn, ob er in der Lage sei, das Vorhandensein der angeführten Waren dadurch zu beweisen, daß er von jedem Artikel, den Mr. Lee sich aussuchte, ein Muster beibrächte.

Girija nickte. »Ich habe schon gesagt, daß mein Freund Muster vorlegen könnte, wenn das erforderlich ist. Allerdings bitte ich darum, einen Artikel auszusuchen, der klein und leicht ist.«

»Wie klein? Wie leicht?«

»Klein und leicht genug, um in der Tasche getragen zu werden. Sie können nicht von mir erwarten, daß ich mit einem Gewehr auf dem Rücken die Straße heruntergeradelt komme.«

»Ist ein Ladestreifen für eine Maschinenpistole klein genug?«

»Ja. Und ich werde dazu noch ein paar Schuß Munition mitbringen.«

»Wann?«

»Montag.«

»Heute ist Donnerstag. Warum nicht morgen?«

»Vor Montag läßt es sich nicht einrichten.«

»Also gut. Aber ich kann es mir nicht leisten, meine Zeit zu verschwenden.«

Am Sonntag fuhr Girija nach Awang hinaus und machte sich auf den Weg zum Versteck. Es war einige Monate her, daß er das Dach repariert hatte, und die Bastmatten waren in schlechtem Zustand. Zudem waren die Termiten wieder da. Er hoffte, Mr. Lee würde es wirklich so eilig haben, wie er behauptet hatte.

Am Montag traf er wieder mit Mr. Lee zusammen und zeigte ihm ein paar Schuß Munition und einen Ladestreifen.

Mr. Lee wischte das Fett vom Ladestreifen herunter und betrachtete die deutschen Warenzeichen eingehend. Schließlich steckte er den Ladestreifen in die Tasche.

»Scheint in Ordnung zu sein«, sagte er. »Selbstverständlich muß ich dieses Firmenzeichen erst nachprüfen. Inzwischen brauche ich noch ein paar Auskünfte von Ihnen. Wo soll die Anlieferung stattfinden?«

»Hier in der Gegend.«

»Was, glauben Sie, braucht man zum Abtransport der Waren?«

»Einen Dreitonnen-Lastwagen.«

»Lagern die Waren in der Nähe einer Straße?«

»Im Augenblick nicht. Sie können zu einem Ladeplatz geschafft werden, der fünfzig Meter von einer Straße entfernt liegt; aber dann ist es nötig, drei Tage im voraus Bescheid zu geben.«

»Das dürfte schwierig sein.«

»Das ist leider unumgänglich.« Girija sprach mit Bestimmtheit. Er hatte drei Jahre Zeit gehabt, dieses logistische Problem zu lösen, und wußte, daß es keine andere Antwort darauf gab.

»Fünfzig Meter von der Straße, sagten Sie. Würden Sie und Ihr Freund zur Stelle sein, um beim Einladen behilflich zu sein? Es müßte nachts geschehen.«

»Ich oder mein Freund würden dort sein. Zwei Mann könnten mit dem Aufladen in weniger als einer Stunde fertig werden. Am schwersten sind die Gewehrkisten. Es sind neun von der Sorte vorhanden, und jede wiegt etwa vierzig Pfund. Aber die Kisten haben Taugriffe.«

Mr. Lee blickte ihn interessiert an. »Sie reden, als hätten Sie Erfahrung auf diesem Gebiet?«

»Ich bin Geschäftsmann, Mr. Lee.« Girija machte eine Pause. »Vielleicht sollten wir jetzt, wo Sie die Muster geprüft haben, die finanziellen Bedingungen und Regelungen besprechen.«

Mr. Lee zog die Liste aus seiner Tasche. »Die Preise, die Sie hier aufführen, sind verrückt. Das wissen Sie natürlich.«

Girija lächelte. »Ich wußte, daß Sie das sagen würden. Und ich verstehe das natürlich. Diese Waren sind immer schwierig an den Mann zu bringen. Der richtige Käufer mag nicht sofort gefunden werden. Die Nachfrage ist nicht gleichbleibend. Die Transport- und Lagerungskosten sind hoch. Man muß mit sehr kleiner Verdienstspanne arbeiten. Deswegen bin ich auch bereit, fünfzig Prozent dieser Schätzpreise dem Verkaufsagenten zu überlassen.«

»*Sie* sind bereit dazu, Mr. Krishnan? Und was sagt Ihr Freund dazu?«

Girija war nicht aus der Ruhe zu bringen. »Gegenwärtig bin ich ermächtigt, in seinem Namen zu sprechen«, erwiderte er. »Ich sage ›gegenwärtig‹, weil mein Freund erwägt, nach Singapur zu gehen, um sich persönlich über die Marktlage zu informieren.«

»Könnte Ihr Freund die Waren transportieren?«

»Er hat Geduld. Er kann warten.«

Mr. Lee antwortete nicht sogleich. Er hatte genug von Girijas strahlendem Lächeln und dem lässigen Sing-Sang seiner Stimme.

»Ihre Preise sind verrückt«, wiederholte er kalt.

Wieder lächelte Girija. »Dann werde ich sie herabsetzen, Mr. Lee. Ich werde dreißigtausend malaiische Dollar netto akzeptieren.«

»Das ist ein unerheblicher Nachlaß.«

»Das ist der einzige, den ich geben kann.«

»Ich werde zwanzigtausend zahlen.«

Sie einigten sich schließlich auf fünfundzwanzigtausend, zahlbar einen Monat nach Übergabe der Waren. Über die Transaktion fertigten sie gemeinsam ein Protokoll an, durch das sich jede der beiden vertragschließenden Parteien gegen Mord oder Betrug von seiten der anderen Partei schützte.

Die Zusammenkunft endete in einer Atmosphäre guten Willens und gegenseitiger Hochachtung.

Am nächsten Tag nahm Tan Yam Heng den Zug nach Singapur zurück.

Eine Woche später flog Tan Siow Mong nach Hongkong. Er blieb nur zwei Tage dort; aber er konnte mit seiner Nichte und ihrem Mann, Khoo Ah Au, einen unterhaltsamen und konstruktiven Abend verbringen.

DRITTES KAPITEL

I

Zwölf Stunden nachdem sie von Kobe ausgelaufen war, geriet die ›Silver Isle‹ in schlechtes Wetter, und mehr als die Hälfte ihrer Passagiere suchten die Kabinen auf.

Das Schiff gehörte der ›Isle-Linie‹, die zwischen San Franzisko und Kalkutta einen Frachtdienst betrieb und dabei Yokohama, Kobe, Hongkong, Manila, Saigon, Singapur und gelegentlich auch Rangun anlaufen ließ. Mit der wachsenden Beliebtheit von Weltreisen hatte der Passagierverkehr der Gesellschaft schnell zugenommen; zwei ihrer neueren Schiffe waren umgebaut worden, um größere und behaglichere Kabinenräume zu schaffen. Die ›Silver Isle‹ war eines dieser beiden Schiffe. Unglücklicherweise waren ihre Aufbauten durch diese Verbesserungen, zu denen auch ein aufgestocktes Deck zählte, nicht unerheblich erhöht worden, und wenn die See nicht gerade spiegelblank war, schlingerte das Schiff heftig.

Für Greg Nilsen allerdings kam das schlechte Wetter wie gerufen. Er und Dorothy, seine Frau, waren beide seefest und konnten mit ungeschmälertem Appetit in den Speisesaal hinuntergehen. Zugegeben, Dorothy beklagte sich darüber, daß das ununterbrochene Rollen und Schlingern sie ermüdete; aber er konnte das nur als geringfügige Unbequemlichkeit ansehen. Was ihn betraf, so war ihm jedes Wetter recht, das Arlene Drecker zwang, in ihrer Kabine zu bleiben.

Greg war Ingenieur und Inhaber einer Präzisionsformenguß-Fabrik in Wilmington, Delaware. Seit mehr als zwei Jahren hatten er und Dorothy ihre Weltreise geplant, seit ihr jüngerer Sohn aufs College gekommen war.

Sie hätten diese Reise schon früher antreten können, wenn sie bereit gewesen wären, den größten Teil des Weges zu fliegen; aber das hatte Dorothy nicht gewollt. Eine ›richtige‹ Weltreise hatte sie sich gewünscht, eine Seereise also, und zwar eine auf kleinen, langsamen Schiffen.

»Schließlich werden wir nur einmal in unserem Leben in der Lage sein, uns das zu leisten«, hatte sie gesagt. »Die Touristen zieht es sämtlich in Städte wie Tokio und Hongkong und Paris und Rom. Ich finde, wir sollten uns auch einige entlegenere Plätze ansehen; Orte, von denen die meisten Leute nur lesen oder Photographien in Bildbänden gesehen haben. Herrliche Gegenden wie Tahiti, wohin die Vergnügungsdampfer nicht fahren.«

Greg hatte ihr zugestimmt. Doch schon wenige Abende, die sie mit Landkarten, Schiffsfahrplänen und einem 40 cm-Globus verbrachten, hatten genügt, um ihre Vorstellungen zurechtzurücken. So stellten sie beispielsweise fest, daß ein eintägiger Abstecher nach Tahiti auf der Route nach Japan und nach Hongkong ihr Reiseprogramm um zwei Wochen verlängern würde. Am Ende war ihnen klar geworden, daß die Reise mindestens zwei Monate dauern würde, selbst wenn sie in bezug auf die Größe und die Geschwindigkeit der Schiffe Kompromisse schlössen, wenn sie sich an die üblichen Häfen hielten und Südamerika vollkommen aus dem Spiel ließen; und drei Monate, wenn sie nicht praktisch ihre ganze Zeit auf See verbringen wollten.

Greg hatte ein paar außerordentlich tüchtige Mitarbeiter; aber was die Geschäftsführung anbetraf, war die Firma ›Nilsen Formenguß und Werkzeuge‹ praktisch ein Einmannbetrieb. Greg konnte sich nicht auf eine dreimonatige Urlaubsreise begeben, wann immer ihm danach zumute war, und obschon er seit geraumer Zeit eine Umorganisation vorhatte, die ihn in die Lage versetzen sollte, mehr Verantwortung als bisher an seine Mitarbeiter zu übertragen, waren Veränderungen damit verbunden, die nur allmählich vorgenommen werden konnten. Dafür hatte er zwei Jahre berechnet; ein Jahr, in dem die Veränderungen eingeführt werden sollten, und ein zweites, in dem sich zeigen würde, ob sie sich bewährten. Aber selbst so war es nicht leicht gewesen, fortzukommen. Im letzten Monat vor ihrer Abreise hatte es zuweilen so ausgesehen, als würden sie wegen eines Ärgers mit einem neuen Regierungsauftrag ihre Reisepläne aufgeben müssen. Doch die Schwierigkeiten konnten gerade noch rechtzeitig ausgebügelt werden, und Anfang Oktober reisten sie von Wilmington ab. Wegen des vielen Gepäcks, das sie mit sich führten, fuhren sie mit dem Zug nach San Franzisko. Am Siebenten stachen sie in See.

Beide waren nicht häufig auf Schiffen gereist. Während des Krieges war Greg auf einem Truppentransporter nach Europa gekommen. Auf der ›United States‹ und der ›America‹ waren sie zusammen nach England und Frankreich gereist und wieder zurück. Das war alles. Von erfahreneren Freunden hatten sie viele Ratschläge bekommen. Wie Greg sich später erinnerte, hatte einer dieser Freunde eine besonders ernste Warnung ausgesprochen.

»Während der ersten zwei oder drei Tage müßt ihr euch in acht nehmen«, hatte dieser Mann gesagt. »Vor allem am ersten Tag kurz nach dem Auslaufen. Ihr werdet mit diesen Leuten wochenlang zusammensein müssen. Aber zunächst wird euch alles fremd vorkommen, und ihr werdet euch nach allen Seiten hin freundlich zeigen wollen. Ihr werdet in die Bar gehen und einen Drink nehmen, um diese Ausreise zu feiern. Nehmt euch in acht! Fangt nur nicht an, mit irgend jemandem freundlich zu sein! Wartet ab! Ihr kommt mit jemandem ins Gespräch, und noch bevor ihr es begriffen habt, bumms! sitzt ihr mit dem langweiligsten Menschen an Bord fest. So etwas kann einem die ganze Reise verderben.«

Arlene Drecker war keineswegs die langweiligste Person an Bord; aber Greg für sein Teil empfand sie als weit schlimmere Plage.

Nach der Abfahrt waren er und Dorothy auf Deck geblieben, bis das Goldene Tor hinter ihnen lag. Sie hatten den Jungen einen lückenlosen photographischen Bericht von der Reise versprochen, und Greg hatte mit der 16 mm-Bell-and-Howell-Kamera fast eine Stunde auf dem Bootsdeck verbracht. Der Tag war sonnig, aber es wehte eine kühle Brise. Als es draußen nichts mehr zu sehen gab, waren sie froh gewesen, die Wärme der Bar aufzusuchen und vor dem Lunch einen Drink zu nehmen.

Arlene hatte etwa zwei Meter von ihnen entfernt an einem kleinen Tisch gesessen, Schiffs-Telegrammformulare ausgefüllt und an einem Martini genippt. Dann war dem Füllfederhalter, den sie aus dem Schreibzimmer mitgenommen hatte, die Tinte ausgegangen, und sie hatte verzweifelt in die Runde geblickt. Greg hatte ihr höflich seinen Füllfederhalter angeboten. Sie hatte ihn genommen. Später, als sie ihm den Halter zurückgab, hatte sie die beiden zu einem Drink eingeladen.

»Nein, nein. Sie müssen sich zu uns setzen«, hatte Dorothy gesagt.

Arlene hatte gelächelt. »Wissen Sie, für ein alleinreisendes Mädchen ist das ein großes Problem – wie kann sie die Leute dazu überreden, sich gelegentlich auch einmal zu einem Drink einladen zu lassen?«

Dessenungeachtet hatte sie sich zu ihnen gesetzt und einen Martini getrunken. Zusammen waren sie zum Lunch hinuntergegangen. Später war der Steward mit der endgültigen Speisesaal-Sitzordnung an Greg herangetreten und hatte gefragt, ob er und Mrs. Nilsen etwas dagegen hätten, wenn Miss Drecker an ihrem Tisch säße. Einzeltische gäbe es nicht, erklärte er, und Miss Drecker säße nicht gern in einer größeren Gesellschaft. Greg hatte kaum eine andere Wahl als zuzustimmen.

Als sie an jenem Abend hinuntergingen, stand eine Flasche Champagner auf ihrem Tisch; zum Dank dafür, daß sie bei ihnen sitzen dürfe, und um auf die Reise anzustoßen, erklärte Arlene.

Später, in der Kabine murrte Greg darüber. Er machte sich nichts aus Champagner, der ihm stets Sodbrennen zu verursachen pflegte, aber Dorothy hatte dafür kein Verständnis. Es zeigte, meinte sie, daß Arlene ihnen nicht zur Last fallen wollte. Das sei es, was sie ihnen mit dem Champagner auf eine sehr nette Art habe sagen wollen. Die Tatsache, daß er davon Sodbrennen bekäme, sei in diesem Zusammenhang irrelevant. Dorothy hatte eine Zuneigung zu Arlene gefaßt.

Sie war eine hochgewachsene, ungelenke blonde Person mit großen weißen Zähnen, bräunlicher Haut und sehr dünnen Beinen. Aus ihren Bemerkungen schloß Dorothy, daß sie wohl schon zu den Endvierzigern gehörte, aber sie sah ohne Frage jünger aus. Sie zog sich sehr elegant an, in einem nahezu männlichen Stil, der gut zu ihr paßte, obschon sie zuweilen dazu neigte, sich mit schweren Armbändern zu behängen und Ohrringe zu tragen, die die Schmalheit ihres Kopfes betonten. Von sich selbst redete sie sehr frei und durchaus nicht unamüsant mit vorsichtig-sanfter Stimme, die bei jedem Wechsel der Tonlage ein wenig knarrte. Ihr Vater war Grundstücksmakler in Los Angeles gewesen. Während des Krieges hatte sie im Amerikanischen Roten Kreuz gearbeitet und war bis siebenundvierzig mit dieser Organisation in Frankreich und Deutschland geblieben. Dann starb ihr Vater, und sie ging nach Kalifornien zurück. Sie besaß nun ein Haus in Palm Springs, das sie vermietete, wenn sie auf Reisen ging. Sie hatte niemals großes Verlangen danach gehabt, zu heiraten, obschon sie verheiratete Leute mochte und eine Schwäche für Kinder hatte. Aber man mußte schon den richtigen Mann treffen, sonst war es sinnlos. Ihre Schwester hatte zum viertenmal geheiratet, und was für ein elendes Durcheinander das alles doch gewesen war. Ihre Einstellung den Männern gegenüber war sarkastische Kameraderie, gemischt mit etwas Verachtung.

Am vierten Tag auf See war Gregs Abneigung gegen sie bereits heftig. Die Flasche Champagner war nur ein kleines Ärgernis gewesen; aber als am zweiten Abend eine Flasche französischer Rotwein zum Dinner aufgetischt wurde, hatte er protestiert.

»Es war nett gemeint von Ihnen, Miss Drecker«, sagte er. »Aber Dorothy und ich sind es nicht gewohnt, zum Essen Wein zu trinken. Wenn es Ihnen also nichts ausmacht . . .«

»Aber der Steward hat die Flasche schon geöffnet. Oh, nun seien Sie doch nicht so, Mr. Nilsen. Leben Sie ein bißchen gefährlich!«

Dorothy kicherte. Der Steward lächelte und schenkte ein.

»Hör mal, Dorothy«, sagte Greg später, als sie allein waren. »Arlene Drecker kann so viel Wein trinken, wie sie will. Und du natürlich auch. Aber ich werde mir doch nicht von ihr sagen lassen, was ich trinken soll.«

»So hat sie es doch gar nicht gemeint.«

»Es ist mir egal, wie sie es gemeint hat. Tatsächlich hatte ich nur die Wahl, etwas zu trinken, was ich nicht wollte, oder wie ein Bauer dazustehen. Verdammt, sie ist nicht unsere Gastgeberin auf diesem Schiff. Ich wünschte, sie hörte damit auf, so zu tun, als ob sie es wäre.«

»Sie gibt sich nur Mühe, freundlich zu sein.«

»Hör mal zu, wenn du Wein trinken willst oder wenn wir Wein trinken wollen, dann bestelle ich welchen.«

Am nächsten Abend bestellte Arlene Drecker Burgunder. Aber Greg hatte wohlweislich im voraus eine Flasche Rosé bestellt, und die beiden Weine wurden gleichzeitig gebracht.

»Zu ärgerlich«, sagte Greg grob. »Wie wär's, wenn Sie mithielten und Rosé tränken, Arlene?«

»Rosé zu Roastbeef?« Arlene hob die Brauen. »Nein danke, da bleib' ich beim Burgunder.«

Aber als der Steward am nächsten Abend die halbgeleerte Flasche Burgunder wieder brachte, bestand Arlene nicht darauf, sie mit ihnen zu teilen. Greg hatte sich durchgesetzt. Und erst später am Abend entdeckten sie, daß ihre Tagesrechnung in der Bar von Arlene bezahlt worden war. Dorothy konnte das Lachen nicht unterdrücken.

Zwei Tage vor ihrer Ankunft in Yokohama wurde bekanntgegeben, daß während des Aufenthaltes Stadtbesichtigungen vorgesehen wären. Passagiere, die die günstigen Sonderpreise wahrzunehmen wünschten, sollten sich innerhalb von vierundzwanzig Stunden beim Zahlmeister anmelden.

Greg hatte seinen und Dorothys Namen genannt. Beim Lunch erzählte Dorothy beiläufig davon.

Arlene starrte sie ungläubig an. »Rundfahrten? Meine Gute, Sie müssen nicht bei Verstand gewesen sein!«

»Was haben Sie gegen Besichtigungsfahrten?« fragte Greg. »Schließlich machen wir die Reise wegen der Sehenswürdigkeiten.«

»Oh, Greg!« Arlene lachte nachsichtig. »Haben Sie jemals eine japanische Besichtigungsfahrt mitgemacht?«

»Sie etwa?«

»Allerdings, und ich kann Ihnen sagen, es ist das Letzte. Man stopft Sie in einen Bus, gibt Ihnen ein Lunchpäckchen und fährt Sie dann von einem Bumslokal zum anderen. Das, was Sie gern sehen wollen, zeigt man Ihnen nicht. Man will nur, daß Sie möglichst viel kaufen – Kameras, Fächer, falschen Schmuck.«

»Davon ist auf dem schwarzen Brett nicht die Rede.«

»Natürlich nicht. Hören Sie, wenn Sie wirklich etwas sehen wollen, dann schließen Sie sich mir an. Ich will Sie gern herumführen. Ich kenne mich aus. Sie brauchen nur einen Wagen zu mieten, und der Chauffeur fährt Sie überall herum. Sie sind unabhängig, können halten und weiterfahren, wann Sie wollen.«

Unsicher geworden wandte sich Dorothy Greg zu: »Was hältst du davon?«

»Aber wir haben uns doch schon vormerken lassen.«

Arlene seufzte. »Na, dann lassen Sie sich eben wieder streichen! Warum denn nicht? Wenn Sie schon Touristen sein wollen, dann können Sie es auch richtig machen. Jetzt ist nicht die beste Jahreszeit für Japan, aber da Sie schon einmal hier sind, sollten Sie es sich wenigstens bequem einrichten.«

Unglücklicherweise hatte sie recht gehabt. Die Teilnehmer der Stadtrundfahrt kamen erschöpft, übelgelaunt und verspätet zum Dinner. Dorothy dagegen hatte einen faszinierenden Tag erlebt und ein Paar geschnitzte Haarnadeln aus Speckstein gekauft, die, wie der Barmixer behauptete, mindestens das Dreifache dessen wert waren, was sie bezahlt hatte.

Am nächsten Tag und auch später in Kobe wiederholte sich das gleiche Spiel. Es mochte Einbildung sein, aber Greg hatte den Verdacht, daß Dorothy und Arlene ein stillschweigendes Übereinkommen getroffen hatten, seinen Führungsanspruch zu ignorieren und die Dinge selber in die Hand zu nehmen.

Als der Tischsteward berichtete, daß Miss Drecker seekrank wäre und in ihrer Kabine bliebe, kostete es ihn eine gewisse Überwindung, ein paar Worte des Bedauerns herauszubringen.

Das schlechte Wetter hielt zwei Tage an, die Greg gründlich genoß. Als am dritten Tag eine blasse Arlene zum Lunch erschien, war er beinahe ebenso besorgt wie Dorothy.

Dann kam das Mißverständnis wegen des Shuffleboard-Turniers. Der Schiffsarzt wollte Greg und Dorothy gern in seinem Team haben, und Greg hatte zugesagt, ohne Dorothy zu fragen. Als das erste Spiel über die Lautsprecheranlage des Schiffes angesagt wurde, fehlte Dorothy. Greg fand sie schließlich beim Scrabble-Spiel in Arlenes Kabine. Bis er ihr erklärt hatte, was geschehen war, und sie an Deck erschienen, hatte man das Team neu aufgestellt, und sie konnten an dem Turnier nicht mehr teilnehmen.

Greg war verärgert. Um das Shuffleboard-Spiel tat es ihm nicht leid; er fand, es sei ein Spiel für alte Herren. Aber es ärgerte ihn, daß er sich bei dem Arzt entschuldigen mußte.

Dorothy verhielt sich sehr vernünftig. »Es tut mir leid, mein Lieber. Aber du hast mir nichts davon gesagt, nicht wahr?«

»Ich dachte, du seiest irgendwo an Deck.«

»Nun, du hast gelesen, und Arlene schlug vor, Scrabble zu spielen. Daß du dazu keine Lust hast, weiß ich, und deswegen habe ich dich gar nicht erst gestört.«

»Mußtet ihr denn unbedingt in der Kabine spielen?«

»Ihre Kabine ist sehr behaglich. Du kennst sie nicht. Sie ist zweimal so groß wie unsere. Hör mal, mein Guter, ich bin sicher, daß es dem Doktor nichts ausmacht. Er hat Verständnis dafür.«

»Ja, ich weiß. Aber trotzdem . . .«

Er war verärgert. Als Arlene und Dorothy an diesem Abend von Einkäufen zu reden anfingen, die sie in Hongkong tätigen wollten, kehrte sein Ärger zurück.

»Die großen Läden sind alle in Victoria«, sagte Arlene. »Das liegt auf der eigentlichen Insel Hongkong. Aber für uns Frauen sind die Läden drüben in Kaulung auf dem Festland interessanter. Einer heißt ›Stern von Siam‹ und ist im Peninsular-Hotel – dort muß man gewesen sein.«

»Läden in einem Hotel?« fragte Dorothy.

»Allerdings. Sie füllen zwei ganze Stockwerke.«

»Klingt mir nach Touristen-Nepp«, sagte Greg.

Arlene lächelte ihn an. »Was würden Sie zu einem nach Maß geschneiderten Anzug in bestem englischen Kammgarn sagen, der fünfundzwanzig Dollar kostet?«

»Oh, natürlich, ich weiß Bescheid. Die kopieren einen Anzug, den man hat, und sobald man ihn anzieht, fällt er auseinander.«

Wieder lächelte Arlene nachsichtig. »Ach, wirklich? Das habe ich noch nie gehört, jedenfalls nicht von jemandem, der wirklich dort war und sich einen gekauft hat.«

»Warum versuchst du es nicht, Liebling?« meinte Dorothy. »Ich finde fünfundzwanzig Dollar für einen Anzug billig. Und du kannst noch ein paar Sommeranzüge gebrauchen.«

»Brooks Brothers sind gut genug für mich.« Schon während er das sagte, wußte er, daß dies eine plumpe und törichte Bemerkung war.

»Nun, es ist ja auch unwichtig.« Dorothy sagte es ein wenig aufgebracht.

Arlenes Schweigen war auf geradezu überwältigende Weise taktvoll.

Es war Sonntagabend, und infolgedessen wurde nach dem Dinner nicht getanzt. Als Arlene ihre Kabine aufgesucht hatte, wollte Dorothy vor dem Zubettgehen noch einen Rundgang auf Deck machen.

Nachdem sie eine Weile gegangen waren, sagte sie: »Liebling, ich bin etwas besorgt. Ich genieße die Reise sehr und amüsiere mich prächtig. Du, wie es scheint, weniger.«

»Weil ich mir nun einmal in Hongkong keinen Anzug machen lassen will?«

»Jetzt beginnst du wirklich langweilig zu werden.«

»Mag sein. Diese Frau geht mir auf die Nerven.«

»Arlene? Aber sie ist doch eine sehr nette Person.«

»Na, ich kann sie jedenfalls nicht leiden und wünsche nur, sie ließe uns in Ruhe.«

»*Mich* stört sie nicht. Ich finde sie sehr lieb und hilfsbereit. Stell dir vor, wie es uns in Tokio ergangen wäre, wenn wir nicht das Glück gehabt hätten, von ihr herumgeführt zu werden. Für sie ist es bestimmt nicht sehr aufregend gewesen. Sie kannte das alles ja schon, und nur unsertwegen hat sie sich so viel Mühe gegeben.«

»Ich wünschte, sie würde diese Mühen an andere Leute verwenden. Aber warum macht sie denn diese Reise, wenn sie schon alles gesehen hat?«

»Greg, Liebling, du bist sonst viel toleranter und verständiger. Sie ist eine sehr einsame Frau.«

»Und das nicht ohne Grund.«

»Wie häßlich, so etwas zu sagen. Es sieht dir gar nicht ähnlich.«

»Und doch ist es meine Meinung. Du weißt, daß ich diese Frau nicht ausstehen kann. Der Chefsteward sagte mir, daß sie nicht gern in Gesellschaft sei. Und warum nicht, wenn sie doch so einsam ist? Warum mußte sie sich ausgerechnet auf uns stürzen?«

Dorothy antwortete nicht sogleich, und sie gingen schweigend noch einmal um das Deck herum.

»Hör mal, Liebster«, sagte sie schließlich. »Wir machen diese Fahrt nicht zur Erholung, sondern weil wir etwas mehr von der Welt sehen wollen als nur Amerika. Wenn wir Multimillionäre wären, dann könnten wir die Reise vielleicht auf unserer Privatjacht machen. Wie die Dinge nun einmal liegen, müssen wir mit anderen Leuten zusammen reisen. Wir sind nicht in der Lage, uns die Mitreisenden nach eigenem Geschmack auszusuchen, ebensowenig wie sie ihrerseits uns haben aussuchen können. Wir müssen also versuchen, das Beste daraus zu machen. Ist das vernünftig?«

Greg lachte in sich hinein. »Es ist ein Gedicht, und du hast es wunderschön aufgesagt.«

»Greg, ich meine es ernsthaft.«

»Ich weiß, Liebling.« Er nahm sie bei der Hand. »Deswegen bist du ja so süß.«

Seine gute Laune war wiedergekehrt. Dorothys Predigten hatten meistens diese Wirkung. Vor ihrer Ehe war sie Kindergärtnerin gewesen, und auch heute noch konnte man ihr den alten Montessori-Stil in kritischen Augenblicken anmerken.

»Du machst mich ganz verrückt«, sagte sie.

Er blieb stehen und küßte sie auf die Wange. »Schon gut, Liebling, wir wollen, wohin wir auch kommen, nette, wohlerzogene amerikanische Touristen sein, die Freundlichkeit und Zuversicht ausstrahlen und harte Dollars unter die Leute bringen.«

»Wenn du nur ein wenig von dieser Freundlichkeit in Richtung Arlene ausstrahlen könntest, das ist alles, worum ich dich bitte.«

»Du sagtest, wir müßten das Beste aus der Sache machen. Also gut, ich werde mir Mühe geben.«

»Ich danke dir, Liebling.«

Er seufzte. »Ich werde es jedenfalls versuchen.«

Und ein paar Tage gab er sich redliche Mühe.

2

Achtundvierzig Stunden sollte die ›Silver Isle‹ in Hongkong bleiben, Fracht löschen und neue aufnehmen. Sie machte an den Piers der Canton Road fest, auf der Kaulung-Seite des Hafens.

Für die Passagiere war das sehr bequem. Sie konnten jederzeit an Land gehen, und sowohl die Fähre nach Victoria als auch das Peninsular-Hotel waren von hier aus bequem zu Fuß erreichbar.

Wären sie sich selbst überlassen gewesen, dann hätten Greg und Dorothy wahrscheinlich sofort die Fähre bestiegen, um sich das eigentliche Hongkong anzusehen; aber Arlene führte sie zum Hotel.

»Für die Besichtigungsfahrten ist nachher noch reichlich Zeit«, erklärte sie. »Lassen Sie uns vor allem einmal beratschlagen. Ich nehme an, man wird Ihnen erzählt haben, daß die Chinesen über Nacht von einem Paar Ohrringen bis zum Smoking einfach alles anfertigen können. Nun, das stimmt ganz einfach nicht. Wenn Sie irgend etwas ordentlich gemacht haben wollen, müssen Sie ihnen mindestens sechsunddreißig Stunden Zeit geben. Lassen Sie uns also zuerst unsere Einkäufe tätigen, und dann brauchen wir uns darum nicht mehr zu kümmern.«

Sie schauten sich eine Weile die Auslagen im Hotel an; dann ließen die Damen Greg bei Mr. Yu, einem Schneider, zurück und begaben sich wieder zum ›Stern von Siam‹, um thailändische Seidenröcke zu kaufen. Man wollte sich später in der Hotelhalle treffen. Als Greg seinen Anzugsstoff gewählt hatte und seine Maße genommen waren, ging er in die Halle hinunter.

Er wußte, daß die Damen mindestens eine halbe Stunde auf sich warten lassen würden. Für einen Drink war es noch zu früh. In der Halle stand eine Anzahl von Kiosken, in denen Reisebüros Stadtrundfahrten offerierten. Es wäre keine schlechte Idee, dachte er, sich nach einem Wagen zu erkundigen, den man sich nebst Chauffeur mieten könnte.

Im gleichen Augenblick, in dem ihm dieser Gedanke gekommen war, stellte sich ein weiterer ein: ›Vielleicht sollte ich lieber erst Arlene fragen?‹ Das genügte. Er stieß einen Fluch aus und ging zum nächsten Kiosk hinüber.

Ein Chinese in schwarzem Geschäftsanzug trat auf ihn zu.

»Guten Morgen, Sir. Was kann ich für Sie tun?«

»Ich möchte eine Limousine mit einem Chauffeur für eine Rundfahrt mieten. Haben Sie Wagen?«

»Wir haben keine eigenen Wagen, aber wir könnten das für Sie arrangieren, Sir. Einen amerikanischen Wagen, wenn Sie wünschen. Wann und wie lange wollen Sie ihn haben?«

»Tja, wir haben nur zwei Tage Zeit. Wir möchten gern soviel wie möglich sehen. Gleich nach dem Lunch könnten wir losfahren.«

»Dann würde ich vorschlagen, Sir, daß Sie heute nachmittag mit der Autofähre nach Hongkong übersetzen und zum ›Peak‹ hinauffahren. Von dort haben Sie eine großartige Aussicht. Anschließend würde ich eine Fahrt zur Deep Water Bay und Repulse Bay empfehlen, dort im Hotel können Sie den Tee nehmen. Morgen könnten Sie sich Kaulung und die New Territories vornehmen.«

»Würden wir dabei an die rotchinesische Grenze kommen?«

»Gewiß, Sir. Und in Shatin könnten Sie lunchen. Aber ich werde Ihnen einen Fahrer besorgen, der sich gut auskennt und Ihnen nützliche Ratschläge geben kann.«

»Was wird es kosten?«

Als Arlene und Dorothy wieder erschienen, war bereits alles geregelt.

Es mißfiel Arlene ganz eindeutig, daß diese Arrangements über ihren Kopf hinweg getroffen worden waren, aber es war nicht leicht für sie, an ihnen irgend etwas auszusetzen. Sie tat jedoch, was sie konnte.

»Wir brauchten nicht unbedingt einen Wagen für heute nachmittag«, sagte sie. »Wir hätten mit der Star-Fähre übersetzen und uns drüben ein Taxi nehmen können.«

»Bei dieser Luftfeuchtigkeit?« meinte Dorothy. »Das ist ja schlimmer als New York im August.«

»Luftfeuchtigkeit?« Arlene lächelte überlegen. »Warten Sie nur ab, bis wir nach Singapur kommen!«

Greg gratulierte sich zu dem kleinen Riß, der sich in dem weiblichen Bündnis gezeigt hatte; aber lange sollte seine Zufriedenheit nicht dauern. Zum Lunch gingen sie in ein chinesisches Restaurant, und Arlene bestand darauf, daß sie alle drei mit Stäbchen äßen. Eine Gabel zu benutzen werde als unhöflich angesehen, erklärte sie. Dorothy hatte großen Spaß daran, aber Greg, der das chinesische Essen sehr schätzte und hungrig war, wurde nervös und ließ von der Speise etwas auf seine Krawatte fallen.

Nach dem Lunch gingen sie zum Peninsular-Hotel zurück, um dort Fahrer und Wagen zu treffen.

Der Wagen erwies sich als ein drei Jahre alter Chevrolet Bel-Air, und Arlene betrachtete ihn mit Abscheu.

Der Fahrer war ein junger Chinese in Chauffeurmütze, grauen Flanellhosen und dunkelblauem Blazer. Er nahm die Mütze ab und hielt den Damen in ehrerbietiger Haltung die hintere Wagentür auf.

»Soll ich mich zu Ihnen nach vorn setzen?« fragte ihn Greg.

»Ich glaube, es wäre bequemer so. Wenn Sie nichts dagegen haben, Sir.«

»Also gut.«

Als sie Platz genommen hatten, wandte sich der Fahrer an ihn. »Ich sehe, daß Sie eine Kamera bei sich haben, Sir. Auf dem Weg zum Peak gibt es ein paar Stellen, von denen aus Sie besonders gute Aufnahmen machen können. Wollen Sie, daß ich dort anhalte?«

»Ausgezeichnet. Wie heißen Sie übrigens?«

»Mein chinesischer Name ist Khoo Ah Au, Sir.« Der Fahrer lächelte. »Amerikanische Kunden finden es bequemer, mich Jimmy zu nennen.«

3

Khoo Ah Au hatte amerikanische Touristen gern. Alles in allem fand er sie großzügig, umgänglich und vollkommen berechenbar. Im Gegensatz zu den Engländern waren sie nur selten schlecht gelaunt, und sie stellten kaum jemals exzentrische Forderungen, wie es die Franzosen häufig taten. Sie quälten ihn nicht mit Fragen, die man ihm noch nie gestellt hatte, und lauschten höflich, wenn auch zuweilen unaufmerksam, den Informationen, die er zu geben hatte. Pflichtgemäß benutzten sie ihre Belichtungsmesser, bevor sie eine Aufnahme machten, und kauften brav ihre Andenken in den Läden, die ihm eine Provision zahlten. Vor allem aber fand er, daß die persönlichen Beziehungen zwischen ihnen leicht übersehbar waren. Das mochte an der Rasse liegen, dachte er. Seine eigenen Landsleute achteten stets darauf, sich nicht in die Karten schauen und Gefühle der Abneigung nicht spürbar werden zu lassen. Den Amerikanern schien es gleichgültig zu sein, wieviel Einblick sie Fremden gewährten. Es war fast, als genössen sie es, durchsichtig zu sein.

Dieser Amerikaner zum Beispiel, und diese beiden Frauen.

Man brauchte nur zwei Minuten dem zuzuhören, was sie sagten und wie sie es sagten, und schon war alles klar. Die Frau, die sich Arlene nannte, fühlte sich zu der verheirateten Frau hingezogen, und der Ehemann war eifersüchtig. Grundlos, möglicherweise. Wahrscheinlich war zwischen den beiden Frauen nicht mehr vorgefallen als ein Austausch vertraulicher Geständnisse oder ein verstohlener Händedruck; aber der Mann war eifersüchtig. Und die hungrige Frau war eifersüchtig auf ihn. Unbefangen schien nur die hübsche, aber nicht mehr ganz junge Ehefrau zu sein. Ihre Situation schien ihr nicht zu schmeicheln, ja nicht einmal bewußt zu sein. Vielleicht war sie dennoch sensibler als es den Anschein hatte. Das würde er beurteilen können, sobald er ihnen etwas länger zugehört hatte.

Sie befanden sich auf der Autofähre, als er etwas hörte, das seine Aufmerksamkeit fesselte. »Wenn wir mit der Passagierfähre übergesetzt hätten«, sagte die Dame Arlene, »dann würden Sie jetzt ein schönes Photo von dem vor Anker liegenden Schiff machen können.«

Was ihn aufmerken ließ, war das Wort ›Schiff‹. Weil er vom Peninsular-Hotel aus engagiert worden war, hatte er angenommen, das Trio wohne dort. Er war gar nicht auf die Idee gekommen, daß sie Transitpassagiere sein könnten, die an Land gegangen waren.

»Sie sind mit dem Schiff gekommen, Sir?« erkundigte er sich schüchtern.

»Ja. Mit der ›Silver Isle‹. Kennen Sie das Schiff?«

»O ja, Sir. Und bleiben Sie hier?«

»Nein, wir fahren auf der ›Silver Isle‹ weiter. Nach Manila, Saigon, Singapur, Rangun, Kalkutta. Meine Frau und ich sind auf einer Weltreise.«

»Oh, das ist sehr schön.«

Sie liefen jetzt in die Fährstation ein, und dadurch wurde

die Aufmerksamkeit seiner Fahrgäste in Anspruch genommen. Ihm gab das Zeit zum Nachdenken.

Seitdem der Onkel seiner Frau sie besucht hatte, waren fast zwei Monate vergangen, und bisher waren alle seine Versuche gescheitert, einen Amerikaner ausfindig zu machen, der Mr. Tans Vorstellungen entsprach. Schlimmer noch, sein letzter Versuch war ein erschreckender Fehlschlag gewesen. Der Amerikaner, leitender Angestellter eines Warenhauses in Cleveland, hatte ihn eines Betrugsversuchs bezichtigt und damit gedroht, die Polizei zu informieren. Danach hatte Khoo Ah Au beschlossen, in dieser Angelegenheit nichts mehr zu unternehmen. Dummerweise war Mr. Tan ein hochgeachtetes Mitglied der Familie seiner Frau, und sie hatte begonnen, ihm wegen dieser Sache in den Ohren zu liegen, nicht etwa auf zänkische Art, aber doch voller Vorwurf; sie ließ durchblicken, daß sie in ihrer Familie an Ansehen verlieren würde, wenn er den Forderungen des Onkels nicht nachkäme. Und das Geld war schließlich nicht von der Hand zu weisen. Mit den fünfhundert Hongkong-Dollar, die ihm Mr. Tan für diesen Dienst in Aussicht gestellt hatte, würde er zu Cheon Ming & Co. gehen und eine Hi-Fi-Musiktruhe kaufen können. Aber war es das Risiko wert? Er begann sich über den neben ihm sitzenden Amerikaner seine Gedanken zu machen.

Der war lang und hager, hatte kurzes, graues Haar und trug lose, bequemsitzende Kleidung. Er sprach ruhig, wobei ein leises Lächeln seine Mundwinkel umspielte. Seine Augen waren wachsam und klug; aber es konnte auch Unschuld darin sein. Kein Mann, der leicht zu betrügen war, aber einer, der sich zuweilen selbst betrügen mochte.

Ah Au fuhr zum Peak hinauf. In der Nähe der unteren Drahtseilbahnstation hielt er, damit sie von der Straße aus die Aussicht auf den Hafen bewundern konnten. Der Amerikaner nahm seine Kamera und stieg aus dem Wagen.

Die Dame Arlene sagte: »Vom Gipfel ist der Blick viel besser.«

Sie blieb mit der Ehefrau im Wagen zurück.

Ah Au ging zu dem Amerikaner hinüber und begann auf die Sehenswürdigkeiten des Panoramas hinzuweisen.

»Ja, es ist eine großartige Stadt«, sagte der Amerikaner. »Übrigens, Jimmy, ist die Aussicht vom Peak tatsächlich besser?«

»Auch von dort oben haben Sie eine herrliche Aussicht, Sir, in einer Minute werde ich sie Ihnen zeigen. Aber der Blick von hier aus ist zum Photographieren besser geeignet. Dort oben ist es dunstiger.«

»Ich verstehe.« Er drehte den Film weiter.

»Benutzen Sie Kodachrom, Sir?«

»Ja. Warum?«

»Von hier aus, Sir, werden Sie bei Blende 8 und mit Dunstfilter eine gute Aufnahme bekommen.«

»Danke. Photographieren Sie viel?«

»Nein, Sir, aber ich halte solche Auskünfte für meine Kundschaft bereit.«

Die Kamera surrte. Als sie zum Wagen zurückgingen, sagte der Amerikaner: »Gehört der Wagen Ihnen, oder fahren Sie ihn nur für jemand anderes?«

»Es ist mein Wagen, Sir. Ich bediene die Kunden gern persönlich.«

»Ich nehme auch an, daß es Ihnen mehr Geld einbringt, wenn Sie in die eigene Tasche arbeiten.«

Ah Au lächelte. »Das außerdem, Sir.«

Der Amerikaner lächelte zurück.

Ah Au fuhr weiter, zum Gipfel hinauf. Ein gewisser Fortschritt war gemacht worden, dachte er. Sie hatten eine persönliche Beziehung hergestellt.

Die Tour wurde fortgesetzt. Seine Fahrgäste nahmen den

Tee im Repulse-Bay-Hotel. Anschließend fuhr er sie zum Fischerdorf Aberdeen und zeigte ihnen die schwimmenden chinesischen Restaurants. Auf Anregung der Dame Arlene wurde beschlossen, daß er sie am nächsten Abend zum Essen dort hinfahren sollte. Auf der Rückfahrt zur Fähre geschah es dann, daß Jimmy den erhofften Einblick in die Gedanken seines Kunden tun konnte.

Er fuhr die Connaught Road hinunter, an dem langgestreckten Kai vorbei, wo die Dschunken zum Löschen ihrer Ladung festmachten, als der Amerikaner sich ihm zuwandte.

»Jimmy, was sind das für Dschunken, die dort aufgereiht am Kai liegen? Ich meine die grün angestrichenen mit dem gelben Stern darauf.«

»Das sind Dschunken aus Kanton, Sir.«

»Aber Kanton liegt doch in Rotchina.«

»Ja, Sir. Kanton ist nur neunzig Meilen von hier entfernt.«

»Halten Sie den Wagen an. Ich möchte unbedingt ein paar Aufnahmen machen.«

Ah Au parkte den Wagen und ging, während die Frauen sitzen blieben, mit dem Amerikaner zum Kai zurück. Der Mann schien merkwürdig erregt zu sein und geriet in seinem Eifer, die Dschunken genauer zu sehen, fast ins Stolpern.

»Was tun die hier?« fragte er.

»Dschunken aus Kanton laufen hier ständig ein und aus.«

»Und was wollen sie hier?«

»Sie bringen Fracht.« Ah Au wunderte sich. Er konnte nicht begreifen, warum der Mann sich so sehr dafür interessierte.

»Was für Fracht?«

»Alles mögliche, Sir. Was dort ausgeladen wird, ist Schilfpalmen-Rohr. Es wird hier zu Stühlen und Körben verarbeitet.«

»Aber weit und breit sehe ich keinen Polizeibeamten.

Soll das heißen, daß sie kommen und gehen können, wie es ihnen paßt?«

»Das sind ordentliche Leute. Sie machen keinen Ärger, Sir.«

»Na, so was ...«

Er fing an Aufnahmen zu machen. Nachdem sie wieder zum Wagen zurückgekehrt waren, hörte Ah Au aufmerksam zu, wie der Amerikaner seiner Frau und deren Freundin erzählte, was er erfahren hatte.

Die Frauen zeigten sich interessiert, und diejenige, welche sich Arlene nannte, meinte, das beweise nur, wie weit es mit den Engländern gekommen sei, wenn sie sich nicht um die Kommunisten kümmerten, die in einer ihrer Kolonien ein und aus gingen; aber sie waren nicht in der gleichen Weise interessiert wie der Mann. Während sie zur Fähre weiterfuhren, sah Ah Au, daß er mit gespannter Aufmerksamkeit um sich blickte, als entdecke er in allem, was er sah, eine neue Bedeutung.

Als sie wieder auf dem Festland waren, hatte Ah Au beschlossen, die Angelegenheit einen Schritt weiter zu treiben. Er fuhr seine Gäste über die Kanton Road zum Schiff zurück und stellte dem Mann dann eine Frage.

»Morgen früh, Sir, für die Tour zu den New Territories, soll ich am Peninsular-Hotel warten oder den Wagen zum Schiff fahren?«

»Geht das denn?«

»O ja, Sir. Wenn ich an der Einfahrt zum Dock Ihren Namen angeben kann.«

»Ich heiße Nilsen. Würde es um zehn Uhr recht sein?«

»Sehr gut, Sir.« Er runzelte die Stirn, als versuche er angestrengt, sich an etwas zu erinnern. »Mr. Nilsen, im letzten Jahr war hier ein anderer Mr. Nilsen. Er war in der Textilbranche. Er hatte eine große Fabrik in einer

Stadt, die Dayton heißt, glaube ich. Vielleicht kennen Sie ihn?«

Mr. Nilsen lächelte nachsichtig. »Nein, Jimmy, ich kenne ihn nicht. Ich bin Ingenieur und habe eine kleine Formenguß-Fabrik in Wilmington. Nilsen ist ein recht häufiger Name in den Vereinigten Staaten.«

»Ich bitte um Verzeihung. Ich wußte das nicht. Eines Tages werde ich vielleicht nach Amerika gehen können.«

Er beglückwünschte sich. Die Gefahr, bei seiner Lüge über den Textilfabrikanten Nilsen aus Dayton ertappt zu werden, war gering gewesen. Die erlangten Informationen waren ermutigend. Mr. Nilsen war weder ein Regierungsangestellter, der es als seine Pflicht ansehen würde, die Polizei zu verständigen, noch ein Zeitungsmann, der auf andere Weise indiskret werden könnte. Er war ein angesehener Geschäftsmann von genau jenem Typ, den Mr. Tan beschrieben hatte; und auch seine Reiseroute entsprach genau der von Mr. Tan festgelegten. Das Problem war jetzt, wie man Mr. Tans Vorschlag möglichst anziehend erscheinen lassen konnte, ohne sich dabei zu kompromittieren oder mißverstanden zu werden.

Als er nach Hause kam, sagte Ah Au seiner Frau nichts von Mr. Nilsen. Er hatte bereits beschlossen, noch diesen einen Versuch zu machen, um Mr. Tan gefällig zu sein; aber nur, wenn sich eine günstige Gelegenheit dazu bot. Er wollte nicht mehr Risiken eingehen als nötig. Unter dem Druck ihrer Erwartungen würde seine Urteilskraft leiden.

In der Nacht lag er eine Stunde schlaflos da, vergegenwärtigte sich noch einmal jeden einzelnen Augenblick dieses Nachmittags und überprüfte seinen Eindruck von Mr. Nilsen. Als er sicher war, daß seiner Aufmerksamkeit nichts entgangen war, schlief er wieder ein.

Die Dame Arlene verspätete sich, so daß sie erst kurz vor

halb elf vom Hafen fortkamen. Mr. Nilsen beherrschte seine Ungeduld allzu offensichtlich. Es war ein unglückseliger Anfang. Ah Au lag daran, Mr. Nilsen in möglichst gute Stimmung zu versetzen, und er benutzte die erste Gelegenheit, um vorzuschlagen, daß man am Castle-Peak-Hotel halten und einen Kaffee trinken könnte, da man ja reichlich Zeit zur Verfügung hätte. Das Hotel lag etwa vier Meilen außerhalb der Stadt an der Tai Po Road, und vorüberkommen würde man dort ohnehin.

Mr. Nilsen hielt das für eine gute Idee, und die Spannung schien nachzulassen Als sie das Castle-Peak-Hotel verließen und in Richtung auf die Grenze weiterfuhren, hatte sich die Stimmung spürbar gebessert.

Sie kamen an Bauernhöfen und Reisfeldern vorüber, und bald hörte Ah Au die üblichen Ausrufe: »Sieh doch, ein hölzerner Pflug!« – »Dies ist wirklich noch das alte China!« – »Was sagt ihr zu diesen Hüten mit den Vorhängen dran?« – »Mein Gott, dieser Geruch!« – Ausrufe, die ihm bestätigten, daß seine Fahrgäste den Ausflug genossen.

Er saß gedankenverloren am Steuer, beantwortete die Fragen, die man an ihn richtete, schnell und hinreichend, gab sich aber keine Mühe, seine Antworten weiter auszuschmücken. Er wartete darauf, daß ein britischer Armeelastwagen auftauchte. Im nächsten Augenblick hatten sie einen vor sich, und er fuhr langsamer, um hinter ihm zu bleiben. Der Lastwagen war glücklicherweise voller Soldaten.

Er warf Mr. Nilsen einen Blick zu und lächelte. »Wir nähern uns Rotchina«, sagte er. »Hier fängt die militärische Zone an.«

Mr. Nilsen beugte sich vor, um den Lastwagen anzustarren. »Sind das britische Truppen?«

»Ja, Sir. Ein schottisches Regiment. Ein Stück weiter die Straße hinunter ist das Lager.«

»Wieviel Mann haben die Engländer hier, um die Grenze zu bewachen?«

»Ein bis zwei Bataillone, glaube ich.«

»Ein bis zwei Bataillone!« Er drehte sich herum. »Hast du das gehört, Dorothy? Nur ein bis zwei Bataillone, um diese Grenze zu bewachen! Mein Gott, die Roten könnten hier hereinspazieren, wann immer sie wollten. Habe ich nicht recht, Jimmy?«

Ah Au lächelte. »O ja, Sir. Aber ich glaube, das könnten sie selbst dann tun, wenn zwei Divisionen vorhanden wären, um die Grenze zu bewachen.«

Mr. Nilsen nickte grimmig. »Da mögen Sie recht haben. Wie nahe können wir an die Grenze herankommen?«

»Etwa eine Meile, Sir. Es ist gefährlich, wissen Sie.«

»Wie gefährlich?«

»Manchmal wird von der anderen Seite auf Leute geschossen, die der Grenzlinie allzu nahe kommen.«

»Reizende Leute.«

Der Armeelastwagen bog von der Straße ab und fuhr in die Lagereinfahrt, und Ah Au gab wieder Gas. Er konnte dem neben ihm sitzenden Mann die wachsende Neugier anmerken und wollte sie befriedigen.

Etwa eineinhalb Meilen vor der Grenze wandte sich die Straße scharf nach rechts und verlief parallel mit ihr. Es gab jedoch einen schmalen Ochsenpfad, der geradeaus weiterlief, und Ah Au folgte ihm, bis sie an ein kleines Bauernhaus gelangten. Der Pfad führte daran vorbei, aber wenige Meter hinter dem Haus befand sich ein großes Verbotsschild, das das Überschreiten dieser Linie untersagte. Ah Au hielt den Wagen an, nahm einen Feldstecher aus dem Handschuhfach, und sie stiegen alle vier aus.

Etwa eine Meile erstreckte sich die flache Landschaft vor ihnen. Dann kam eine niedrige Hügelkette, deren Hänge mit

Urnengräbern übersät waren, und dahinter lag der Kamm. Etwas unterhalb von ihm verlief eine schmale schwarze Linie.

»Das ist die Grenze, Sir.« Ah Au reichte Mr. Nilsen das Fernglas.

»Die schwarze Linie?«

»Ja, das ist ein Stacheldrahtzaun. Es gibt auch Maschinengewehrtürme, aber man kann sie nicht gut sehen.«

Mr. Nilsen suchte die Stacheldrahtlinie von links nach rechts ab, reichte das Fernglas dann seiner Frau und holte seine Kamera heraus.

»Blende 11 mit Dunstfilter«, murmelte Ah Au.

Mr. Nilsen nickte und stürzte sich in die Arbeit. Er begann mit einer Nahaufnahme seiner Frau, ließ die Kamera dann über das Verbotsschild weiterwandern, um sie schließlich auffallend lange auf die Grenzlinie zu richten. Dann stellte er auf dem Drehkopf das Teleobjektiv ein. Er gab sich erst zufrieden, als er zwei Filmspulen verbraucht hatte.

Die Dame Arlene fing an, sich zu langweilen, und ging zum Wagen zurück. Bald kamen kleine Kinder aus dem Bauernhaus, starrten sie durch die Wagenfenster an und bettelten um Geld. Ah Au mußte sie fortjagen.

Mr. Nilsen hatte es nicht eilig, zum Wagen zurückzukommen. Er bestand darauf, noch ein paar Aufnahmen vom Bauernhof und den kichernden Kindern zu machen, bevor er sich zum Aufbruch überreden ließ. Noch als der Wagen bereits über den holprigen Pfad zur Straße zurückrumpelte, blickte er wieder und wieder über die Schulter zur Grenze hinüber. Ah Au war zufrieden mit dem Eindruck, den sie auf den Amerikaner gemacht hatte.

Als sie an jener Stelle vorbeikamen, wo die Geleise der Kaulung-Kanton-Eisenbahn in einer Kurve auf den Grenzbahnhof zuliefen, waren weitere Fragen fällig.

»Ist der Eisenbahnverkehr zwischen Kaulung und Kanton stark?«

»O ja, Sir. Die Leute fahren nach Kanton, um Freunde und Familienangehörige zu sehen.«

»Ich verstehe nicht. Meinen Sie, daß die Leute ganz einfach losfahren?«

»Sie müssen sich eine Erlaubnis von der chinesischen Regierungsvertretung in Hongkong holen, aber das ist ganz leicht.«

»Hast du das gehört, Dorothy? Das also ist der Bambus-Vorhang.«

»Sie wünschen nach Kanton zu fahren, Sir?«

»Ich? Nein, danke!« Er lachte. »Ich habe an US-Regierungsaufträge zu denken, die ich nicht verlieren will.«

Am Tai-Po-Markt hielten sie, damit die beiden Frauen die kleinen Läden besichtigen und Kulihüte kaufen konnten. Ah Au handelte die Preise herunter, und als die Hüte bezahlt waren, trug er sie zum Wagen.

Er war gerade im Begriff, zu seinen Kunden zurückzugehen, um ihnen weiter behilflich zu sein, als Mr. Nilsen auf ihn zutrat.

»Sie sind in einen Seidenladen gegangen«, sagte er. »Kaufen werden sie nichts, aber eine Ewigkeit fortbleiben. Rauchen Sie?«

»Wenn ich fahre, nicht, Sir. Aber jetzt, gern.«

»Sind Sie je in Kanton gewesen?« fragte er.

»Nein, Sir. Ich war in Macao, wo Verwandte meiner Frau leben, aber meine Familie ist in Manila.«

»Ah so. Mögen Sie die Philippinen nicht?«

»Meine Familie ist von hier nach dort verzogen, Sir. Aber ich wurde hier geboren und bin Brite. Ich glaube, hier hat man mehr Möglichkeiten.«

»Das begreife ich nicht. Man sollte denken, daß Sie hier

am allerwenigsten irgendeine Sicherheit für Ihre Familie erwarten können. Nehmen Sie zum Beispiel diese Gegend. Sie wird New Territories genannt, aber ist sie nicht von der chinesischen Regierung verpachtet?«

»Ja, Sir. 1898 wurde das Gebiet auf neunundneunzig Jahre gepachtet.«

»Dann müssen die Engländer es also im Jahre 1997 an die Rotchinesen zurückgeben, wenn die dann noch am Ruder sind.«

»Ja, das stimmt.«

»Das heißt, wenn sie nicht schon früher kommen und es sich zurückholen.«

»Die Möglichkeit besteht natürlich immer, Sir. Aber ich glaube nicht, daß das Risiko sonderlich groß ist. Hongkong bedeutet keine Gefahr für sie, und es ist eine recht brauchbare Verbindung zum Westen. Das ist auch der Grund, weshalb man die Portugiesen weiterhin in Macao läßt.«

Ah Au redete fast beiläufig. Ursprünglich hatte er vorgehabt, Mr. Tans Vorschlag erst nach dem Lunch in Shatin zur Sprache zu bringen. Aber jetzt bot sich ihm eine Gelegenheit, wie sie nicht günstiger hätte sein können. Sein Herz begann schneller zu schlagen, und er kam zu einem Entschluß.

»Das kann sich alles über Nacht ändern«, sagte Mr. Nilsen gerade. »Eine Wendung im Kalten Krieg oder ein neues Korea wegen Formosa, und ich gäbe Ihnen keinen Cent mehr für das Peninsular-Hotel.«

Ah Au lächelte. »Vermutlich haben Sie recht, Sir. Aber vorläufig ist die Situation vorteilhaft für beide Seiten – und nicht nur für die großen Banken und Handelsgesellschaften hier.«

»Meinen Sie?«

»Ich kann Ihnen dazu eine Geschichte erzählen, die Sie amüsieren wird, Sir.«

»Und die wäre?«

»Nun, Sir, sie ist zwar vertraulich, aber Sie sind ja kein Polizist oder Reporter, und ich kann sie wohl ruhig erzählen.« Er machte eine Pause.

»Natürlich. Erzählen Sie nur.«

»Wissen Sie, Sir, wir Chinesen sind eigentlich alle Piraten.« Er zuckte die Achseln. »Chinesisches Piratentum ist so alt wie die Geschichte. Als die Roten begannen, Waffen und Munition mit Dschunken auf dem Seeweg zu den Terroristen nach Malaya zu schicken, gab es natürlich Leute hier und in Macao, die es für einen Jammer hielten, daß solch wertvolle Fracht ihren Bestimmungsort erreichen sollte. Es war eine große Versuchung. So oft sie konnten . . .« Er machte eine mißbilligende Handbewegung.

»Sie haben sie also überfallen?« Mr. Nilsen lächelte.

»Ja. Aber das ist doch noch nicht alles, Sir. Sie wissen doch, daß Waffen und Munition in diesem Teil der Welt sehr wertvoll sind.«

»Das sind sie wohl überall.«

»Besonders im Fernen Osten, Sir. Aber dummerweise gibt es offizielle Vorschriften und Beschränkungen, die den Handel mit militärischer Ausrüstung erschweren. Es ist nicht leicht, sich dieser Transporte zu bemächtigen. Und obschon die Roten international nichts unternehmen konnten, ohne damit zuzugeben, daß sie die Terroristen versorgten, war es für diese Piraten – Sie würden sie wohl Straßenräuber nennen – ein großes Risiko. Es mußte sich schon lohnen.« Er machte eine neuerliche Pause und konnte sehen, daß Mr. Nilsen ihm aufmerksam folgte.

»Na, und wie sind sie das Zeugs wieder losgeworden?«

»Das war recht einfach, Sir. Sie brachten die kommunistischen Waffen nach Indonesien und verkauften sie dort an die antikommunistischen Aufständischen.«

Mr. Nilsen blickte verdutzt drein und begann dann zu lachen.

Ah Au atmete erleichtert auf. Ihm selbst waren die schwachen Punkte seiner Erzählung so sehr bewußt, daß er befürchtet hatte, sie würden auch Mr. Nilsen auffallen. Das war im nächsten Augenblick der Fall. Er hörte auf zu lachen und sagte: »Ich verstehe nicht, warum die Roten das Zeug überhaupt auf dem Seeweg schickten. Wo war die englische Marine? Hätten sie denn die Transporte nach Malaya nicht abfangen können?«

»Sie haben ja auch viele abgefangen, Sir. Aber wie Sie wissen, gibt es eine Menge Dschunken in chinesischen Gewässern. Im letzten Jahr wurden allein in Hongkong fünfundzwanzigtausend gezählt. Es ist unmöglich, jede einzelne Dschunke zwischen Hongkong und Singapur auf See aufzubringen und zu untersuchen.«

»Das kann ich mir denken.«

»Und doch haben Sie recht, Sir. Der illegale Waffenhandel wurde schließlich unterbunden. Ein Freund von mir in Manila war sehr traurig darüber.«

»Ja?«

»Vor einiger Zeit schnappte er sich in der Nähe von Hainan von einer Dschunke der Roten Waffen und Munition. Es waren moderne Fabrikate, Gewehre, Maschinengewehre und Panzerfäuste, zusammen sechzigtausend Dollar wert. Und das Ganze liegt immer noch in Manila.«

»Warum? Gibt es denn keine Antikommunisten mehr in Indonesien?«

»Doch, Sir, viele. Aber es ist jetzt nicht mehr so einfach. Ein Kleinhandel ist es nicht mehr. Die Einkäufer der Rebellen sitzen in Singapur und müssen sehr vorsichtig sein. Sie kaufen keine illegalen Waffen mehr. Mein Freund hat ja versucht, zu verkaufen. Jetzt muß er die Waffen legal machen, sagt er.«

»Und wie stellt er sich das vor?«

Aber Ah Au hatte die beiden Frauen kommen gesehen und stieg schon aus dem Wagen aus, um ihnen die Tür zu öffnen. Mr. Nilsens Voraussage, daß sie nichts kaufen würden, hatte sich als falsch erwiesen. Seine Frau hatte Shantung-Seide für ein Kleid und die Dame Arlene ein Paar Ohrringe aus Jade erworben. Im Auto zeigten sie ihre Einkäufe und erzählten von den anderen Dingen, die es in dem Geschäft gegeben hatte.

Ah Au fuhr in Richtung Shatin weiter.

Daß seine Unterhaltung mit Mr. Nilsen unterbrochen worden war, störte ihn nicht; er war im Gegenteil ganz froh darüber. Er bezweifelte nicht, daß Mr. Nilsen neugierig genug geworden war, um eine Antwort auf seine letzte Frage bekommen zu wollen. Und es war viel besser, daß Mr. Nilsen derjenige sein würde, der auf das Thema zurückkäme.

Ah Au brauchte nicht lange darauf zu warten. Als die drei ihren Lunch im Shatin-Hotel eingenommen hatten, machten die beiden Frauen einen Spaziergang durch die Gärten, von denen aus man das Tal überblickte. Mr. Nilsen war zur Toilette gegangen; als er wieder erschien, schloß er sich jedoch nicht den beiden Frauen im Garten an. Statt dessen ging er zu Ah Au, der im Wagen saß.

Ah Au stieg aus, um die Tür zu öffnen, aber Mr. Nilsen winkte ab.

»Mein Bedarf an Sehenswürdigkeiten ist im Augenblick gedeckt«, sagte er lächelnd. »Ich möchte gern mehr über Ihren Freund in Manila hören.«

»Ja, Sir?«

»Was meinten Sie damit, als Sie davon sprachen, daß diese Waffensendung legal gemacht werden müßte?«

»Sie verstehen, Sir, dies ist sehr vertraulich.«

»Sicher, das habe ich schon verstanden.«

»Wenn Waffen als legal angesehen werden sollen, muß man einen rechtmäßigen Besitzer angeben und ihre rechtmäßige Herkunft nachweisen können. Was mein Freund braucht, ist jemand, der seine Unterschrift gibt.«

»Wie meinen Sie das?«

»Mein Freund möchte die Waffen in Singapur unter Zollverschluß legen und sie dann verkaufen.«

»Und warum geht das nicht?«

»Sir, wenn kein ordnungsgemäßes Konnossement existiert, das von einer angesehenen Verladerfirma des Herkunftshafens ausgefertigt ist, nehmen die Hafenbehörden von Singapur die Sendung nicht unter Zollverschluß. Unglücklicherweise dürfen Einwohner von Manila nicht mit Waffen handeln, es sei denn, sie haben eine Erlaubnis der Regierung. Es ist außerordentlich schwierig und kostspielig, sie zu bekommen. Deswegen muß mein Freund einen ausländischen Empfänger finden.«

»Warum? Ich begreife nicht.«

»Sir, nach dem Krieg wurde in Manila eine Menge überzähliges amerikanisches Kriegsmaterial an Händler verkauft, die es exportierten. Ausländer ohne ständigen Wohnsitz in Manila sind von den Bestimmungen über den Waffenhandel nicht betroffen.«

»Ich verstehe.«

»Der Empfänger müßte also nach Singapur gehen und dort die Zollpapiere unterschreiben. Mein Freund hat versucht, den richtigen Mann dafür zu finden, aber bisher keinen Erfolg gehabt, obwohl er sogar bereit ist, fünf Prozent für diesen Dienst zu zahlen. Mit Gaunern will er sich nicht einlassen.«

»Straßenräuber nehmen es doch gewöhnlich nicht so genau.«

»Ein Gauner würde ihn übers Ohr hauen, Sir. Was hindert ihn zu behaupten, die Waren gehören ihm, und das Geld zu behalten, sobald die Papiere erst unterzeichnet sind? Sechzigtausend *Straits*-Dollar sind eine ganze Menge, einundzwanzigtausend US-Dollar.«

»Und davon fünf Prozent sind eintausendfünfzig.« Mr. Nilsen grinste freundlich. »Jimmy, Sie erzählen mir das alles doch nicht etwa aus einem ganz bestimmten Grund, wie?«

Ah Aus Herz stockte. Sollte Mr. Nilsen womöglich aus dem gleichen Holz geschnitzt sein wie der Mann aus Cleveland?

»Ein bestimmter Grund, Sir? Aber Sie haben mich doch gefragt.«

»Ich weiß. Aber Sie waren es doch wohl, der zuerst darauf zu sprechen kam, oder nicht? Nun mal ehrlich, Jimmy. Hatten Sie nicht vielleicht gedacht, ich könnte dazu überredet werden, den Strohmann für Ihren Freund zu machen?«

Ah Au sah verwundert drein. »Sie, Sir? Daran hatte ich nicht gedacht.«

»Schon gut, Schwamm darüber.« Er wandte sich zum Gehen.

»Aber Sie würden einen solchen Vorschlag nicht von der Hand weisen?« fragte Ah Au schnell.

Mr. Nilsen blickte ihn kalt an. »Was steckt dahinter, Jimmy?«

»Dahinter, Sir?«

»Was will Ihr Freund in Manila denn schmuggeln? Opium?«

»Sir, das ist ein häßlicher Verdacht. Sie haben mir Fragen gestellt. Ich habe sie ehrlich beantwortet.«

»Schon gut. Dann beantworten Sie mir noch ein paar weitere Fragen. Wie heißt Ihr Freund?«

»Sir, wenn Sie den Verdacht haben, daß er Opium schmuggelt, werden Sie zur Polizei gehen. Wie kann ich Ihnen da seinen Namen nennen?«

»Schon gut. Ich verspreche Ihnen, nicht zur Polizei zu gehen. Wie heißt er?«

Ah Au zögerte und machte dann eine leichte Verbeugung. »Da Sie mir ein Versprechen gegeben haben, muß ich es annehmen. Bitte, bedenken Sie das, Sir. Sein Name ist Mr. Tan Tack Chee.«

»Schön, aber warum müssen Sie denn für Mr. Tan Tack Chee hausieren gehen? Warum sucht er nicht selber einen Strohmann aus?«

»Weil er keinen Kontakt hat mit Schiffspassagieren. Er kann doch nicht Fremde ansprechen und ihnen einen solchen Vorschlag machen. Und außerdem mußte es jemand sein, der nach Singapur geht. Woher soll er das wissen?«

»Warum wendet er sich mit seinem Vorschlag nicht an irgendeinen Schiffsoffizier?«

»Ein Schiffsoffizier, der mit Waffen handelt, würde den Behörden in Singapur verdächtig sein, Sir.«

»Und ich genauso.«

»Nein, Sir. Unter den Waffenhändlern gibt es viele amerikanische Geschäftsleute. Sie sind Ingenieur und haben eine Firma in Amerika. Sie wären schon der Richtige.«

»Damit wollen Sie wohl sagen, daß ich unschuldig genug aussehe? Daß ich einen guten Strohmann abgeben könnte? Kein Opium, sagen Sie. Okay, aber es gibt ja noch andere Schmuggelware. Wer sagt mir, was in der Sendung tatsächlich drin ist?«

Ah Au lächelte. »Sir, wenn jemand eine illegale Warensendung irgendwelcher Art abschicken will, wird er sie bestimmt nicht auf dem Konnossement und dem Schiffsmanifest als Waffen und Munition deklarieren. Das würde die Hafenbehörden zu einer Untersuchung der Waren ja geradezu auffordern.«

»So würde man dann also die Sendung deklarieren?«

»Aber sicher, Sir.« Ah Au hob die Hände. »Das geht gar nicht anders, wenn mein Freund will, daß die Waren in Singapur unter Zollverschluß kommen sollen. Das habe ich doch schon erklärt.«

Mr. Nilsen dachte einen Augenblick nach und nickte dann. »Ja, das haben Sie. Nun zu diesem Mr. Tan. Sie sagen, er sei ein Freund von Ihnen. Wie haben Sie ihn kennengelernt?«

Ah Au richtete sich auf und bemerkte etwas formell: »Er ist der Vater meiner Frau, Sir.«

Mr. Nilsen fing an zu lachen, bezwang sich dann aber. »Verzeihung, Jimmy. Mich hat im Augenblick nur die Idee belustigt, daß ein Mann seinen Schwiegervater als seinen Freund bezeichnet.«

»Sind Sie denn kein Freund von Mrs. Nilsens Vater, Sir?«

»O ja, sicher, aber ... lassen wir das. Ich gehe jetzt lieber nachschauen, wo die Frauen geblieben sind.«

Er machte sich auf den Weg. Ah Au folgte ihm.

»Dann werden Sie sich den Vorschlag also überlegen, Sir?«

Mr. Nilsen grinste freundlich. »Aber sicher werde ich ihn mir überlegen.«

»Wann wollen Sie sich entscheiden, Sir?«

»Ich gebe Ihnen heute abend Bescheid. Wenden Sie jetzt bitte den Wagen, Jimmy. Wir müssen beim Peninsular-Hotel halten, weil ich meine Anprobe beim Schneider habe.»

4

Greg fühlte sich ausgezeichnet an jenem Abend. Die Vorstellung, daß er allen Ernstes aufgefordert worden war, für einen chinesischen Piraten den Strohmann zu machen, entsprach durchaus seinem Sinn für Humor.

So jedenfalls versuchte er sich das gehobene Gefühl zu erklären, das ihm gekommen war, während er sich zum Abendessen umzog. Er hielt sich für einen reifen und vernünftigen Mann, und das nicht ohne Berechtigung. Hätte jemand behauptet, daß es irgendwo im Labyrinth seines Unterbewußtseins einen anderen Greg Nilsen gebe – einen auftrumpfenden, romantischen, zehnjährigen Prahlhans, der sich von seinen Fesseln befreit hatte und nun mit Vergnügen Räuber-und-Gendarm spielte –, er wäre ungläubig und verärgert gewesen. Bisher war es ihm aber noch nicht eingefallen, sich zu fragen, warum er Dorothy gegenüber nichts davon erwähnt hatte, wenn er die Sache doch lediglich als einen gelungenen Scherz betrachtete.

Um sieben Uhr holte Jimmy Khoo sie mit dem Wagen vom Schiff ab und brachte sie nach Aberdeen hinüber.

Der Ärger mit Arlene fing auf dem Sampan an, der sie vom Kai zum schwimmenden Restaurant übersetzte. Man hatte den Hafen halb überquert, als sie plötzlich von ihrem Sitz aufsprang.

»Ich bin gebissen worden«, sagte sie zu Dorothy.

»Um Gottes willen!«

»Ich bin gebissen worden!«

»Wo?«

Der leichte Sampan schaukelte gefährlich.

»Setzt euch doch«, warnte Greg die beiden. »Ihr bringt das Boot zum Kentern.«

Dorothy setzte sich wieder, aber Arlene kümmerte sich

nicht um seine Warnung. »Ich bin gebissen worden«, wiederholte sie hysterisch, zog ihren Rock hoch und begann ihre Wade zu untersuchen.

Der Sampan rollte zur anderen Seite hinüber, und das chinesische Mädchen, das rückwärts im Boot am Ruder stand, verlor die Balance. Die alte Frau, der der Sampan gehörte, schrie auf. Greg spürte, daß der Strohsessel, auf dem er saß, ins Rutschen kam, und griff nach der Bootskante.

»Zum Donnerwetter, setzen Sie sich doch!« schrie er.

Arlene setzte sich, das chinesische Mädchen kicherte, und eine Minute später machten sie an den Stufen des Restaurants fest. Greg bezahlte den Sampan und folgte Dorothy und Arlene auf die Veranda. Die beiden schienen eine Auseinandersetzung zu haben.

Er hörte, wie Dorothy sagte: »Ich bin sicher, Greg hat es nicht so gemeint ...« Und dann drehte sich Arlene zu ihm herum. Ihre Nase war weiß vor Ärger und ihr Mund verkniffen.

»Ich bin es nicht gewohnt, angeschrien zu werden«, sagte sie.

»Aber Arlene, ich wollte ja nur, daß Sie sich hinsetzen. Diese Boote kentern sehr leicht.«

»Es war nicht nötig, mich derart anzubrüllen.«

»Ich habe gebrüllt, weil ich nicht den Rest der Strecke schwimmen wollte.«

»Aber Greg!« sagte jetzt Dorothy. »Ich finde, du solltest dich bei Arlene entschuldigen. Du hast es zwar gut gemeint, aber es war doch nicht sehr höflich.«

»Also gut, es tut mir leid. Nun laßt uns aber endlich sehen, daß wir etwas zu essen bekommen.«

Es war keine besonders geschickte Entschuldigung, und niemand versuchte so zu tun, als ob sie es sei.

Die Entdeckung, daß die besseren Tische auf dem Oberdeck sämtlich reserviert waren, trug ebenfalls nicht dazu bei, die Stimmung zu heben. Sie mußten sich nach unten setzen, wo man von lärmenden Mah-Jongg-Spielern umgeben war. Arlene hatte gemeint, es sei nicht nötig, einen Tisch reservieren zu lassen. Greg unterließ es ostentativ, sie an diesen Umstand zu erinnern. Der kritische Augenblick kam dann, als sie mit dem Kellner zu den großen Fischkästen entlang des Schiffes gingen, um den Fisch auszusuchen, den sie essen wollten.

Bei den Reusen stand ein Mann mit einem langstieligen Fangnetz. Den gewünschten Fisch holte er geschickt aus dem Wasser und warf ihn auf eine gekachelte lange Rutsche, die zur Küche führte.

Einer der Fische, den er herauszog, war besonders groß. Der Aufprall auf die Rutsche hatte ihn betäubt, und einen Moment lag er fast bewegungslos da, mit ins Leere starrenden Augen und aufgerissenem großem Maul, das tiefste Niedergeschlagenheit ausdrückte.

Arlene warf Dorothy einen Seitenblick zu. »Kommt uns der nicht bekannt vor?« fragte sie sarkastisch.

Sie sah Greg nicht an, aber Dorothy tat es und brach in Lachen aus. »Aber Arlene!« sagte sie. »Ganz so bekümmert sieht er nun doch nicht drein.« Um Verzeihung bittend drückte sie Gregs Arm herzlich, und auch er mußte selbstverständlich lachen.

Aber innerlich kochte er vor Wut, und in diesem Augenblick war sein Entschluß gefaßt. Irgendwann und irgendwo würden ihre Reisepläne, seine und Dorothys, abgeändert werden müssen. Er dachte nicht daran, die ganze Strecke nach Kalkutta mit Arlene Drecker auf der ›Silver Isle‹ zurückzulegen.

Als sie wieder zum Schiff gelangt waren, gingen die beiden Frauen an Bord, während er zurückblieb, um mit Jimmy die Rechnung zu begleichen. Er fügte ein großzügig bemessenes Trinkgeld hinzu.

»Haben Sie herzlichen Dank, Sir.« Jimmy nahm seine Mütze ab und verbeugte sich, machte aber keine Anstalten zu gehen. Er blickte Greg erwartungsvoll an.

Greg lächelte. »Ach ja. Sie wollen wegen dieses Vorschlags Bescheid wissen.«

»Ich hoffe, Sie können zusagen, Sir.«

»Nun, ich weiß nicht, Jimmy.«

»Sir, Sie brauchen nur in Manila und Singapur ein paar Papiere zu unterschreiben.«

»Jimmy, es sind schon Leute gehängt worden, die nicht mehr getan haben, als ein paar Papiere zu unterzeichnen.«

»In diesem Fall, Sir . . .«

»Nein. Ich will Ihnen sagen, was ich machen werde. Wenn wir in Manila sind, werde ich mich mit Ihrem Mr. Tan unterhalten; er soll aufs Schiff kommen und sich mit mir in Verbindung setzen. Und dann werde ich mich entscheiden. In Ordnung?«

Jimmy strahlte. »Aber gewiß, Sir. Das wird die beste Lösung sein. Haben Sie herzlichen Dank, Sir.«

»Es besteht kein Anlaß, mir für irgend etwas zu danken. Und denken Sie daran, ihm die Situation genau zu erklären. Ich will da keine Mißverständnisse aufkommen lassen.«

»Es wird keine geben. Darf ich Ihnen sagen, daß es ein Vergnügen war, Ihnen zu Diensten zu sein, Sir?«

»Das Vergnügen war ganz meinerseits. Vielleicht sehen wir uns ja einmal wieder.«

»Das hoffe ich ehrlich, Sir.«

Als Greg an Bord zurückgekehrt war, stellte er fest, daß ihm vom Zahlmeisterbüro Post in die Kabine hinaufgeschickt worden war. Unter den Briefen befand sich ein Zwischenbericht seines Vizepräsidenten, der die Herstellung leitete. Im Werk stand alles zum besten. Er brauche sich keine Sorgen zu machen und solle die Reise nur tüchtig genießen.

5

Am anderen Morgen gab Khoo Ah Au zwei Telegramme auf; eines an seinen Schwiegervater in Manila, das andere an den Onkel seiner Frau in Kuala Pangkalan.

Das Telegramm an Mr. Tan Tack Chee lautete: »KONTAKTAUFNEHMEN MIT MÖGLICHEM ANWÄRTER MR. G. NILSEN PASSAGIER ›SS SILVER ISLE‹ ANKUNFT MANILA 14. EHRERBIETIGE ZUNEIGUNG VON FRAU UND MIR SELBST. KHOO.«

Das Telegramm an Mr. Tan Siow Mong lautete: »HABE MANILA PASSENDEN ANWÄRTER EMPFOHLEN EINTRIFFT ›SS SILVER ISLE‹ 14. EHRERBIETIGE ZUNEIGUNG VON FRAU UND MIR SELBST. KHOO.«

Abends hatte Mrs. Khoo die ungewöhnliche und erhebende Freude, ein Übersee-Ferngespräch mit ihrem Vater in Manila zu führen. Das einzig Enttäuschende daran war, daß die Besprechung geschäftlicher Dinge weit mehr Zeit in Anspruch nahm als die Diskussion über ihre erhoffte Schwangerschaft.

VIERTES KAPITEL

I

Zwei Tage später war die ›Silver Isle‹ in Manila, und ganze Horden von Filipino-Stauern in purpurnen Hemden strömten an Bord. Sie schienen bis in den letzten Winkel des Schiffs zu dringen. Einige von ihnen fanden sogar den Weg ins Schreibzimmer, wo sie sich in den Stühlen lümmelten, die Füße auf den Tisch legten, bis sie von indignierten Stewards verscheucht wurden.

Die Passagiere waren darauf aufmerksam gemacht worden, daß Manila, was Taschendiebstähle betrifft, zu den berüchtigtsten Häfen des Fernen Ostens zählte. Greg war gerade dabei, ein Päckchen, das Dorothys Schmuck enthielt, im Safe des Zahlmeisters zu deponieren, als ihm ein Steward meldete, daß ein Mr. Tan Tack Chee ihn zu sprechen wünsche. Der Herr sei in der Bar.

Dorothy wartete beim schwarzen Brett auf Greg. Beide, oder vielmehr Arlene und sie beide, hatten beschlossen, nicht sogleich an Land zu gehen, sondern bis nach dem Lunch zu warten. Als der Assistent des Zahlmeisters ihm die Quittung ausgeschrieben hatte, ging Greg zu ihr hinüber.

»Liebling, ich hatte es dir schon eher sagen wollen, hier ist ein Mann, der mich geschäftlich sprechen will. Es wird nur ein paar Minuten dauern. Ich treffe dich auf dem Oberdeck.«

Dorothy zog ein Gesicht. »Geschäft? Ich dachte, das hätten wir für die Dauer der Reise hinter uns gelassen.«

»Es ist nichts von Bedeutung.«

»Ich wußte nicht, daß du mit hiesigen Leuten Geschäfte machst.«

»Es ist nur ein Mann, dem ich eine Unterredung zugesagt habe, nichts weiter.« An dieser Erklärung war nichts Unwahres; dennoch fühlte er sich nicht ganz wohl dabei. »Ich erzähle dir die Geschichte später«, fügte er hinzu. »Hör mal, Liebling, macht es dir etwas aus, die Kamera so lange an dich zu nehmen?«

Er ging in die Bar hinauf. Sie war voll von Hafenpolizisten, Zollbeamten und der üblichen Versammlung von ›Geschäftsfreunden‹, die es auf kostenlose Drinks abgesehen hatten. Der Steward, der ihn benachrichtigt hatte, deutete auf einen Tisch in der Ecke der Bar. Greg ging hinüber.

An dem Tisch saß ein Chinese mittleren Alters, der eine offene Brieftasche vor sich liegen hatte. Er trug einen gut gebügelten hellgrauen Anzug und eine dicke Schildpattbrille und war damit beschäftigt, Eintragungen in einen Abreißblock zu machen. Als Greg näher kam, blickte er auf.

»Mr. Tan?«

»Mr. Nilsen?« Er erhob sich, und sie schüttelten sich die Hand.

Mr. Tans Stimme war leise, sein Gebaren milde und seine Hand fühlte sich an wie eine aufgeweichte Tüte voller Hühnerknochen. Jemanden, der weniger piratenhaft aussah, konnte man sich schwerlich vorstellen. Greg, dessen Phantasie sich seit drei Tagen mit dieser Begegnung beschäftigt hatte, war verwirrt.

»Mein Schwiegersohn in Hongkong hat mir gekabelt, daß Sie über Manila reisen«, sagte Mr. Tan gewandt. »Er hofft, daß ich Ihnen und Mrs. Nilsen in der einen oder anderen Weise behilflich sein könnte.«

»Nun, das ist zwar sehr freundlich von Ihnen, Mr. Tan, aber ich hatte eigentlich den Eindruck, daß es sich um eine geschäftliche Angelegenheit handelt, die Sie . . .«

»Kennen Sie oder Mrs. Nilsen Manila?« Die Unterbrechung war so sanft im Tonfall, daß Greg die feste Entschlossenheit dahinter kaum bemerkte.

»Nein, wir kennen es nicht.«

»Darf ich Ihnen dann einen Vorschlag machen? Ich habe meinen Wagen am Pier. Sie würden mir eine Gunst erweisen, wenn Sie über ihn verfügten.«

»Mr. Tan, ich glaube nicht . . .«

Mr. Tan hob eine schmale Hand. »Und eine weitere Gunst, wenn Sie mir gestatten, zum Lunch Ihr Gastgeber zu sein. Sie werden es verstehen, daß ich nicht über die professionelle Erfahrung meines Schwiegersohnes verfüge, aber mein Chauffeur weiß gut Bescheid in Manila und wird Ihnen zeigen, was es hier zu sehen gibt.«

»Ehrlich gesagt, Mr. Tan, wir haben uns sozusagen verpflichtet, einen Passagier mitzunehmen. Eine Dame . . .«

»Sie ist selbstverständlich ebenfalls eingeladen«, sagte Mr. Tan ohne Zögern.

»Ich glaube . . .«

»Ich verstehe vollkommen, Mr. Nilsen. Bitte fühlen Sie sich in keiner Weise gehindert, sich mit Ihrer Frau zu beraten, bevor Sie die Einladung annehmen.«

Greg zögerte. »Mr. Tan, ich halte es für besser, Ihnen zu sagen, daß ich von dem Geschäft, das wir vielleicht miteinander zu besprechen haben, meiner Frau gegenüber nichts erwähnt habe.«

»Natürlich nicht, Mr. Nilsen. Man belästigt Damen nicht mit geschäftlichen Dingen.« Er lächelte: »Ich bin in der sogenannten Import-Export-Branche. Das ist eine sehr weitgefaßte Bezeichnung, die von Trockenmilch bis zur Baggerausrüstung reicht.«

Greg nickte unentschlossen. »Das kann ich mir denken. Wenn Sie mich jetzt entschuldigen wollen, werde ich mich nach meiner Frau umsehen.«

Eine halbe Stunde später verließen sie zu viert das Schiff und gingen den Kai entlang zum Parkplatz. Als sie näher kamen, setzte sich ein rosa Cadillac in Bewegung und hielt neben ihnen. Ein Filipino-Chauffeur sprang heraus, um ihnen die Tür aufzuhalten, und sie stiegen ein.

Mr. Tan führte sie zum Lunch in sein Haus. Die im spanischen Stil erbaute Villa lag auf einem Hügelabhang, von dem aus man die Bucht überblicken konnte. Mrs. Tan, jung, sehr anziehend und zweifellos seine zweite Frau, hatte an der University of Southern California studiert. Sie trug Torerohosen und briet im Innenhof der Villa auf einem Holzfeuer Steaks für die Gäste. Arlene war hingerissen. Mr. Tan sprach über die philippinische Politik, über Perlenfischerei und über die komischen Mißgeschicke einer amerikanischen Filmgesellschaft, die oben in den Bergen ihre Außenaufnahmen machte. Aufs Geschäft kam er nicht ein einziges Mal zu sprechen.

Nach dem Lunch brachte ihn der Wagen zum Büro zurück, das sich in einem hochmodernen Geschäftshaus befand, und dann machte der Filipino-Fahrer mit ihnen eine Besichtiggungsfahrt durch die Stadt. Als sie zum Büro zurückkamen, sagte ihnen die Sekretärin, Mr. Tan habe leider fortgehen müssen, hoffe aber, Mr. und Mrs. Nilsen und Miss Drecker würden heute mit ihm zu Abend essen. Der Wagen würde sie um sieben Uhr abholen. Mr. Tan würde einen weißen Smoking anziehen.

Dorothy sah Arlene triumphierend an. »Man gibt sich wirklich Mühe mit uns«, sagte sie. »Er muß diese Gußformen schon sehr dringend brauchen, was, Liebling?«

Sogar Arlene warf ihm einen anerkennenden Blick zu. Greg murmelte irgend etwas Undeutliches. Er fühlte sich gründlich durcheinander gebracht. Er redete sich ein, daß es ganz natürlich gewesen sei, Dorothy von seiner Unterhaltung mit Jimmy Khoo in Hongkong nichts zu erzählen. Die kommerziellen und technischen Einzelheiten über Empfänger, Schiffsmanifeste und Waren unter Zollverschluß würden sie nur gelangweilt haben, und im übrigen waren sie sich von Anfang an darüber einig gewesen, daß das Thema ›Geschäft‹ für die Dauer der Reise tabu sein sollte. Am allerwenigsten war er darauf vorbereitet, sich einen Grund dafür auszudenken, warum Mr. Tan sich in der Rolle des charmanten Gastgebers gefiel. Als er von der Einladung zum Lunch erzählt hatte, war Arlene dabeigewesen, und er hatte deswegen keine langen Erklärungen abgeben können. »Er ist im Import-Export-Geschäft«, war alles gewesen, was er gesagt hatte; aber Dorothy hatte sofort daraus geschlossen, daß der Mann Gußformen kaufen wollte.

Das war ihm aber erst später aufgegangen; sonst hätte er ihr ja rechtzeitig etwas davon sagen können. Wie die Dinge nun einmal lagen, hatte er zum erstenmal während der nachmittäglichen Besichtigungsfahrt davon erfahren. Er hatte dem Fahrer zugehört, der ihm von seiner Heimatstadt erzählte, als ein Bruchstück der Unterhaltung, die hinter ihm auf den Rücksitzen im Gange war, seine Aufmerksamkeit erregte.

»Sehen Sie«, sagte Dorothy, »in Gregs Fabrik werden ausschließlich derartige Präzisionsarbeiten ausgeführt. Den größten Teil seiner Verkaufsaufträge schließt er mit der Regierung ab, oder mit Flugzeugfabrikanten, oder mit den Leuten, die Raketen bauen. Für Exportgeschäfte hat er bisher keine Zeit gehabt.«

»Nun, Sie sollten ihn dazu ermutigen.«

»Warum?«

»Würden Sie dann nicht einen Teil Ihrer Reiseunkosten von der Steuer absetzen können?«

Dorothy lachte. »An diese Möglichkeit habe ich noch nicht gedacht.«

»Ich möchte wetten, daß Greg es getan hat.«

Greg gab vor, nichts gehört zu haben. Eine Erklärung zu diesem Zeitpunkt würde seine Frau blamiert haben und Arlenes Freude an Uneinigkeit Auftrieb geben.

Jetzt tat es ihm beinahe leid, daß er das Risiko nicht auf sich genommen hatte. Dorothy gegenüber hatte er sich in eine falsche Position manövriert, und es sah ganz danach aus, als sei er von Mr. Tan in eine nicht weniger unglückliche manövriert worden. Es würde jetzt peinlich sein, Mr. Tan nein zu sagen oder ihm auch nur ein paar direkte Fragen zu stellen, wo derartige Fragen doch nur Zweifel an Mr. Tans Glaubwürdigkeit verraten konnten. Daß Mr. Tans Gastfreundschaft ganz eindeutig zweckbedingt war, tat nichts zur Sache. Ob es nun klug gewesen war oder nicht – man hatte die Gastfreundschaft angenommen und damit eine Verpflichtung, zumindest eine solche der Höflichkeit, akzeptiert.

Das Abendessen fand in einem Country Club in der nahen Umgebung von Manila statt und war von Mr. Tan eigens bestellt worden. Die Rumgetränke waren harmlos im Geschmack, aber stark in der Wirkung. Gegen Ende des Abends wurde Arlene gefühlvoll, und bei dem Versuch, ihre Dankbarkeit für den wunderschönen Tag auszudrükken, brach sie in Tränen aus. Ihre Wimperntusche begann zu verlaufen, und sie war gezwungen, den Waschraum aufzusuchen. Mrs. Tan und Dorothy beschlossen, ihr zu folgen. Greg und Mr. Tan waren allein.

Es entstand eine Pause.

»Dies war ein sehr erfreulicher Tag«, sagte Greg.

Mr. Tan lächelte. »Für mich ebenfalls, Mr. Nilsen. Obschon ...«, er lächelte wiederum, »er noch weit erfreulicher hätte sein können, wenn Ihr Mißtrauen Sie nicht so sehr gequält hätte.«

»Mißtrauen?«

»Mein Schwiegersohn in Hongkong ist ein außerordentlich lobenswerter junger Mann. Natürlich hat er noch nicht sehr viel Erfahrung, aber er ist ehrlich und fleißig. Sonst hätte ich ihm auch nicht erlaubt, meine Tochter zu heiraten. Aber er hat eine Schwäche.«

»Wirklich?«

»Einen Hang zum Melodramatischen. Hat er Ihnen gegenüber von ›Piratentum‹ gesprochen, Mr. Nilsen?«

»Das hat er, allerdings.«

»Ich habe es befürchtet. Er versetzt sich gern in eine Vergangenheit, die noch von Drachen und Löwen bevölkert ist. Das ist eine durchaus liebenswerte Schwäche, die sich aber in Geschäftsdingen ärgerlich bemerkbar macht.«

»Das kann ich mir vorstellen.«

»Wissen Sie, Mr. Nilsen, dieser kleine Posten Waffen ist eine zufällige, aber, was mich betrifft, vollkommen legale Erwerbung. Ich will Ihnen gestehen, daß ich diesen Posten als Ballast empfinde und ihn gern loswerden möchte. Rein technische Schwierigkeiten hindern mich aber daran. Sie jedoch, Mr. Nilsen, sind in der Lage – und das wissen Sie auch –, diese Schwierigkeiten zu umgehen. Da haben Sie das ganze Problem.«

Greg schob seinen Drink zur Seite. »Mr. Tan, sind Sie aufrichtig?«

»Sir?«

»Ich will keine Unklarheiten. Es dreht sich um Waffen aus Rotchina, die ursprünglich für rote Terroristen in Malaya gedacht waren. Ist das richtig?«

»Absolut. Wie ich Ihnen schon sagte, sind sie durch Zufall in meine Hände geraten.«

»Was für ein Zufall war das?«

»Der Mann, der die Waffen vor Hainan an sich gebracht

hatte, überließ sie mir als Sicherheit für eine Anleihe. Später hat er dann leider Bankrott gemacht.«

»Und jetzt wollen Sie die Waffen an die Antikommunisten in Indonesien verkaufen. Ist das richtig?«

»Vollkommen, Mr. Nilsen.«

Greg überlegte einen Augenblick und nickte dann. »Okay.«

Mr. Tan rieb sich nachdenklich das Kinn. »Ausgezeichnet«, sagte er. »Ich schicke Ihnen die Papiere morgen früh zum Unterzeichnen.« Er zögerte und fuhr dann fort. »Ich will ganz offen sein, Mr. Nilsen. Ganz glücklich bin ich nicht mit dieser Abmachung.«

Greg starrte ihn an. »Wollen Sie damit sagen, daß Sie es sich anders überlegt haben?«

»Keineswegs. Soweit wie die Vereinbarung geht, bin ich sogar sehr zufrieden. Ich bedaure nur, daß sie nicht weiter reicht.«

»Wie meinen Sie das?«

»Mein Bruder in Singapur ist fähig, mit den Transport- und Ablieferungskosten fertigzuwerden; was aber die Verhandlungen mit Käufern betrifft, so bin ich nicht sicher, ob er der geeignete Mann dafür ist. Ein Amerikaner wird aus einem solchen Geschäft stets mehr herausholen können. Wie lange werden Sie sich in Singapur aufhalten, Mr. Nilsen?«

»Zwei Tage.«

»Nicht sehr lange. Ich hatte die Hoffnung, Sie könnten erwägen, die Verhandlungen selbst zu führen. Gegen eine entsprechende Vergütung selbstverständlich.«

Greg schüttelte den Kopf. »Ich glaube kaum, daß ich dafür qualifiziert bin, Mr. Tan. Und wie Sie selber sagten, ich bleibe ja nicht lange genug dort.«

»Ich verstehe vollkommen. Ah, hier sind die Damen.«

Das Schiff legte am Mittag ab. Um halb elf brachte Mr. Tan die Papiere zur Unterschrift.

Das erste Dokument war eine Anweisung des Absenders an die Anglo-Malaiische Transportgesellschaft in Kuala Pangkalan, die oben aufgeführten Waren von der Tak Wah Lager- und Magazingesellschaft, Manila, zur Speicher- und Lagergesellschaft, Singapur, zu befördern, wo sie bis zum Eintreffen weiterer Anweisungen unter Zollverschluß gehalten werden sollten. Das zweite Papier war eine Exportlizenz, auf der Gregs Name, seine Adresse in den Vereinigten Staaten sowie eine Liste der Waren, die exportiert werden sollten, aufgeführt waren. Dieses Dokument mußte von ihm gegengezeichnet und mit seiner Paßnummer versehen werden, um Gültigkeit zu erlangen.

Als Greg unterschrieben hatte, gab ihm Mr. Tan Kopien von den Dokumenten. »Bei Ihrer Ankunft in Singapur, Mr. Nilsen«, sagte er, »wird mein Bruder, Tan Yam Heng, sich mit Ihnen in Verbindung setzen. Ich habe seinen Namen hier aufgeschrieben. Er wird Durchschriften der Dokumente bei sich haben und Ihnen bei der Abfassung der ordnungsgemäßen Zolldeklaration behilflich sein. Dann wird er Sie bitten, ein Dokument zu unterschreiben, wodurch das Eigentumsrecht auf die Waren unter Zollverschluß an eine Gesellschaft oder eine Person übergeht, die zu einem späteren Zeitpunkt benannt wird. Wenn Sie dieses Papier unterschrieben haben, wird er Ihnen einen Scheck über eintausendfünfzig US-Dollars überreichen.«

»Und mit den Zollbehörden werde ich keinerlei Ärger bekommen?«

»Nein. Die Waren werden unter Zollverschluß gehalten. Es ist eine bloße Formalität.« Mr. Tan erhob sich. »Es war mir ein Vergnügen, Sie kennenzulernen und mit Ihnen zusammenzuarbeiten, Mr. Nilsen.«

Dorothy war mit Arlene an Land gegangen, um die allerletzten Besorgungen zu machen und ein paar Zeilen des Dankes zusammen mit Blumen an Mrs. Tan zu schicken. Erst eine halbe Stunde vor der Abfahrt kehrte sie zurück. Mr. Tan hatte das Schiff bereits verlassen.

»Wie schade«, meinte sie, als Greg ihr das mitteilte. »Ich fand ihn sympathisch. Ich hoffe, du hast beschlossen, daß er seine Gußformen nun doch bekommen soll.«

Greg zögerte und wich ihrer Frage aus. »Er wollte mich übrigens wegen einer ganz anderen Sache sprechen; er möchte, daß ich in Singapur etwas für ihn erledige.«

»Willst du es tun?«

»Ich glaube schon.«

Dorothy nickte zustimmend. »Schließlich haben sie sich unsertwegen große Mühe gegeben.«

2

Am gleichen Nachmittag ging ein Telegramm von Manila nach Kuala Pangkalan:

»UNTERZEICHNETE DOKUMENTE HEUTE PER LUFTPOST ABGESCHICKT. TACK CHEE.«

Am gleichen Abend war Girija im Plantagenbüro, als das Telephon klingelte. Er nahm ab und hörte, daß Kuala Pangkalan vom Telephonfräulein aufgefordert wurde, sich zu melden.

»Mr. Krishnan?« sagte eine Stimme.

»Ja.«

»Ich spreche im Auftrag von Mr. Lee.«

»Ja?« Er kannte die Stimme nicht; sie gehörte Mr. Tan Siow Mongs ältestem Sohn.

»Mr. Lee möchte, daß die bewußten Waren heute in drei Tagen angeliefert werden.«

»Ja, gut.«

»Mr. Lee wird am Donnerstagabend um acht Uhr im Gasthaus sein, um Sie dort zu treffen.«

»In Ordnung.«

Der Anrufer hängte ein.

Girija setzte sich wieder an seinen Arbeitstisch. Sein Herz schlug wild. Ob aus Erregung über die Aussicht, einen langgehegten Wunschtraum verwirklicht zu sehen, oder aus Angst vor dem, was er jetzt unternehmen mußte, war ihm nicht klar. Er blieb eine Weile sitzen, bis er sich ruhiger zu fühlen begann. Dann warf er einen Blick auf seine Uhr.

Es war halb sieben. Er hatte drei Nächte Zeit, um die Waffen und die Munition an die vereinbarte Stelle in der Nähe der Straße zu schaffen. Wenn alles glatt ginge, dann würde die Zeit gerade ausreichen. Sein erster Impuls war, das Büro abzuschließen und sofort nach Awang hinauszuradeln, aber er widerstand der Regung. Er mußte darauf achten, daß sein Benehmen in keiner Weise ungewöhnlich erschien.

Um sieben Uhr verließ er das Büro und ging zu seinem Haus hinüber. Es waren noch Reste der Mahlzeit vorhanden, die er am Mittag bereitet hatte, und er zwang sich zum Essen. Um acht nahm er sein Fahrrad und verließ die Plantage.

Zunächst vergewisserte er sich, daß er nicht verfolgt wurde. Die Möglichkeit war nicht von der Hand zu weisen, daß Mr. Lee versuchen würde, das Versteck ausfindig zu machen, um sich ohne Bezahlung die Waffen anzueignen. Es schien jedoch alles in Ordnung zu sein, und Girija erreichte das Zinnbergwerk, ohne auf dem Weg dorthin jemandem begegnet zu sein.

Nur ein einziges Mal hatte er den Lagerplatz nachts aufgesucht. Das war vor Monaten gewesen, als er sich überlegt hatte, wie der Abtransport zu bewerkstelligen wäre. Aber er erinnerte sich immer noch der Panik, die ihn erfaßt hatte, als er bei den Zinnbergwerken die offene Landschaft verlassen hatte und in die schreckenerregende Dunkelheit des Dschungels eingedrungen war. Der Pfad zum unteren Ende des ausgetrockneten Flußbettes war der schlimmste Teil gewesen. Das Dorf war zu nahe, als daß er es riskieren durfte, die Taschenlampe anzuknipsen, und obwohl er den Pfad bei Tageslicht gut kannte, war er nachts ständig in Gefahr, sich zu verirren. Die größte Angst aber hatte er vor den Leoparden. Es kam vor, daß sie nachts die Dörfer am Rand des Dschungels heimsuchten, Hühner und Ziegen raubten und Menschen töteten. Er wußte, daß seine Furcht ziemlich unvernünftig war; seit längerer Zeit hatte man in dieser Gegend keinen Leoparden gesehen. Aber dennoch begleitete ihn die Angst bei jedem Schritt, den er machte. Verzweifelt hastete er auf dem Pfad voran und dachte dabei nur an den Augenblick, da er das Flußbett erreichte und die Taschenlampe die ganze Zeit brennen lassen konnte.

Sein Plan für den Transport der Waffen- und Munitionskisten sah drei Etappen vor.

In der ersten Nacht würde er sie aus dem Versteck herausholen und zum Rohrdickicht am Ufer des Flußbettes schaffen. In der zweiten würde er sie bis zu jener Stelle bringen, wo der Pfad auf den Flußlauf traf. In der dritten Nacht schließlich würde er sie von dort aus zu dem versteckten Übergabeplatz transportieren, den er in einem der verfallenen Gebäude des Bergwerksgeländes vorbereitet hatte.

Es hatte viel Zeit gekostet, das Versteck herzurichten. Das von ihm ausgesuchte Gebäude war eine fensterlose Nissenhütte, in der man früher einmal Behälter mit Dieselöl gelagert hatte. Die Wellblechteile der Hütte waren derart verrostet, daß man an vielen Stellen die Faust zwischen ihnen hindurchstecken konnte; in der Nähe des Bodens, wo der Verrostungsprozeß weiter fortgeschritten war, befanden sich mehrere große Löcher. Es gab drei Gründe, die Girija dieses Gebäude für seine Zwecke geeignet erscheinen ließen. Es war immer noch genug Wellblech vorhanden, um einem zufällig Vorübergehenden den Blick ins Innere zu verstellen; es lagen einige leere Ölbehälter herum, die aus irgendeinem Grunde durchlöchert waren – die Dorfbewohner hatten sie nicht mitgehen lassen, weil sie als Wasserbehälter nicht mehr zu verwenden waren –, und es gab eine Tür mit einer Haspe für ein Vorhängeschloß.

Waren Waffen und Munition erst einmal aus dem Versteck herausgebracht, dann erhöhte sich die Gefahr, daß sie entdeckt wurden, je näher sie an die Straße herangeschafft waren. Solange sie im Rohrdickicht lagen, war die Gefahr gering. Die zweite Etappe bedeutete ein größeres Risiko, aber für vierundzwanzig Stunden war es durchaus akzeptabel. Für die dritte Etappe allerdings mußte ein gutes Versteck vorhanden sein. Girija hatte Poes Erzählung ›Der gestohlene Brief‹ nie gelesen, aber die Art seines Vorgehens entsprach im wesentlichen der in der Erzählung beschriebenen: er bereitete ein ›offenes Versteck‹ vor.

Als erstes hatte er ein Vorhängeschloß gekauft, es innen gründlich eingeölt und dann ins Unterholz gelegt, um es von außen rosten zu lassen. Eines Tages war er dann zum Ölschuppen gegangen und hatte das Vorhängeschloß an der Tür angebracht. Ein nagelneues Vorhängeschloß würde Aufmerksamkeit erregt haben. Das rostige würde – wenn man es überhaupt bemerkte – nur geringe Neugier wachrufen. Als er eine Woche später zurückgekommen war, hatte das Vorhängeschloß noch dort gehangen; aber es hatte Anzeichen dafür gegeben, daß jemand durch eines der Löcher in der Nähe des Bodens in die Hütte gekrochen war, um zu sehen, was sich hinter der verschlossenen Tür befand. Da es dort außer den wertlosen Ölbehältern nichts gab, war alles unverändert geblieben. Daraufhin hatte Girija die Ölbehälter so umgestellt, daß die größeren Löcher in den Wellblechwänden verdeckt wurden, und mit einem Stock Kreise und Quadrate in den Sandboden gezeichnet, um den Anschein zu erwecken, daß Kinder dort gespielt hätten. Eine Woche später hatte er festgestellt, daß einer der Ölbehälter zur Seite geschoben worden war. Er hatte ihn wieder zurechtgerückt. Dann hatte er erwogen, ob er, um Neugierige abzuschrecken, eine Stuhlentleerung auf dem Boden vornehmen sollte, aber schließlich entschieden, daß er allzuoft wiederkommen müßte, um diese Art der Abschreckung tatsächlich wirksam zu machen. Wie sich herausstellte, wären weitere Maßnahmen auch überflüssig gewesen, denn die Behälter waren nicht mehr berührt worden. Man hatte sich daran gewöhnt, daß der ehemalige Ölschuppen mit dem Vorhängeschloß an der Tür ein Ort war, wo zuweilen Kinder spielten und wo es nichts gab, was einen Diebstahl gelohnt hätte oder sonst von Interesse gewesen wäre. Auch in den vierundzwanzig Stunden, in denen er die Waffen beherbergen sollte, würde der Schuppen nicht anders aussehen.

Als Girija den Lagerplatz erreichte, war es halb zehn; aber er ruhte sich ein paar Minuten aus, bevor er sich an die Arbeit machte. Er hatte errechnet, daß er weniger als zwei Stunden benötigen würde, um sämtliche Kisten zum Rohrdickicht zu schleppen, und war entschlossen, seine Kräfte so lange wie möglich aufzusparen. Der schwerste Teil der Arbeit würde in der dritten Nacht zu leisten sein, und darauf mußte er sich einstellen.

Die Lösung des Problems, wie die Kisten am besten zu tragen waren, hatte er fast zufällig gefunden. In einem der Kataloge, die Mr. Wright von einem Versandhaus in Singapur zugeschickt bekam, hatte Girija etwas gesehen, das ihn interessierte. Es handelte sich um eine Vorrichtung für Leute, die mit schweren Koffern reisen und sich keinen Gepäckträger leisten wollen; sie bestand aus einem Gurt, der an einem mit zwei kleinen Rädern versehenen Rahmen befestigt war. Der Gurt wurde der Länge nach um den Koffer gebunden, die Räder befanden sich unter der Kofferecke. Am Gurt war ein Griff angebracht. Der Kofferträger packte den Griff und zog sein Gepäck hinter sich her, wobei das halbe Gewicht auf den Rädern ruhte. Das Gerät kostete sechs Dollar.

Girija hatte sich eines kommen lassen und es ausprobiert. Auf festem Boden funktionierte das Ding; aber auf dem Lagerplatz, belastet mit einer schweren Gewehrkiste, versanken die kleinen Räder im schwammigen Hügelboden und erwiesen sich als unbrauchbar. Größere Räder mit dickeren Reifen waren erforderlich. Die hatte er dann auf der Plantage gefunden. Bevor die Wrightschen Kinder ins Internat nach England geschickt worden waren, hatte eines von ihnen einen Roller gehabt, der immer noch in Mr. Wrights Garage stand, und Girija hatte keine Schwierigkeiten, die Räder abzumontieren. An einer Achse befestigt, die er aus dem Griff eines alten Wagenhebers gemacht hatte, funktionierten sie ausgezeichnet.

Um Mitternacht waren alle Kisten zum Rohrdickicht gebracht, und Girija machte sich auf die Heimfahrt. Obwohl er darauf bedacht gewesen war, mit seinen Kräften hauszuhalten, war er sehr erschöpft. Jetzt konnte er sich nicht mehr darauf verlassen, daß sein Verstand ihm weiterhelfen würde. Jetzt kam es auf die Ausdauer an.

Immerhin gab es einen Ausgleich. Während seine Erschöpfung zunahm, schienen seine Ängste sich zu verringern. Als die Arbeit der nächsten Nacht vollbracht war, hatte er die Leoparden vergessen, und vor dem dunklen Pfad, der vom Flußlauf zum Zinnbergwerk führte, fürchtete er sich nur deshalb, weil diese lange Strecke seine Widerstandskraft auf eine harte Probe stellte.

Am schwierigsten waren die neun Gewehrkisten zu handhaben; er konnte sie nur einzeln transportieren. Zwanzigmal mußte er stolpernd den Hin- und Rückweg machen, um alle Kisten und Munitionsbehälter fortzuschaffen, und die letzte Tour vom Flußlauf zum Ölschuppen kostete ihn fünfeinhalb Stunden. Als er den Schlüssel vom Vorhängeschloß abgezogen hatte, sank er vollkommen erschöpft zu Boden. Erst nach einer Stunde fand er die Kraft, auf sein Fahrrad zu steigen und zur Plantage zurückzuradeln. Und nur die Furcht, auf der Rückkehr bei Tageslicht gesehen zu werden, bevor er Zeit gehabt hatte, sich zu waschen und frische Kleidung anzuziehen, hatte ihn zu dieser letzten Kraftanstrengung getrieben.

Am Morgen erschien er pünktlich wie immer im Büro; aber er wußte, daß er abends nicht fähig sein würde, die Verabredung mit Mr. Lee einzuhalten, es sei denn, er könnte während des Tages eine Ruhepause einlegen. Wenn er Krankheit vorschützte, dann würde ihm Mrs. Wright, die leidenschaftlich gern Krankenschwester spielte, Tabletten verabreichen und Bettruhe verordnen; und sie würde dafür sorgen, daß er ihre Anordnungen befolgte. Schließlich verließ er das Büro unter dem Vorwand, sich um eine unerhebliche Lohnstreitigkeit zwischen den Plantagenarbeitern kümmern zu müssen, suchte einen entlegenen Teil der Plantage auf, in dem, wie er wußte, nicht gearbeitet wurde, und legte sich dort unter den Bäumen schlafen. Er erwachte bei Sonnenuntergang und eilte ins Kontor zurück. Sein Körper schmerzte fast unerträglich, aber er fühlte sich nicht mehr benommen vor Müdigkeit. Als Mr. Wright auf dem Weg zum Bungalow ins Büro hereinschaute, war Girija fähig, ihm in seiner gewohnt tüchtigen Art zu melden, der Lohnstreit sei zu allseitiger Zufriedenheit beigelegt worden.

Girijas geschäftliche Abmachungen mit Mr. Lee waren recht verwickelt. Man wollte sich im Erholungsheim treffen, wo Mr. Lee ihm dann einen dreißig Tage vordatierten und von Mr. Tan garantierten Scheck über fünfundzwanzigtausend *Straits*-Dollar auf die Hongkong-und-Shanghai-Bank überreichen würde. Er würde ihm auch eine Quittung über den Empfang der Waffen und der Munition ausstellen, und Girija seinerseits würde ihm dafür einen Schuldschein über fünfundzwanzigtausend Dollars aushändigen, auf dem die Summe als eine innerhalb von dreißig Tagen rückzahlbare Anleihe bezeichnet wurde. Anschließend würde Girija allein zur Plantage zurückkehren, den Scheck in einen Umschlag stecken, der mit der Aufschrift: ›Im Falle meines Todes zu öffnen‹ versehen war, und ihn an einem sicheren Ort eigener Wahl deponieren.

Eine Stunde später würde er mit Mr. Lee an einem vereinbarten Treffpunkt auf der Straße nach Awang erneut zusammenkommen. Mr. Lee würde mit einem Lastwagen kommen; unter Girijas Leitung würden sie zusammen zum Versteck fahren, und es würde Mr. Lee gestattet sein, an Ort und Stelle zu besichtigen, was er kaufen wollte.

Dies würde ein kritischer Augenblick für sie beide sein; aber beide würden sie sich verhältnismäßig sicher fühlen. Sollten keine Waffen vorhanden sein und sollte Girija Mr. Lee lediglich hierher gelockt haben, um ihn zu ermorden und den Scheck zu behalten, so würde doch Mr. Tan davon wissen und in der Lage sein, Girija anzuzeigen. Sollte sich andererseits Mr. Lee mit dem Gedanken tragen, Girija umzubringen und sich mit den Waffen aus dem Staube zu machen, so gäbe es immer noch den verräterischen Scheck, der ihn belasten würde. Der Schuldschein und die Empfangsbestätigung waren Sicherheiten feinerer Art. Der Schuldschein schützte Mr. Lee davor, daß Girija mit dem Scheck davonging, ohne die Waffen geliefert zu haben. Die Quittung für den Empfang der Waren sicherte Girija dagegen, daß Mr. Lee sich weigern könnte, den Schuldschein zurückzugeben, nachdem die Waffen bereits abgeliefert worden waren. Diese beiden Dokumente würden bei Abschluß der Transaktion formell ausgetauscht werden. Während er zum Gasthaus hinausradelte, überdachte Girija diesen Vorgang noch einmal Punkt für Punkt. Daß Mr. Lee ihm trauen konnte, wußte er, aber er war sich genauso im klaren darüber, daß er Mr. Lee nicht trauen konnte. Sein überreiztes Gehirn begann immer neue Möglichkeiten zu entdecken, wie er betrogen werden könnte. Angenommen, Mr. Lee hielt Helfershelfer im Lastwagen versteckt? Was könnte ihn hindern, über ihn herzufallen und die ganze Sendung in Besitz zu nehmen? Mr. Lee könnte den Schuldschein nach wie vor benutzen, und es wäre Girija nicht möglich, sich bei der Polizei über das Vorgefallene zu beschweren. Oder angenommen, Mr. Lee hatte einen Komplicen in der Plantage, der beobachtete, wo er den Scheck ließ, um ihn dann zu stehlen, während Girija unterwegs war und die Waffen ablieferte. Die Situation ließ ungezählte Betrugsmöglichkeiten zu. Nur eine einzige dieser Möglichkeiten wollte er keineswegs in Betracht ziehen: daß der von Mr. Tan indossierte Scheck am Ende nicht gedeckt war.

Mr. Lee war bereits im Gasthaus, als Girija dort ankam. Sein Verhalten war wachsam und sachlich. Er brummte eine kurze Begrüßung und gab Girija sofort den Schuldschein zum Unterschreiben. Dann zog er den Scheck und die Quittung heraus. Als die Dokumente den Besitzer gewechselt hatten, nickte er.

»Das wäre in Ordnung. Also, wo treffen wir uns?«

»Am Meilenstein einundzwanzig bei Awang.«

»Wo ist das?«

Girija erklärte ihm, wie er dorthin käme, und stand auf, um zu gehen. Er fühlte sich am ganzen Körper wie zerschlagen, und als er sich zum Gehen anschickte, schoß ihm ein krampfartiger Schmerz das Rückgrat hinauf.

Mr. Lee betrachtete ihn nachdenklich. »Sind Sie krank?« fragte er.

»Nein, ich bin müde.«

»Wird Ihr Freund dort sein?«

»Nein. Aber ich werde Ihnen helfen, die Kisten aufzuladen.«

»Dann treffe ich Sie also in einer Stunde.«

Die gesamte Transaktion hatte nicht länger als fünf Minuten in Anspruch genommen. Girija radelte zur Plantage zurück und ging in sein Haus. Nachdem er den Umschlag mit der Aufschrift versehen hatte, steckte er den Scheck hinein und verschloß beides in seinem Metallkoffer. Wenn er nicht zurückkäme, dann würde Mr. Wright den Koffer wahrscheinlich sicherstellen und ihn schließlich der Polizei übergeben. Das war zwar keine ideale Lösung, aber unter diesen Umständen die bestmögliche. Solange Mr. Lee nicht wußte, wo er den Scheck aufbewahrte, war alles gut.

Es blieben ihm noch zehn Minuten, bevor er sich auf den Weg machen mußte. Er erwog, den Metallkoffer aufs neue zu öffnen und sich mit der Lektüre seiner Bus-Kataloge die Zeit zu vertreiben, unterließ es dann aber. Dieser Überdruß machte ihm selbst deutlich, daß die Zeit der Träume vorüber war. Wenn er seine Kataloge das nächste Mal anschaute – falls er dazu noch Gelegenheit haben würde –, dann bestimmt mit anderen Augen. Neben seinem Charpoy stand eine halbgeleerte Büchse mit Karamelcreme auf dem Tisch.

Er setzte sich und aß, bis es Zeit war, sich auf den Weg zu machen.

Der Lastwagen stand bereits da, als er am verabredeten Platz eintraf. Etwa hundert Meter vorher stieg er ab, schaltete die Fahrradlampe aus und ging am Straßenrand weiter. Im Näherkommen bemerkte er, daß die Zeltplanen oberhalb der Ladeklappe des Wagens zugezogen und festgebunden waren. Das gefiel ihm nicht, und er beschloß, sich noch bevor sie losfuhren davon zu überzeugen, daß der Lastwagen leer sei.

Mr. Lee saß hinter dem Steuer und schaute aus dem Fenster, als Girija herantrat.

»Sie haben sich verspätet«, sagte er.

»Ich bin zwei Minuten zu früh«, entgegnete Girija gelassen. »Würden Sie den Lastwagen bitte hinten aufmachen?«

»Warum?«

»Ich möchte mein Fahrrad aufladen.«

»Können Sie es denn nicht hier irgendwo zwischen den Bäumen zurücklassen? Niemand wird es stehlen. Wir müssen auf demselben Weg zurückfahren.«

»Ich nehme es lieber mit.«

Mr. Lee kletterte verärgert aus dem Führerhaus und ging zum rückwärtigen Ende des Lastwagens. Girija schloß sich ihm an. Schweigend machten sie die Ladeklappe los. Girija kannte den Lastwagen. Er gehörte einem Kopra-Händler in Kuala Pangkalan. Die Anglo-Malaiische Transportgesellschaft mietete ihn zuweilen, wenn ihre eigenen Wagen besetzt waren. Mr. Lee mußte das von Mr. Tan erfahren haben.

Der Laderaum war leer. Girija hob sein Fahrrad hinauf, und sie fuhren los. Mr. Lee war ein schneller und schlechter Fahrer. Glücklicherweise war kaum Verkehr auf der Straße.

Nach zehn Minuten hatten sie die Abzweigung erreicht, die zu den Zinnbergwerken führte.

»Hier müssen Sie abbiegen«, sagte Girija. »Und ich muß Sie bitten, die Scheinwerfer auszuschalten.«

»Auf diesem Feldweg? Wir werden gegen einen Baum fahren.«

»Fahren Sie langsam, dann wird nichts passieren. Wenn Sie die Scheinwerfer brennen lassen, könnten wir vom Dorf aus gesehen werden, und womöglich käme jemand hergelaufen, um zu sehen, was es gibt.«

Mr. Lee murrte, gab aber nach. Der Lastwagen holperte die Straße hinauf bis zum verfallenen Pumpenschuppen.

»Hier müssen wir halten«, sagte Girija.

Sie kletterten aus dem Führerhaus des Lastwagens heraus, und Mr. Lee blickte um sich.

»Wo sind wir hier?«

Girija sagte es ihm. »Wir gehen hier hinunter«, fügte er hinzu.

»Einen Augenblick. Sind die Kisten offen?«

»Natürlich nicht.«

Mr. Lee holte Stemmeisen und Hammer aus dem Führerhaus des Lastwagens. Die Werkzeuge wirkten in seinen Händen wie Waffen.

Girija sträubten sich die Haare, während er auf dem Weg zum Öllager voranging. Doch im Moment schien Mr. Lee sein Augenmerk hauptsächlich darauf zu richten, daß er auf dem unebenen Weg nicht über das Unterholz stolperte. Er stieß halblaute Verwünschungen wegen der Dunkelheit aus.

Girija nahm keine Notiz davon. Erst als sie im Inneren des Ölschuppens waren und die Tür fest hinter sich geschlossen hatten, knipste er seine Taschenlampe an.

Mr. Lee warf einen Blick auf die gestapelten Kisten. »Ist das alles?«

»Alles, was auf der Liste steht, ist da.«

Mr. Lee holte die Liste aus der Tasche. »Wo sind die Gewehre?«

»Dort in den langen Kisten.«

Mr. Lee machte sich daran, jede einzelne zu öffnen. Als Girija meinte, das sei Zeitverschwendung, richtete sich Mr. Lee auf.

»Man hat schon Kisten mit Steinen gefüllt und verkauft«, sagte er. »Ich kaufe nur, was ich gesehen habe. Wenn Sie Zeit sparen wollen, dann können Sie die Kisten ja wieder schließen, nachdem ich sie untersucht habe.«

Als er mit den Gewehren fertig war, zählte er in der gleichen methodischen Weise den Rest – die Maschinenpistolen, die Panzerfäuste, die Handgranaten, die Landminen. Girija protestierte erst wieder, als er sich die Munition vornehmen wollte.

»Wenn diese Kisten einmal geöffnet sind, Mr. Lee, dann können Sie sie nicht wieder versiegeln. Dann wäre aber ihr Verkaufswert verringert.«

Mr. Lee besah sich die Munitionskisten. Es waren luftdicht abgeschlossene Metallbehälter mit aufgelöteten Innendeckeln, die man hätte aufschneiden oder aufreißen müssen.

»Okay. Ich übernehme sie unbesehen. Dann könnten wir also mit dem Laden anfangen.«

Er packte eine der Gewehrkisten beim Seilgriff und blickte zu Girija auf.

Girija lächelte, machte jedoch keine Anstalten, den anderen Griff zu fassen. Waren die Kisten erst einmal auf dem Lastwagen, dann gab es nichts, was Mr. Lee daran hindern konnte, ihm mit dem Kistenöffner über den Kopf zu schlagen und, während er bewußtlos war, die Quittung an sich zu nehmen. Er hatte das Gefühl, daß Mr. Lee sich dieser Tatsache durchaus bewußt sei.

»Glauben Sie nicht, Mr. Lee«, sagte er, »daß wir zuerst das Geschäftliche regeln sollten?«

»Das hat doch noch Zeit.«

Girija deutete auf seine Taschenlampe. »Wenn wir erst laden, dann wird die Batterie zu schwach. Wir sollten doch das Geschäft perfekt machen, solange wir noch Licht haben.«

Mr. Lee sah ihn mißmutig an und zuckte die Achseln. »Meinetwegen, wenn Sie mir dann mit dem Aufladen helfen.«

»Natürlich helfe ich Ihnen dabei.« Girija zog Mr. Lees Quittung aus der Tasche und hielt sie hoch.

Mr. Lee zuckte wiederum die Achseln und holte den Schuldschein hervor. Die beiden Dokumente wechselten den Besitzer. Sofort entzündete Girija ein Streichholz und verbrannte das Papier. Dasselbe tat Mr. Lee mit der Quittung. Damit war die Transaktion abgeschlossen.

Das Laden dauerte eine Stunde, und Mr. Lee beschimpfte Girija, weil dieser sich weigerte, mit seiner Taschenlampe den Weg durch das Unterholz zu beleuchten. Als sie fertig waren, ging Girija allein noch einmal zum Öllager zurück, um das Vorhängeschloß wieder an der Tür zu befestigen. Noch während er das tat, hörte er, wie der Lastwagen angelassen und weggefahren wurde. Mr. Lee hatte nicht einmal die elementare Höflichkeit besessen, sich zu verabschieden.

Girija ging zu seinem Fahrrad zurück und machte sich auf den Weg nach Hause. Als er etwa eine Meile zurückgelegt hatte, fiel ihm plötzlich ein, daß der Kofferroller im Öllager zurückgeblieben war. Er überlegte einen Augenblick, ob er noch einmal zurückfahren sollte, um ihn zu beseitigen. Dann aber schien ihm diese Idee absurd zu sein. Was sollten ein paar Räder mit einem Gurt daran schon verraten? Er hatte nichts mehr zu verbergen – nichts, abgesehen von einem Scheck über fünfundzwanzigtausend Dollar.

Zu Hause überzeugte er sich davon, daß niemand versucht hatte, das Schloß seines Metallkoffers zu öffnen. Aber er ließ ihn verschlossen und nahm sich nicht einmal die Zeit, die Kleidung abzulegen, bevor er sich schlafen legte.

3

Es war ein Uhr morgens, als Tan Yam Heng den Lastwagen vor das Tor der Anglo-Malaiischen Transportgesellschaft fuhr. Der Sikh-Nachtwächter trat aus seinem Verschlag und öffnete das Tor. Yam Heng befahl ihm, dort zu bleiben, und fuhr dann zur Laderampe von Speicher Nummer zwei. Die Rampe war von gleicher Höhe wie die Ladefläche des Lastwagens. Er brauchte nicht lange, um die Kisten herauszuzerren und sie in die beiden Maschinen-Lattenverschläge zu stapeln, die er ein paar Stunden zuvor herangeschafft hatte. Er hatte die verschiedenen Maße der Kisten nur ungefähr schätzen können, und sie mußten in den Lattenverschlägen festgekeilt und verspannt werden; aber das hatte er vorausgesehen und sich deswegen mit Holz und den Werkzeugen versorgt, die er für diese Arbeit benötigen würde. Um halb drei waren beide Lattenverschläge zum Abtransport fertig. Er ließ sie auf der Laderampe und fuhr im Lastwagen zum Haus seines Bruders zurück. Tan Siow Mong war aufgeblieben und hatte ihn erwartet.

»Ist alles glatt gegangen?«

»Ja.«

»Entspricht die Ware den Angaben?«

»Ich habe mit Ausnahme der versiegelten Munitionskisten alles aufgemacht und durchgezählt.«

»Und hat er den Scheck?«

»Natürlich.«

»Du scheinst nicht erfreut zu sein. Ist irgend etwas schiefgegangen?«

»Dieser indische Sekretär ist ein unerträglicher Mensch. Er hat mich behandelt, als wäre ich ein Betrüger.«

Sein Bruder nickte. »Habe ich dir nicht gesagt, daß er kein Narr ist?«

Am Vormittag hatte Tan Siow Mong eine kurze Unterredung mit Kwong Kee, Skipper der Motordschunke ›Glühende Morgenröte‹ der Anglo-Malaiischen Transportgesellschaft, die gerade von ihrer wöchentlichen Fahrt nach Manila zurückgekehrt war.

Kwong Kee war ein vierschrötiger, spitzbäuchiger Mann, der ein heiteres Gemüt und venerische Gelüste hatte, die an Satyriasis grenzten. Er interessierte sich herzlich wenig für die von Mr. Tan genannten kommerziellen Gründe, die ihn bewogen hatten, die ›Glühende Morgenröte‹ zeitweilig auf der Singapur-Route laufen zu lassen. Auch war es ihm ziemlich gleichgültig, welcherart die Fracht sein sollte, die sie mitnahm. Und wenn Mr. Tans jüngerer Bruder dumm genug war, auf dem Seeweg nach Hause zurückzukehren, anstatt bequem mit der Eisenbahn zu fahren, dann war das seine Sache. Er selbst hatte nichts dagegen, das zu tun, was man ihm sagte. Es lag schon einige Zeit zurück, daß er die Bordelle in Singapur ausprobiert hatte.

Mit einer Ladung Latex und zwei Maschinenkisten lief die ›Glühende Morgenröte‹ noch am Nachmittag des gleichen Tages aus. Als sie die offene See erreicht hatte, ging Yam Heng in den Laderaum hinunter und malte den Namen und die Adresse des Empfängers mit Schablonen auf die Lattenverschläge: G. NILSEN, C/O CHEN LAGERHAUS CO. SINGAPUR. UNTER ZOLLVERSCHLUSS.

4

In der Nacht vor ihrer Ankunft in Saigon fand an Bord der ›Silver Isle‹ ein Gala-Tanzabend statt. Die Ankündigung hatte besagt: ›Kostümierung nach Belieben‹.

Auf Anraten seines Kabinenstewards, der ungezählte Veranstaltungen dieser Art miterlebt hatte, ging Greg als spanischer Hidalgo. Es war ganz leicht. Er brauchte nur seine schwarzen Smokinghosen anzuziehen, ein weißes Hemd mit schwarzer Schleife und, um die Taille zu heben, zwei Gürtel anstatt des einen zu tragen. Der Steward brachte den Extragürtel herbei und versorgte ihn auch mit einem breitkrempigen, flachen schwarzen Hut. Diese Dinge führte er immer in seinem Gepäck mit sich. Sie hatten ihm manches zusätzliche Trinkgeld eingebracht. Wie er Greg erklärte, lag der Vorteil dieses Kostüms darin, daß man dazu kein Jackett tragen mußte; und das war in der feuchten Hitze des Südchinesischen Meeres ein wahrer Segen. Die langen Bartkoteletten, die dazu gehörten, malte ihm Dorothy mit ihrem Augenbrauenstift.

Sie selbst war noch unentschlossen, was sie anziehen sollte. Sie hatte das Problem mit Arlene besprochen; aber Arlene war merkwürdig wenig hilfsbereit gewesen und hatte sich sogar geweigert, ihr zu sagen, was sie selber tragen würde – es sollte eine Überraschung werden. Schließlich hatte Dorothy, beraten von einer Stewardeß, sich für ein deutsches Dirndlkostüm entschlossen. Die Stewardeß besaß einen Dirndlrock und eine mit Stickereien besetzte Bluse. Dorothy ließ sich im Speisesaal zwei Servietten geben, machte ein Häubchen daraus und malte sich große rote Tupfen auf die Wangen.

Als sie und Greg fertig angezogen waren, hockten sie eine Weile unentschlossen in ihrer Kabine und horchten so lange auf die Gespräche der auf dem Korridor vorübergehenden Passagiere, bis sie sich davon überzeugt hatten, daß sie nicht die einzigen sein würden, die sich kostümiert hatten. Dann gingen sie in die Bar.

Zu irgendeiner Art Verkleidung hatten sich an diesem Abend die meisten Passagiere entschlossen. Obschon viele sich mit falschen Nasen, Papierhüten und sonstigem Flitter begnügten, dessen man sich leicht wieder entledigen konnte, war doch mit einigen die Begeisterung durchgegangen. In der Bar waren die schweißüberströmten Piraten, Al Jolsons, Pennbrüder und indischen Maharadschas bereits in großen Schwierigkeiten wegen ihres Make-up. Vor ihren Martinis sitzend, beglückwünschten sich Greg und Dorothy dazu, daß sie genau das Richtige getan hatten. Sie hatten sich Mühe gegeben, aber nicht zuviel Mühe, und sie fühlten sich wohl.

Arlene erschien erst unmittelbar bevor über die Lautsprecher das Essen angesagt wurde. Ihr Auftritt war gemessen und königlich und erfolgte durch die Doppeltür zur Cocktail-Lounge. Sie trug ein *Cheong Sam* – ein seidenes Abendkleid mit hohem Kragen und geschlitztem Rock, wie es von Chinesinnen getragen wird – und lange Ohrringe aus Jade. Nachdem sie eingetreten war, blieb sie stehen und lächelte, als erwarte sie rauschenden Applaus.

Das *Cheong Sam* kann durchaus kleidsam und vorteilhaft wirken; aber es stellt gewisse Anforderungen an die Trägerin. Sie muß zartknochig und sehr schlank sein, die Hüften dürfen nicht, das Gesäß kaum sichtbar sein, und sie muß einen flachen Bauch und winzige Brüste haben. Arme und Hals müssen zart wirken, und ihr Gesicht muß rund sein, mit hohen Wangenknochen. Mit anderen Worten: sie muß Chinesin sein. Auf Arlenes wohlgeformtem, aber kräftigem und gut gepolstertem Körper, und überragt von ihrem Pferdekopf, sah das *Cheong Sam* grotesk aus.

»Mein Gott!« sagte Greg.

»Sie hat es in Hongkong gekauft«, flüsterte Dorothy. »Das Material ist wirklich herrlich.«

»Es sieht trotzdem lächerlich aus.«

»Ich habe es bei der Anprobe nicht an ihr gesehen.«

»Sie muß verrückt geworden sein.«

Arlenes Eintritt verursachte eine kleine Sensation, und ein oder zwei etwas unsichere Ausrufe höflicher Bewunderung wurden laut, als sie zum Tisch der Nilsens rauschte. Wenn sie einen Scherz beabsichtigt hatte, so war man allgemein bereit zu lachen. Sollte sie es ernst gemeint haben, war man bereit, höflich zu sein. Einstweilen fühlten sich alle peinlich berührt.

Arlene setzte sich neben Dorothy, und die Schlitze in ihrem Rock klafften weit auf, wobei ein breiter Streifen ihres Schenkels sichtbar wurde – und ein rosa Strumpfband. Sie lächelte schelmisch.

»Na, Mistel Nilsen, wie finden Sie ›chinesischen Wäschelin‹?«

»Das Kleid ist wunderhübsch«, sagte Dorothy eifrig.

»Das ist es wirklich«, sagte Greg. »Martini?«

»Nein.« Ihr Lächeln war jetzt herausfordernd. »Heute nacht trinke ich nur Champagner.«

Mit zwanzig Minuten Verspätung gingen sie zum Dinner hinunter und mußten durch eine Gasse neugieriger Blicke Spießruten laufen, um zu ihrem Tisch zu gelangen. Arlene schien die halbe Flasche Champagner zu Kopf gestiegen zu sein, und sie fing an, Greg ›Don Gregorio‹ und Dorothy ›Gretchen‹ zu nennen. Sie fand sich selber großartig und blickte mit der ruhigen Sicherheit einer Frau um sich, die weiß, daß sie anziehender ist als alle anderen anwesenden Frauen.

Als man zu tanzen begann, wurde sie ausgelassen und

löste sich immer wieder von ihren Partnern, um mitten auf dem Deck kleine hüftwackelnde Soli aufzuführen. Greg und Dorothy, die ruhig am Rand der Tanzfläche tanzten, sahen einander an.

Dorothy war beunruhigt. »Ich verstehe es nicht«, sagte sie, »sie hat in ihrer Kleidung sonst immer guten Geschmack gezeigt.«

»Ja.«

»Das mußt du doch zugeben.«

»Wenn du mich fragst«, meinte Greg, »ich würde sagen, sie hat tüchtig Gin getrunken, bevor sie heraufkam.«

»Aber Liebling, wie häßlich, so etwas zu sagen!«

»Dann schau sie dir doch an.«

Mit weit ausgestreckten Armen, den Kopf über die rechte Schulter zurückgeworfen und das Kinn gebieterisch erhoben, tanzte Arlene jetzt einen Flamenco. Ihr Partner, einer der Schiffsoffiziere, umkreiste sie ein wenig hilflos. Auf seinem Gesicht lag ein unsicheres Lächeln.

»Sie ist nur etwas aufgekratzt«, sagte Dorothy begütigend. »Jedenfalls amüsiert sie sich großartig.«

»Meiner Meinung nach macht sie eine lächerliche Figur.«

»Wirklich, Greg!«

Arlene kehrte nicht zu ihrem Tisch zurück. Als Damenwahl angekündigt wurde, steuerte sie schnurstracks auf den Kapitän zu und setzte sich nach dem Tanz an seinen Tisch; ob aufgefordert oder unaufgefordert, war nicht festzustellen.

Am anderen Morgen, als das Schiff flußaufwärts nach Saigon fuhr, erschien sie nicht zur gewohnten Zeit, aber Greg und Dorothy waren zu sehr damit beschäftigt, die vorbeigleitenden Sampans und das Flußufer zu betrachten und zu filmen, um an Arlene denken zu können. Sie fanden sie, als das Schiff festgemacht hatte, in der Bar sitzend; sie war untadelig zurechtgemacht, schien aber ein bißchen bedrückt zu sein.

»Wo sind Sie denn gestern nacht geblieben?« fragte sie Dorothy, als sie sich zu ihr gesellten.

»Wir sind gegen halb zwölf hinuntergegangen.«

»Ich erst um vier Uhr«, sagte sie grimmig. »Der Barmixer hat eine Büchse Würstchen aufgemacht. Er hat einen elektrischen Grill dort hinten. Das war, nachdem ich zu Scotch übergegangen war.«

»Wer war sonst noch dabei?« fragte Dorothy.

»Niemand. Nur der Barmixer und ich. Er kommt aus Los Angeles und ist ein Baseball-Fan«, fügte sie säuerlich hinzu.

Aber nach dem Lunch fühlte sie sich wieder besser, und sie gingen gemeinsam zu dritt an Land. Auf Arlenes Vorschlag quetschten sie sich in ein winziges Renault-Taxi und unternahmen eine Stadtrundfahrt.

Es war unerträglich heiß, und der Fahrer, ein junger hübscher Vietnamese, roch merkwürdig nach verfaultem Fisch. Arlene erklärte, daß der Geruch von einer Sauce käme, die in jedem vietnamesischen Gericht verwendet werde, und keine Rückschlüsse auf die persönliche Sauberkeit des Fahrers zuließe. Der Fahrer grinste.

»Ist gemacht vom Fisch«, sagte er plötzlich auf englisch. »Sie wollen, ich zeigen, wo gemacht wird?«

Bis zu diesem Augenblick hatte er nur Französisch gesprochen, und Arlene hatte für ihn gedolmetscht. Greg fiel ein, daß niemand auf die Idee gekommen war, ihn zu fragen, ob er Englisch verstünde. Arlene, die stolz auf ihr aus Rote-Kreuz-Zeiten stammendes Französisch war, hatte einfach losgeredet und den Sprecher für sie gemacht. Ohne es zu ahnen, hatten sie damit den Mann verletzt. Das war genau die Art von idiotischem Zufall, dachte Greg, durch die Amerikaner sich überall unbeliebt machen.

Doch der Fahrer schien nicht beleidigt zu sein. »Ich zeige Ihnen auf Rückweg zu Schiff«, fuhr er fort. »Macht schlechten Geruch, aber viele Vitamine.«

»Wirklich?«

Sie fuhren eine breite, baumgesäumte Straße hinunter, die Arlene und Dorothy an Paris erinnerte, als der Fahrer sich zu Greg umwandte.

»Jetzt ich zeigen, wo ›Stiller Amerikaner‹ Bombenexplosion gemacht hat«, sagte er.

»Wie war das?«

»Das Café dort«, der Fahrer deutete hinaus. »Dort war es, wo ›Stiller Amerikaner‹ Bombenexplosion gemacht hat. Viele tot.«

Sie überquerten jetzt einen Platz. Greg wandte den Blick vom Café und sah den Fahrer an.

»Aber ›Der stille Amerikaner‹ ist ein Roman«, sagte er.

»Ja, Sir. Das ist das Café dort hinten. Ich war in der Nähe bei Explosion. War sehr schlimm.«

»Aber das ist doch erfunden«, sagte Dorothy. »In Wirklichkeit ist es doch gar nicht passiert.«

»Offenbar ist hier eine Bombe explodiert«, erklärte Arlene. »Schon als ich das letztemal hier war, habe ich das zu hören bekommen. Jemand hat mir erzählt, daß Graham Greene sich zu der Zeit in der Stadt aufhielt.«

»Graham Greene, ja.« Der Fahrer nickte heftig. »Gleich zeige ich Brücke, wo Fowler Leiche von Korrespondent gefunden hat, und Stelle, wo Restaurant war, wo sie reden. Echtes Restaurant jetzt weg, abgerissen.«

»Sie meinen, die Leute hier glauben diese Geschichte?«

»Ist wahr, Sir. Ich zeige Ihnen Stelle.«

»Aber es ist doch nur ein Roman.«

»Hören Sie«, sagte Arlene ungeduldig, »wenn Sie nach Marseille kommen, führt man Sie zum Château d'If und zeigt Ihnen das Loch in der Wand, das der Graf von Monte Christo gebohrt hat, als er sich zum Abbé Faria einen Tunnel grub. Man zeigt Ihnen auch das Burgverlies, das der Mann in der eisernen Maske bewohnte. Das hat überhaupt nichts zu bedeuten, sie tun das nur, damit die Touristen das Gefühl haben, sie bekämen etwas zu sehen für ihr Geld.«

»Aber dies ist ein antiamerikanischer Roman. Wenn die Leute das Zeug wirklich glauben, mein Gott! Und wir geben ihnen Millionen zur Entwicklungshilfe.«

»Das stimmt«, sagte Dorothy.

Arlene lächelte. »Ich sehe kommen, daß Sie beide auf dieser Reise noch ein paar Überraschungen erleben werden.«

Erhitzt, müde und schlechtgelaunt kehrten sie aufs Schiff zurück. Als sie hinuntergingen, um zu duschen und sich umzuziehen, mußten sie sich im Kabinengang an einem Berg von Gepäckstücken vorbeidrücken. Ihr Steward berichtete ihnen, daß drei neue Passagiere an Bord gekommen seien. Als sie wieder an Deck gingen, sahen sie Arlene, die in angeregtem Gespräch mit einem rotgesichtigen, untersetzten Mann im Khakihemd zusammensaß. Sie tranken Pernod.

Zur Cocktailstunde saßen Greg und Dorothy in der gewohnten Ecke, als Arlene mit demselben Mann erschien. Er trug jetzt einen weißen Haifisch-Anzug. Offenbar war er einer der neuen Passagiere. Sie traten an ihren Tisch heran.

»Ce sont mes amis, Greg et Dorothy Nilsen«, sagte Arlene, *»Je veux vous présenter Monsieur Seguin.«*

»How do you do?« sagte Monsieur Seguin.

Sie schüttelten sich die Hände. Greg sagte: »Wollen Sie sich nicht zu uns setzen?«

»Danke.« Monsieur Seguin verneigte sich höflich vor Dorothy und nahm Platz.

Er hatte kleine blaue Augen, ein strahlendes Lächeln und

unförmige Patschhände mit kleinen Büscheln blonder Haare auf dem Handrücken.

»Monsieur Seguin est ingénieur civil«, erklärte Arlene. *»Il va nous accompagner jusqu'à Calcutta. Monsieur Nilsen est ingénieur aussi.«*

»Indeed?« Monsieur Seguin schien interessiert zu sein. »In welchem Zweig unseres Berufes arbeiten Sie, Sir?« Sein Englisch war ausgezeichnet.

»Was heißt ›Formenguß‹ auf französisch?« fragte Arlene.

Greg zuckte hilflos die Achseln.

»Oh, ich verstehe«, sagte Monsieur Seguin liebenswürdig. »Mr. Nilsen macht die kleinen Teile von all den Dingen, an die man denkt, wenn ein Amerikaner von ›Lebensstandard‹ spricht.«

Arlene lachte herzlich. Greg und Dorothy lächelten. Weitere Pernods wurden gebracht.

»Ist das nicht reizend«, sagte Arlene. »Ich habe mit dem Chefsteward gesprochen, und er hat es so arrangiert, daß Monsieur Seguin mit uns am Tisch sitzt.«

Die ›Silver Isle‹ war ein amerikanisches Schiff, und die meisten Passagiere waren Amerikaner. Wie nicht anders zu erwarten, war das Essen amerikanisch und wurde auf amerikanische Art serviert.

Monsieur Seguin schmeckte es nicht. Er mochte den Hummercocktail nicht und versuchte, die Soße davon zu entfernen. Er verlangte sein Steak *bleu,* und als man es ihm *saignant* brachte, beanstandete er, daß es zu sehr durchgebraten sei. Er wollte seinen Salat nicht als Beilage, sondern als Extragang und wünschte, daß die Birnenscheiben vom Teller entfernt würden. Die gebackene Idaho-Kartoffel ließ er liegen, und die Eiscreme wies er zurück. Er nahm einen Bissen vom Wisconsin-Brie, verzog das Gesicht und aß nicht weiter. Er blieb jedoch offensichtlich trotz allem bei guter Laune. Für einen Franzosen, dem das Essen nicht geschmeckt hatte, schien die einzige Bemerkung, die er machte, nachsichtig genug zu sein:

»Ich muß abnehmen«, sagte er lächelnd. »Dieses Schiff wird mir guttun. Hier wird es mir leichtfallen, mich zusammenzunehmen.«

»Ich möchte wissen, was die Küche sich denkt«, platzte Arlene ärgerlich heraus. »In jedem Drugstore kann man besseres Essen bekommen.«

Dorothy kicherte. »Neulich haben Sie noch gesagt, wie gut Sie das Essen fänden.«

»Gut ist ein relativer Begriff, meine Liebe. Selbst ein amerikanischer Küchenchef sollte fähig sein, alle dreißig Tage einmal genießbares Essen zu bereiten.« Sie und Monsieur Seguin teilten sich in eine Flasche Wein, und jetzt leerte sie ihr Glas.

Monsieur Seguin schenkte nach. »Mademoiselle, ich glaube, Sie sind ungerecht gegen Amerika«, sagte er. »Es hat einige sehr wichtige Beiträge zur Zivilisierung der Welt geleistet. Lassen Sie uns sehen –«, er tat, als müsse er nachdenken, »wir verdanken Amerika Kaugummi, Coca-Cola und Gangsterfilme, und außerdem hat uns Amerika die Atombombe geschenkt«, er lächelte spitzbübisch zu Greg hinüber, »und eine Menge Ratschläge obendrein.«

Greg hob die Brauen. »Haben Sie nicht vergessen, in Ihrer Aufzählung Popcorn zu erwähnen?«

»Ah, ja. Pardon. Und die Demokratie habe ich ebenfalls vergessen. Demokratie im McCarthy-Stil, selbstverständlich.«

Arlene lachte. »Endlich ein wahres Wort.«

Dorothys Miene wurde eisig.

Greg lächelte Monsieur Seguin freundlich an. »Sie werden eine Menge Witze über amerikanische Touristen auf Lager haben, nehme ich an. Und über die Entwicklungshilfe.«

Monsieur Seguin hob die Schultern. »Es ist traurig«, sagte er, »ihr Amerikaner gebt Millionen von Dollars aus, um euch gegen den Kommunismus zu verteidigen, erwartet aber von jedermann, daß er glaubt, es geschehe aus Menschenliebe. Warum?«

»Weil Big Daddy will, daß man ihn liebt«, sagte Arlene prompt.

»Amerika«, sagte Monsieur Seguin, »ist reich und benimmt sich wie die Reichen es immer getan haben. Wenn sie anfangen, ihren Tod zu fürchten, werden sie zu Wohltätern.«

»Nun, die meisten Amerikaner sind nicht reich«, sagte Greg, »und sie fühlen sich ganz gewiß nicht als Wohltäter der Menschheit, wenn sie ihre Steuern bezahlen.«

»Das ist doch einfach kindisch«, fauchte Arlene. »Monsieur Seguin sprach von uns als Nation.«

Dorothys Gesicht wurde zornrot. »Ich meine, es ist nicht Greg, der sich hier kindisch aufführt«, sagte sie.

»Ich wollte damit sagen«, fuhr Monsieur Seguin ungerührt fort, »daß Amerikas Außenpolitik stets und von Anfang an von Männern gemacht wurde, die die Welt vom Standpunkt des Geldes und der Reichen aus gesehen haben.«

»Sie werden es mir nicht übelnehmen, Monsieur Seguin«, entgegnete Greg, »wenn ich Ihnen sage, daß ich diese Bemerkung für eine der dümmsten halte, die ich je gehört habe.«

Monsieur Seguin lächelte. »Wissen Sie, Mr. Nilsen, es gab einen Amerikaner, dem fünfzehntausend Hektar des besten Bodens in Amerika gehörten. Er besaß Ländereien in New York und Pennsylvanien, in Virginia und in Maryland und hatte Grundbesitz in der Stadt Washington. Er starb als einer der reichsten Männer Amerikas.«

»Wer soll das gewesen sein – Rockefeller?«

»Sein Name war George Washington«, sagte Monsieur Seguin sanft. »Aber das wußten Sie sicherlich.«

Arlene lachte so sehr, daß alle Gäste zur ihrem Tisch hinüberblickten.

Dorothy saß mit steinernem Gesicht da.

Nach dem Essen gingen sie und Greg sofort in ihre Kabine.

»Ich finde, Arlene hat sich abscheulich benommen«, sagte Dorothy, »und was diesen gräßlichen kleinen Franzosen betrifft ... Stimmt das, was er gesagt hat, ich meine das über George Washington?«

Greg zuckte die Achseln. »Wahrscheinlich. Er gehört zu der Sorte Mensch, die derartige Tatsachen sammelt. Natürlich hat es keine Beziehung zu dem, was er zu sagen versuchte, aber das ist ihm gleichgültig. Er debattiert gern.«

»Ich verstehe Arlene nicht. Wie konnte sie ihn nur dazu ermuntern, diesen ganzen antiamerikanischen Unsinn herunterzubeten? Und das auf einem amerikanischen Schiff! Ich finde das geschmacklos. Und wie konnte sie es wagen, den Steward darum zu bitten, ihn an unseren Tisch zu setzen, ohne uns auch nur zu fragen?«

»Eines muß ich dir sagen, Liebling«, sagte er, »und du stellst dich am besten rechtzeitig darauf ein. Wenn dieser Kerl noch einmal mit seiner antiamerikanischen Quatscherei anfängt, gebe ich ihm eins auf die Nase.«

»Glaubst du denn, daß wir weiterhin mit ihm zusammen essen müssen?« fragte Dorothy.

Greg starrte sie an, und plötzlich regte sich eine ungestüme Hoffnung in ihm. »Liebste, das Schiff ist voll, das weißt du. Sie können die Tischordnung jetzt nicht mehr umändern.«

»Dann sitzen wir also auf der ganzen Fahrt mit ihnen fest, bis nach Kalkutta?«

»Das befürchte ich allerdings – es sei denn, wir beschweren uns beim Zahlmeister und machen ein persönliches Anliegen daraus.«

»Oh, Greg!« Betrübt setzte sie sich auf ihr Bett, »unsere schöne Reise!«

Er setzte sich neben sie und legte seinen Arm um ihre Hüfte. »Du hast es selbst gesagt, Liebling. Wir sind nicht in der Lage, unsere Reisegenossen auszusuchen.«

Dorothy streckte das Kinn vor. »Das wohl nicht. Aber wir sind in der Lage, unsere Reiseroute selbst zu bestimmen.«

»Liebling, wir haben bis Kalkutta auf diesem Schiff gebucht.«

»Das mag sein, aber wir können unsere Pläne ändern. Wir könnten in Singapur Aufenthalt nehmen, ein oder zwei Abstecher einlegen und dann nach Kalkutta weiterfliegen. Du hast gesagt, daß du für Mr. Tan in Singapur etwas erledigen wolltest. Na, bitte! Eine geschäftliche Sache. Ich bin ganz sicher, wenn du das erklärst, könnten wir auf die Passage eine Rückzahlung bekommen.«

Nie hatte Greg sie mehr geliebt als in diesem Augenblick. »Das ist richtig, Pan American und B. O. A. C. fliegen über Bangkok. Vielleicht könnten wir dort Station machen anstatt in Rangun, bevor wir nach Kalkutta weiterfliegen.«

»Bangkok! Das wäre wunderbar!«

»Tatsächlich würde es uns keinen Cent extra kosten, Abstecher einbegriffen. Ich habe dir nichts davon gesagt, aber diese geschäftliche Angelegenheit, die ich für Mr. Tan erledigen soll, wird mir tausend Dollar einbringen.«

»Hongkong-Dollar?«

»Nein, gute amerikanische Dollars. Und ich könnte noch weitere tausend dazu verdienen, wenn wir ein oder zwei Tage länger in Singapur blieben.«

»Wie das?«

»Ich brauche nur ein paar Papiere zu unterzeichnen. Aber das kann ich dir alles später erklären. Die Hauptsache ist, daß wir die Reise genießen. Wir brauchen uns wegen der Extrakosten keine Sorgen zu machen. Wenn wir beschließen, in Singapur von Bord zu gehen, dann steht dem nichts im Wege.«

Dorothy schwieg einen Augenblick. Dann sagte sie: »Ich weiß, du magst Arlene nicht. Ich vermute, sie ist tatsächlich keine sehr liebenswerte Person. Deswegen tat sie mir wohl auch leid.«

Noch am selben Abend sprach Greg mit dem Zahlmeister und sandte dann ein Funktelegramm an Mr. Tan Tack Chee in Manila.

FÜNFTES KAPITEL

I

In den besseren Kreisen der britischen Kolonie in Singapur war Colonel Soames als ›der Polizist‹ bekannt.

Dieser Bezeichnung haftete nichts Schimpfliches an. Sie war ursprünglich angewandt worden, um ihn von einem anderen Colonel Soames zu unterscheiden, der pensionierter Gurkha-Offizier und prominentes Mitglied des Rennclubs gewesen war. Die Tatsache jedoch, daß man diese Bezeichnung auch nach ›Gurkha‹ Soames' Tod beibehalten hatte, war nur zum Teil eine Folge der Gewohnheit. Wenn auch Colonel Soames' Status als dienstältester Polizeioffizier allgemein bekannt war, so war die Art seiner Tätigkeit das keineswegs. Er sprach nie über sie und begegnete jedem Versuch, ihn über dieses Thema auszuhorchen, mit eisigem Schweigen. Es wurde allgemein vermutet, daß er strenggenommen kein Polizeibeamter sei, aber doch etwas mit dem Geheimdienst zu tun habe. Ihn weiterhin ›Polizist‹ zu nennen, war eine mild sarkastische Art, diese Vermutung zu unterstreichen.

Sie war in gewisser Hinsicht zutreffend. Singapur ist als See-, Luft- und Militärstützpunkt von entscheidender Bedeutung für das britische Commonwealth, aber in seiner ökonomischen Existenz als Handelszentrum und freier Hafen ist Singapur vom internationalen Handel weitgehend abhängig; und das brachte es mit sich, daß die Stadt viele Fremde in ihren Mauern aufnehmen mußte. Colonel Soames' Aufgabe war es, die unerwünschten Elemente unter ihnen ausfindig zu machen und dafür zu sorgen, daß ihre Interessen denen der Stadt Singapur nicht ernstlich zuwiderliefen. Er tat das in enger Zusammenarbeit mit der Einwanderungsbehörde, mit den Geheimdiensten und mit den Hafen-, Flughafen- und Zollbehörden. Haftbefehle gab er niemals aus. War er auf irgendwelche verbrecherischen Umtriebe aufmerksam geworden, so überwies er den Fall zur Aufklärung und Verfolgung an einen geeigneten Kollegen, oder er beschränkte sich darauf, falls er ein polizeiliches Vorgehen für unangebracht hielt, die Augen offenzuhalten und abzuwarten. Gelegentlich mochte er eine Ausweisung empfehlen oder die Verweigerung einer Einreiseerlaubnis, aber die meisten Ergebnisse erzielte er allein damit, die Personen, denen seine Aufmerksamkeit galt, wissen zu lassen, daß man sie beobachtete und sich über ihre Absichten im klaren war. Offiziell leitete er eine Abteilung des Inneren Sicherheitsdienstes. Nach seiner eigenen Definition bestand seine Tätigkeit darin, ›die schweren Jungens zu entmutigen‹.

Ihm unmittelbar unterstellt war Kriminalinspektor Chow Soo Kee. Jeden Morgen um zehn trafen sie zusammen, um die Berichte des Vortages durchzugehen. Bei einer solchen Besprechung geschah es, daß Colonel Soames der Name ›Nilsen‹ zum erstenmal auffiel.

Sie hatten über das Treiben eines Belgiers gesprochen, der einen zentralen Verleih für pornographische Filme aus Bangkok aufzuziehen versuchte, über einen Österreicher, der für ein in Brunei neu eröffnetes Bordell Mädchen kaufte, und über ein australisches Ehepaar, das verdächtig große Gewinne beim Badger-Spiel einstrich. Sie hatten sich darüber unterhalten, welche Schritte gegen den Konsul einer mittelamerikanischen Republik unternommen werden sollten, der, geschützt durch seine diplomatische Immunität, auf dem Opiummarkt Geld machte. Man beschloß, ihn durch einen als Theaterkarten-Verkäufer auftretenden Mann wissen zu lassen, daß belastendes Material gegen ihn von Scotland Yard übersandt worden sei. Inspektor Chow war im Begriff aufzubrechen, als ihm etwas einfiel. »Übrigens, Colonel«, sagte er. »Wir haben einen weiteren Waffenhändler.«

»Doch nicht schon wieder dieser Italiener?«

»Nein, Sir, es ist ein neuer Mann. Der Zoll hat mich auf ihn aufmerksam gemacht. Es ist eine Waffensendung aus Manila eingetroffen, unter Zollverschluß und adressiert an einen G. Nilsen.«

»Wie groß ist die Sendung?«

Inspektor Chow beschrieb sie ihm. »Wahrscheinlich Restbestände aus dem Koreakrieg«, sagte er. »Es könnte sich um Muster handeln.«

»Ein bißchen viel Muster, finden Sie nicht? Klingt mir eher nach einem Anfänger, der ins Geschäft kommen will.«

»Tja, das ist das Merkwürdige an der Sache, Sir. Es ist nicht der übliche Typ. Heißt Gregory Hull Nilsen. Amerikanischer Staatsbürger. Ingenieur. Kommt aus Wilmington, Delaware, wo er eine eigene Firma hat. Reist mit seiner Frau. Sie sind vor zwei Tagen mit der ›Silver Isle‹ eingetroffen. Bewohnen im Raffles Hotel ein Appartement mit Klimaanlage. Sehr ordentliche Leute, wie's scheint.«

»Na, das hört sich ja ganz beruhigend an.«

»Ja, Sir.« Der Inspektor machte eine Pause. »Mit zwei Einschränkungen. Gegenüber der Einwanderungsbehörde hat er eine falsche Erklärung abgegeben. Hat behauptet, er und seine Frau seien nur als Touristen hier. Vom Waffengeschäft hat er nichts erwähnt.«

»Für wie lange hat er beantragt?«

»Zwei Wochen. Die Einwanderungsbehörde gab ihnen Visa für dreißig Tage. Und dann noch die andere Sache, Sir. Tan Yam Heng brachte ihn zum Hotel.«

»Meinen Sie den Gewerkschafts-Gangster, der sich immer auf dem ›Pickle Market‹ verspekuliert?«

»Ja, Sir. Scheint mit ihm auf freundschaftlichem Fuß zu

stehen. Das ist es, was mir nicht gefällt. Tan ist Mitglied der Demokratischen Aktionspartei.«

»Wen hat der Mann sonst noch getroffen?«

»Niemanden, soweit ich weiß. Gestern haben er und seine Frau einen Wagen gemietet und sich auf der Halbinsel herumfahren lassen; sie wollten sich die Sehenswürdigkeiten anschauen, sagten sie. Der Fahrer bestätigte, daß sie tatsächlich nichts anderes getan haben.«

»Möglich, daß sie sich auf diese Weise ein Alibi sichern wollen. Aber ich frage mich doch, warum er gelogen hat. War dumm von ihm, das zu tun, wenn er nur ein Händler ist. Wer käme denn als Abnehmer für das, was er zu verkaufen hat, in Frage?«

Inspektor Chow dachte einen Augenblick nach. Was er zu sagen hatte, würde Colonel Soames nicht gefallen, das wußte er. Deswegen versuchte er es ihm so schonend als möglich beizubringen.

Die junge Republik Indonesien, die die Souveränität über die dreitausend Inseln des früheren Niederländisch-Indien beanspruchte, war ein unbequemer Nachbar. Die Zentralregierung auf Java war schwach, unstabil und vom Gespenst des Kommunismus bedroht. Auf den großen äußeren Inseln, besonders auf Sumatra und Celebes, gab es starke revolutionäre Bestrebungen, die Loslösung und Unabhängigkeit forderten. Das politische Denken innerhalb dieser Bewegungen war religiös gefärbt und eindeutig antikommunistisch; im Kampf gegen die Regierung hatten sie Bündnisse untereinander abgeschlossen. Seit mehr als drei Jahren befanden sich Teile von Sumatra und Celebes praktisch im Bürgerkrieg; aufständische Truppen hielten weite Gebiete besetzt, und die Streitkräfte der Zentralregierung mußten in einigen Gegenden sogar die großen Städte verteidigen. Nur dreißig Meilen von der langgestreckten Küste Sumatras entfernt, war das auf der anderen Seite der Straße von Malakka gelegene Singapur die natürliche Nachschubbasis für die Aufständischen auf Sumatra. Ihre ›Verbindungsoffiziere‹ und Einkäufer machten Colonel Soames das Leben sauer.

»Wie Sie schon hervorgehoben haben, Sir, handelt es sich um eine kleine Sendung«, sagte Inspektor Chow schließlich. »Ich glaube nicht, daß sich die Darul-Islam-Leute im Augenblick dafür interessieren. Erst vor drei Wochen haben sie eine Lieferung von achtzig Maschinengewehren und fünfzig Granatwerfern erhalten.«

»Aber nicht über Singapur, hoffe ich.«

»Nein, Sir. Direkt aus Macao.«

»Hat dieser Holländer das gedreht?«

»Ja. Aber er schickte die Munition extra, mehr als drei Tonnen offenbar, und ein Zerstörer der indonesischen Regierung fing sie ab. Als erstes werden sie sich Ersatz für die Munition beschaffen wollen. Ich kann mir nicht denken, daß sie sich mit ein paar Gewehren abgeben werden. Wer im Augenblick viel eher als möglicher Käufer in Frage käme, das wäre meiner Meinung nach Captain Lukey.«

Er hatte versucht, den Namen möglichst beiläufig auszusprechen. Captain Lukey war Verbindungsoffizier und Vertreter einer kleinen aufständischen Gruppe, die vor kurzem auf dem nördlichen Sumatra zu operieren begonnen hatte. Colonel Soames' Abneigung gegen ihn war persönlicher Art und außerordentlich heftig.

Herbert Henry Lukey war regulärer Soldat in einem britischen Provinzregiment gewesen und während des Zweiten Weltkrieges zum Quartiermeister befördert worden. Bis zum Jahr 1950 diente er, ohne sich hervorzutun; in diesem Jahr lief die Zeit ab, auf die er sich verpflichtet hatte. Sein Regiment war damals in Ägypten stationiert, und einen großen Teil der letzten sechs Monate seiner Dienstzeit verbrachte er damit, Fragen zu beantworten, die ihm von einem Untersuchungsausschuß gestellt wurden. Der Ausschuß war gebildet worden, um herauszufinden, was es mit dem Schwund von Benzinvorräten auf sich hatte, für die Lukey verantwortlich gewesen war. Seine Antworten hatten einen Reichtum an Phantasie und Originalität bewiesen, wie er sich in seiner militärischen Laufbahn bisher nicht gezeigt hatte; und eine geheime, allerdings nicht autorisierte Überprüfung seines Bankkontos hatte ergeben, daß er sich im Besitz eines Guthabens befand, dessen Höhe die Gesamtsumme seiner in den letzten fünf Jahren erhaltenen Besoldung weit überstieg. Mit virtuoser Verschleierungstaktik hatte er jedoch erreicht, daß man die Untersuchung wegen Mangels an Beweisen schließlich einstellte. Die Treibstoffverluste wurden – wie er es schon immer behauptet hatte – auf ›Schwund durch Verdunstung‹ zurückgeführt und abgeschrieben. Er konnte darauf hinweisen, und machte von dieser Möglichkeit auch reichlichen Gebrauch, daß seine militärische Vergangenheit makellos gewesen war. Von seiner anschließenden zivilen Tätigkeit in Nord-Borneo, Malaya und Singapur konnte man das nicht behaupten. Er hatte in untergeordneten Verwaltungspositionen für verschiedene große Handelskonzerne gearbeitet, von denen die meisten ebenso wie die Armee rätselhafte Einbußen an Sachwerten hinnehmen mußten, ehe sie sich entschlossen, auf seine Dienste zu verzichten. Schließlich hatte eine der geschädigten Firmen die Ursache der Verluste klar und eindeutig erkannt und die Polizei verständigt. Zudem hatte es Gerüchte über gefälschte Referenzen gegeben. Er hatte Singapur fluchtartig verlassen, und nach einer Weile waren die gegen ihn erhobenen Anschuldigungen fallengelassen worden. Im Laufe der nächsten drei Jahre hatten gelegentliche Anfragen seitens der Polizeibehörden in Colombo, Kapstadt, Mombassa und Bombay es ermöglicht, seine weitere Entwicklung zu verfolgen. Colonel Soames war der Bericht über seine Rückkehr nach Singapur sofort zugeleitet worden.

›Der Polizist‹ war kein intoleranter Mann. Er mißbilligte Gauner und Spieler, empfand aber im allgemeinen keine persönliche Abneigung gegen sie. Zugegeben, seine Einstellung ihnen gegenüber war nicht ganz so objektiv, wie er selber es glaubte; sie hatte etwas Väterliches, Schulmeisterliches. Aber das war größtenteils seiner Ausbildung zuzuschreiben. In die Polizeiarbeit war er erst spät hineingekommen und daher geneigt, die meisten erwachsenen Gesetzesbrecher wie Angehörige eines von ihm befehligten Regiments zu behandeln, die etwas ausgefressen hatten und, ebenso wie er selbst, dem Regiment treue Ergebenheit schuldeten.

Mit Captain Lukey war das eine andere Sache, und das Wort ›Captain‹ machte den Unterschied aus.

Einen Tag nach seiner Rückkehr nach Singapur war Captain Lukey von Colonel Soames zu einer Unterredung in dessen Büro bestellt worden.

»Nach der Erklärung, die Sie der Einwanderungsbehörde gegeben haben«, hatte Colonel Soames begonnen, »sind Sie hier als Verbindungsoffizier und Einkäufer für die Streitkräfte der Unabhängigen Partei der Rechtgläubigen von Nord-Sumatra. Ist das richtig?«

»Vollkommen richtig.«

»Sie sind Verbindungsoffizier, sagen Sie. Zwischen wem halten Sie Verbindung? Wenn es erlaubt ist, das zu fragen.«

»Zwischen der Armee der Partei der Rechtgläubigen und den anderen Kräften auf Sumatra, die gegen die Kommunisten in Djakarta kämpfen, Sir.«

»Ich verstehe. Und was Ihre Rolle als Einkäufer betrifft – was beabsichtigen Sie zu kaufen?«

»Nachschubmaterial, Colonel.«

»Waffen?«

»Material verschiedener Art, Colonel.«

»Verfügen Sie über Gelder für diese Einkäufe?«

»Selbstverständlich, Colonel.«

»Und woher kommen diese Gelder?«

»Aus Spenden loyaler malaiischer Bürger und Zuwendungen gewisser freundlich gesinnter Parteien.«

»Haben Sie ein Bankkonto?«

»Ja, Colonel. Hongkong und Schanghai, Orchard Road. Alles vollkommen in Ordnung.«

»Sind Sie bevollmächtigt, Schecks zu unterzeichnen?«

»Mit einer Gegenzeichnung, ja.«

»Wer muß gegenzeichnen?«

»Ein Mitglied des Exekutiv-Komitees der Partei der Rechtgläubigen.«

»Ist Ihr Vorleben dem Komitee bekannt?«

»Meine Dienstzeit in der Britischen Armee, Colonel? Selbstverständlich.«

»Ich hatte mehr an Ihr Vorleben hier und auf Borneo gedacht.«

»Daß ich ein Vorleben habe, wußte ich gar nicht, Sir.«

»Wirklich nicht?«

»Ich habe Sie wohl nicht richtig verstanden, Colonel. Wollten Sie damit andeuten, ich hätte einen kriminellen Ruf hier in Singapur?«

Genau das war es gewesen, was Colonel Soames hatte andeuten wollen, aber er hütete sich, es auszusprechen. In keiner der polizeilichen Anfragen über diesen Mann war von Vorstrafen die Rede gewesen.

»Ich wollte Ihnen lediglich empfehlen, sich für die Dauer Ihres Aufenthaltes in Singapur peinlich genau an die Gesetze zu halten. Haben Sie mich verstanden, Mr. Lukey?«

»*Captain* Lukey, wenn ich bitten darf, Colonel.«

Colonel Soames hatte kalt gelächelt. »Gut, daß Sie darauf zu sprechen kommen. Es dürfte mir wohl kaum gelingen, Sie davon zu überzeugen, wie geschmacklos und ungehörig es ist, sich einen militärischen Titel zuzulegen, auf den man keinen Anspruch hat. Vielleicht sollte ich Sie lieber daran erinnern, daß es ein strafbares Vergehen ist.«

Captain Lukey hatte nicht minder kalt zurückgelächelt. »Und ich sollte Sie vielleicht darauf aufmerksam machen, Colonel, daß die britische Armee nicht die einzige Armee der Welt ist. Hier, sehen Sie sich das an.«

Er hatte ihm ein Papier überreicht. Es war ein vom Oberkommandierenden der Armee der Unabhängigen Partei der Rechtgläubigen von Nord-Sumatra unterzeichnetes Offizierspatent gewesen, das den treuen Diener der gerechten Sache der Freiheit Nord-Sumatras, Henry Herbert Lukey, als Staff-Captain auswies.

Die Sache hatte einen neuralgischen Punkt bei Colonel Soames berührt. Er war sehr ärgerlich geworden.

»Dieser Wisch ist vollkommen bedeutungslos. Ein derartiges Offizierspatent können Sie nicht annehmen.«

»Warum nicht, Colonel?«

»Erstens sind Sie britischer Staatsangehöriger. Und zweitens, bedauerlicherweise, Offizier der bewaffneten Streitkräfte Ihrer Majestät der Königin.«

»Ich war es, Colonel.«

»Mag sein, daß Sie nicht mehr aktiver Offizier sind, aber deswegen sind Sie immer noch in der Reserve und können, wenn nötig, jederzeit zum aktiven Dienst zurückgerufen werden.«

Captain Lukey hatte gegrinst. »Wofür halten Sie mich eigentlich, Colonel? Man hat mich vor zwei Jahren aus der Reserve entlassen. Über das Alter bin ich hinaus.«

»Nun, darüber kann ich nur froh sein. Aber erwarten Sie

nicht von mir, daß ich diesen Wisch anerkenne.« Voller Verachtung hatte Colonel Soames das Papier über den Tisch zurückgeschoben.

Captain Lukey hatte es aufgenommen, sorgfältig zusammengefaltet und in die Tasche zurückgesteckt. »Ist das Ihre wohlerwogene Meinung, Colonel?« hatte er dann gefragt.

»Allerdings.«

»Dann werden Sie nichts dagegen haben, wenn ich Ihre Meinung meinem Kommandierenden General als amtliche britische Auffassung weitergebe.«

Colonel Soames war unsicher geworden. Wahrscheinlich war die Unabhängige Partei der Rechtgläubigen kaum mehr als eine Bande abtrünniger Offiziere, die nach örtlichen politischen Machtpositionen gierten. Aber auf Sumatra war alles möglich. Innerhalb weniger Monate konnten dieselben Offiziere Mitglieder einer rechtmäßig konstituierten Regierung sein, und in diesem Falle würde sich der dienstälteste Polizeioffizier in Singapur, der einen ihrer Führer grundlos beleidigt hatte, beim britischen Foreign Office höchst unbeliebt gemacht haben – vom Government House ganz zu schweigen.

Er hatte seinen Groll hinuntergeschluckt. »Um amtliche britische Auffassungen handelt es sich nicht. Ich habe lediglich meiner persönlichen Meinung über Sie Ausdruck gegeben.«

Captain Lukey hatte sich von Colonel Soames' Rückzieher nicht täuschen lassen. Er hatte aufreizend gelächelt. »Gut gebrüllt, Colonel. Ich werde meinen Vorgesetzten berichten, daß man mir jede Unterstützung zugesagt hat und meine Arbeit in jeder Hinsicht respektieren wird.«

»Sie können ihnen auch noch bestellen, daß wir Sie hinausbefördern werden, und zwar verdammt schnell, falls Sie hier irgendeinen Hokuspokus veranstalten sollten.«

Das war eine ohnmächtige Drohung gewesen, und Captain Lukey hatte es gewußt. Noch im Weggehen hatte cr gegrinst.

Colonel Soames hatte die Demütigung nicht vergessen. Er sah Inspektor Chow scharf an. »Warum Lukey?« fragte er.

»Viel Geld scheint er nicht zur Verfügung zu haben, Sir. Ich möchte aber annehmen, daß er diesen Handel gerade noch tätigen kann. Eine andere Sache: er hat versucht, Munition vom Kaliber 0,303 Zoll zu kaufen. Sie müssen also schon Gewehre von diesem Kaliber haben, und es hätte Sinn, weitere zu kaufen. Das Zeug, das zur Zeit gehandelt wird, ist zum größten Teil vom Kaliber 0,3.«

»Ich verstehe.« Der Colonel dachte einen Augenblick nach und nickte dann. »Lassen Sie Tan Yam Heng von einem unserer Leute beschatten. Stellen Sie fest, ob er versucht, mit Lukey in Verbindung zu treten. Halten Sie mich auf dem laufenden.«

»Sehr wohl, Sir.«

»Wie war doch der Name des Amerikaners? Nilsen?«

»Ja, Sir. Wollen Sie, daß ich . . .«

»Nein, ich glaube, am besten werde ich mich selbst darum kümmern.«

2

Greg und Dorothy genossen ihren Aufenthalt in Singapur. Sie hatten zwei Besichtigungsfahrten auf der Insel unternommen und waren auch über den Damm nach Johore gefahren; obschon sie sich eingestehen mußten, daß es nicht allzuviel zu sehen gab, schien ihnen das doch kaum etwas auszumachen, so froh waren sie, endlich wieder allein und unabhängig zu sein. Jedenfalls machte es ihnen Spaß, Abstecher zu planen. Die Garuda-Indonesian-Airways unterhielten einen Flugdienst nach Bali, und sie hatten vorsorglich für Anfang der kommenden Woche gebucht. Der einzige Haken an der Sache war, daß sie indonesische Touristenvisa haben mußten, und es dauerte ein paar Tage, bis man sie erhielt. Solange würden sie nicht genau wissen, ob aus ihrem Vorhaben etwas wurde oder nicht. Schließlich hatten sie die Visa beantragt und beschlossen, sich mit einer Reise nach Penang zu trösten, falls sie nicht rechtzeitig vorlägen. Der Angestellte in Cooks Reisebüro hatte ihnen ein paar Photographien gezeigt, auf denen die Insel beinahe so bezaubernd wie Bali aussah.

Es gab zwischen ihnen nur ein einziges Thema, über das sie verschiedener Meinung waren: das war das Waffengeschäft mit Tan.

Als Greg ihr den Handel schließlich bis in die Einzelheiten erklärt hatte, starrte sie ihn fast ungläubig an.

»Aber Liebling, das klingt mir ganz nach einer krummen Sache.«

»Was soll denn daran krumm sein? Es handelt sich nur darum, Mr. Tan behilflich zu sein, eine technische Klausel der philippinischen Handelsbestimmungen zu umgehen. Weiter nichts.«

»Nun, das genügt doch wohl, meinst du nicht? Es sind schließlich ihre Gesetze.«

»Als sie gemacht wurden, hat man mit solchen Fällen nicht gerechnet.«

»Was für Fälle sind das?«

»Na, ich finde die Idee, kommunistische Waffen an die Antikommunisten zu verkaufen, wirklich nicht schlecht.«

»Mag sein. Aber woher weißt du, daß es tatsächlich kommunistische Waffen sind? Wer hat dir das gesagt? Woher willst du wissen, ob man dir die Wahrheit gesagt hat?«

Es hatte eine lange, ergebnislose und unbehagliche Diskussion gegeben, die ihm teilweise sehr deutlich im Gedächtnis geblieben war und ihn später beunruhigt hatte.

»Angenommen, bei uns zu Hause wäre jemand mit einem derartigen Vorschlag an dich herangetreten«, hatte sie gesagt.

»Wie sollte das geschehen?«

»Aber angenommen, es sei geschehen. Weißt du was? Ich glaube, du würdest die Polizei verständigt haben oder das FBI.«

»Wir sind aber hier nicht in Amerika, und die Umstände und die Menschen sind ganz anders.«

Sie hatte ruhig genickt. »Genau das meine ich.«

»Ich verstehe dich nicht.«

»Vielleicht wissen wir nicht, *wie* anders sie sind.«

Ihre erste Begegnung mit Mr. Tan Yam Heng in Singapur hatte die Situation nicht verbessert. Sie hatten seine Erscheinung wenig anziehend gefunden und sein Benehmen merkwürdig verstohlen. Als er aufs Schiff kam, um Verbindung mit ihnen aufzunehmen, hatte Greg ihn tatsächlich zunächst für einen ›Schlepper‹ gehalten. Dann hatte Tan versucht, sie durch die Immigrations- und Zollabfertigung zu hetzen, noch ehe sie Gelegenheit gehabt hatten, sich von irgend jemandem auf dem Schiff zu verabschieden. Greg hatte sich sehr entschieden dagegen verwahren müssen.

Später im Hotel hatte Tan einen in Manila abgestempelten Luftpostbrief hervorgeholt, in dem bestätigt wurde, daß Greg als Alleinbevollmächtigter Verkaufsagent für Mr. Tan Tack Chee handelte und daß ihre finanziellen Vereinbarungen dementsprechend abgeändert worden seien. Das war in Ordnung gewesen; aber der Brief war, obschon an Greg persönlich adressiert, bereits von Tan Yam Heng geöffnet und gelesen worden.

Als er gegangen war, hatte Dorothy stirnrunzelnd gesagt: »Seinem Bruder sieht er nicht gerade ähnlich, was meinst du?«

»Nein.«

»Glaubst du, daß es eine alte chinesische Sitte ist, die Briefe anderer Leute zu öffnen?«

»Nun, das ist wohl auch gleichgültig. Übrigens sendet Mr. Tan dir und Arlene seine besten Wünsche.«

Das Treffen im Zollgebäude am nächsten Vormittag war in keiner Weise erfreulicher verlaufen. Als Greg die erforderlichen Papiere unterschrieben hatte, waren sie nach draußen gegangen.

»Als nächstes, Mr. Nilsen«, hatte Tan Yam Heng munter verkündet, »werde ich Verabredungen mit den Käufern treffen.«

Greg hatte gelächelt und den Kopf geschüttelt. »Nein, Mr. Tan. Als nächstes werden Sie mir einen Scheck über eintausendundfünfzig Dollars geben.«

»Aber nicht bevor Sie die Übertragung der Eigentümerrechte mit Ihrer Unterschrift bestätigt haben. So ist es abgemacht.«

»So war es abgemacht. Sie haben den Brief Ihres Bruders gelesen. Die Vereinbarung ist geändert worden. Die ersten fünf Prozent sind bei Unterzeichnung der Zollpapiere zu zahlen, die *zweiten* fünf Prozent werden bezahlt, sobald das Eigentumsrecht auf den tatsächlichen Käufer übertragen worden ist.«

Es war in diesem Augenblick gewesen, daß Greg begriffen hatte, warum Mr. Tan in Manila so sehr daran gelegen war, ihn als seinen Beauftragten handeln zu lassen. Nach den ursprünglichen Abmachungen hätte Mr. Tan in Singapur durch nichts davon abgehalten werden können, die Blanko-Übertragung der Eigentümerschaft zu seinem eigenen Vorteil auszufüllen. Nach der neuen Vereinbarung sollte die Eigentümerschaft nur direkt auf den Käufer übertragen werden. Die Erklärung war einfach: Mr. Tan in Manila traute Mr. Tan in Singapur nicht; und dafür mußte er wohl seine Gründe haben.

Tan Yam Heng hatte fast bedrohlich finster dreingeblickt.

»Bei allen Verhandlungen zwischen Partnern einer geschäftlichen Unternehmung«, hatte er gesagt, »sind Vertrauen und persönliche Würde unerläßlich.«

»Darin stimme ich vollkommen mit Ihnen überein. Und am besten werden Vertrauen und persönliche Würde bewahrt, indem jeder tut, was vereinbart worden ist, Mr. Tan. Genau das – nicht mehr, nicht weniger.«

Mr. Tan hatte den Scheck, der auf die Filiale einer amerikanischen Bank in Manila ausgestellt war, fertig ausgeschrieben in seiner Tasche gehabt und ihn schließlich Greg überreicht; allerdings mit sichtlichem Widerwillen. Er war fortgegangen mit der Versicherung, daß er anrufen würde, sobald die Zusammenkünfte mit den Käufern vereinbart worden seien.

Seitdem waren zwei Tage vergangen, und Greg hatte nichts von ihm gehört. Dorothy gegenüber hatte er von der Auseinandersetzung wegen des Schecks nichts erwähnt; ihr von den anderen Ärgernissen zu erzählen, hatte er ebenfalls nicht für nötig gehalten. Er war nahe daran, Mr. Tan in Manila zu kabeln, um ihn an die Frist zu erinnern, die sie sich gesetzt hatten, als Tan Yam Heng anrief.

»Mr. Nilsen«, sagte er, »ich habe jemanden, der als Käufer in Frage kommt.«

»Oh.«

»Er möchte Sie gern treffen, um die Einzelheiten mit Ihnen zu besprechen.«

»Wer ist es?«

»Ein Captain der britischen Armee, der jetzt für eine Gruppe in Indonesien arbeitet.«

»Was für eine Gruppe?«

»Eine religiöse, glaube ich.«

»Was haben Sie gesagt – religiös?«

»Das ist doch unwichtig. Wir wollen verkaufen, er möchte kaufen.«

»Das ist ganz und gar nicht unwichtig. Wie heißt der Mann übrigens? Wie treffe ich ihn?«

»Sein Name ist Captain Lukey. Wenn es Ihnen recht ist, begleite ich ihn heute nachmittag um fünf zu Ihrem Hotel.«

»Okay.«

»Und der Preis ist abgemacht?«

»Wir verlangen fünfundsiebzigtausend, sind aber mit jedem Preis über sechzigtausend einverstanden.«

»Ja. Das muß unter uns bleiben.«

»Ich sehe Sie dann um fünf.«

Er erzählte es Dorothy.

»Wozu braucht eine religiöse Gruppe Karabiner und Maschinengewehre?« fragte sie.

»Wie soll ich das wissen? Ich glaube, Tan hatte keine Ahnung, wovon er redete. Wie dem auch sei, wenn ein britischer Offizier für sie tätig ist, müssen es schon recht ordentliche Leute sein.«

»Ich nehme an, du wirst ihn unter vier Augen sprechen wollen.«

»Du kannst im Schlafzimmer bleiben und an der Tür horchen, wenn du willst.«

Tan Yam Heng kam zehn Minuten zu früh und tat geheimnisvoller denn je.

»Ich wollte den besten Weg vom Hinterhofeingang zu Ihrem Appartement herausfinden«, erklärte er. »Wenn es Ihnen recht ist, werde ich ihn heraufbegleiten, sobald er kommt, ohne vorher vom Portier aus heraufzutelephonieren.«

»Von mir aus, bitte.«

»Je weniger Leute uns zusammen sehen, desto besser ist es.«

»Was soll das geheimnisvolle Getue?«

»Verhandlungen wie diese bleiben besser geheim. Wenn irgendein Spion der indonesischen Regierung Wind davon bekäme, könnte es gefährlich werden.«

Greg vermied es, Dorothy anzusehen. »Ich verstehe.«

»Es ist möglich, daß Captain Lukey vor Beginn der Verhandlungen das Zimmer zu durchsuchen wünscht.«

»Nun, das kann er leider nicht. Meine Frau hält sich im Schlafzimmer auf.«

»Es geht um wichtige Dinge. Ich bin sicher, daß Mrs. Nilsen Verständnis dafür haben wird.«

»Hören Sie, hier wird nichts durchsucht, und wenn dem wackeren Captain das nicht passen sollte, dann braucht er gar nicht erst heraufzukommen. Wie gut kennen Sie ihn?«

»Ich habe mich mit ihm unterhalten.«

»Hat er gesagt, daß er die Zimmer durchsuchen will?«

»Nein, aber . . .«

»Dann wollen wir es ihm doch selbst überlassen, diesen Wunsch zu äußern. Er dürfte jeden Augenblick hier sein. Warum gehen Sie nicht jetzt und erwarten ihn unten, Mr. Tan?«

Mit gekränkter Miene verließ Tan Yam Heng das Zimmer. Zwanzig Minuten später kehrte er mit Captain Lukey zurück.

Der Captain war ein hochgewachsener Mann in den Endvierzigern mit leichtem Bauch, blühender Gesichtsfarbe, ergrauendem braunem Haar und einem martialischen Schnurrbart, der auf einer Seite nikotingefärbt war. Er trug die in Singapur übliche Geschäftskleidung – weiße Leinenhosen, weißes langärmeliges Hemd mit Brusttaschen und dazu eine Krawatte in den Traditionsfarben seines Regiments. Sein Umgangston war herzhaft, seine Stimme dröhnend. Mit ausgestreckter Hand kam er ins Zimmer.

»Wie geht es Ihnen, Mr. Nilsen? Tut mir leid, daß ich

mich verspätet habe. Bin durch eine Verkehrsstockung aufgehalten worden.«

»Freue mich, Sie kennenzulernen, Captain«, sagte Greg. »Wollen Sie sich nicht setzen?«

Captain Lukey schien die Aufforderung nicht gehört zu haben. Er lächelte breit, stemmte die Arme in die Hüften und sah sich im Zimmer um. »Na ja«, sagte er, »als ich das letzte Mal in diesem Apartment war, wohnte General Blacklock hier. Das war natürlich, ehe er Oberkommandierender wurde. Ich war eine Zeitlang sein Adjutant. Patenter Kerl, der alte Blackie.«

»Kann ich Ihnen einen Drink anbieten?« fragte Greg.

»Sehr nett von Ihnen. Ich nehme einen Stengah, wenn Sie nichts dagegen haben.«

»Das ist Scotch und Soda, nicht wahr?«

»Wenig Scotch, viel Soda. Bei diesem Klima muß man seine Nieren spülen.«

»Ach so, ich verstehe.« Greg fiel es schwer, Captain Lukeys Akzent richtig einzustufen. Unter dem Bühnenenglisch klang noch eine andere Mundart mit, deren Herkunft er nicht feststellen konnte. Colonel Soames hätte ihm sagen können, daß man in Liverpool so spricht.

»Wissen Sie«, sagte Captain Lukey, »die meisten Leute sagen: erst die Arbeit, dann das Vergnügen.« Er setzte sich schwerfällig. »Ich selber habe das nie verstehen können. Aber schließlich reden die Leute viel daher, ohne je darüber nachzudenken. Kleine Geister, das; über ein paar Faustregeln kommen sie nie hinaus. Die kürzeste Entfernung zwischen zwei Punkten ist eine Gerade, stimmt's?«

»Stimmt.«

»Ist die Hypotenuse eines rechtwinkligen Dreiecks eine Gerade?«

»Das ist sie.«

»Und die beiden Katheten zusammen sind länger?«

»Ja.«

Captain Lukey warf ihm einen schlauen Seitenblick zu. »Und doch ist das Hypotenusenquadrat gleich der Summe der beiden Kathetenquadrate. Wie erklären Sie das?«

»Euklid hat das durchaus befriedigend erklärt.« Greg goß noch etwas mehr Sodawasser in den Drink des Captains. Er fragte sich, ob der Mann wirklich so nüchtern war, wie er zunächst gewirkt hatte.

»Euklid!« Der Captain lachte kurz auf, als hätte Greg irgendeinen längst abgeschriebenen gemeinsamen Bekannten erwähnt, und blickte über die Schulter zu Tan Yam Heng zurück. »Mit solchen Dingen haben Sie sich wohl niemals abquälen müssen, was, Tan?«

»Ich verstehe nicht.« Tan Yam Heng hatte sich an der Tür postiert und wirkte wie irgendein Chargenschauspieler in einem Kriminalstück.

Der Captain betrachtete ihn mit Widerwillen. »Kann ich mir denken, daß Sie nichts davon verstanden haben. ›Kürzeste Verbindung‹, vielleicht; ›gerader Weg‹, daß ich nicht lache.«

»Wollen Sie mich beleidigen, Captain?«

»Ich? Unsinniger Gedanke.«

Greg hatte die Drinks jetzt gemixt und ging zu den beiden hinüber.

»Wollen wir vom Geschäft sprechen?« fragte er. Seiner Stimme war eine Spur von Ungeduld anzumerken, die er nicht ganz verbergen konnte.

Captain Lukey schmunzelte. »Das habe ich gern«, sagte er. »Amerikanisches Tempo. Okay, Bruder, wo fangen wir an? Sie bestimmen.«

Er sprach jetzt mit einem Akzent, den er offenbar für amerikanisch hielt.

Greg lächelte. »In Ordnung. Soweit ich verstanden habe, sind Sie an Handfeuerwaffen und Munition interessiert. Hat Mr. Tan Ihnen eine Liste von dem Zeug gezeigt, das ich hier unter Zollverschluß habe?«

»Ja», sagte Captain Lukey.

»Hat er Ihnen den Preis genannt?«

»Ja.«

»Ich nehme an, Sie sind interessiert.«

»Nein.«

Greg starrte ihn kalt an. »Warum sind Sie dann hier?«

»Weil ich ja noch Interesse bekommen könnte.« Seinen amerikanischen Akzent hatte er aufgegeben.

»Unter welchen Umständen?«

»Nun, wenn das Zeug zum Beispiel tatsächlich fabrikneu wäre und nicht bloß überholt.«

»Sie können es sich ansehen.«

»Und wenn Sie Ihre Höchstforderung um fünfzig Prozent senkten, so daß ich ein vernünftiges Angebot – etwa in Höhe der gegenwärtigen Marktpreise – machen könnte.«

»So etwas wie einen gegenwärtigen Marktpreis gibt es nicht.«

»Mr. Nilsen, ich bin nur ein einfacher Soldat, aber selbst ich weiß da besser Bescheid. Ich kann Gewehre zu zwanzig Dollars das Stück kaufen.«

»Dann sollten Sie das tun.«

»An Gewehren bin ich nicht so sehr interessiert. Also, wenn Sie für die Maschinenpistolen einen vernünftigen Preis nennen würden, dann könnten wir darüber reden. So wie die Dinge liegen ...«, er unterbrach sich, trank seinen Drink aus und stand auf. »Ich mache Ihnen einen Vorschlag. Sie lassen sich die Sache durch den Kopf gehen, und wir sprechen uns morgen wieder. Was halten Sie davon?«

»Ich könnte vielleicht ein bißchen heruntergehen, aber der Preis würde sich immer noch in derselben Kategorie bewegen.«

Captain Lukey nickte geradezu verständnisinnig. »Na ja«, sagte er, »nichts hat auch keinen Reiz.«

Greg fand diese Feststellung reichlich dunkel, nickte aber ebenfalls. Guten Willen förmlich ausstrahlend, drückte ihm der Captain kräftig die Hand und ging.

Er war kaum draußen, als Tan Yam Heng an die Tür herantrat, lauschte und sie dann plötzlich weit aufriß.

Der Korridor war leer. Tan schloß die Tür wieder und drehte sich zu Greg um. »Er blufft natürlich«, sagte er.

»Wie weit? Sie haben sich gründlich über die gehandelten Preise informiert, nehme ich an?«

»O ja. Wenn er nicht wiederkommt, dann nur, weil er nicht genügend Geld zur Verfügung hat.«

»Was geschieht in dem Fall?«

Tan sah verschlagen drein. »Es gibt noch einen weiteren Käufer, aber er ist zur Zeit in Macao.«

»Wann kommt er zurück?«

»Nächste Woche, vielleicht.«

»Nun, dann wird er mich hier nicht mehr antreffen. Also gut, Mr. Tan, wir sehen uns morgen vormittag.«

Als er fortgegangen war, kam Dorothy aus dem Schlafzimmer heraus.

»Was für ein eigenartiger Mann«, sagte sie. »Glaubst du, daß er tatsächlich britischer Offizier ist?«

»Warum sollte er es nicht sein? Ich habe zu meiner Zeit eine ganze Reihe höchst merkwürdiger amerikanischer Offiziere kennengelernt. Warum sollte es nicht auch in der britischen Armee ein paar komische Typen geben?«

Das Telephon klingelte. Greg nahm den Hörer auf.

»Mr. Nilsen?« Es war Captain Lukey.

»Ja.«

»Ich spreche von der Hotelhalle aus. Ich wollte fragen, ob ich für einen Sprung heraufkommen und Sie noch einmal sprechen könnte?«

»Sehr gern.«

»Bin oben wie der Blitz.«

Greg sah Dorothy an. »Lukey schon wieder.«

»Ich gehe ins Schlafzimmer zurück.«

»Nein, du bleibst hier.«

Captain Lukey erschien zum zweitenmal. Jetzt wirkte er gewinnend sachlich, aber sobald er Dorothy sah, wurde er übertrieben galant.

»Das ist ja wirklich eine reizende Überraschung. Ich hatte keine Ahnung.«

Dorothy sagte: »Guten Tag, Captain.«

Die Kühle in ihrem Tonfall entging dem Captain nicht. »Tut mir schrecklich leid, so hereinzuplatzen, Mrs. Nilsen. Sie müssen mich für rücksichtslos halten, aber ich muß Ihren Mann unbedingt noch einmal sprechen. Gräßlich langweilige geschäftliche Dinge, leider.«

Dorothy setzte sich. »Bitte, von mir aus gern, Captain.«

»Tan ist leider nicht mehr hier«, sagte Greg.

»Ich weiß. Habe ihn weggehen sehen.« Der Captain lächelte verschmitzt. »Ich habe absichtlich unten in der Halle gewartet, bis er gegangen war.«

»Oh.«

»Kann ich mich einen Augenblick setzen?«

»Tun Sie das.«

»Sie verstehen, es war ein bißchen peinlich.«

»Was war peinlich?«

Der Captain glättete seinen Schnurrbart. »Nun, das ist schon eine merkwürdige Sache. Ich war mir nicht recht sicher, was ich hier zu erwarten hatte. Das soll natürlich keine Beleidigung sein. Sobald ich Sie sah, wußte ich, daß Sie ein ordentlicher Mann sind.« Er zögerte.

»Aber . . .?« sagte Greg ermutigend.

»Nun, ich habe es schon gesagt, es ist etwas peinlich.« Captain Lukey wirkte wie ein einfacher Mann, der sich mit einem ihm ungewohnten ethischen Problem herumquält. »Ich bin selber kein Heiliger, und wenn Sie mir empfehlen, daß ich verschwinden und mich um meine eigenen Angelegenheiten kümmern soll, dann könnte ich das durchaus verstehen; aber ich finde doch, daß wir Weißen ein bißchen mehr zusammenhalten müßten. Nichts gegen Asiaten, ich bitte Sie. Aber, nun ja, manchmal . . .« Er verstummte. Seine hellen, unruhigen Augen blickten Greg eindringlich fragend an.

»Captain, wenn Sie mir doch nur sagen würden, wovon Sie eigentlich reden!«

Der Captain wandte sich entschuldigend an Dorothy. »Tut mir so leid, das alles, Mrs. Nilsen.«

Dorothy lächelte sehr süß. »Oh, mich interessiert das ebensosehr wie meinen Mann.«

Der Captain schien noch nicht beruhigt zu sein. Mit gerunzelten Brauen fuhr er fort: »Nun, es ist peinlich, wissen Sie«, sagte er nochmals und schien dann seinen Entschluß zu fassen. »Hören Sie, Nilsen, von Mann zu Mann gesprochen, wie lange kennen Sie diesen Tan?«

»Drei Tage. Warum?«

»Ich verstehe. Dachte mir schon, daß es so sein könnte.«

»Wie sein könnte?«

»Nilsen, ich frage Sie nicht, wie Sie auf diesen Burschen gekommen sind, oder wer ihn auf Sie aufmerksam gemacht oder ihn als Kontaktmann empfohlen hat.« Er machte eine Pause und fügte dann etwas unvermittelt hinzu: »Wer viel fragt, bekommt viel Antwort, sage ich immer.«

Greg zuckte die Achseln. »Vielleicht werde ich Ihre Fragen nicht beantworten, Captain, aber belügen werde ich Sie bestimmt nicht.«

»Sehr anständig von Ihnen, es so auszudrücken.« Captain Lukey schien wirklich erfreut zu sein.

»Ist es das?«

»Offenheit verdient Offenheit, Nilsen. Ich werde also offen mit Ihnen reden. Was wissen Sie über Tan?«

»Sehr wenig.«

»Ist Ihnen bekannt, womit er seinen Unterhalt verdient?«

»Import-Export – so habe ich es jedenfalls verstanden.«

»Hat er Ihnen das gesagt?«

»Nicht direkt gesagt, nein.«

»Was würden Sie sagen, wenn ich Ihnen erzählte, daß er eine korrupte Dockarbeiter-Gewerkschaft aufgezogen hat?«

»Woher wissen Sie das?«

»Habe Erkundigungen über ihn eingeholt. Ich kenne die meisten Leute, die mit diesem Geschäft zu tun haben. Das gehört zu meiner Tätigkeit. Sie kannte ich nicht und ihn auch nicht. Hätte eine Falle sein können.«

»Eine was?«

Der Captain schien überrascht zu sein. »Aber natürlich. Der indonesischen Regierung ist selbstverständlich bekannt, was gespielt wird. Daß sie nur über ein paar alte Zerstörer und Kanonenboote verfügt, mit denen sie ein gewaltiges Gebiet kontrollieren muß, wissen Sie ebensogut wie ich, Nilsen. Mehr als einen Bruchteil von dem Zeug können sie nicht abfangen. Also halten sie sich natürlich an unseren schwachen Punkt.«

»Und der wäre?«

»Geld. Wenn sie mich in ein faules Geschäft verwickeln können, werden sie es tun.«

»Ich fürchte, ich verstehe kein Wort davon. Wollen Sie andeuten, daß ich faule Geschäfte mache?«

»Großer Gott, nein! Bitte verstehen Sie mich nicht falsch. Das ist nicht persönlich gemeint.«

»Wo liegt dann die Schwierigkeit? Sie sehen sich das Zeug an. Sie bezahlen doch nicht, bevor Sie die Waren übernehmen.«

»Nein. Aber ich übernehme die Waren unter Zollverschluß. Sobald ich sie herausnehmen will, passieren die tollsten Dinge. Zunächst erscheint irgendein Winkeladvokat, behauptet, die Waren seien auf unlautere Weise erworben, und erwirkt beim Gericht eine einstweilige Verfügung. Wenn diese Sache geklärt ist, dann kommt schon die nächste Figur und behauptet, die Patronen seien nicht mit Pulver, sondern mit Morphium gefüllt, so daß sich jetzt also die Leute vom Rauschgift-Dezernat einschalten. Und so geht es immer weiter.«

»Aber zu guter Letzt kommt das Zeug doch an?«

»Wenn Sie Glück haben, ja.«

»Aber Sie sagten doch selbst, daß die indonesische Regierung außerstande ist, die Seewege wirksam zu kontrollieren.«

»Wenn genau bekannt ist, wann das Zeug abgeht, wie groß die Ladung ist und wohin sie gehen soll, dann stehen die Chancen, die Waren abzufangen, fünfzig zu fünfzig für die Regierung. Das sagt einem die Vernunft.«

»Sie meinten, der schwache Punkt sei das Geld.«

»Sie kennen diese Leute nicht, Nilsen.«

»Welche Leute?«

»Die Leute, für die ich arbeite. Oh, in vieler Hinsicht sind sie sehr ordentlich, aber wenn es ans Bezahlen geht, dann sieht die Sache anders aus.«

»Was sind das für Leute? Tan hat angedeutet, daß es sich um eine religiöse Gruppe handelt.«

»Es sind strenggläubige Moslems, wenn Sie das meinen. Die meisten Antikommunisten sind das. Was keineswegs heißen soll, daß sie etwa verweichlicht seien. Leben und Tod bedeuten ihnen nicht viel. Ohne mit der Wimper zu zucken, töten sie und lassen sich töten. Aber in Gelddingen sind sie merkwürdig. Wenn es einmal nicht glatt geht, geben sie gleich auf.«

»Und Sie glauben, daß Tan für die indonesische Regierung arbeitet?«

»Ich weiß es nicht. Meiner Ansicht nach ist er jemand, der für jeden arbeiten würde, wenn er nur gut bezahlt wird. Mir ist es auf alle Fälle zu riskant.«

»Dann sind Sie also nicht an diesem Geschäft interessiert?«

»Das habe ich nicht gesagt. Ich sagte, daß ich nichts mit Tan zu tun haben will.«

»Aber Tan weiß ja längst Bescheid. Wenn es stimmt, was Sie sagen, dann kann er uns in jedem Fall Ärger machen, ob er nun am Handel beteiligt ist oder nicht.«

»Nicht, wenn Sie der Eigentümer sind. Liegen diese Waren auf Ihren Namen unter Zollverschluß?«

»Ja.«

»Dann brauchen wir Tan überhaupt nicht.«

Greg schwieg. Er war geneigt zu glauben, was der Captain gesagt hatte, oder doch wenigstens einiges davon. Sein Instinkt warnte ihn vor jeglichen Geschäften mit Mr. Tan; aber dummerweise ebensosehr vor einer Verbindung mit Captain Lukey. Erschwert wurde die Sache noch dadurch, daß er ja in Wirklichkeit keineswegs Auftraggeber, sondern Agent war. Bis zu einem gewissen Grad täuschte er Captain Lukey. Er zögerte.

»Darüber muß ich nachdenken, Captain.«

»Sicher. Verstehen Sie mich nicht falsch –«, der Captain sprach jetzt wieder mit amerikanischem Akzent, »ich will Sie nicht drängen, old boy.«

Der plötzliche Rückgriff auf den britischen Ausdruck ›old

boy‹ machte Greg lächeln. »Oh, das habe ich auch nicht angenommen, Captain«, sagte er hastig.

Gregs Tonfall und sein Lächeln riefen eine Wirkung hervor, die er nicht beabsichtigt hatte.

»Sie brauchen sich nicht zu entschuldigen«, sagte Captain Lukey freundlich. Er schnippte plötzlich mit den Fingern. »Ich mache Ihnen einen Vorschlag. Haben Sie und Madame schon etwas für den Abend vor?«

Greg warf Dorothy rasch einen Blick zu. »Nun, wir . . .«

Aber es war zu spät. Der Captain ließ sich nicht mehr aufhalten. »Ich habe eine Idee. Hören wir doch auf, über das Geschäft zu reden, und gehen wir zu viert essen.«

»Zu viert?« Einen Augenblick dachte Greg, der Captain wolle auch Tan einladen.

»Ich bin sicher, daß meine Frau Sie schrecklich gern kennenlernen würde. Sie ist ganz verrückt nach Amerika. Essen Sie gern indisch? Ich meine echt indisch und nicht die gräßlichen Madras-Curries, mit denen sich die Pflanzer die Leber ruinieren. Wir haben ein kleines Restaurant entdeckt, wo es wirklich richtig ist. Sie kennen doch Indien?«

»Nein. Aber wir möchten doch nicht, daß Sie . . .«

»Dann ist das also abgemacht.« Der Captain lächelte sie beide freundlich an. »Ich bitte nochmals um Entschuldigung wegen der Störung. Wie wär's, wenn ich Sie um sieben abhole? Jackett ist nicht nötig, Krawatte genügt. Vielleicht können wir vorher noch einen genehmigen.« Er parodierte den militärischen Gruß und ging.

Greg sah Dorothy an. »Tut mir leid, Liebling«, sagte er. »Ich habe nicht schnell genug geschaltet.«

Aber Dorothy schien nicht allzu böse zu sein. »Nun, jedenfalls werden wir in irgendein Restaurant gehen, in das wir uns allein nicht hingetraut hätten«, sagte sie. »Auf Mrs. Lukey bin ich neugierig.«

Pünktlich um sieben telephonierte Captain Lukey von der Hotelhalle herauf, und sie gingen hinunter. Er war allein.

»Ich habe meine bessere Hälfte im Taxi gelassen«, erklärte er. Es war dunkel, und Mrs. Lukey saß hinten im Taxi im Schatten; aber schon der flüchtige Eindruck, den Greg bei der Begrüßung von ihr bekam, zeigte ihm, daß sie atemberaubend schön war. Ihr Mann setzte sich neben den Chauffeur und sagte ihm, daß er zum Cathay-Hotel fahren sollte. Auf dem Weg dorthin redete er fast ununterbrochen, erklärte ihnen Gebäude, die sie nicht erkennen konnten, und führte mit dem Fahrer eine Unterhaltung in flinkem Malaiisch, der sie nicht folgen konnten. Dorothy, die neben Mrs. Lukey saß, wechselte ein paar höfliche Sätze mir ihr. Ihr Englisch war fließend, aber übermäßig korrekt, und Greg schloß daraus, daß sie keine Engländerin sei. Erst im Fahrstuhl, der sie zur Bar des Cathay-Hotels hinaufbrachte, konnte er sie deutlich sehen.

Sie hatte kurzgeschnittenes dunkles Haar, und ihr schmales, zartes Gesicht mit den hohen Backenknochen erinnerte ihn an die Büste der Königin Nofretete, deren Abbildung er im ›Life‹ gesehen hatte. Ihr Teint wirkte hell, aber nicht bleich. Sie benutzte keinen Puder und nur wenig Lippenstift. Sie war schlank, und der weite Seidenrock ließ ihre schmale Taille noch schmaler erscheinen. Enttäuschend waren nur ihre Beine. Greg fand sie allzu gerade und formlos. Dennoch war sie ein ungewöhnlich reizvolles Geschöpf, und es war fast unverständlich, daß ein Captain Lukey sie erobert hatte. Neben ihr wirkte er hölzern und ungeschlacht. Sie lächelte entgegenkommend, wobei ihre sehr schönen Zähne sichtbar wurden. Aber das Lächeln erreichte nicht ihre Augen, und in solchen Augenblicken wirkte sie weniger schön. Es wäre möglich, dachte Greg, daß sie einen stumpfen Geist hat.

Ihr Mann war ein überwältigender Gastgeber. Er trank viel und redete ununterbrochen, meist von Leuten, die er in Südafrika und Ägypten gekannt hatte. Viele der Geschichten, die er zum besten gab, fand Greg witzlos, bis ihm klar wurde, daß Lukey sie aus Rücksicht auf Dorothy und möglicherweise auch auf seine eigene Frau zensiert hatte. Er gehörte zu den Männern, deren mit Anekdoten vollgestopftes Gedächtnis einem gepackten Tornister gleicht; herumwühlen und etwas Passendes aussuchen konnte er nicht, er mußte herausnehmen, was gerade zuoberst lag, schmutzige Wäsche so gut wie saubere. Bemerkenswert war auch, daß mit vorrückendem Abend die gesellschaftlichen Ansprüche der Personen, die seine Erinnerungen bevölkerten, immer bescheidener wurden. Offizierskameraden, Generale, höhere Kolonialbeamte, bedeutende Geschäftsleute und Gesandtschaftsattachés wurden nach und nach von Stabsfeldwebeln, Kantinenwirten, Stewards, Barmixern und schäbigen Gestalten abgelöst, mit denen er in dunklen Kneipen Bekanntschaft geschlossen hatte. Captain Lukeys Aussprache verschlechterte sich ebenfalls oder wurde doch wenigstens anders; kräftigere Töne und ein ungehemmterer Redefluß ersetzten die gekünstelte Redeweise des Nachmittags.

Für Greg und Dorothy war er jetzt leichter zu verstehen, und da einige seiner Geschichten recht komisch waren, begannen sie sogar, sich für ihn zu erwärmen. Der Offizier und Gentleman Lukey mochte anrüchig wirken, aber Lukey, der Landsknecht, hatte etwas Gewinnendes.

Das indische Restaurant befand sich in einer Nebenstraße der Orchard Road. Es war klein und schmutzig. Die Kellner waren Inder. Sie trugen *Dhotis* und gestreifte Hemden mit heraushängenden Zipfeln. Anstelle von Tischtüchern breiteten sie Bogen von weißem Packpapier über die Tische. Ein einziger Ventilator bewegte die vom Curryduft geschwängerte warme Luft. Es gab schrecklich viele Fliegen. Greg nahm sich vor, sobald sie wieder im Hotel wären, sich und Dorothy erst einmal eine volle Dosis Enterovioform einzuflößen, das sie sich in Saigon besorgt hatten.

Mrs. Lukey bestellte das Essen in einer Sprache, die Greg und Dorothy nie gehört hatten; sie sagte ihnen, daß es Urdu sei. Die Zubereitung des Essens dauerte sehr lange, und Captain Lukey hatte bereits vier weitere Stengahs getrunken und zweimal die Toilette aufgesucht, als es schließlich gebracht wurde. Es gab vier Gänge, von denen zwei Currygerichte waren, und dazu eine Schüssel mit gekochtem Patna-Reis. Zu Gregs Überraschung schmeckte alles ganz ausgezeichnet. Curry-Ragouts hatte er oft gegessen; im Universitätsclub von Wilmington standen Krabben in Currysauce oder Puter mit Curryreis tagtäglich auf dem Lunchmenu, aber Currygerichte wie diese hier hatte er noch nie zu essen bekommen. Es war feurig, aber nicht streng, und es schmeckten Gewürze durch, die ihm unbekannt waren.

»Im Westen nimmt man fertiges Currypulver«, erklärte Mrs. Lukey. »Hier werden die Gewürze frisch gemahlen und für das jeweilige Gericht gemischt. An diesem Gericht zum Beispiel ist weniger Koriander und mehr Kümmel. Das ist es, was Sie schmecken.«

Ein Teller mit indischen Zutaten wurde auf den Tisch gestellt. Außer Gewürzkernen, Saucen und geraspelter Kokosnuß gab es auch Bananenscheiben.

»Wenn ein Currygericht zu scharf ist«, sagte Mrs. Lukey, »nehmen Sie Bananenscheiben hinzu, und gleich ist es milder.«

»Sie meinen, es erscheint dann milder?«

»Nein, es *ist* milder. Viele behaupten, daß es am Saft der Banane liegt. Probieren Sie nur.«

Dorothy probierte und war beeindruckt.

Mrs. Lukey lächelte. »Manche Curry-Ragouts sind so scharf, daß selbst ich sie nicht ohne Banane essen kann, obwohl ich jahrelang in Indien gelebt habe.«

Der Captain, der eben von einem erneuten Gang zur Toilette zurückkam, hatte den letzten Satz seiner Frau gehört.

»Wenn Sie dies für ein gutes Currygericht halten«, sagte er, »dann müßten Sie erst Bettys indische Kochkünste kennenlernen. Sie ist eine fabelhafte Köchin.«

Es war das erstemal, daß sie Mrs. Lukeys Vornamen hörten. Unter den zärtlichen Anreden für seine Frau, die von ›Liebling‹ über die ›Memsahib‹ bis zur ›Alten‹ reichten, war ihr Vorname bisher nicht gewesen.

Plötzlich klopfte der Captain auf den Tisch. »Ich mache Ihnen einen Vorschlag. Sie müssen einmal zu einem gemütlichen Abend zu uns kommen. Meine Alte wird für uns kochen, und wenn wir hinterher nicht aus den Nähten platzen, können wir noch einen Rubber Bridge spielen. Sie spielen doch Bridge?«

Greg mußte es bejahen.

»Dann ist das also abgemacht. Gehen wir doch jetzt und nehmen einen Drink bei uns. Bis wir etwas Besseres finden, haben wir zwar nur eine möblierte Wohnung, aber so schlimm ist sie nun wieder auch nicht, und dort könnten wir wenigstens einen anständigen Whisky trinken.«

Greg hatte schon den Mund geöffnet, um die Einladung abzulehnen, aber Dorothy kam ihm zuvor. »Ich finde, das ist eine sehr gute Idee.«

Die Wohnung der Lukeys war nur ein paar Minuten vom Restaurant entfernt. Sie befand sich über einem Elektrogeschäft und war über eine steile, schmale Seitenstiege zu erreichen. Das Wohnzimmer hatte blaßgrüne Wände und war mit einem Tisch aus poliertem Teakholz und ein paar Korbsesseln möbliert. In einer Ecke stand ein Spieltisch, dessen

Platte mit einer Tischauflage versehen war; ein paar Papiere lagen darauf. Für Beleuchtung sorgte eine Deckenlampe aus Milchglas. Die Wirkung war trostlos.

»Machen Sie es sich bequem«, sagte der Captain. Er ging zu einer Garderoben-Kommode, die draußen auf dem engen Korridor stand, und holte Flaschen und Gläser heraus.

Dorothy und Mrs. Lukey zogen sich ins Schlafzimmer zurück. Greg setzte sich in einen Korbsessel.

»Wissen Sie«, fuhr Captain Lukey fort, während er die Drinks bereitete, »ärgerlich an meinem Job ist, daß ich nie weiß, wohin ich verschlagen werde. Nirgends kann man richtig Fuß fassen.«

»Das läßt sich denken.« Greg hatte den Broterwerb des Captains nicht als eine Beschäftigung angesehen, über die man in dieser Weise verallgemeinernd sprechen konnte. Für die Aufständischen auf Sumatra als Einkäufer tätig zu sein, das schien ihm kaum die Basis für eine berufliche Laufbahn abzugeben. Ob nun die Aufständischen gewinnen oder verlieren würden, ihr Bedarf an ausländischen Agenten mit den speziellen Fähigkeiten Captain Lukeys mußte früher oder später nachlassen. Und wenn es auch in anderen Teilen der Welt andere aufständische Elemente geben mochte, so dürfte es doch ebenso schwierig wie gefährlich sein, zu ihnen Kontakt zu finden. Ein besonders robuster Abenteurertyp schien ihm der Captain nicht zu sein. »Wie sind Sie an den Job gekommen?« fragte er.

»Oh, ich weiß nicht. Durch Freunde, durch Beziehungen.« Der Captain grinste. »Habe nie etwas für normale Büroarbeit übrig gehabt, bin immer Vagabund gewesen.« Er griff nach dem Soda-Siphon. »Sagen Sie halt.«

»Genug, danke.« Greg ging hinüber und nahm seinen Drink.

»Tja, immer auf der Walze.« Nachdenklich schüttelte der

Captain den Kopf. »Nehmen Sie nur die nächste Woche. Ich muß wahrscheinlich für ein paar Tage nach Macao gehen.«

»Geschäftlich?«

»Daß ich nicht zum Vergnügen dorthin gehen würde, darauf können Sie Gift nehmen.«

Greg fing an, sich in dem Captain auszukennen. Wenn er etwas verheimlichen wollte, dann tat er das mit dem Gesichtsausdruck eines Jungen, der die Unwahrheit sagt.

»Ich hätte nicht gedacht, daß es dort im Augenblick für Sie etwas zu tun gibt«, sagte er beiläufig. »Soweit ich weiß, kommen die Käufer alle hierher.«

Der Captain warf ihm einen schnellen Blick zu. »Der Holländer ist immer noch dort.«

»Ich kann Ihnen nur sagen, was ich gehört habe.«

Der Captain starrte ihn einen Augenblick betroffen an und gab sich dann sichtlich einen Ruck. »Kein Geschäft in der Messe«, sagte er. »Kostete jedesmal eine Runde in den alten Tagen. Na, wie dem auch sei, ich wüßte gern, woran ich bin, und zwar möglichst bald. Über Tan zum Beispiel – Sie sagten, Sie wollten es sich durch den Kopf gehen lassen. Wie lange brauchen Sie dazu?«

»Vierundzwanzig Stunden.«

»Nun mal die Karten auf den Tisch, Nilsen. Haben Sie einen anderen Käufer auf Eis?«

»Schon möglich.« Greg hatte Spaß an der Sache.

»Verhandelt er mit Tan?«

»Hören Sie, Captain, ich habe Ihnen gesagt, daß ich vierundzwanzig Stunden Bedenkzeit brauche. Bis morgen abend also. Ich würde gern mit Ihnen abschließen, Captain, und bin sicher, daß wir uns einig werden können, vorausgesetzt, daß wir uns über die Preiskategorie nicht mißverstehen. Wenn Sie Zeit sparen wollen, können Sie ja mit Tan vereinbaren, daß Sie sich das Zeug morgen vormittag im Zollhof ansehen.«

»Ich habe Ihnen doch gesagt, daß ich nichts mit Tan zu tun haben will.«

»Er hat im Augenblick lediglich die Zollpapiere in Verwahrung. Sie brauchen sich zu gar nichts zu verpflichten.«

»In Ordnung. Hauptsache, wir haben uns verstanden.«

Die Frauen kamen aus dem Schlafzimmer heraus, und Captain Lukey kehrte zu seinen Erinnerungen zurück. Greg und Dorothy verabschiedeten sich bald.

Als sie zum Taxistand beim Cathay-Hotel gingen, berichtete Greg ihr von dem kurzen geschäftlichen Gespräch mit Lukey.

»Weißt du«, fügte er hinzu, »eigentlich tut mir der Mann ein bißchen leid.«

Dorothy lachte.

»Oh, ich weiß, er ist ein Aufschneider«, sagte Greg. »All das aufgeblasene Zeug, das er verzapft, seine Renommierei, diese ganze falsche Treuherzigkeit.«

»Und die unzähligen Gänge zur Herrentoilette.«

»Er kann nichts dafür, daß er eine schwache Blase hat.«

»Er sollte nicht so viel trinken.«

»Ich glaube, er ist ziemlich deprimiert. Mir scheint, er braucht immer ein paar Drinks, damit er nicht auseinanderfällt. Du weißt, daß er die Waffen dringend braucht und so zu tun versucht, als hätte er sie nicht nötig. Es war geradezu rührend hinterwäldlerisch. Ich kam mir sehr überlegen vor.«

»Wer zuletzt lacht . . .«

»Na schön. Wir werden ja sehen.«

Schweigend gingen sie ein paar Schritte. »Ich fand sie sehr sympathisch«, sagte Dorothy dann.

»Ja, merkwürdig, nicht wahr. Wie in aller Welt hat er das nur geschafft? Sie sieht aus wie eines dieser Wesen aus ›Vogue‹. Glaubst du, daß sie ihn wirklich mag?«

»O ja.«

»Gegensätze, die sich anziehen, würde ich sagen. Welche Nationalität hat sie? Betty klingt ja sehr englisch, aber sie spricht mit einem merkwürdigen Akzent.«

Dorothy blickte ihn verwundert an. »Hast du es denn wirklich nicht begriffen?«

»Begriffen? Was denn?«

»Sie ist Eurasierin.«

»Was ist sie?«

»Nun, sie nannte es anglo-indisch. Ihre Mutter ist aus Bombay. Viel hat sie nicht gesagt, aber es muß für sie von größter Bedeutung gewesen sein, von einem Engländer geheiratet zu werden.«

»Selbst von diesem?«

»Ich habe es dir schon gesagt. Sie hat ihn sehr gern.«

Er drückte ihren Arm. »Ich bin froh, daß wir diese Reise zusammen machen«, sagte er.

Dorothy lächelte.

Als sie zum Hotel zurückkamen, wurde ihm eine Bestellung ausgerichtet. Mr. Lane Harvey vom American Syndicated Wire Service hatte angerufen und würde morgen vormittag wiederum versuchen, ihn zu erreichen.

Bevor er an diesem Abend schlafen ging, meldete Greg ein Ferngespräch mit Voranmeldung für Mr. Tan Tack Chee in Manila an.

3

Als sie am nächsten Morgen beim Frühstück saßen, rief das Fernamt an, um Greg mitzuteilen, daß Mr. Tan zur Stunde nicht in Manila sei, aber heute nachmittag zurückerwartet werde. Greg meldete ein Gespräch für vier Uhr Manila-Ortszeit an.

Er hatte eben den Hörer aufgelegt, als das Telephon erneut klingelte.

»Mr. Nilsen? Hier spricht Lane Harvey, American Syndicated Wire Service.«

»Ja?«

»Sie sind doch aus Wilmington, Delaware, nicht wahr?«

»Allerdings.«

»Und Sie haben dort eine Formenguß-Firma?«

»Was ist los? Die Fabrik ist doch nicht etwa abgebrannt, oder?«

Mr. Harvey lachte. »Nein, nichts dergleichen. Es geht nur darum, daß ich gern eine Story über Sie 'rüberschicken möchte, wenn Sie heute im Laufe des Tages eine halbe Stunde für mich erübrigen könnten.«

»Ja natürlich, selbstverständlich. Aber Mr. Harvey, es ist keine sehr große Fabrik, wissen Sie, und ich bin kein irgendwie wichtiger Mann. Meine Frau und ich sind nur Touristen und haben hier ein paar Tage Aufenthalt. Ich möchte nicht, daß Sie Ihre Zeit verschwenden.«

»Es wäre keine Zeitverschwendung, Mr. Nilsen. Das ist ja gerade der Grund, weshalb ich Sie sprechen möchte. Heutzutage sind mehr Amerikaner als je zuvor auf Reisen. Unser New Yorker Büro macht eine Umfrage über die Schwierigkeiten, die ihnen unterwegs begegnen, über das, was ihnen gefällt, was ihnen mißfällt und so weiter. Wir erwischen nicht viele Amerikaner, die hier in Singapur die Reise unterbrechen. Ich wäre Ihnen also dankbar, wenn Sie die Zeit erübrigen könnten.«

»Okay, wenn Sie glauben, daß es sich für Sie lohnt. Was schlagen Sie vor?«

»Tja, warten Sie mal ... Haben Sie schon zum Lunch etwas vor?«

»Ich glaube nicht.«

»Dann kommen Sie doch mit Ihrer Frau in den Amerikanischen Club.«

»Nun, das ist sehr freundlich von Ihnen, aber . . .«

»Mr. Nilsen, ich muß von Zeit zu Zeit wenigstens den Versuch machen, die Existenz meines Spesenkontos zu rechtfertigen.«

Greg lachte. »Gut, Mr. Harvey.«

»Also dann um halb eins. Ich schicke Ihnen den Geschäftswagen.«

»Ich kann mir ein Taxi nehmen.«

»Sparen Sie sich die Mühe. Der Wagen holt Sie um halb eins ab.«

Greg informierte Dorothy über den Inhalt des Gesprächs.

»Ist das nicht etwas ungewöhnlich?« meinte sie. »Warum kommt er nicht einfach hierher?«

»Ich weiß es nicht. Vielleicht ist das die in Singapur übliche Art, Leute zu interviewen.«

Lane Harvey war ein Mann von etwa Vierzig mit ungesunder Hautfarbe, zurückweichendem Haaransatz und schläfrigen Augen. Er sprach langsam und bedächtig, als stünde er unter irgendeinem Druck, den er zu vergessen suchte, oder als lausche er die ganze Zeit der Stimme eines Arztes, die ihn aufforderte, sich zu entspannen, andernfalls er schlimme Folgen zu gewärtigen habe.

»Für einen Berichterstatter ist hier Sibirien«, sagte er. »Politisch gesehen ist Südostasien eine der wichtigsten Gegenden der Welt. In Vietnam, in Laos, Kambodscha, Thailand, Sumatra, Java, auf den Inseln, überall wird Geschichte gemacht. Überall um uns herum. Aber nicht in Singapur. Wir sind hier im windstillen Zentrum des Taifuns.«

»Dann haben Sie also nichts weiter zu tun als amerikanische Touristen zu interviewen«, sagt Dorothy. »Das ist ja eine Schande.«

Lane Harvey lächelte. »Ich will Ihnen ein Geheimnis verraten, Mrs. Nilsen. Es ist gemütlicher hier als in diesen anderen Gegenden, und ich habe es gern gemütlich. Aber ein amerikanischer Korrespondent, der sich nicht darüber beklagt, daß er die Unbequemlichkeiten und Gefahren der Kampflinie entbehren muß, verstößt gegen seine Berufsehre.« Er gab dem Kellner ein Zeichen, ihnen weitere Drinks zu bringen. »Aber jetzt erzählen Sie mir von Ihrer Reise.«

Greg begann das zu tun. Lane Harvey hörte aufmerksam zu, er nickte dann und wann verständnisvoll, stellte aber keine Fragen. Nach ein paar Minuten begann Greg der gleichmäßige Tonfall seiner eigenen Stimme auf die Nerven zu gehen, und er unterbrach sich. »Hören Sie, Mr. Harvey. Das muß doch furchtbar langweilig für Sie sein.«

»Nein, nein.«

»Können wir denn nicht von etwas anderem reden?«

»Sie haben mir genau die Auskünfte gegeben, die ich haben wollte.« Er blickte über den im Ranch-Stil gehaltenen Innenhof. »Ich hoffe übrigens, Sie haben nichts dagegen, daß ich noch einen weiteren Gast zum Lunch gebeten habe. Er ist sehr britisch, *pukka sahib* und alles, was dazugehört, aber er weiß eine Menge über Singapur. Vielleicht finden Sie ihn interessant.«

Ein schlanker, grauhaariger Mann mit langem schmalem Kopf und zurückweichendem Kinn kam quer über den Hof und näherte sich ihnen. Er war einer der wenigen Männer, die ein Jackett trugen. Er trat an den Tisch.

»Hallo, Harvey. Hoffentlich habe ich mich nicht verspätet.«

»Kein bißchen. Setzen Sie sich und nehmen Sie einen Drink. Dies ist Colonel Soames, Mr. und Mrs. Nilsen.«

Beim Lunch bestand Lane Harvey darauf, Colonel Soames alles über ihre Reise zu erzählen, deren Einzelheiten er mit bemerkenswerter Genauigkeit behalten hatte. Greg wurde verlegen.

»Na, hören Sie«, sagte er. »Es müssen Tausende von Amerikanern sein, die alljährlich diese Reise machen. Es ist nichts Ungewöhnliches daran.«

»Nein, aber wir hier in Singapur sollten uns mehr um sie kümmern«, sagte der Colonel. »Wir bekommen nur durchreisende Schiffspassagiere zu sehen. Sie kaufen höchstens ein paar gebatikte Sarongs, mehr nicht. Na, und Sie zum Beispiel? Was hat Sie bewogen, in Singapur Aufenthalt zu nehmen? Es würde mich interessieren, das zu erfahren.«

Greg warf Dorothy einen Blick zu und mußte grinsen. »Wir sind geflüchtet«, sagte er.

Der Colonel schien alarmiert zu sein. »Tatsächlich?«

»Vor der Nervensäge des Schiffes.«

»Aber Greg, das ist nicht fair«, protestierte Dorothy. »Arlene mag schwierig gewesen sein, aber eine Nervensäge war sie nicht.« Sie wandte sich an den Colonel. »Eigentlich wollten wir nach Kalkutta weiterreisen, aber, nun ja, wir hielten es dann für besser, hier auszusteigen und einen kleinen Abstecher zu machen. Außerdem hatte Greg hier etwas Geschäftliches zu erledigen, so daß es sich also sehr gut machen ließ.«

Der Kellner trat an den Tisch heran und sagte etwas zu Lane Harvey. Er stand auf. »Ein Anruf aus New York«, sagte er entschuldigend. »Es wird nur ein paar Minuten dauern, aber fangen Sie doch bitte an.«

Er ging. Der Colonel nickte wohlwollend.

»Es geht doch nichts darüber, das Angenehme mit dem Nützlichen zu verbinden«, bemerkte er.

»Harvey erzählte, daß Sie Singapur sehr gut kennen«, sagte Greg. »Hat Ihre Arbeit etwas mit dem Fremdenverkehr zu tun?«

Der Colonel begann sein Steak zu essen. »So könnte man es nennen, nehme ich an«, sagte er.

»Dann werden Sie eine Menge ortsansässiger Leute kennen.«

Der Colonel hob die Schultern. »Singapur ist eine große Stadt«, sagte er. »Hat jetzt mehr als eine Million Einwohner. Größtenteils Chinesen natürlich.«

»Es ist wohl kaum anzunehmen, daß Sie zufällig den Chinesen Tan Yam Heng kennen?«

Dorothy sagte: »Aber Liebling, ich finde, du solltest den Colonel nicht mit dieser Geschichte belästigen.«

»Aber ich fühle mich keineswegs belästigt, Mrs. Nilsen«, sagte der Colonel freundlich. »Zufällig kenne ich den Burschen tatsächlich. Gewerkschaftsfunktionär. Den meinen Sie doch?«

»Nun, man hat ihm auch schon weniger freundliche Bezeichnungen gegeben.«

»Gewerkschaftsbulle?«

»In der Art etwa.«

»Und wer hat sich so ausgedrückt?«

»Ein Captain Lukey. Vielleicht kennen Sie ihn ebenfalls?«

»Bin ihm schon begegnet, ja. Hat er Ärger mit Tan?«

»Das ist eine lange Geschichte. Ich möchte Sie nicht damit aufhalten. Captain Lukey will mit Tan nichts zu tun haben. Ich fragte mich, warum. Sie haben mir das, was Lukey gesagt hat, bestätigt. Das beantwortet die Frage. Ich bin Ihnen sehr dankbar.«

Der Colonel lächelte bissig. »Könnte auch noch eine andere Antwort geben, glauben Sie nicht?«

»Wie meinen Sie das?«

»Sie haben etwas zu verkaufen?«

»Ja.«

»Lukey will kaufen?«

»Ja.«

»Und Tan Yam Heng ist der Verbindungsmann?«

»Ja.«

»Könnte sein, daß Tan Yam Heng versucht, von Lukey noch einmal die gleiche Kommission zu kassieren, die er von Ihnen bekommt, nicht?« Der Colonel bestrich ein großes Stück Beefsteak mit englischem Senf und stopfte es sich in den Mund.

Greg starrte ihn an. »Aber . . .«, begann er und verstummte dann. Diese Möglichkeit war ihm einfach nicht in den Sinn gekommen.

Der Colonel kaute eine Weile und schluckte dann. »Erpressung«, sagte er. »Alte chinesische Sitte.«

»Aber warum hat Lukey mir nichts davon gesagt?«

»Vielleicht denkt er, Sie wüßten es schon. Vielleicht denkt er, Sie wollten es gar nicht wissen. Kann alles mögliche denken. Welchen Eindruck hatten Sie von Lukey?«

»Ich kenne ihn erst seit gestern. Wir haben zusammen gegessen. Wissen Sie zufällig Näheres über die Leute, die er vertritt?«

Der Colonel zuckte die Achseln. »Sie nennen sich Armee der Unabhängigen Partei der Rechtgläubigen«, sagte er. »Alles, was ich von ihnen weiß, ist, daß ihr Komitee über ein gewisses Maß von Selbsterhaltungstrieb zu verfügen scheint.«

»Oh?«

»Sie erlauben Lukey nicht, Schecks allein zu unterzeichnen. Einer von ihnen muß gegenzeichnen. Haben Sie die *Chichi*-Frau von ihm kennengelernt?«

»*Chichi,* Colonel?« fragte Dorothy, »was heißt das?«

»Indischer Slangausdruck für Eurasierinnen, Mrs. Nilsen.« Er grinste. »Oder auch ›Anglo-Inderinnen‹, wie sie sich neuerdings gern nennen.«

Die Ablenkung hatte Greg Gelegenheit zum Nachdenken

verschafft. »Colonel«, sagte er. »Sie erzählten uns, Ihre Arbeit hätte etwas mit Touristen zu tun. Haben Sie das etwa wörtlich gemeint?«

»Ich sagte, daß man es so auffassen könnte.«

»Was sind Sie denn nun wirklich? Eine Art Polizeibeamter?«

»Ich arbeite für die Regierung, ja.«

»Und diese kleine Party war wohlvorbereitet, nehme ich an.« Gregs Lächeln war feindselig.

Der Colonel nickte. »Wir versuchen, diese Dinge in einer freundlichen Atmosphäre zu erledigen.«

»Was für Dinge? Ist irgend etwas nicht in Ordnung, Colonel?«

»Nicht in Ordnung?« Er schien das Prädikat sorgfältig abzuwägen. »Das hängt doch wohl vom jeweiligen Standpunkt ab, nicht wahr? Selbstverständlich gibt es ein paar verschrobene Köpfe, die der Meinung sind, daß Waffenhandel und Waffenschmuggel böse an sich und daher ethisch nicht vertretbar sind. Ich selber halte das für baren Unsinn. In Ihrem Land ebenso wie in meinem können die Leute durch Stimmabgabe einen Wechsel der Regierung herbeiführen, wenn sie das für nötig halten. Aber es gibt eine Menge Länder, wo das nur mit einer Revolution zu erreichen ist. Denken Sie an Kuba. Wenn nicht irgend jemand Castro mit Waffen unterstützt hätte, wäre Batista heute noch Diktator. Sicher gibt es Leute, die der Ansicht sind, daß diese Waffenschmuggler sich verdient gemacht haben. Nehmen Sie Sumatra. Die Menschen dort befürchten, daß Java kommunistisch werden könnte. Sie wollen sich von Indonesien lossagen, bevor das geschieht. Vielleicht haben sie recht. Sumatra könnte ein selbständiges Land sein. Es gibt hier eine Menge Leute, die glauben, daß Sumatra eines Tages der Malaiischen Föderation beitreten wird. Aber was immer es tun wird, zunächst muß es seine Unabhängigkeit erringen. Mit Worten werden sie es nicht schaffen. Aber bitte, das ist lediglich meine persönliche Ansicht.«

»Und steht sie im Widerspruch zu Ihrer offiziellen Meinung, Colonel?«

Der Colonel schüttelte den Kopf. »Nein, Mr. Nilsen, das tut sie nicht. Und zwar aus einem sehr einfachen Grund: ich habe keine offizielle Meinung. Ich bin nicht berechtigt, eine zu haben. Meine Aufgabe ist, Anweisungen zu befolgen. Die britische Regierung erkennt die indonesische Regierung an und unterhält normale, freundschaftliche diplomatische Beziehungen mit ihr. Das bedeutet, daß wir nicht daran interessiert sind, die Schwierigkeiten der indonesischen Regierung zu vermehren, indem wir ihren Feinden helfen. Zu denen Sie im Augenblick zählen.«

»Nun, das ist zweifellos deutlich ausgedrückt, Colonel.«

»Ich gehe noch weiter.« Der Colonel zog ein Zigarrenetui aus der Tasche und bot Greg an.

Greg schüttelte den Kopf. »Nein, danke.«

Der Colonel nahm für sich eine Zigarre heraus und blickte Dorothy fragend an. »Stört es Sie, Mrs. Nilsen?«

»Nicht im mindesten.« Dorothys Ton war eisig.

»Sie waren dabei, noch weiter zu gehen, Colonel«, sagte Greg.

»Ja, ich muß Ihnen sagen, daß ich mir überlegt habe, ob ich Sie ausweisen lassen sollte.«

»Wie bitte?«

»Den Einreisebehörden gegenüber falsche Angaben zu machen, ist ein ernstes Vergehen.«

»Falsche Angaben? Wovon, zum Teufel, reden Sie eigentlich?«

»Ruhig bleiben, Liebling«, sagte Dorothy leise.

Greg beachtete sie nicht. Er sah den Colonel wütend an.

Der Colonel blieb ungerührt. »Art des Aufenthaltes – Vergnügungsreise. Haben Sie das nicht dem Inspektor gesagt?«

»Allerdings. Das ist zufällig die Wahrheit.«

»Nein. Nur die halbe Wahrheit. Sie sind auch hier, weil Sie mit Waffen handeln.«

»Du lieber Gott! Hören Sie, ich habe einen Brief von dem Mann bekommen, der während meiner Abwesenheit meine Fabrik in Amerika leitet. Ich habe sogar auf den Brief geantwortet. Demnach bin ich auch in Formenguß-Geschäften hier.«

»Es ist sinnlos, daß Sie sich aufregen, Mr. Nilsen, und auch schädlich für Ihre Verdauung. Ich sagte, ich hätte erwogen, Sie ausweisen zu lassen. Selbstverständlich zweifle ich jetzt, wo ich Sie und Mrs. Nilsen kennengelernt habe, nicht mehr an Ihrem guten Glauben.«

»Ist das als Kompliment gemeint, Colonel?«

»Nein. Als Beruhigung.«

»Der amerikanische Konsul wird sich freuen, das zu hören.«

Der Colonel lächelte. »Sie können mir nicht mit Ihrem Konsul drohen. Ich kenne ihn sehr gut; für hohltönende Entrüstung bringt er nicht viel Verständnis auf.«

»Was hält er von engstirniger Wichtigtuerei?«

»Wenn ich mich hätte wichtig machen wollen, Mr. Nilsen, dann säßen wir jetzt nicht hier an diesem Tisch, sondern in meinem Büro. Ich kann nicht erwarten, daß Ihnen gefällt, was ich zu sagen habe; ich finde aber, daß Sie versuchen sollten, die politischen Gründe dafür zu verstehen. Singapur ist ein freier Hafen und ein Zentrum des internationalen Handels. Ich gebe zu, rechtlich gibt es keine Handhabe gegen Sie oder irgend jemanden sonst, der die Lagermöglichkeiten des Hafens in der von Ihnen gewählten Weise benutzt. Aber es gefällt uns nicht, und Sie werden nicht von uns erwarten, daß wir Ihre Anwesenheit willkommen heißen.« Er lächelte Dorothy an. »Ich spreche selbstverständlich in amtlicher Eigenschaft, Mrs. Nilsen.«

»Aber gegen den Verkauf von Waffen an Antikommunisten haben Sie nichts einzuwenden«, meinte Greg.

»Ich persönlich? Nicht das geringste.«

Greg lachte kurz auf. »Die Umschaltung von ›amtlich‹ auf ›privat‹ scheint Ihnen jedenfalls keine nennenswerten Schwierigkeiten zu bereiten«, sagte er und hatte die Genugtuung, den Colonel rot werden zu sehen.

»Ich bedaure, daß Sie dieser Meinung sind«, sagte er steif. Er blickte auf seine Uhr. »Ich glaube, es wird Zeit für mich, wieder in mein Büro zu fahren.«

Offenbar war der Blick auf die Uhr ein verabredetes Zeichen, denn schon im nächsten Augenblick kehrte Lane Harvey an den Tisch zurück.

»Tut mir leid, daß ich Sie verlassen mußte«, sagte er, als der Colonel gegangen war. »Aber Sie wissen ja, wie das ist.«

»Allerdings«, sagte Greg beißend. »Der Colonel hat es uns erklärt.«

Lane Harvey ließ sich nicht aus der Ruhe bringen. Er grinste sogar. »Komischer alter Knabe«, sagte er. »Ich dachte, Sie würden ihn mögen.«

4

Am späten Nachmittag verhörte Inspektor Chow den Fahrer des Dienstwagens vom American Syndicated Wire Service. Dann erstattete er Colonel Soames Bericht.

»Vom Amerikanischen Club sind sie schnurstracks zum Raffles-Hotel zurückgefahren. Der Mann erwartete einen telephonischen Anruf aus Manila. Der Fahrer hatte keine Schwierigkeiten, ihre Unterhaltung mitzuhören.«

»Na, und?«

»Der Mann war sehr ärgerlich, Sir.«

»Das kann ich mir denken.«

»Über Mr. Harvey hauptsächlich. Er sparte nicht mit Kraftausdrücken und redete davon, daß er Mr. Harveys Vorgesetzten in New York den Vorfall zur Kenntnis bringen wollte, um seine Entlassung zu bewirken.«

»Das wird er sich noch überlegen.«

»Ja, Sir. Er redete von Demütigung und davon, daß er sich lächerlich gemacht habe. Und er entschuldigte sich bei seiner Frau und bat sie, die ganze Sache zu vergessen. Das wird eine Anspielung auf den Waffenhandel gewesen sein, nehme ich an.«

»Aussteigen, was? Na, das ist ja prächtig. Daß er ein Amateur ist, habe ich mir gleich gedacht.«

»Später, Sir, hat er seine Meinung geändert.«

»Oh.«

»Die Frau sagte ihm, er hätte eine geschäftliche Verpflichtung gegenüber Captain Lukey.«

Colonel Soames starrte ihn überrascht an. »Mrs. Nilsen soll das gesagt haben? Sind Sie sicher?«

»Das hat der Fahrer gemeldet, Sir.«

»Aber sie war von Anfang an auf meiner Seite. Das habe ich gemerkt.«

»Wie der Fahrer behauptet, Sir, hat Mrs. Nilsen einige außerordentlich unfreundliche Bemerkungen über Sie gemacht. Sie schien der Auffassung zu sein, daß Sie Mrs. Lukey beleidigt hätten.«

»Ich?« Colonel Soames war aufrichtig überrascht. »Ich habe sie nur gefragt, ob sie die Frau kennengelernt hätte.«

»Ja, Sir.« Inspektor Chows Gesicht war vollkommen ausdrucklos. »Es scheint, als hätten Sie das Wort *›Chichi‹* gebraucht.«

»Na, und was ist dabei? Sie wollte wissen, was es bedeutet, und ich habe es ihr erklärt.«

»Sie schien zu glauben, daß es dem amerikanischen Ausdruck *›jigaboo‹* entspräche.« Inspektor Chow zögerte.

»Was, zum Teufel, bedeutet denn das?«

»Ich weiß es nicht, Sir. Aber ich nehme an, es steht für etwas, das mit der Rassenfrage zusammenhängt.« Inspektor Chow zögerte wieder. »Die Frau gebrauchte eine sehr wenig damenhafte Wendung.«

»Und die wäre?«

Ganz sicher war sich Colonel Soames zwar nicht, aber er glaubte doch, eine gewisse Befriedigung in Inspektor Chows Tonfall zu bemerken, als er antwortete.

»Sie sagte, Sie seien ein heuchlerischer alter Bastard, Sir.«

SECHSTES KAPITEL

I

Das Gespräch mit Manila war pünktlich da.

Greg hatte sich noch immer nicht beruhigt und schnitt Mr. Tan, der sich in einleitenden Höflichkeitsfloskeln erging, fast brüsk das Wort ab.

»Mr. Tan, ich möchte zur Sache kommen. Der in Aussicht stehende Käufer will das Geschäft nicht über Ihren Bruder abschließen.«

»Oh. Hat er dafür irgendeinen Grund angegeben?«

»Er sagt, er traue ihm nicht, aber ich habe das Gefühl, daß das nicht der wahre Grund ist.«

»Ich verstehe. Und was, glauben Sie, ist der wahre Grund, Mr. Nilsen?«

»Bezahlen Sie Ihrem Bruder eine Provision?«

»Selbstverständlich.«

»Nun, ich glaube, er versucht dem Käufer ebenfalls eine Provision für die Vermittlung abzuknöpfen.«

Es entstand eine Pause. »Was schlagen Sie vor, Mr. Nilsen?«

»Daß ich selber mit dem Käufer verhandele und daß Sie Ihrem Bruder sagen, er solle sich besser benehmen.«

»Und alles Ihnen überlassen, Mr. Nilsen?«

»Sie sind gedeckt. Ihr Bruder hat die Zollpapiere. Er kann sie als Sicherheit behalten.«

Wiederum gab es eine Pause, und dann sagte Mr. Tan: »Gut, ich werde meinem Bruder kabeln.«

»Heute noch?«

»Sofort. Es ist ein Vergnügen, mit Ihnen zusammenzuarbeiten, Mr. Nilsen.«

Um fünf Uhr rief Captain Lukey an.

»Haben Sie sich das Zeug angesehen?« fragte Greg.

»Ja. Es schien mir recht ordentlich zu sein. Was ist mit Tan?«

»Er ist kaltgestellt.«

»Alle Achtung.«

»Wollen Sie abschließen?«

»Komme sofort 'rüber.«

Ungeachtet seiner offen bekundeten Bereitwilligkeit zum Kauf entpuppte sich Captain Lukey als zäher Verhandlungspartner. Es dauerte nicht weniger als eine Stunde und erforderte drei Stengahs, bevor sein Preis auf fünfzigtausend zu bringen war. Seine Methode des Feilschens bestand darin, zwei Posten – die Maschinenpistolen und die Panzerfäuste – zu isolieren, ihren Wert zuzugeben und dann darauf zu bestehen, den restlichen Artikeln eine rein nominelle Bewertung zugrunde zu legen. Während der ganzen Zeit machte er ein gequältes Gesicht, nagte ununterbrochen an seinem Schnurrbart, als schmerze der ihn, und bedeckte unzählige Bögen des Hotel-Schreibpapiers mit sinnlosen Berechnungen. Greg wurde schließlich ungeduldig.

»Captain, so kommen wir nicht weiter. Fünfundsechzigtausend, das ist mein letztes Wort. Wenn Sie das Zeug nicht wollen, brauchen Sie es nur zu sagen.«

»Aber wenn wir von den Gewehren absehen . . .«

»Nein, das werden wir nicht. Die Gewehre sind da, und das ist der Preis.«

Bei zweiundsechzigtausendfünfhundert wurde man sich schließlich einig. Als sie sich zur Bekräftigung des Abschlusses die Hände schüttelten, grinste der Captain.

»Ich würde auch fünfundsechzig bezahlt haben, wenn Sie durchgehalten hätten.«

»Und ich wäre auf sechzig heruntergegangen, wenn Sie nicht nachgegeben hätten«, antwortete Greg. »Wir können also beide zufrieden sein. Jetzt zu den Zahlungsbedingungen. Lieferung gegen bar, selbstverständlich. Okay?«

»Okay.«

»Gut. Wenn Sie einen gegengezeichneten Scheck mitbringen, können wir uns morgen vormittag im Zollamt treffen und alles erledigen.«

Der Captain sah ihn indigniert an. »Ich fürchte, das ist nicht möglich, old boy.«

»Warum denn nicht?«

»Nun, ich bin nur der Verbindungsoffizier, der Agent. Ich muß mich an meine Vorschriften halten.«

»Was für Vorschriften?«

»Na, das sagte ich Ihnen doch. Diese Leute sind komisch in Gelddingen. Sie bestehen darauf, die Auszahlung selber zu regeln.«

»Mir soll es gleich sein, wer bezahlt, solange das Zeug bleibt, wo es ist, bis ich zweiundsechzigtausendfünfhundert Dollar in der Tasche habe.«

»Darüber brauchen Sie sich keine Sorgen zu machen, old boy. Das Zeug wird dringend benötigt, und je eher sie es bekommen, desto besser. Ich will Ihnen sagen, wie wir es machen werden. Ich gebe Ihnen eine auf die Hongkong-und-Schanghai-Bank ausgestellte, aber nicht unterschriebene Zahlungsanweisung. Dazu sind zwei Unterschriften nötig, meine und die eines Komiteemitgliedes. Wenn Sie ihm diesen Scheck vorlegen, dann weiß er, daß ich mir das Zeug angesehen und den Preis ausgehandelt habe. Er unterschreibt. Dann gehen wir beide zum Zollamt, Sie unterzeichnen die Übertragung der Eigentumsrechte, ich setze meine Unterschrift unter den Scheck, und alles ist in Butter.«

»Ist der Scheck auch gedeckt?«

»Wir können zusammen zur Bank gehen und ihn vorher einlösen, wenn Sie wollen.«

»Nun, das alles kommt mir zwar unnötig kompliziert vor, aber wenn Sie es nicht anders haben wollen, soll es mir recht sein. Wo treffe ich diesen Mann vom Komitee?«

»In Labuanga.«

»Wo ist das?«

»Oh, es ist in etwa einer halben Stunde von hier aus per Flugzeug zu erreichen. Meine bessere Hälfte wird alles Nötige veranlassen.« Das klang denn doch reichlich vage. Greg wurde plötzlich mißtrauisch.

»Wo liegt es?«

»Drüben, auf der anderen Seite der Straße von Malakka, gegenüber von Penang.«

»Auf Sumatra?«

»Ja, natürlich.«

Greg schnappte nach Luft. »Moment mal. Warum haben Sie mir denn davon vorher nichts gesagt? Ich werde doch nicht den Dschungel von Sumatra durchkämmen, um eine Scheckunterschrift zu bekommen!«

»Labuanga liegt nicht im Dschungel, old boy«, sagte der Captain nachsichtig. »Es ist eine Küstenstadt mit eigenem Flugplatz und einem Hotel. Reizendes kleines Nest, übrigens.«

»Ob es hübsch ist oder nicht, interessiert mich nicht.«

»Aber so ist nun einmal die Vorschrift. Es ist wirklich nichts dabei. Es hat immer tadellos geklappt. Verstehen Sie mich nicht falsch, old boy. Es ist keine Rede davon, daß Sie selber für die Kosten aufkommen.«

»Ich sage Ihnen nochmals, es kommt nicht in Frage. Und ganz abgesehen davon habe ich auch kein indonesisches Visum.«

»Na, das ist leicht zu besorgen.«

»Tatsächlich? Ich dachte, es dauert eine Woche.«

Der Captain hob in komischer Verzweiflung die Hände. »Es ist doch nicht meine Idee, old boy. Sie wollen das Geld per Nachnahme Singapur. Gut. So werden wir es auch halten. Ich habe nichts dagegen einzuwenden. Aber Sie müssen die Sache auch von der anderen Seite her betrachten. Die Leute vom Komitee haben schlechte Erfahrungen gemacht, und deshalb wollen sie wissen, mit wem sie es zu tun haben. Sie brauchen nur das erste Mal dorthin zu gehen, Mr. Nilsen. Danach ist freie Fahrt.«

»Traut man Ihnen nicht?«

»Selbstverständlich traut man mir. Ich sage ihnen, was sie kaufen sollen und wieviel sie dafür bezahlen müssen. Es ist nur beim ersten Mal, daß sie auf dieser Formalität bestehen.«

»Also, die Sache gefällt mir nicht. Wenn Sie das Geld nur unter Einhaltung derartig umständlicher ›Vorschriften‹, wie Sie es nennen, auftreiben können, dann erledigt sich die Sache von selbst.«

Der Captain richtete sich auf. »Tut mir leid, old boy. Aber das kommt nicht in Frage. Ich dachte, wir hätten uns die Hand darauf gegeben.«

»Eine Reise nach Sumatra war nicht verabredet.«

»Old boy«, sagte der Captain gereizt, »das Flugzeug geht täglich. Sie können innerhalb von vierundzwanzig Stunden wieder hier sein. Es ist ganz einfach. Betty kommt mit Ihnen, ruft gleich an, wenn Sie eingetroffen sind, verabredet die Zusammenkunft und bringt Sie dorthin. Sie brauchen sich um nichts zu kümmern. Nehmen Sie Dorothy mit auf die Reise, wenn Sie wollen.«

»Ich begreife das nicht. Warum muß Ihre Frau mitkommen? Warum gehen Sie nicht selbst mit?«

»Ich würde das ja gern tun, aber die Indonesier geben mir kein Visum mehr.«

»Warum nicht?«

»Das ist doch klar. Sie wissen, mit wem sie es zu tun haben.«

»Aber Ihre Frau lassen sie herein?«

»Ihr Paß ist auf ihren Mädchennamen ausgestellt. Sie freut sich jedesmal riesig auf diese kleinen Ausflüge. Es ist eine Abwechslung für sie. Hören Sie, old boy«, fuhr er beredt fort, »Sie geben doch zu, daß Sie mit dem Handel zufrieden sein können. Alles, worum ich Sie bitte, ist, der Sache den offiziellen Abschluß zu geben.«

»Das hätten Sie mir vorher sagen können.«

»Ich bin gar nicht auf die Idee gekommen, daß Sie etwas dagegen haben könnten, old boy. Die meisten von euch Burschen flitzen ununterbrochen hin und her.«

»Nun, ich nicht.«

»Ein halbstündiger Flug, das ist alles. Gewiß, old boy . . .«

»Schon gut, schon gut«, brummte Greg verärgert. »Ich werde es mir überlegen.«

»Morgen muß ich Bescheid haben. Die Leute warten darauf, zu hören, was mit dem Zeug ist.« Er sah wieder gequält drein.

»Ich verstehe.«

Der Captain lächelte bitter, schüttelte seufzend den Kopf und trank seinen Stengah aus, bevor er ging.

Dorothy kam aus dem Schlafzimmer.

»Hast du alles gehört?« fragte Greg.

»Ja. Glaubst du, daß er bereit ist, auch meine Ausgaben zu bezahlen, wenn ich mit dir käme?«

Greg schmunzelte. »Wer weiß? Der Colonel hatte tatsächlich recht damit, daß seine Schecks gegengezeichnet sein müssen. Eine merkwürdige Art, Geschäfte zu machen.«

»Was willst du tun?«

»Das wüßte ich selber gern. Die Schwierigkeit liegt darin, daß ich als Mr. Tans Beauftragter praktisch der legale Eigentümer bin, soweit es die Zollbehörde in Singapur betrifft. Was geschieht, wenn ich nicht an Lukey verkaufe? Schließlich bin ich Tan verpflichtet. Ich kann in dieser Situation die Sache doch nicht einfach laufen lassen. Was seinen Bruder, diesen Gauner, angeht, so werde ich verhindern, daß er doppelte Provision kassiert. Es muß schon Lukey sein.«

Dorothy zuckte die Achseln. »So leicht bekommen wir nicht wieder die Gelegenheit, Sumatra zu sehen.«

»Meinst du das im Ernst?«

»Wieso denn nicht? Warum sollten wir nicht beide gehen? Übrigens, während ihr euch über die Preise unterhalten habt, rief Cook an und sagte, daß unsere Visa für Indonesien gekommen sind und wir ihm morgen früh unsere Pässe bringen können.«

2

Mrs. Lukey oder vielmehr Miss Elizabeth O'Toole, als die ihr britischer Paß sie erstaunlicherweise auswies, erwartete sie auf dem Flughafen von Singapur mit den Flugscheinen. Die Maschine, eine Convair der Garuda Indonesian Airways mit einem australischen Piloten, machte einen beruhigenden Eindruck. Die Entdeckung, daß der Flug nach Labuanga nicht, wie Captain Lukey behauptet hatte, dreißig Minuten dauerte, sondern zwei volle Stunden, gab eher Anlaß zur Belustigung als zum Ärger. Sie waren dabei, die ausgetretenen Pfade zu verlassen, und das nicht als Touristen, sondern um einer Gruppe freiheitsliebender Antikommunisten Waffen zu verkaufen. Zudem reisten sie nicht auf eigene Kosten. Das Hochgefühl des Abenteuers prickelte angenehm.

Vor dem Abflug hatte ihnen Mrs. Lukey im Warteraum die Sache erklärt. Der Kontaktmann des Captain in Labuanga sei ein Malaie, Angestellter einer Ölgesellschaft, und habe als solcher die Möglichkeit, regelmäßig mit Singapur telegraphische Verbindung aufzunehmen. Dieser Mann habe auch Zugang zu einem Geheimsender, über den er das Hauptquartier der Aufständischen in den Bergen erreichen könne. Wenn Schecks zu unterzeichnen seien, dann informiere er das Hauptquartier, um ein Treffen drei Tage im voraus zu verabreden. Dadurch habe das Komiteemitglied Zeit, an die Küste zu gelangen, ohne die gefährliche Reise bei Tage machen zu müssen.

»Was für Leute sind das?« hatte Greg sie gefragt. »Ich meine die Mitglieder des Komitees.«

»Ich habe nur zwei von ihnen kennengelernt, einen Anwalt aus Medan und einen Offizier. Ich glaube, man schickt diese beiden, weil sie Englisch sprechen. Ein Europäer begleitet sie, aber wohl nur als Wache. Die Mitglieder des Komitees sind alle Moslems.«

»Was für ein Europäer ist das?«

»Ein Pole. Hamid, unser Kontaktmann, sagt, er sei mit der Fremdenlegion in Indochina gewesen und unterweise jetzt die Aufständischen im Waffengebrauch.«

Die Maschine hatte die vorgeschriebene Flughöhe erreicht und hielt nördlichen Kurs entlang der Küste Sumatras. Langsam zog unter ihnen die Straße von Malakka dahin, grün zwischen den vorgelagerten Inselgruppen, braun, wo die Flußmündungen den Lehm der Berge ablagerten, graublau, wo die vom Bengalischen Golf herkommenden kalten Strömungen flossen. Dann, als die Straße von Malakka sich weitete, änderten sie den Kurs und flogen landeinwärts.

Bald konnten sie von ihren Sitzen auf der Backbordseite nur noch Land unter sich sehen, das wie eine moosbedeckte Düne wirkte.

»Dschungel«, erklärte Mrs. Lukey.

Die indonesische Stewardeß servierte Limonade in Flaschen und überbackene Käseschnitten. Zwanzig Minuten vor der Landung in Labuanga gerieten sie in einen örtlichen Sturm und mußten sich anschnallen. Die Maschine wurde heftig hin- und hergerissen, durchstieß eine dichte schwarze Wolke und landete bei strömendem Regen. Wasser spritzte auf, als die Räder aufsetzten; aber als die Maschine vor dem Flughafengebäude ausrollte, hatte der Regen aufgehört, und die Sonne schien wieder. Der erste Eindruck vom Flugplatz Labuanga war der Geruch von dampfendem Schlamm.

Das war noch der beste Eindruck, den sie bekommen sollten.

Mrs. Lukey hatte sie vor den Paß- und Zollbeamten gewarnt. »Sie sind von Djakarta ernannt«, hatte sie gesagt. »Und sie behandeln niemanden freundlich. Besonders Europäer mögen sie nicht. Als ich das letztemal hier war, mußten sich zwei Europäer ausziehen und durchsuchen lassen. Aber die Zeitungen in Singapur haben sich sehr darüber erregt, und ich glaube kaum, daß man uns solche Schwierigkeiten machen wird, wenn wir vorsichtig sind. Am besten, man lächelt nicht und bleibt geduldig.«

Greg und Dorothy gaben sich alle Mühe, ruhig zu bleiben, aber es fiel ihnen nicht leicht. Ein Immigrationsbeamter nahm ihre Pässe zur Überprüfung an sich und kam nicht wieder. Daraufhin erschien ein zweiter Beamter und wünschte, ihre Pässe zu sehen. Als Mrs. Lukey ihm erklärt hatte, was geschehen war, sagte man ihnen, sie sollten warten. Es dauerte eine Stunde, bis sie ihre Pässe zurückbekamen. Bei der anschließenden Devisenkontrolle verlangte der Beamte von Greg, daß er seine Taschen ausleere, und beschloß aus irgendwelchen unerfindlichen Gründen, ihm die Kreditkarte des Diners' Club abzunehmen. Der Zollinspektor schließlich bestand darauf, die Linsennummer seiner Kamera zu notieren und den belichteten Film zu beschlagnahmen.

Mrs. Lukey schien von den Vorgängen ebenso mitgenommen zu sein wie Greg und Dorothy. »Es tut mir leid«, sagte sie. »So übel haben sie sich noch nie benommen.«

»Was, zum Teufel, versuchen sie nur zu beweisen?« grollte Greg. »Wozu nehmen sie mir die Clubkarte ab? Es macht mir nicht viel aus, ich kann eine neue bekommen. Aber was soll der Unsinn?«

»Liebling, wir haben uns wenigstens nicht ausziehen müssen.«

Greg, dem sein Baumwollhemd feucht am Körper klebte, murmelte, daß er dagegen nichts einzuwenden gehabt hätte. Der Verlust des Films hatte ihn ganz besonders verärgert.

Der Flugplatz lag drei Meilen vor der Stadt, und der Bus der Fluggesellschaft war bereits abgefahren. Taxen gab es nicht. Es blieb ihnen nichts anderes übrig, als auf den nächsten Bus zu warten. Ein peinliches Schweigen entstand.

Mrs. Lukey machte einen wenig glücklichen Versuch, die betretene Stimmung zu verscheuchen. »Na, jedenfalls glaube ich kaum, daß morgen bei unserem Abflug die gleichen Leute Dienst tun werden«, sagte sie.

»Wollen Sie damit sagen, daß wir alles das noch einmal über uns ergehen lassen müssen?«

»Wenn wir uns mit den Ausreisevisa in acht nehmen, wird alles glatt gehen.«

Greg fuhr herum. »Was für Ausreisevisa?«

»Wir müssen sie uns morgen vormittag auf der Polizeibehörde besorgen. Wenn wir dem Mann, der die Visa ausstellt, ein gutes Trinkgeld geben, wird man uns sicher keine Schwierigkeiten machen.« Sie lächelte Greg und Dorothy unsicher an.

Wiederum entstand ein Schweigen.

Als der Schlamm trocknete, begannen andere, menschlichere Gerüche der Nachbarschaft des Flughafens zu entsteigen. Die Hitze war betäubend. Dorothy spürte, wie der Schweiß ihr an den Beinen hinunterlief. Sie machte einen entschlossenen Versuch, objektiv zu sein.

»Nun«, sagte sie. »Schließlich ist es ja ihr Land.«

Mrs. Lukey wandte sich ihr eifrig zu. »Ja, es sind wirklich frohe, lachende, glückliche Menschen, aber man versteht sie nicht immer richtig. In Indien ist es das gleiche. Wenn ein Europäer nach Bombay kommt und feststellt, daß er ohne Erlaubnis keine alkoholischen Getränke bestellen kann, dann denkt er gleich, die Inder seien unfreundliche Menschen. Das ist nicht wahr. Um ein Land kennenzulernen, muß man eine Zeitlang dort gelebt haben. Man sollte kein Land nach seinen Flughäfen beurteilen. Und auch nicht nach seinen Zollbeamten.«

Sie hatte hastig und leidenschaftlich gesprochen und dabei eher asiatisch als europäisch gewirkt. Es war eine beunruhigende Verwandlung gewesen.

Dorothy war im Begriff, irgend etwas zu entgegnen. Glücklicherweise kam in diesem Augenblick ein Bus, und sie brauchte ihren Satz nicht zu beenden.

Unmittelbar nach der Abfahrt vom Flughafen kamen sie durch ein Dorf. Sie hatten begonnen, sich an den Anblick der kleinen Häuser in der *Atap*-Bauart mit dem Teakholz-Fachwerk zu gewöhnen; aber an den meisten Häusern war das *Atap* verblichen, zerrissen oder geflickt. Nur eines der Häuser sah neu und gepflegt aus. Über der Veranda hing ein Schild. In englisch und malaiisch waren darauf die Worte gemalt: KOMMUNISTISCHE PARTEI, DISTRIKT LABUANGA.

Dorothy und Mrs. Lukey saßen auf der anderen Seite im Autobus. Greg machte sie nicht auf das Haus aufmerksam.

3

Labuanga ist Hafenstadt und Endpunkt eines Pipelinesystems, das die Ölfelder der Umgebung miteinander verbindet. Die Stadt erstreckt sich auf einer breiten alluvialen Landzunge, die in der Nähe eines Flußdeltas in die See hinaus vorspringt. Labuanga wurde von den Holländern erbaut, und die baumbestandenen Straßen und öffentlichen Gärten des Stadtzentrums sind nach dem Muster holländischer Provinzstädte angelegt. Das Resultat wirkt bizarr. Die Bäume sind weder Linden noch Ahornbäume, sondern Kasuarinen. Beete, auf denen in ordentlichen Reihen Tulpen, Narzissen und Hyazinthen hätten wachsen müssen, prangen im Schmuck von Krotonen, wilden Orchideen und Purpurlilien. Hibiskus überwuchert das Eisengitter, das den Sockel umgibt, auf dem sich einmal das Denkmal Königin Wilhelmines erhoben hatte. Die Säulenhalle vor dem ›Stadhuis‹ sieht unter der Last des monströsen Bougainvilleageranks ordinär aus. Das Zentrum von Labuanga gleicht einer holländischen Matrone, die vom Dschungel verführt wurde und sich in eine Eingeborene verwandelt hat.

Vom ›Stadhuis‹ aus verlaufen breite Straßen strahlenförmig durch das ehemalige Europäerviertel mit seinen eingezäunten Grundstücken und Bungalows. Noch immer wohnen dort eine Anzahl Europäer, zumeist Angestellte der Ölgesellschaft; aber viele Gebäude sind vom Sicherheitsdienst und anderen Institutionen der Zentralregierung übernommen worden. Das Viertel wird jetzt die ›Innere Zone‹ genannt.

Dieser Wandel war sowohl von militärischer als auch von sozialer Bedeutung. Der Distrikt Labuanga umfaßte ein Gebiet von mehreren hundert Quadratmeilen, zu dem außer Stadt und Hafen Ölfelder, Pipelines, Kopraplantagen, mehr als fünfzig Dörfer und weite Strecken unberührten Dschungels gehörten. Ein wirksames Verteidigungssystem gegen die von den Berggebieten her operierenden Aufständischen würde mindestens drei zuverlässige und gutausgerüstete Divisionen erfordert haben. Generalmajor Iskaq, der Militärbefehlshaber von Labuanga, verfügte über zwei demoralisierte Infanterie-Bataillone, drei leichte Feldhaubitzen, zehn altersschwache Panzerwagen und sechzig Polizisten. Bis jetzt hatten die Aufständischen sich mit nächtlichen Überfällen auf entlegenere Öllageranlagen, mit Brückensprengungen und vereinzelten Störtruppunternehmen begnügt. Aber es war dem General klar, daß der Tag kommen mußte, an dem sich die Partei der Rechtgläubigen stark genug fühlen würde, um einen groß angelegten Angriff auf die Stadt zu unternehmen, sie zu erobern, alle Gegenangriffe abzuschlagen und eine autonome regionale Regierung zu bilden. Wenn dieser Tag (oder diese Nacht) gekommen war, dann würde die ›Innere Zone‹ sich in eine Festung verwandeln, in der die Garnisonstruppen sich so lange halten konnten, bis von Medan Hilfe eintraf. Das Problem war, sich gegen Überraschungen wirksam zu sichern. An jeder Straßenkreuzung im Umkreis der Zone waren betonierte Verteidigungsstellungen ausgebaut worden. Beim ersten Anzeichen aufständischer Aktivität in der Umgebung der Stadt wurde auf einen Alarmknopf gedrückt, und das Gros der Garnisonstruppen zog sich hinter die Verteidigungsstellungen zurück. Lediglich ein kleines motorisiertes Kommando blieb außerhalb der Zone, um den Störtrupp, der den Alarm verursacht hatte, aufzuspüren.

Der Plan zur Verteidigung der ›Inneren Zone‹ war ein typisches Beispiel wirklichkeitsfremden militärischen Denkens, und obschon die Erfinder des Plans um seine Unzulänglichkeit wußten, hielt man strikt an ihm fest, weil es immer noch besser ist, irgendeinen Plan zu haben als gar keinen. Auch der General war sich der illusorischen Natur dieses Plans durchaus bewußt. In der Zone befanden sich das Polizeibüro, das ›Stadhuis‹ sowie eine Anzahl von Geschäfts- und Bürohäusern. Vom taktischen Standpunkt aus gesehen, handelte es sich um einen beliebigen geographischen Ort, der nicht leichter zu verteidigen war als jeder andere Teil der Stadt. Das Elektrizitätswerk, das Wasserwerk, die Hafenanlagen und das Fernsprechamt befanden sich sämtlich außerhalb der Zone, desgleichen der größte Teil der Bevölkerung. Ähnliche Nachteile wies aber auch jeder andere Stadtteil auf, den man in Erwägung gezogen hatte. In Wahrheit war es nicht möglich, mit nur zwei Infanteriebataillonen, zehn Panzerwagen und drei Feldhaubitzen einen Ort von der Größe Labuangas gegen überlegene Kräfte zu verteidigen.

General Iskaq war ein verschlagener, ehrgeiziger Mann und hatte ein untrügliches Gespür für alles, was seinen Interessen dienlich war. Für die Politiker in Djakarta empfand er nur Verachtung. Er wußte, daß manche seiner Offiziere mit den Aufständischen sympathisierten und er seinerseits derartige Sympathien nur anzudeuten brauchte, um geheime Verhandlungen mit dem Komitee in Gang zu bringen. Der General war ein angesehener Patriot, und der Preis, den er für seinen Abfall fordern dürfte, würde hoch sein. Obschon er von dem Grundsatz ›Kannst du sie nicht schlagen, dann tu dich mit ihnen zusammen‹ nie etwas gehört hatte – zumindest nicht in dieser Form –, hätten seine eigenen Ideen über Machtfragen nicht treffender als mit diesen Worten umrissen werden können. Eines jedoch verbürgte seine Ergebenheit gegenüber der Zentralregierung.

Sein Vater war auf Java Kuli gewesen. Während seiner ganzen Kindheit hatte der General erlebt, wie sein Vater von den Weißen oder von *Mandurs,* die für die Weißen arbeiteten, getreten, angeschrien und schikaniert wurde. Daran war nichts Ungewöhnliches gewesen. Die Freunde seines Vaters wurden genauso behandelt. Daß weiße Männer die Kulis zur Arbeit antrieben – Kulis, die sonst im Schatten herumgefaulenzt hätten –, entsprach der natürlichen Ordnung der Dinge; wie es auch selbstverständlich gewesen war, die Arbeit zu unterbrechen, zur Seite zu treten und sich zu verbeugen, wann immer ein Weißer in seinem Wagen oder seiner Sänfte vorüberkam. Dann hatte eines Tages ein betrunkener weißer Mann den Vater des Generals bezichtigt, über ihn gelächelt zu haben. Als der Vater des Generals dies verneinte, hatte der weiße Mann angefangen, ihm mit einem dicken Stock über Kopf und Schulter zu schlagen. Der Vater des Generals war ein starker Mann, aber der Stock war stärker gewesen, und als sein Gesicht sich mit Blut bedeckt hatte, war er auf die Knie gefallen und hatte geweint wie ein Kind.

Von jenem Augenblick an, und noch lange Jahre danach, hatte der General jede Beziehung zu den Weißen, die aus etwas anderem als Haß bestand, als widernatürlich empfunden. Aber erst als die japanische Armee kapituliert hatte und die weißen Männer Java wiederum als ihre Kolonie in Besitz zu nehmen versuchten, hatte der General seinen Haß durch Morden weitgehend stillen können. Was davon noch übriggeblieben war, hatte sich im Laufe der Zeit in den unsinnigen, jedoch unerschütterlichen Glauben verwandelt, daß weiße Männer und Asiaten keine gemeinsamen Interessen haben konnten und daß für den einen gut war, was für den anderen schlecht sein mußte. Die Partei der Rechtgläubigen wurde von Weißen finanziert, ihre Streitkräfte wurden von Weißen ausgebildet, und wenn sie an die Macht kommen sollte, würde sie den Weißen gegenüber freundlich eingestellt sein. Für den General war der Gedanke, sich mit einer derartigen Organisation zu einigen, vollkommen unannehmbar.

Seine wiederholten Bitten um Verstärkungen waren vom Befehlshaber des Gebietes abgelehnt worden, und das aus guten Gründen. Der Befehlshaber verfügte nicht über die notwendigen Reserven, um ihm Verstärkungen schicken zu können. Der General hatte sich in einem Zustand verzweifelter Bitterkeit befunden, als Captain Gani, sein neuer Geheimdienst-Offizier, mit einem interessanten Vorschlag zu ihm kam.

Nach den Schätzungen des Hauptmanns verfügten die Aufständischen in den Bergen über etwa dreitausend Mann und über viele unbewaffnete sympathisierende Mitläufer in der Stadt, die ihnen, wenn es soweit war, helfen würden. Der General seinerseits hatte im Augenblick nur zweitausend Mann. Er konnte jedoch, wenn er nur wollte, einen mächtigen Verbündeten mit über fünfzehnhundert Mann auf seine Seite bringen. Dieser Verbündete war die örtliche Kommunistische Partei. Wenn der General bereit wäre, die Parteimitglieder zu bewaffnen, dann würde er eine disziplinierte Hilfstruppe auf seiner Seite haben und damit über eine dem Feind überlegene Feuerkraft verfügen.

»Sind Sie verrückt?« hatte der General ihn angefahren.

»Keineswegs, Sir. Was ich Ihnen vorschlage, ist die Aufstellung einer loyalen Miliz für den Ernstfall.«

Der General hatte rauh gelacht. »Sie kennen den Befehlshaber des Gebietes. Er gehört zu Dr. Hattas Leuten. Sie glauben doch wohl nicht, daß er mir Erlaubnis geben würde, die Kommunisten in Labuanga zu bewaffnen? Er läßt mich einsperren, wenn ich ihm einen derartigen Vorschlag mache.«

»Sie sind verantwortlich für die Verteidigung der Stadt, Sir, und nicht der Befehlshaber des Gebietes. Sie sind berechtigt, Notmaßnahmen zu treffen, ohne ihn zu konsultieren. Übrigens sollte die Miliz, bis sie ausgerüstet ist, eine geheime Truppe bleiben.«

»Nur der Befehlshaber kann die Ausgabe von Waffen und Munition genehmigen. Womit soll ich die Miliz bewaffnen? Mit Steinen?«

Auch darauf hatte Captain Gani eine Antwort gehabt.

Zwei Monate später hatte der General ihn zum Major befördert und zu seinem persönlichen Adjutanten gemacht.

4

Das Harmonie-Hotel befand sich in der ›Inneren Zone‹ und bestand aus einer Anzahl im Kolonialstil erbauter, säulenverzierter Bungalows, die man auf einem rechtwinkeligen, von Stacheldrahtzaun umgebenen Anwesen errichtet hatte. Der Empfangschef, ein hübscher junger Indonesier in europäischer Kleidung, war höflich, aber bestimmt. Er konnte ihnen nur einen einzigen Bungalow mit drei Betten anbieten. Alle anderen Bungalows wurden von Dauermietern bewohnt. Das war eine Anweisung der Regierung.

Greg und Dorothy sahen sich voller Unbehagen an. Aber Mrs. Lukey nickte, als hätte sie die Komplikation vorausgesehen. »Es gibt ein Wohnzimmer«, sagte sie, »dort kann ich schlafen.«

Der Empfangschef geleitete sie zum Bungalow. Das Wohnzimmer war eine offene Veranda mit Fliesenboden.

Das dahinter gelegene Schlafzimmer war unterteilt in drei von perforierten Stellwänden aus Zink vollkommen eingegeschlossene Schlafstellen, die wie altmodische Gefrierfleisch-Kammern wirkten. Als der Hotelangestellte den Deckenventilator anschaltete, fiel ein Tier, das wie eine pelzige Krabbe aussah, vor ihren Füßen zu Boden und begann auf den Kleiderschrank zuzueilen.

Dorothy stieß einen Schrei des Entsetzens aus. Kichernd nahm der Boy, der ihnen mit dem Gepäck gefolgt war, das Tier bei einem seiner haarigen Beine und schleuderte es durch das Wohnzimmer nach draußen.

»Mein Gott!« sagte Greg. »Was war das?«

»Die sind vollkommen harmlos«, erklärte Mrs. Lukey, »am besten, man tut ihnen nichts. Sie fressen die Insekten auf.«

Aber das Tier hatte Dorothy nervös gemacht. Als Mrs. Lukey gegangen war, um den Verbindungsmann anzurufen, bestand sie darauf, daß Greg jeden Quadratzentimeter des Bungalows absuchte. Er fand ein paar Eidechsen und einen halb verschimmelten Pantoffel, aber keines dieser schwarzen Tiere mehr. Er mußte übrigens feststellen, daß es im Bungalow kein Badezimmer gab.

Als Mrs. Lukey zurückkehrte, zeigte sie ihnen die Reihe von Badehäusern, die aus hygienischen Gründen von den Wohnhäusern getrennt waren. Einer dieser traurig wirkenden Zementwürfel trug die Nummer ihres Bungalows; in seinem Innern gab es eine Toilette, ein großes mit Wasser gefülltes Gefäß und eine metallene Schöpfkelle.

»Es ist ein siamesisches Bad«, erklärte Mrs. Lukey. »Man übergießt sich mit kaltem Wasser. Es ist sehr erfrischend.«

Das Treffen war für sieben Uhr in einem außerhalb der Zone gelegenen Haus verabredet.

Jetzt war es kurz nach vier. Sie hatten keinen Lunch gehabt. Sie badeten, so gut es ging, und nachdem sie sich umgezogen hatten, gingen sie zum Hotelrestaurant hinüber. An der Bar auf der Veranda saß eine Gruppe lärmender Holländer, deswegen blieben sie nicht lange dort. Mit einiger Mühe fanden sie einen Kellner und konnten ihn dazu überreden, etwas Eßbares herbeizubringen. Es war ein aufgewärmtes Reisgericht und schmeckte nicht sonderlich gut, aber sie hatten Hunger und aßen alles auf. Währenddessen war es dunkel geworden, und der Platz jenseits der Gärten, der eben noch verlassen dagelegen hatte, war jetzt zum Leben erwacht. Zwischen den Bäumen wurden Marktstände aufgeschlagen, Menschen drängten sich zusammen und Essenverkäufer erschienen. Am Straßenrand hockend, begann ein Junge auf seinem Bambusxylophon zu spielen.

Es klang sanft, traurig und merkwürdig bewegend.

Dorothy blickte Greg an, und er lächelte ihr verständnisinnig zu. Sie befanden sich in einem fernen Land, und im Umkreis von mehreren hundert Meilen gab es keine Touristen. Für einen Augenblick waren die unerquicklichen Vorkommnisse des Tages vergessen. Es war ein kurzer Augenblick.

Mrs. Lukey hatte gesagt, daß der für die Zusammenkunft vereinbarte Treffpunkt zu Fuß in einer halben Stunde zu erreichen sei und sie voraussichtlich gegen acht Uhr wieder im Hotel sein würden. Als sie ihren Kaffee getrunken hatten, kehrten sie zum Bungalow zurück.

Sie hatten eben das Licht angeschaltet, als ein großes Insekt hereingeflogen kam, im Wohnzimmer herumsummte und mit der Gewalt eines abprallenden Kieselsteins gegen Wände und Lampen schlug. Schließlich erlegte Greg es, indem er es mit einem Handtuch herunterschlug und zertrat. Wie ein riesiger Grashüpfer aus braunem Plastik sah es aus. Seine harte Schale krachte übelkeiterregend unter Gregs Fuß. Unmittelbar darauf kamen zwei weitere hereingeflogen.

Mrs. Lukey sagte, sie seien harmlos und am besten beachte man sie gar nicht; aber Dorothy hatte das von Greg erledigte Insekt betrachtet und fürchtete sich davor, daß eines dieser Dinger sich ihr ins Haar setzen könnte. Der Gedanke, allein hier zurückzubleiben, während Greg und Mrs. Lukey zu ihrer geschäftlichen Verabredung fortgingen, schien ihr von Minute zu Minute weniger zu behagen. Sie kündigte an, daß sie sich bis zu Gregs Rückkehr in einem der Bettverschläge einschließen wollte.

Greg sah Mrs. Lukey an. »Können wir nicht alle zusammen gehen? Wenn wir uns ein Taxi nehmen, könnte Dorothy darin sitzen bleiben und warten, bis wir das Geschäftliche erledigt haben.«

»Wenn es ihr nicht zu langweilig wird, selbstverständlich.«

»Lieber will ich mich langweilen, als mit diesen Biestern zu tun haben.«

Es war nicht einfach, ein Taxi zu bekommen, aber der Empfangschef schickte ein paar Boys los, und sie trieben eines auf.

Es war ein winziger Fiat, und Greg und Dorothy, die auf dem Rücksitz hockten, konnten kaum erkennen, wohin die Fahrt ging. Nachdem sie die ›Innere Zone‹ verlassen hatten, wurde die Straßenbeleuchtung spärlicher, und bald hatten sie jede Orientierung verloren. Für Augenblicke wurde der Hafen sichtbar, sie sahen das Aufblitzen des Leuchtfeuers am Ende der Mole und konnten eine Ansammlung von Öltanks erkennen. Dann bogen sie in eine schlecht gepflasterte, von zerfallenen Zäunen eingefaßte Straße ein, rumpelten zwei- bis dreihundert Meter weit und hielten an.

Das Haus war etwa zwanzig Meter von der Straße zurückgesetzt und umgeben von planlos angepflanzten Bananenbäumen. Es war auf Teakholzpfählen errichtet; ein paar Stufen führten zur Veranda hinauf. Durch die geflochtenen Fensterläden drang kein Licht.

Dorothy preßte Gregs Hand. »Wird dir hier auch nichts passieren?«

»Natürlich nicht.«

Als Greg hinauskletterte, um sich Mrs. Lukey anzuschließen, sagte sie etwas zum Fahrer. Er schaltete die Scheinwerfer aus. Während sie auf das Haus zugingen, fragte Greg sie, ob sie diesen Treffpunkt schon früher benutzt habe.

»Einmal«, antwortete sie.

Man hatte das Wagengeräusch gehört, und als sie sich jetzt dem Haus näherten, wurde die Verandatür geöffnet und ein Mann trat heraus. Er hatte eine Taschenlampe in der Hand. Bevor er sie aufforderte, die Stufen hinaufzugehen, leuchtete er ihnen einen Augenblick lang ins Gesicht.

Er war sehr klein und dünn und hatte leicht gebeugte Schultern. Er trug einen schwarzen *Petji*, einen *Sarong* und eine bifokale Brille. Er verneigte sich höflich vor Mrs. Lukey und blickte dann Greg an.

»Mr. Nilsen.«

»Ja.«

Er streckte ihm die Hand hin und sagte in gutem Englisch: »Ich bin Mr. Hamid. Das ist natürlich nicht mein richtiger Name, und dies ist nicht mein Haus, aber Sie werden verstehen, daß ich vorsichtig sein muß.«

»Klar.«

»Bitte kommen Sie herein.«

Die Wände waren aus Wellblech. Der Einbruch der Nacht hatte keine merkliche Abkühlung gebracht, und im Innern des einzigen Raumes war es heiß wie in einem Ofen. In einer Ecke stand ein Bett mit zurückgeschlagenem Moskitonetz; aber sonst schien der Raum als Büro benutzt zu werden. Ein Pult stand da, ein stählerner Karteischrank und ein Tisch, auf dem kleine graue Kartons geschichtet waren, die offenbar gerade etikettiert werden sollten. Gegen eine Wand waren größere Kartons gestapelt, deren Seiten die mit Schablonen gemalte Aufschrift trugen: *›Fragile – Made in Japan‹*.

Zwei Männer waren anwesend: ein Indonesier und ein Europäer. Der Indonesier war ein schlanker, behender Mann und recht groß für seine Rasse. Unter seiner straff gespannten Gesichtshaut zeichnete sich die Knochenstruktur deutlich ab, und seine Schläfenadern traten allzustark hervor. Der besessene, hungrige Ausdruck seines Gesichts schien der gelassenen Anmut seines Körpers zu widersprechen. Sein Haar war lang und ungekämmt. Der Europäer war untersetzt und muskulös, hatte kurzgeschnittenes graues Haar, graue, zerfurchte Wangen und ein verkniffenes Lächeln, bei dem eine Reihe von stählernen Zahnkronen sichtbar wurde. Beide Männer trugen verschwitzte Khakihemden und -hosen und hatten Pistolengürtel umgeschnallt. Der Indonesier saß am Pult. Der Europäer räkelte sich auf dem Bett.

Als Greg und Mrs. Lukey hereinkamen, stand der Indonesier auf.

»Dies ist Major Sutan«, sagte Hamid.

Der Major machte keine Anstalten zu einer Begrüßung. »Die Frau kann draußen warten«, sagte er.

Mrs. Lukey blickte zu Hamid, der seinerseits nickte und sie wieder hinausgeleitete. Der Major kam herüber und schloß die Tür hinter ihnen, bevor er sich Greg wieder zuwandte.

»Ihren Paß, bitte«, sagte er.

Greg zog seinen Paß aus der Hüfttasche und gab ihn dem Major.

Der Major sah sich das Paßbild prüfend an und reichte den Paß dann zurück. »Dies ist Captain Voychinski«, sagte er.

Greg nickte. »Guten Abend, Captain.«

Der Mann auf dem Bett starrte ihn wortlos an.

»Captain Voychinski ist Pole«, sagte der Major. »Er ist einer unserer Instruktionsoffiziere. Bitte setzen Sie sich, Mr. Nilsen.«

Er selbst nahm hinter dem Pult Platz. Greg holte den Singapur-Scheck aus der Tasche und legte ihn auf das Pult. Major Sutan warf einen Blick darauf.

»Wir haben noch nicht zusammengearbeitet«, sagte er. »Hätten Sie etwas dagegen, wenn ich Ihnen ein paar Fragen stellte?«

Greg lächelte freundlich. »Nein, vorausgesetzt, daß Sie nichts dagegen haben, wenn ich meinerseits ein paar Fragen an Sie richte.«

Major Sutan überlegte einen Augenblick und sagte dann: »Vielleicht sollten Sie Ihre Fragen zuerst stellen.«

»Gut. Zunächst einmal: warum mußte ich diese Reise antreten, um eine Scheckunterschrift zu bekommen? Captain Lukey sagt, Sie wollten wissen, mit wem Sie es zu tun haben. Ich verstehe das nicht. Hat er denn nicht Ihr Vertrauen?«

Major Sutan zuckte die Schultern. »Wir verlassen uns auf uns selber.«

Captain Voychinski stand vom Bett auf und trat näher. »Das stimmt, Mister«, sagte er. Sein Englisch war nur gerade verständlich. »Der Trottel in Singapur nichts wissen.«

»Immerhin weiß er zu feilschen.«

»Kennen er *agent provocateur,* wenn er sehen?« rief Captain Voychinski. Er spuckte die französischen Worte aus, als seien es Fischgräten.

»Wollen Sie damit sagen, ich sei einer?«

»Woher wir können wissen? Sie Waffen verkaufen. Wie wir wissen, ob Sie nicht nehmen unser Geld und Zentralregierung sagen?«

»Alles das ist längst mit Captain Lukey besprochen worden«, sagte Greg geduldig. »Die Ablieferung der Waffen geht mich nichts an. Ich verkaufe sie in Singapur. Wie und wann sie in Ihre Hände gelangen, das ist Ihre Sache.«

Major Sutan beugte sich vor. »Wir haben in letzter Zeit zu viele Sendungen verloren, Mr. Nilsen.«

»Tut mir leid, aber ich wüßte nicht, was ich damit zu tun haben sollte.«

»Ich versuche Ihnen zu erklären, warum wir vorsichtig sein müssen, Mr. Nilsen.«

»Nun, ich habe nicht die Absicht, die indonesische Regierung über den Handel zu informieren, und ich kenne auch niemand sonst, der diese Absicht haben könnte. Das heißt, falls ein Handel überhaupt zustande kommt, den man verraten könnte.«

»Falls, Mr. Nilsen?«

»Allerdings – falls. Sie wollen wissen, mit wem Sie es zu tun haben. Ich auch.«

Captain Voychinski lachte höhnisch.

Greg wandte sich um und starrte ihn an. »Sie sind ziemlich weit von Hause weg, Captain«, sagte er.

»Von Hause?«

»Sind Sie nicht in Polen zu Hause?«

»Was ist gemeint damit?« Captain Voychinskis Hand war zur Pistole gewandert.

Major Sutan trat dazwischen. »Captain Voychinski ist ein fanatischer Kämpfer gegen den Kommunismus«, sagte er. »Er hat in Rußland und Italien und in Vietnam gekämpft.«

»Italien?« Greg hob die Brauen.

»Captain Voychinski war Offizier in einer polnischen Division der Wehrmacht.«

»Ich verstehe.«

»Noch weitere Fragen, Mr. Nilsen?«

Greg schüttelte den Kopf. Captain Voychinski lächelte grimmig und nahm die Hand von seiner Pistole.

»Gut.« Major Sutan nahm den Scheck und sah ihn sich an. »Bitte, woher kommen diese Waffen?«

»Manila. Warum?«

»Sie sind kein üblicher Waffenhändler, Mr. Nilsen, und die Zusammenstellung der Lieferung ist ungewöhnlich. Daß wir neugierig sind, ist doch ganz natürlich.«

»Ich habe das Zeug von einem Mann bekommen, der es als Sicherheit für eine Anleihe genommen hatte. Er ist auf dem Zeug sitzengeblieben und wollte es loswerden. Soweit ich weiß, stammt es ursprünglich aus Rotchina.«

»Wie?«

»Man hat mir gesagt, es sei auf dem Seeweg nach Malaya aufgebracht worden.«

»Auf See?«

»Ja. Ist denn das von Wichtigkeit? Captain Lukey hat das Zeug inspiziert.«

»Waffen gelangen nicht auf dem Seeweg von China nach Malaya.«

»Nun, diese Waffen offenbar doch.«

»Wie heißt die Person, die Ihnen das erzählt hat?«

»Tan Tack Chee.«

Major Sutan blickte wieder auf den Scheck hinunter und holte dann einen Füllfederhalter aus der Brusttasche seines Khakihemdes. »Ich kenne diesen Mr. Tan zwar nicht, Mr. Nilsen, aber ich möchte Ihnen raten, mit ihm keine weiteren Geschäfte zu machen.«

»Warum nicht?«

»Wenn Sie mich nicht belügen, dann hat er Sie belogen. Ich glaube nicht, daß Sie lügen.«

»Danke.«

»In diesem Fall hätten Sie keine Veranlassung zu lügen.«

Er unterschrieb den Scheck und reichte ihn über das Pult hinüber. »Das ist alles, Mr. Nilsen. Wollen Sie morgen nach Singapur zurückreisen?«

»Ja.« Greg nahm den Scheck und steckte ihn in seinen Paß.

»Dann könnte die Transaktion also übermorgen abgeschlossen werden?«

»Das könnte sie.«

Major Sutan erhob sich und streckte Greg die Hand hin. »Das nächstemal«, sagte er, »werden wir es leichter miteinander haben. Ich glaube, Sie brauchen in Zukunft nicht mehr hierherzukommen.«

»Danke.« Greg schüttelte Major Sutan die Hand, nickte Captain Voychinski zu und ging zur Tür.

Mrs. Lukey und Hamid warteten auf der Veranda.

»Ist alles in Ordnung?« fragte Hamid.

»Ja, der Scheck ist unterschrieben.« Greg sah Mrs. Lukey an. »Also, gehen wir. Gute Nacht, Mr. Hamid.«

Sie waren gerade die Verandatreppe hinuntergelangt, als er Dorothy aufschreien hörte.

Er lief auf die Straße zu.

Taschenlampen blitzten dort auf, und fast im gleichen Augenblick sah er die Soldaten. Zwei von ihnen zogen den Fahrer aus dem Taxi heraus. Drei weitere kamen ihm über den Vorplatz entgegen. Von der Hinterseite des Hauses brach plötzlich ein Stimmengewirr los, und dann das ohrenbetäubende Geknatter einer Maschinengewehrsalve.

In diesem Augenblick sah ihn einer der Soldaten, schrie den anderen etwas zu und riß den Karabiner an die Wange.

Mrs. Lukey schrie ihm zu, er solle nicht schießen.

Greg blieb stehen; und dann, als die anderen beiden Soldaten ihm entgegenliefen, trat er einen Schritt zurück und hob die Hände.

SIEBENTES KAPITEL

1

General Iskaq aß ein zweites Stück Honigkuchen und goß sich zum drittenmal die Kaffeetasse voll. Der Kaffee war kühl genug zum Trinken, aber der General ließ ihn noch weiter abkühlen. Er war nicht in Eile. Er wußte, daß er den vor ihm liegenden Tag genießen würde. Eine kleine Verzögerung im Anfang konnte den Genuß nur noch steigern. Und inzwischen boten sich ihm Freuden bescheidenerer Art. Er nahm seinen Feldstecher zur Hand.

Vom Fenster seiner Wohnung im obersten Stock des ›Stadhuis‹ konnte er den Hafen, die Flußmündung und dahinter das Meer sehen. Der Himmel war wolkenlos, und zu dieser Stunde war der Dunstschleier der Hitze noch kaum sichtbar. Der Regen des Vortages floß von den Bergen herab, und die schlammigen Wassermassen strömten in phantastischen Spiralen in die aufgewühlte Bucht hinaus. Wenn der Fluß in dieser Weise Hochwasser führte, dann wirkten Strömungen und Gezeiten an der Hafeneinfahrt gefährlich zusammen. Pläne, diese Gefahr für die Schiffahrt durch Verlängerung der Mole zu beseitigen, lagen vor, aber die Regierung hatte das Geld dafür nicht bewilligt. Gerade jetzt mußte ein Tanker ohne Ladung, der am Kai der Ölgesellschaft festmachen wollte, vorsichtig Meter für Meter in den Hafen gelotst werden. Die Morgensonne glänzte auf den Fensterscheiben des Ruderhauses, und der General konnte die weißbemützten europäischen Schiffsoffiziere auf der Brücke erkennen. Als weiße Tupfen waren auch der holländische zweite Direktor der Ölgesellschaft und der englische Vertreter der Tankschiff-Eigentümer zu erkennen, die sich auf dem Kai eingefunden hatten. Sie würden ebenfalls wegen der Verspätung ungeduldig sein.

Der General beobachtete die Vorgänge durchs Fernglas und war zufrieden. Zugegeben, die Situation enthielt noch weit schönere Möglichkeiten. Für ein paar Minuten hatte er sich an der Vorstellung ergötzt, daß eine der beiden Warpleinen oder, besser noch, beide unter der Spannung zerreißen und den Tanker hilflos über das Hafenbecken treiben lassen würden, so daß er mit dem dort vor Anker liegenden Bagger kollidierte; aber er wußte, das waren müßige Tagträume. Man sollte nicht zu viel vom Leben erwarten. Es genügte, daß die Europäer Ärger und Unbequemlichkeiten hatten. Für den Augenblick jedenfalls genügte es. Einer von ihnen, der Engländer, war Vizekonsul in Labuanga; ihn erwartete weiterer Ärger.

Der Tanker näherte sich jetzt dem Kai, und die strudelnden braunen Wassermassen hatten ihre Macht über das Schiff verloren. Der General beobachtete weiter, aber seine Gedanken begannen abzuschweifen. Es galt eine wichtige Entscheidung zu treffen. Wem sollte er es zuerst sagen – dem amerikanischen Konsul oder dessen britischem Kollegen? Es war nicht leicht. Mr. Wilson, der Engländer, war der örtliche Agent der Nord-Borneo-und-Föderations-Schiffahrtsgesellschaft; seine Tätigkeit als Vizekonsul war nur ehrenamtlich. Es wurde sogar behauptet, der wahre Grund, warum man einen britischen Vizekonsul in Labuanga ernannt hatte, sei darin zu suchen, daß man Mr. Wilson die Möglichkeit geben wollte, seinen Bedarf an Whisky und Tabak steuerfrei einzuführen. Wenn man ihm mitteilte, daß eine britische Staatsangehörige in der letzten Nacht verhaftet und wegen Verschwörung gegen die Regierung, wegen illegalen Waffenhandels, illegalen Grenzübertritts, wegen Beziehungen zu Kriminellen und Spionage ins Gefängnis eingeliefert worden war, dann mochte der unerfahrene Mr. Wilson womöglich die Nerven verlieren und sich inkorrekt verhalten. Das dürfte außerordentlich genußreich werden. Anderseits war es möglich, daß er mit dem britischen Konsul in Medan konferieren oder, schlimmer noch, sich bei Mr. Hallett, dem amerikanischen Vizekonsul, Rat holen würde. Die beiden verstanden sich gut. Allerdings würde der Mr. Hallett zugedachte Schreck, wenn er erfuhr, daß außerdem zwei amerikanische Staaatsbürger inhaftiert worden waren, gemildert werden.

Und der General wollte, daß Mr. Hallett einen tüchtigen Schrecken bekam. Mr. Halletts Posten war nicht ehrenamtlich. Er war Berufsdiplomat im auswärtigen Dienst der Vereinigten Staaten und trat nicht nur als Vizekonsul auf, sondern auch in seiner Eigenschaft als Informations-Offizier. Seine destruktive Tätigkeit bestand darin, amerikanische Lesezentren zu gründen, Dokumentarfilm-Vorführungen zu veranstalten und vielversprechende junge Indonesier zu korrumpieren, indem er ihnen die Teilnahme an technischen Kursen amerikanischer Hochschulen vermittelte. Außerdem hielt er engen Kontakt mit dem Büro der Welt-Gesundheitsorganisation in Labuanga, und man wußte von ihm, daß er das zur Malaria-Bekämpfung ins Innere des Landes entsandte Sanitätspersonal zu begleiten pflegte. Wiederholt war er in Gebiete vorgedrungen, die von den Aufständischen beherrscht wurden, und jedesmal unbehelligt zurückgekehrt, wobei er sich in höchst arroganter Weise geweigert hatte, über das Gesehene Einzelheiten zu berichten. Es gab eine ganze Anzahl amerikanischer Techniker, die auf den Ölfeldern arbeiteten und sich, wenn sie nach Labuanga kamen, zuweilen ebenso lärmend benahmen wie die Holländer. Mr. Hallett hatte eine unangenehme Art, die Festnahme eines dieser betrunkenen Bastarde als kalkulierten Affront gegen den Präsidenten der Vereinigten Staaten hinzustellen oder als Resultat eines lächerlichen Irrtums der dem General unterstellten Sicherheitsorgane. Die Aussicht, Mr. Hallett zwei amerikanische Waffenschmuggler vorzuführen, die sich als Touristen getarnt hatten und auf frischer Tat in Gesellschaft notorischer Verräter ertappt worden waren – diese Aussicht war unendlich verlockend.

Vom andern Ende der Wohnung her konnte er hören, wie seine Frau einen Diener zurechtwies, der auf das Klingeln der Türglocke nicht schnell genug reagiert hatte. Gleich darauf hörte der General die Stimme von Major Gani. Er beschloß, den Bericht seines Referenten abzuwarten, bevor er darüber entschied, wie die Situation zu handhaben sei.

Der General empfand keine echte Sympathie für Major Gani, der als Student ein Jahr an einer japanischen Universität verbracht hatte und sich nicht immer die Mühe gab, seine Überzeugung, klüger und kultivierter zu sein als sein Vorgesetzter, vor diesem zu verbergen. Auch hatte er die ärgerliche Angewohnheit, mit den Fingern zu schnippen, während der General sprach. Zudem hatte der Genral, der ein religiöser Mann war, inzwischen gemerkt, daß Gani Kommunist war. Es war jedoch unmöglich, ihn zu diesem kritischen Zeitpunkt loszuwerden. Der Mann war unentbehrlich geworden, und die Kommunistische Partei ebenfalls.

Der Einfall, Waffenlieferungen an die Aufständischen im Gebiet von Labuanga abzufangen, war gut; dadurch würde er zugleich seine geheime Miliz bewaffnen und dem Feind die Waffen entziehen; aber ohne das kommunistische Agentennetz war es nicht möglich, Zeitpunkt und Bestimmungsort der Lieferungen herauszubekommen. Die Aufständischen hatten vier bedeutende Sendungen eingebüßt, bevor sie ihre Lieferungsmodalitäten abänderten, und die neuen Absprachen würden, dank Gani und der Partei, für das Komitee sehr bald ebenso unergiebig sein wie die alten.

Gani war in den Berichten der Einwanderungsbehörde die Häufigkeit und Kürze der Besuche aufgefallen, die eine britische Staatsangehörige, Elizabeth O'Toole, Labuanga abstattete. Eine genauere Untersuchung hatte dann ergeben, daß die O'Toole immer aus Singapur herüberzukommen pflegte, und zwar jedesmal in Gesellschaft eines anderen Europäers. Am nächsten Tag war sie dann stets mit ihm abgereist. Von fünf derartigen Reisen war eine mit einem Belgier, eine mit einem Italiener, eine mit einem Deutschen und je eine mit zwei verschiedenen Australiern unternommen worden. Da niemand, der bei Verstand war – ob Europäer oder Asiate –, ausgerechnet Labuanga als Reiseziel für amouröse Zwecke wählte, hatte Gani eine weitere Untersuchung eingeleitet, bei der festgestellt wurde, daß zwischen den Daten von drei Einreisen der O'Toole und den Daten, unter welchen drei Waffenlieferungen abgefangen worden waren, ein zeitlicher Zusammenhang bestand. Die Partei hatte die Genossen in Singapur verständigt und sie gebeten, Erkundigungen über Miss O'Toole einzuziehen. Vor zwei Tagen war nun ein Bericht über ihre wahre Identität eingetroffen, zusammen mit der Information, daß sie im Begriff sei, erneut eine Reise nach Labuanga zu unternehmen. Daraufhin waren die Immigrationsbeamten angewiesen worden, die Frau und ihren Begleiter bei ihrer Ankunft am Flughafen aufzuhalten, damit die nötigen Schritte für ihre Überwachung unternommen werden konnten.

Major Gani kam in aufgeräumter Stimmung herein. Wie gewöhnlich wirkte sein Gruß nicht wie eine militärische Ehrenbezeugung, sondern wie die huldvolle Entgegennahme von Beifall, aber der General achtete diesmal nicht darauf. Er war auf Neuigkeiten gespannt.

»Nun, Major?«

Major Gani nahm die Mütze ab und setzte sich, bevor er antwortete. »Der Verräter Hamid Osman«, sagte er dann, »ist vor einer Stunde seinen Verletzungen erlegen, Sir. Das ist schade, denn ich hatte mir von dem Mann eine Menge Informationen versprochen. Das Haus, in dem sie ihre Zusammenkunft abhielten, gehört einem kleinen Importeur. Man nimmt an, daß er sich zur Zeit in Medan aufhält. Das werden wir ja herausfinden. Hamid Osmans Haus war sehr interessant für uns.«

»Ah.«

»Er war unverheiratet und lebte mit seinem Bruder zusammen, der Radiotechniker ist. Wir haben einen Geheimsender dort vorgefunden. Er war noch warm vom Gebrauch.«

»Sie haben den Bruder verhaftet?«

»Er ist entkommen. Die beiden Häuser sind nur dreihundert Meter voneinander entfernt. Er muß die Schüsse gehört haben.«

Der General runzelte die Brauen. »Das Funkgerät war noch warm, sagen Sie. Ist es möglich, daß er noch Zeit gehabt hat, den Verrätern in den Bergen Nachricht zukommen zu lassen?«

»Vielleicht.«

»Es wäre besser, wenn wir die Sache absolut geheimgehalten hätten.«

Major Gani zuckte die Achseln. »Absolute Geheimhaltung kann es nicht geben, Sir. Wir müssen den hiesigen amerikanischen und den britischen Konsul benachrichtigen. Und ich glaube, in Medan gibt es einen polnischen Konsul.«

In der Art, wie er den letzten Satz sagte, lag eine Spur von Bosheit. Der General würde achtgeben müssen. Wenn es sich herumsprach, daß vier Weiße im Gefängnis von Labuanga wegen Vergehen hinter Schloß und Riegel saßen, die ernsterer Natur waren als die Erregung öffentlichen Ärgernisses, dann entzog der Befehlshaber des Gebietes in Medan dem General innerhalb weniger Stunden die Gerichtsbarkeit. Der Befehlshaber des Gebietes war für seine Person stets um Publicity bemüht und würde eine Situation, die so interessant für die Presse war, gewiß nicht einem Untergebenen überlassen.

»Ich werde selber mit dem amerikanischen und dem englischen Konsul reden«, sagte der General beiläufig, »sie werden auf Diskretion Wert legen. Der polnische Konsul ist unwichtig.« Mit einer Bewegung seines Kaffeelöffels schob er ihn gleichsam zur Seite. »Aber jetzt zu den Gefangenen. Welche Informationen haben wir von ihnen bekommen?«

»Es ist etwas verfrüht, Sir, wirkliche Informationen zu erwarten. Ich habe den Taxifahrer verhört, der sie vom Hotel dorthin fuhr. Er hat lediglich mitgehört, daß das Haus schon einmal für eine Zusammenkunft benutzt worden sei. Nichts von Wichtigkeit. Ich habe ihn entlassen.« Er sah, wie der General sich aufrichtete, und fügte kurz hinzu: »Er ist ein verläßliches Parteimitglied.«

»Aber die Frau, diese O'Toole – was sagt sie?«

»Nichts, Sir.« Major Gani schnippte mit den Fingern.

»Und die Amerikaner?«

»Auch nichts. Dieser Voychinski riet ihnen, nichts zu sagen, bevor sie nicht Anweisungen von ihrem Konsul erhalten hätten. Es ist übrigens völlig nebensächlich. Sie sind unwichtig.«

Der General warf klirrend den Kaffeelöffel auf die Untertasse. »Nicht wichtig?« begehrte er auf. »Vier weiße Gangster, die für die Verräter Waffen schmuggeln, sind unwichtig?«

Major Gani seufzte geduldig. »Sehr wichtig, Sir, für Propagandazwecke. Aber Sir, wir haben jemanden, der für unsere Zwecke viel wichtiger ist – Major Sutan.«

Der General beherrschte sich. Über seinen Tagträumen von weißen Gefangenen hatte er fast vergessen, daß auch ein Mitglied des Komitees der Aufständischen gefangengenommen worden war.

»Was sagt Sutan?« fragte er.

»Er weigert sich zu reden.«

»Wo sind die Gefangenen?«

»Im Polizeigefängnis, Sir.«

»Auch Sutan?«

»Ja, Sir.« Und jetzt beging Major Gani einen Fehler. »Er ist ein willensstarker Mann und wird nicht leicht zum Reden zu bringen sein. Ich habe zwei Mann zum vorbereitenden Verhör angesetzt, aber in Hinsicht auf die öffentliche Gerichtsverhandlung, die bald stattfinden muß, wollen wir ihn nicht allzu schwer verletzen; es kann vierundzwanzig Stunden dauern, bis wir ihn zum Reden bringen. Ich hielt es für sicherer, ihn nicht in Ihrem eigenen Hauptquartier zu verhören. Er hat viele Freunde in der Armee.«

»Ja.« Der General schob seinen kalten Kaffee zurück und stand auf. »Einer davon war ich.«

»Ah, dann werden Sie es verstehen, Sir.«

Major Gani war ein fähiger und sehr schlauer Offizier, der die Taktiken der marxistischen Dialektik geschickt anzuwenden wußte und einen scharfen Blick für die Schwächen seiner Gegner hatte; aber er war zudem ein eminent eitler Mann und in mancher Hinsicht von grober Unempfindlichkeit. Für ihn war der General nur ein primitiver reaktionärer Haudegen, der von den Umständen zeitweilig in eine Machtposition geschoben worden war; nichts weiter als ein dickköpfiger Grobian, dem man jetzt nachgeben und schmeicheln mußte, um ihn später ausnützen zu können.

Er war nicht auf den Gedanken gekommen, daß die Idee, einen ehemaligen Kameraden zu foltern, dem General mißfallen könnte.

Der General sah ihm in die Augen. »Ja, allerdings verstehe ich. Ich werde diese Verhöre selber leiten.«

»Die Verhöre dieser Ausländer, Sir?«

»Die Verhöre von allen fünf Gefangenen. Dann werden wir ja sehen, wer reden will und wer nicht.«

2

Bei der Festnahme war Greg zu verwirrt gewesen, um sich wirklich zu fürchten; das Ganze wirkte auf ihn wie ein alptraumartiger Verkehrsunfall, bei dem sie statt unter ein Auto in eine Lastwagenladung uniformierter Irrer geraten waren. Später, als Dorothy und Mrs. Lukey angebrüllt, mit Gewehrläufen traktiert und in einem Raum voller Polizisten durchsucht wurden, war er zu wütend gewesen. Dann hatte ein Karabinerkolben, den man ihm in die Magengrube rammte, diesen Zustand beendet. Schmerzen und Übelkeit, die daraus folgten, hatten ihm endlich zu einer objektiven Einschätzung ihrer schlimmen Lage verholfen – und damit zur Furcht. Auf der Fahrt zum Gefängnis hatte Mrs. Lukey hysterisch geweint. Dorothy war es gewesen, die, ruhig und gesammelt, tröstende Worte gefunden hatte. Mit Handschellen an Voychinski und Major Sutan gefesselt, hatte Greg in benommenem Schweigen dagesessen.

Im Gefängnis, einem einstöckigen Ziegelbau, der in einem ummauerten Bezirk am Stadtrand gelegen war, waren Dorothy und Mrs. Lukey in die Frauenabteilung abgeführt worden. Major Sutan war im Verwaltungsblock festgehalten und Greg mit Captain Voychinski in eine Zelle gebracht worden, in der sich ein Feldbett, ein Krug mit Wasser und ein Eimer befanden. In den scharfen Ammoniakgeruch der Zelle mischte sich der Geruch eines Desinfektionsmittels.

Voychinski hatte ihre Verhaftung mit philosophischem Gleichmut hingenommen, und jetzt, nachdem Gregs Aufrichtigkeit auf so drastische Weise bestätigt worden war, hätte man seine Einstellung ihm gegenüber fast freundlich nennen können. Unglücklicherweise gehörte er zu jenen Männern, die angesichts der Gefahr eine sarkastische Lustigkeit entwickeln, was auf die Dauer nicht weniger zermürbend wirkt als unverhohlen gezeigte Angst.

»Wie sind sie uns auf die Schliche gekommen?« fragte Greg ihn, sobald sie allein waren.

»Wenn ich wissen, ich schreiben Ihnen Brief.«

»Was, glauben Sie, werden sie mit uns tun?«

»Mit mir? Tack-tack-tack.« Er grinste und zeigte dabei seine Stahlkronen. »Oder vielleicht . . .« Er vollführte eine Geste, mit der die Kastration veranschaulicht werden sollte. »Mit Ihnen? Nach sechs Monaten große Verhandlung. Nach zwei Jahren, vielleicht, man Sie lassen frei. Mit den Frauen. Wenn man Sie freilassen, dann Frauen müssen bleiben. Wenn man Frauen lassen gehen, dann Sie bleiben. Keine Sorge!«

»Nun, sie werden auf jeden Fall unseren Konsul informieren müssen.«

»O ja. Nächste Woche, vielleicht.«

»Was wird mit Major Sutan?«

»Haben nicht Konsul hier. Wie ich.«

Da es außer dem Bett nichts gab, worauf man sitzen konnte, fanden sie beide keinen Schlaf. Voychinski schien das nichts auszumachen. Er fing an, von seinen Erlebnissen bei der deutschen Wehrmacht in Rußland und Italien zu reden. Die scherzhafte Munterkeit verließ ihn nicht einen Augenblick, aber alles, was er sagte, ließ Böses ahnen. Greg, der mit der Fünften Armee in Italien gewesen war und nur zu gut wußte, wovon die Rede war, hörte mit wachsendem Mißbehagen zu. Er hatte ein italienisches Dorf gesehen, nachdem es von einer Einheit jener Sorte geräumt worden war, zu der auch die Truppe gezählt hatte, bei der gedient zu haben Voychinski sich so gern erinnerte. Greg versuchte, ihm nicht weiter zuzuhören und sich statt dessen auszumalen, wie Dorothy und er später die Freunde mit einem vergnügten Bericht darüber ergötzen würden, wie sie in Labuanga verhaftet worden waren und eine Nacht im dortigen Knast verbringen mußten; aber es wurde keine sehr überzeugende Vision daraus, und zudem ließ sie sich allzu leicht von einer anderen Vorstellung verdunkeln, einer, bei der Dorothy und er nicht persönlich auftraten. In dieser Vision redeten ihre Freunde bestürzt über das, was die Zeitungen als ›Die Untersuchung der Waffenschmuggel-Affäre‹ bezeichneten, und konnte nicht begreifen, wie es möglich war, daß Greg Nilsen ein solcher Idiot hatte sein können.

Bald nach Einbruch der Dunkelheit brachte ihnen ein Wärter einen Topf mit Reis und Fisch, aus dem sie mit den Fingern essen mußten. Greg aß sehr wenig. Seine Gedärme hatten angefangen, ihm Unbehagen zu bereiten, und mehr als einmal war er gezwungen gewesen, vom Eimer Gebrauch zu machen. Auch darüber hatte Voychinski unbedingt ein paar Witze machen müssen. Gregs Abneigung gegen ihn war nun vollkommen.

Das vergitterte Fenster der Zelle ging auf einen Innenhof, und als die Sonne aufgegangen war, konnten sie durch die Zinkmaschen des Moskitonetzes hindurch erkennen, daß es ein Gefängnishof war. Mit Sarongs bekleidet, die sie wie Lendentücher um ihre Beine geschlungen hatten, schlenderten etwa zwanzig barfüßige Gefangene männlichen Geschlechts ziellos umher oder hockten in Gruppen zusammen, von Wärtern beaufsichtigt, die mit Karabinern ausgerüstet waren. Die Wärme und der Gestank in der Zelle begannen unerträglich zu werden. Als kurz vor zwölf Uhr mittags ein Wärter die Tür aufschloß und ihm einen Wink gab, hoffte Greg nichts sehnlicher, als daß er ihn zu den anderen Gefangenen in den Hof hinauslassen würde.

Statt dessen wurde er von zwei Aufsehern von dem Korridor, der auf den Haupteingang zulief, weggeführt und zu einem abseits gelegenen Raum gebracht. Abgesehen von einem langen Tisch und sechs Stühlen, war der Raum kahl. Die Fenster waren vergittert. Einer der beiden Wärter ging mit ihm hinein, führte ihn zu einem Stuhl und stellte sich, den Karabiner im Anschlag, neben die Tür. Bald darauf wurde die Tür geöffnet, und ein Armeeoffizier kam herein. Greg erkannte ihn wieder. Es war derselbe Offizier, der ihn in der letzten Nacht hatte verhören wollen, ein gutaussehender Mann mit bösen Augen und einem Air sorgsam beherrschter Ungeduld. Hinter ihm sah Greg einen Mann seiner eigenen Rasse, in sehr weißem Hemd und Gabardinehosen. Er war etwa fünfunddreißig, untersetzt und schon ziemlich kahl, mit rundem, fleischigem Gesicht und breiten Schultern. Mit einem schiefen Lächeln stand er in der Tür und blickte den Wachtposten neugierig an.

Als Greg aufstand, nickte der Offizier kurz und sagte: »Ich bin Major Gani.«

Greg nickte ebenfalls. »Major.«

»Und hier ist, auf Ihren Wunsch, der amerikanische Vizekonsul in Labuanga.«

Greg tat einen hörbaren Seufzer der Erleichterung und lächelte. »Bin ich aber froh, Sie zu sehen, Konsul.«

Der Mann im Türeingang nickte, sah aber nicht zu ihm hinüber. »Ich wünschte, ich könnte dasselbe behaupten, Mr. Nilsen. Mein Name ist Ross Hallett.«

Greg wollte auf ihn zugehen, aber der Wachtposten hob drohend den Karabiner. Hallett nahm keine Notiz davon. Er blickte vom Wachtposten zu Major Gani. »Auf Wiedersehen, Major.«

Major Ganis Lippen wurden schmal; er begann mit den Fingern zu schnippen. »Ihren Wünschen ist entsprochen worden«, sagte er. »Sie haben den Gefangenen gesehen. Man hat ihm kein Haar gekrümmt. Jetzt ist es Ihre Pflicht, ihm mitzuteilen, daß es völlig in Ordnung ist, wenn er verhört wird und alle Fragen beantwortet.«

Hallett schüttelte den Kopf. »O nein, Major, das ist nicht meine Pflicht.«

»Wir sind in Labuanga und nicht in Washington, Mr. Hallett. Der Gefangene untersteht unserem Gesetz – und Sie ebenfalls.«

»Selbstverständlich tun wir das«, entgegnete Hallett konziliant, »und Sie haben das Recht, Mr. Nilsen so viele Fragen zu stellen, wie Sie wollen. Aber das bedeutet nicht, daß er sie beantworten muß. Sehen Sie, ich habe noch keine Möglichkeit gehabt, unter vier Augen mit ihm zu sprechen. Ich glaube kaum, daß ich ihm zu diesem Zeitpunkt zu einer Zusammenarbeit mit Ihnen raten kann.«

Er wandte sich um, als wollte er gehen, blieb dann stehen, als der Major irgend etwas in seiner eigenen Sprache zischte. Hallett antwortete in derselben Sprache.

»Was hat er gesagt?« fragte Greg.

Hallett überhörte das. Irritiert und ohne ein Wort zu verstehen, stand Greg dabei, während sie verhandelten. Schließlich nickte der Major zögernd und wies den Wachtposten an, den Raum zu verlassen.

»Zehn Minuten sollen Sie haben«, sagte er auf englisch. »Die Tür bleibt unter Bewachung.«

Er folgte dem Wachtposten nach draußen.

Hallett hörte auf zu lächeln, als die Tür sich geschlossen hatte.

»Setzen Sie sich bitte«, sagte er.

»Hören Sie, Mr. Hallett«, begann Greg. »Ich bin in Sorge wegen meiner Frau. Wissen Sie . . .«

»Ich weiß, Mr. Nilsen. Aber wir haben nicht allzuviel Zeit, also überlassen Sie die Sache am besten mir. Ich habe Ihre Frau gesprochen, und es scheint alles in Ordnung zu sein. Der britische Vizekonsul kümmert sich um Mrs. Lukey, und auch ihr geht es gut.«

»Sie meinen Miss O'Toole, nicht wahr?«

Hallett seufzte. »Mr. Nilsen, für neckische Spiele habe ich keine Zeit. Was immer auf ihrem Paß steht, diese Leute hier wissen, wer sie ist.«

»Wie haben sie es herausbekommen?«

»Keine Ahnung. Das ist auch unwichtig. Vielleicht kämen wir etwas weiter, wenn Sie mir ein paar Fragen beantworten würden.« Er zog ein Notizbuch aus der Tasche. »Also los, Mrs. Nilsen hat mir schon ein paar Auskünfte gegeben und mir gesagt, daß Sie zusammen einen amerikanischen Paß haben. Wo ist der Paß jetzt?«

»Man hat ihn mir abgenommen.«

»Wer, die Polizei oder die Militärs?«

»Der Offizier, der eben hier war, hatte das Kommando.«

»Was hat man Ihnen sonst noch abgenommen?«

»Alles – Geld, Brieftasche, Uhr und alles übrige.«

»Die Leute behaupten, dokumentarisches Beweismaterial in den Händen zu haben, das Sie mit Major Sutan in Verbindung bringt. Was könnte das sein?«

»Ich hatte einen Scheck über zweiundsechzigtausendfünfhundert malaiische Dollar in meinem Paß. Er war auf die Hongkong-und-Schanghai-Bank ausgestellt und von Sutan unterzeichnet.«

Für einen Augenblick war Halletts schiefes Lächeln wieder da; aber er war alles andere als freundlich. »Ist ihnen eigentlich klar, wie sehr Sie in der Tinte sitzen, Mr. Nilsen?«

»Ich denke schon.«

»Das möchte ich bezweifeln. Na schön, erzählen Sie mir, wie alles gekommen ist. Ich will die ganze Geschichte dieser Transaktion hören.«

Das tat Greg.

Als er geendet hatte, starrte Hallett ihn mit unwilligem Staunen an.

Greg zuckte die Achseln.

Hallett holte tief Luft. »Mr. Nilsen«, sagte er, »ich wünschte, Sie könnten mir eines erklären. Wie kommt es, daß ein offensichtlich normaler, intelligenter, ordentlicher Bürger wie Sie, sobald ihm Paß und eine Schiffskarte in die Hand gedrückt werden, plötzlich zum Minderjährigen . . .«

»Ich weiß, ich weiß«, unterbrach ihn Greg nervös. »Sie können nichts sagen, was ich mir nicht schon selber gesagt habe.«

»An Ihrer Stelle würde ich dessen nicht so sicher sein. Unser Land gibt Millionen von Dollars aus, um diesen Leuten zu helfen, eine Nation freier Menschen zu werden, um ihnen zu helfen, Vertrauen in demokratische Einrichtungen zu setzen, um sie davon zu überzeugen, daß unsere Art, die Dinge anzupacken, ihnen eine bessere Chance bietet als die Kommunistische Partei. Und dann kommen Leute wie Sie, Mr. Nilsen, und . . .« Er unterbrach sich. »Ich werde meine Predigt ein andermal zu Ende bringen. Jetzt müssen wir zuerst versuchen, Sie und Mrs. Nilsen aus dieser Sache herauszubekommen.«

»Nun, Mrs. Nilsen jedenfalls.«

»Vom Standpunkt der Leute hier hat sie sich der Mitwisserschaft schuldig gemacht.« Hallett beugte sich vor. »Nun, sagen Sie mir noch einmal: Ihre Abmachung mit Lukey war genauso, wie Sie es mir erzählt haben? Sie hatten mit der Lieferung dieses Kriegsmaterials nichts zu tun und wissen daher nicht, welche Vereinbarungen für diese Lieferungen getroffen worden sind. Stimmt das? Machen Sie mir nichts vor, Mr. Nilsen. Ich muß das wissen. Ist das die ganze Wahrheit?«

»Das ist sie.«

Hallett seufzte. »Das ist ein Jammer.«

»Was meinen Sie damit?«

»Der Militärgouverneur will Sie nur unter der Bedingung freilassen, daß Sie ihm sagen, wie und wann das Zeug geliefert werden soll, damit er es abfangen und beschlagnahmen lassen kann.«

»Aber das ist verrückt. Wie könnte ich es ihm sagen? Solange der Scheck nicht in Singapur eingelöst worden ist, gehört das Zeug ja Lukey noch gar nicht.«

»Das wird man Ihnen nicht glauben.«

»Aber das wird man mir glauben müssen!«

»Von ›müssen‹ kann keine Rede sein.«

»Major Sutan wird ihnen sagen, daß ich nichts weiß. Voychinski ebenfalls.«

»Ein Verräter und ein Abenteurer? Warum sollten sie solchen Leuten Glauben schenken?«

Greg schwieg einen Augenblick. Dann nickte er. »Ich verstehe. Es sieht aus, als müßten meine Frau und ich eine ganze Zeit hierbleiben.«

Hallett äußerte sich nicht dazu. »Wieviel Geld hatten Sie bei sich?«

Greg sagte es ihm.

»Gut, dann will ich versuchen, das freizubekommen. Solange Sie in Untersuchungshaft gehalten werden, können Sie für eine bequemere Zelle bezahlen und sich Essen von draußen kommen lassen.«

»Werde ich meine Frau sprechen können?«

»Ich bezweifle es, aber ich werde mich erkundigen.«

»Ich weiß nicht, ob Mrs. Lukey Geld bei sich hatte. Wenn wir diese Vergünstigungen auch für sie erwirken können, will ich gern dafür aufkommen.«

»Das werde ich mit dem englischen Konsul besprechen. Aber jetzt zu Ihnen. Sie werden vom Gouverneur persönlich verhört werden. Sein Name ist General Iskaq, und am liebsten würde er Sie zusammenschlagen. Er wird es nicht tun, weil er weiß, daß ich in Medan und Djakarta einen Skandal machen würde, wenn er es täte. Aber denken Sie daran und reizen Sie ihn nicht. Wissen Sie, was Xenophobie ist?«

»Ja.«

»Nun, der General ist davon besessen. Nehmen Sie sich also in acht. Sagen Sie ihm die Wahrheit. Er wird Ihnen zwar nicht glauben, aber lassen Sie sich dadurch nicht beirren. Der Scheck ist Ihr bestes Argument.«

»Wieso das?«

»Ihre Aussage, daß die Transaktion nicht abgeschlossen und es daher auch nicht zu Vereinbarungen über die Lieferung gekommen sei, wird durch den Scheck erhärtet. Erzählen Sie ihm von der erforderlichen zweiten Unterschrift. Sagen Sie ihm, er soll, wenn er Ihnen nicht glaubt, den Scheck dem indonesischen Konsulat in Singapur schicken und versuchen, ihn einzulösen, so wie er ist. Fragen Sie ihn, ob er Sie für dumm genug hielte, Lukey die Waren zu überlassen, bevor Sie Ihr Geld bekommen hätten.«

»Er kennt Lukey?«

»Selbstverständlich, Lukey ist ein Betrüger. Vor zwei

Jahren hat die Ölgesellschaft wegen Unterschlagung Anklage gegen ihn erhoben, ihm aber nichts nachweisen können. Der Gouverneur ließ ihn deportieren.«

»Ich verstehe.«

»Noch etwas. Lassen Sie sich nicht in eine politische Diskussion ein. Sie hatten das Zeug zu verkaufen. In Singapur ist man an Sie herangetreten. Sie haben geglaubt, einen Agenten der Zentralregierung vor sich zu haben.«

»Sagten Sie nicht, daß ich bei der Wahrheit bleiben sollte?«

»Die hiesige Kommunistische Partei wird versuchen, die Sache propagandistisch auszuschlachten. Man wird versuchen, Sie als amerikanischen Spion hinzustellen, und behaupten, wir konspirierten heimlich mit den Aufständischen, während wir Freundschaft mit der Zentralregierung vortäuschten. Je weniger Sie Anlaß zu derartigen Zwecklügen geben, um so besser.«

»Wie soll ich das Treffen mit Major Sutan erklären?«

Sie konnten draußen auf dem Korridor näherkommende Schritte hören. Hallett sprach schneller.

»Sie hielten ihn für einen korrupten Regierungsbeamten, der versuchte, eine heimliche Provision für sich aus dem Handel herauszuschlagen. Spielen Sie den Ahnungslosen. Das dürfte Ihnen eigentlich nicht schwerfallen.« Er gab Greg ein Zeichen, still zu sein. »Rauchen Sie, Mr. Nilsen?« fuhr er dann laut fort.

»Nein.«

»Ich werde Ihnen dennoch ein paar Zigaretten schicken. Sie sind hier die Währung. Hier haben Sie eine Packung für den Anfang. Alkohol ist leider nicht erlaubt, fürchte ich.«

»Haben Sie irgend etwas für einen angegriffenen Magen?«

»Ich werde mir von meinem Arzt ein paar Tabletten für Sie geben lassen.« Während er sprach, öffnete sich die Tür und Hallett stand auf. Greg erhob sich ebenfalls.

Der Mann, der jetzt den Raum betrat, war von verkümmertem Wuchs, und seine makellos gebügelte Uniform konnte die Häßlichkeit seiner Gestalt nur unvollkommen verbergen. Sein massiges Gesicht war pockennarbig, seine wie gummiert wirkenden Lippen waren wulstig, seine Ohren groß. Seine Augen waren wachsam, seine Bewegungen bedächtig wie die eines kraftvollen, aber schwerfälligen Tieres. Er trug einen weißgescheuerten Pistolengurt und in der Hand ein kurzes lederbezogenes Stöckchen, wie es Greg während des Krieges häufig bei britischen Offizieren gesehen hatte.

Fast noch in der Tür, blieb der General stehen und blickte angewidert von Hallett zu Greg.

»Dies ist Mr. Nilsen«, sagte Hallett und fuhr zu Greg gewandt fort, »der Militärgouverneur von Labuanga, General Iskaq.«

Der General ging zum Tisch hinüber und setzte sich an die Schmalseite. Ihm folgte Major Gani, der Greg aufforderte, sich vor dem General aufzustellen.

Hallett sagte: »Gouverneur, ich habe Mr. Nilsen empfohlen, eine aufrichtige und uneingeschränkte Erklärung abzugeben.«

Der General rührte sich nicht.

»Sie werden feststellen, daß er in gutem Glauben gehandelt hat und keine nur denkbare Anklage gegen ihn gerechtfertigt ist«, fuhr Hallett fort.

Major Gani lächelte ironisch und begann, seine Worte ins Malaiische zu übersetzen. Jetzt erst begriff Greg, daß der General kein Englisch verstand.

Als die Übersetzung beendet war, blickte der General Hallett an und sagte irgend etwas mit rauher, gutturaler Stimme.

Hallett neigte höflich den Kopf und wandte sich dann an

Greg. »Ich bin gehalten, Sie jetzt zu verlassen, Mr. Nilsen«, sagte er. »Sie werden dem Gouverneur auf seine Fragen nach bestem Wissen antworten. Ich zweifle nicht daran, daß Sie und Mrs. Nilsen sehr bald freigelassen werden. Auf jeden Fall werde ich Ihre Interessen vertreten und Sie, so oft ich kann, besuchen. Falls es nötig werden sollte, werde ich Ihnen einen Rechtsbeistand besorgen.«

»Danke.«

Hallett machte eine leichte Verbeugung vor dem General und ging. Als der Wachtposten die Tür hinter ihm geschlossen hatte, setzte sich Major Gani neben den General.

Greg drehte sich zu ihm um.

Major Gani nickte. »Fangen wir an«, sagte er munter. »Lassen Sie zunächst einmal hören, was Sie und Mr. Hallett abgemacht haben, uns zu erzählen. Und anschließend wollen wir die Wahrheit wissen.«

3

Der General lauschte geistesabwesend der Stimme des Weißen, die in jener Sprache redete, die ihm stets wie das Geplapper von Affen klang; er bemerkte, wie dem Mann während des Redens der Schweiß von der Stirne troff. Vor seinem inneren Auge jedoch sah er nur jenen Raum, den er vor zehn Minuten verlassen hatte; er sah seinen alten Freund Mohamed Sutan keuchend und stöhnend in einer blutigen Wasserlache auf dem Steinfußboden liegen, während ihm das Blut aus Mund und Nase floß und sein Leib sich hob und senkte. Den grinsenden Männern, die so stolz auf ihr Werk gewesen waren, hatte er befohlen, einstweilen aufzuhören und dem Gefangenen einen Ruhepause zu gönnen; aber lange konnte er die Dinge nicht in diesem Zustand belassen. Bald würde er den Männern sagen müssen, daß sie weitermachen sollten, es sei denn, einer der Weißen entschlösse sich vorher zum Reden.

Als Major Gani ihm zu übersetzen begann, was der Weiße gesagt hatte, nahm der General das Stöckchen, das er neben sich auf den Tisch gelegt hatte, und fing an, die Innenfläche seiner linken Hand damit zu beklopfen.

4

»Es ist wirklich meine Schuld«, sagte Dorothy zu Mrs. Lukey. »Schon seit so langer Zeit hatten wir uns diese Reise vorgenommen und uns so sehr darauf gefreut, daß die Wirklichkeit ganz einfach enttäuschend sein mußte. Damit hatte ich gerechnet, aber Greg nicht, und ich ließ es soweit kommen, daß er nervös wurde und sich langweilte. Ich hätte es mir sagen müssen. Wenn ein Mann so viele Jahre so hart und erfolgreich gearbeitet hat und ein solch guter Ehemann und Vater gewesen ist, dann neigt man dazu, die eine oder andere seiner Eigenschaften vollkommen zu vergessen. Oder man redet sich ein, sie sei nicht mehr vorhanden.«

»Welche Eigenschaften?«

Dorothy seufzte insgeheim vor Erleichterung. Nach dem Besuch des amerikanischen und des britischen Konsuls war Mrs. Lukey eine Zeitlang ruhiger gewesen; aber allmählich hatte die Wirkung des Besuches nachgelassen, und sie hatte wiederum zu weinen begonnen: Man würde sie foltern, man würde sie vergewaltigen, man würde sie erschießen. Sie hatte nichts getan. Sie wollte nicht sterben.

Da nahezu alles, was sie sagte, nur zu genau Dorothys eigenen Ängsten und Vorahnungen entsprach, war es nicht leicht gewesen, sie mit Überzeugungskraft zu beruhigen.

Verzweiflung kann ansteckend wirken, und Dorothy hatte begonnen, sich fieberhaft zu überlegen, wie sie Mrs. Lukeys Gedanken von ihrer augenblicklichen Situation ablenken könnte. In ihrer Beziehung zu Greg hatte Dorothy ganz unerwartet ein Thema gefunden, das sich als geeignetes Mittel dazu erwies. Mrs. Lukey gierte förmlich danach, mehr darüber zu erfahren. Dorothy nahm an, daß sie indirekt versuchte, dabei den Schlüssel zu einer verläßlicheren Beziehung zum eigenen Mann zu finden. Die Schwierigkeiten der Ehe waren es, für die sie sich am meisten interessierte. Ihre Tränen waren jetzt getrocknet, und auch die Nase lief ihr nicht mehr; dennoch hielt sie weiterhin den zusammengepreßten weißen Ball fest, der einmal Dorothys letztes Kleenex-Tüchlein gewesen war.

»Welche Eigenschaften?« fragte sie noch einmal.

»Oh, ich weiß nicht«, sagte Dorothy. »Nichts wirklich Schlimmes, eigentlich. Sie kennen doch diese Puppen mit dem runden Gewicht an den Füßen? Die sich immer wieder gerade aufrichten, wie sehr man sie auch herunterdrückt? Solange ein Mann wie Greg eine Arbeit hat, die ihm wichtig ist, wird er kaum jemals etwas wirklich Verrücktes anstellen. Nur wenn das Gewicht plötzlich nicht mehr da ist, passiert es, daß die Dinge schiefgehen. So war es auch, als er aus dem Krieg nach Hause kam. Er war vier Jahre fortgewesen und hatte mit Minensuchgeräten und Sprengstoffen zu tun gehabt. Die Arbeit war gefährlich gewesen, aber sie hatte ihn fasziniert. Die ganze Zeit über hatte er kaum an etwas anderes gedacht. Ich war so glücklich, als er heil zu mir und den Jungen nach Hause kam. Ich dachte, daß nun für uns alle Schwierigkeiten vorüber seien.« Sie machte eine Pause. »Das erste, was passierte, war, daß Greg sich in eine andere Frau verliebte – oder vielmehr in ein neunzehnjähriges Mädchen.«

Mrs. Lukey blickte sie verstohlen an, aber Dorothys Gesicht blieb ruhig.

»Ich glaube, wenn die Kinder nicht gewesen wären«, sagte sie, »hätten wir uns getrennt. Aber wir sind zusammengeblieben. Greg baute seine Firma auf, und mit der Zeit wurde alles wieder gut.«

»Und was ist mit der anderen Frau?«

Dorothy zuckte die Achseln. »Es ist fünf Jahre her, daß wir zuletzt darüber gesprochen haben. Greg wurde sehr ärgerlich.«

»Weil er sie immer noch liebte?«

»Nein. Weil er ihren Nachnamen nicht mehr wußte.«

Mrs. Lukey sah sie einen Augenblick unsicher an. Dorothy blickte unnatürlich ernst drein. Dann fing Mrs. Lukey an zu lachen. Nach einem Augenblick mußte auch Dorothy lachen. Sie hörten nicht die näherkommenden Schritte der Wärter und lachten immer noch, als die Tür geöffnet wurde. Als sie sich umdrehten, ging Mrs. Lukeys Lachen in einen erstickten Schrei über.

Die alte Frau, die den Aufseher-Dienst verrichtete, stand in der Tür, und hinter ihr einer der bewaffneten Wärter von der Kontroll-Sektion.

Die Aufseherin sagte etwas auf malaiisch, und Mrs. Lukey begann zurückzuweichen.

Als Dorothy zu ihr wollte, betrat der Wachtposten die Zelle und packte Mrs. Lukey am Arm. Sie schrie auf und versuchte sich loszureißen. Laut brüllend schleuderte er sie quer durch die Zelle zur Aufseherin hin und drückte dann, indem er seinen Karabiner mit beiden Händen packte, die beiden Frauen vor sich her auf den Korridor hinaus. Die Zellentür schlug hinter ihnen zu.

Als sich Mrs. Lukeys Schreie entfernten, setzte sich Dorothy aufs Bett nieder und durchforschte fieberhaft ihre

Tasche, um zu sehen, ob sich nicht vielleicht doch noch ein Kleenex-Tüchlein darin finden ließe, das sie bisher übersehen hatte. Es war keines da. Sie konnte ein Schluchzen nicht unterdrücken und versuchte, den Atem anzuhalten. Dann gab sie es auf. Kleenex hin, Kleenex her – vielleicht war es besser, zu weinen.

5

Als Greg in seine Zelle zurückgebracht worden war, lag Captain Voychinski ausgestreckt auf dem Bett und schlief.

Er erwachte vom Geräusch der zuschlagenden Zellentür, machte aber keine Anstalten, sich zu bewegen. Greg beachtete ihn nicht. Hitze, Schlafmangel, Magenkrämpfe und das anstrengende Verhör hatten ihn bis zu völliger Apathie erschöpft. Nachdem er den Eimer benutzt hatte, setzte er sich auf den Fußboden und lehnte den Kopf gegen die Wand.

Captain Voychinski richtete sich lässig auf und gähnte. Greg nahm Halletts Zigaretten und Streichhölzer aus der Tasche und warf beides aufs Bett.

»Mit Empfehlungen vom amerikanischen Konsul«, sagte er.

Voychinski nahm die Zigaretten an sich und lächelte säuerlich. »Sie kommen bald 'raus, was?«

»Nicht eher, als bis ich denen erzähle, wie und wann das Zeug, das Sie kaufen wollten, geliefert werden soll.«

»Die denken, Sie wissen Bescheid?«

»Allerdings. Die denken, ich wüßte Bescheid.«

Voychinski nahm die Füße vom Bett und blickte zu ihm hinunter. »Wer Sie verhören?«

»General Iskaq und dieser Major.«

»So.« Die blassen Augen blickten Greg forschend an,

als suchten sie nach versteckten Hinweisen. »Was Sie sagen?«

»Was konnte ich ihnen sagen? Ich habe alles gesagt, was ich weiß. Fünfzigmal habe ich es ihnen gesagt.«

»Über die Lieferung?«

»Ich habe keine Ahnung von der Lieferung. Das wissen Sie doch ebensogut wie ich.«

»Aber Sie ihnen etwas erzählen, eine gute Geschichte vielleicht?«

»Ich habe ihnen gesagt, was ich weiß, und das ist alles.«

»Nichts über die Lieferung?«

»Nichts.«

»Sie lügen.«

Greg schloß müde die Augen. »Wie Sie wollen.«

Voychinski stand vom Bett auf und starrte wütend auf ihn hinunter.

»Gani Ihnen nicht erlauben, nichts zu sagen.«

»Gani hat das Verhör nicht geleitet.«

»Sie haben Glück.«

»Es ist nicht Gani, der mich beunruhigt.«

»Dieser Bauer Iskaq etwa?« Verächtlich spuckte Voychinski aus. »Sie hören, mein Freund. Iskaq ist Soldat, ist guter Soldat, aber dumm in Politik. O ja. Er möchten Ihnen schlagen ins Gesicht, aber er nicht ernstzunehmen. Gani ist der Gefährliche. Er wollen diese Gewehre, um mehr seiner Parteileute zu bewaffnen.«

»Welche Parteileute?«

»Sie nicht wissen, daß er ein Roter ist?«

»Wie sollte ich?«

»Mrs. Lukey wissen es.«

»Und warum ist das so wichtig?«

»Mein Freund, wenn Iskaq haben politischen Verstand, er würden übergegangen sein zum Komitee. Jetzt er heimlich helfen, die Roten zu bewaffnen, und denken, er bekämpft uns, während er nur machen sein eigenes Erschießungskommando. Es ist dumm.« Er setzte sich wieder und starrte Greg mißtrauisch an. »Sie haben Gani bestimmt nichts gesagt?«

»Über die Lieferung? Seien Sie nicht kindisch. Ich weiß von nichts. Gibt es jemanden, der etwas weiß? Weiß Major Sutan darüber Bescheid? Oder Sie?«

Voychinski kniff die Augen zusammen. »Hat Gani Ihnen gesagt, daß Sie das sollen fragen?«

»Mann Gottes! Können Sie nicht endlich . . .«

Voychinski zuckte die Achseln. »Wenn ein Mann Angst bekommen und nichts mehr zu verlieren haben, er wird zu vielem bereit sein. Und Gani wollen es herausbekommen von einem von uns.«

Greg blickte ihn finster an. »Was meinen Sie damit – mit dem ›nichts zu verlieren‹?«

»Ihre Waffen sind noch in Singapur?«

»Genau! So daß es also für Major Gani gar nichts herauszufinden gibt. Aber das versuche ich Ihnen ja die ganze Zeit zu erklären.«

Voychinski seufzte ungeduldig. »Mein Freund, glauben Sie denn, daß Sie der einzige Mann auf der Welt, der uns Waffen verkaufen?«

Es dauerte ein paar Sekunden, ehe Greg begriff. Dann fiel ihm etwas ein, das Captain Lukey gesagt hatte. »Sie brauchen nur das erste Mal dort hinzugehen. Danach ist freie Bahn.« Da er selber nur diesen einen Abschluß tätigen wollte, hatte er die Bemerkung nicht sonderlich beachtet. Er blickte zu Voychinski auf.

»Wollen Sie damit sagen, daß eine weitere Sendung von jemand anderem schon unterwegs ist?«

Voychinski ließ seine Stahlkronen sehen, antwortete aber

nicht. Vom Korridor her kam das Geräusch einer Tür, die geöffnet wurde, und das Gerassel von Schlüsseln. Im nächsten Augenblick wurde die Zellentür aufgerissen, und der Aufseher gab Voychinski ein Zeichen.

Er stand langsam auf, reckte sich und ging hinaus. Greg hatte er nicht einmal einen flüchtigen Blick zugeworfen. Die Tür schloß sich hinter ihm.

6

Ross und Fran Hallett waren mit Dr. Subramaniam, dem indischen Chefarzt der Tuberkulose-Klinik, und dessen Frau beim Bridgespiel, als das Licht ausging. Es war kurz vor acht Uhr.

Sie waren nicht übermäßig besorgt. Stromunterbrechungen kamen häufig genug vor. Dr. Subramaniam entzündete ein paar Öllampen, und man setzte den Rubber fort. Zwanzig Minuten später funktionierte das Licht noch immer nicht, und Dr. Subramaniam, der sich fragte, ob der Stromausfall womöglich doch auf einen Kurzschluß in seinem eigenen Haus zurückzuführen sei, ging auf die Straße hinaus, um festzustellen, ob anderswo Licht brannte. Er sah sofort, daß es sich um eine allgemeine Stromunterbrechung handelte; aber als er zurückging, hörte er den Lärm von entferntem Maschinengewehrfeuer. Es schien vom auf der andern Seite der Stadt gelegenen Hafen herzukommen.

Er rief Ross Hallett. Der Lärm der Schießerei wurde deutlicher und mischte sich jetzt mit dem entfernten Geräusch dumpfdröhnender Einschläge.

»Was, glauben Sie, kann das sein?« fragte Dr. Subramaniam. »Ein neuer Überfall auf die Öltanks?«

»Schon möglich. Schwer zu sagen von hier aus.«

»Was sollte es sonst sein?«

»Das wage ich nicht zu entscheiden. Jedenfalls werde ich zurückfahren müssen.«

»Warum? Sie können ja doch nichts tun. Wir haben ein Extrabett, das können wir Fran und Ihnen für die Nacht anbieten.«

Hallett schüttelte den Kopf. »Ich wäre Ihnen dankbar, wenn Fran bei Ihnen bleiben könnte. Aber ich muß zurück.«

»Man wird die ›Innere Zone‹ gesperrt haben.«

»Mit meinem Diplomatenpaß werde ich schon durchkommen.«

Als er ins Haus zurückkehrte, sah Fran Hallett auf dem Gesicht ihres Mannes jenen Ausdruck, den sie als ›State-Department-Miene‹ bezeichnete; sie machte keinen Versuch, ihn von seinem Vorhaben abzubringen oder darauf zu bestehen, daß er sie mitnähme. Sie beschwor ihn nicht einmal, gut auf sich achtzugeben. Sie erinnerte ihn lediglich daran, daß frische Eier im Wasserkühler seien, und gab ihm einen Gutenachtkuß.

Er fuhr sehr langsam. Einmal, als eine mit Truppen besetzte Lastwagen-Kolonne ihn zu überholen begann, lenkte er den Wagen an den Straßenrand und hielt an. Während solcher Alarme wurden die Truppen der Labuanga-Garnison leicht übermütig, und es kam nicht selten vor, daß fahrende Wagen, Armeefahrzeuge nicht ausgenommen, beschossen wurden. Als er sich dem Kontrollpunkt der ›Inneren Zone‹ näherte, wurde er noch vorsichtiger. Etwa hundert Meter vor dem Kontrollpunkt hielt er an, ließ die Scheinwerfer eingeschaltet, stieg aus dem Wagen und ging auf das Wachgebäude zu. Gegen das Licht der eingeschalteten Scheinwerfer des Wagens konnten die Posten deutlich sehen, daß er allein und unbewaffnet war.

Einen Diplomatenpaß hatte der wachhabende Unteroffizier des Kontrollpunktes noch nie in seinem Leben zu Gesicht bekommen, und lesen konnte er nicht. Ein Offizier mußte herbeigeholt werden, um den Paß zu begutachten, bevor man ihm die Durchfahrt genehmigte. Der Lärm der Geschosse war nun lauter, und man konnte schon die Richtung feststellen, aus der er kam. Der Offizier war nervös und gereizt, aber Hallett beschloß, ein kleines Risiko auf sich zu nehmen.

»Was haben die vor?« fragte er. »Wollen sie einen weiteren Öltank anstecken?«

Die Frage spielte auf einen Witz an, der in Labuanga kursierte. Von Zeit zu Zeit hatten Regierungssprecher die Ölgesellschaft heimlicher Unterstützung der Partei der Rechtgläubigen bezichtigt. Flugblätter der Aufständischen hatten diesen Vorwurf entrüstet zurückgewiesen und als Gegenbeweis die Überfälle angeführt, die auf Anlagen der Ölgesellschaft unternommen worden waren. Die Aufzählung war wenig überzeugend gewesen, und eine der Regierung nahestehende Zeitung hatte zu diesem Thema einen Leitartikel veröffentlicht. Wie kam es, so hatte der Schreiber gefragt, daß die Aufständischen es niemals fertiggebracht hatten, mehr als einen Öltank in die Luft zu jagen? Warum benutzten sie nicht etwas mehr Sprengstoff, wo sie nun schon einmal dabei waren, und ließen zwei oder drei Tanks hochgehen? Und warum befaßten sie sich denn überhaupt mit den Öltanks, wo es doch so viel leichter und auch ungefährlicher für sie sei, die Ölleitungen zu unterbrechen? Der Schreiber hatte dann die Reihe seiner hilfreichen Vorschläge, wie dies zu erreichen sei, fortgesetzt und den Aufständischen angeraten, Amerika um technischen Beistand zu bitten. Sogar die mit den Rechtgläubigen Sympathisierenden hatten darüber ein wenig lächeln müssen.

Der Offizier blickte Hallett unsicher an.

Hallett sagte: »Vielleicht haben sie diesmal zwei Patronen Dynamit mitgebracht.«

Der Offizier grinste. *»Tuan,* um das Elektrizitätswerk in die Luft zu jagen, braucht man mehr als zwei Patronen Dynamit.«

Hallett schmunzelte, sagte aber nichts weiter. Er hatte seine Vermutung bestätigt gefunden.

Er ging zu seinem Wagen zurück und lenkte ihn am Wachtposten vorbei in die ›Innere Zone‹.

ACHTES KAPITEL

1

Keith Wilson, Ihrer Britischen Majestät ehrenamtlicher Vizekonsul in Labuanga, war in Schanghai geboren. Im Alter von acht Jahren war er von seinen Eltern nach England ›heim‹ geschickt worden, um dort zur Schule zu gehen. Mit achtzehn war er in den Fernen Osten zurückgekehrt. Seitdem hatte er den größten Teil seines Lebens auf Borneo und in Malaya verbracht. Er sah aus wie ein typischer, pfeifenrauchender englischer Mittelständler und war es in gewisser Hinsicht auch. Seine Frau war während des Krieges in einem Internierungslager gestorben, und er hatte nicht wieder geheiratet. Kricket war die große Passion seines Lebens, und sein einziger Einwand gegen Labuanga bezog sich auf die Tatsache, daß es dort nicht genug Kricketspieler gab, um zwei Teams bilden zu können. Er besaß einen starken Kurzwellenempfänger und verbrachte einen großen Teil seiner freien Zeit damit, den Kricket-Kommentaren der australischen und der B.B.C.-Kurzwellenprogramme zu lauschen. Er war der Ansicht, daß das Erbe des Kricketspiels ebensoviel zur Stabilisierung der politischen Verhältnisse in Indien und Pakistan beigetragen habe wie die Existenz einer englisch erzogenen Beamtenschicht. Sobald er einmal nicht vom Kricket sprach, merkte man, daß er einen ausgesprochenen Sinn für Humor hatte. Zudem verfügte er über die nötigen Kenntnisse, um unverständliche malaiische und chinesische Witze in ein sinnvolles Englisch zu übersetzen. Die Halletts, die ihren Somerset Maugham gelesen hatten, redeten von ihm nicht ohne Zuneigung als vom ›Taipan‹.

Er meldete sich sofort, als Hallett ihn anrief. »Ich habe versucht, Sie bei den Subramaniams zu erreichen«, sagte er. »Sie sagten mir, daß Sie auf dem Rückweg seien. Sind Sie jetzt zu Hause?«

»Ja.« Hallett hörte die Atemzüge des Telephonfräuleins, das ihre Unterhaltung belauschte, und er wußte, daß Wilson es ebenfalls hören konnte. »Wie wär's mit einem Drink?« fragte er.

»Fein. Warum kommen Sie nicht herüber und genießen die Aussicht?«

»Bin in ein paar Minuten bei Ihnen.«

Wilsons Wohnung lag im obersten Stockwerk des Gebäudes der Ölgesellschaft, und man konnte von dort aus den westlichen Teil der Stadt überblicken. Es war der Stadtteil, in dem sich das Elektrizitätswerk befand. Zu Beginn der Schießerei hatte er durchs Fernglas in dieser Richtung das Aufflammen von Leuchtspurgeschossen sehen können. Bis Hallett anrief, war das Feuer jedoch wieder nahezu vollständig verstummt. Er hatte das Radio auf Batterie umgeschaltet und lauschte den Stimmen auf der Sprechfunk-Frequenz der Garnison, als Hallett eintraf.

»Was halten Sie von der Lage?« fragte Hallett.

»Soweit ich verstehen konnte, haben die Rechtgläubigen starke Kräfte vorgeschickt, um das Elektrizitätswerk zu besetzen, und die Armee ist ihnen zuvorgekommen. Die Aufständischen haben rundherum Stellung bezogen. Jetzt sitzen sie alle da – und nichts geschieht. Ich verstehe das nicht. Wenn sie das Kraftwerk in die Luft jagen wollten, warum haben sie dann nicht ein Sprengkommando losgeschickt und ihre übliche Taktik des blitzschnellen Zuschlagens und Davonrennens angewandt?«

»Warum wohl nicht?«

Wilson steckte eine neue Kerze an. Irgend etwas in Halletts Tonfall veranlaßte ihn aufzublicken. »Haben Sie irgendeine Idee?«

»Vielleicht. Sie kennen den Verteidigungsplan. Sobald Angriffsalarm gegeben wird, zieht sich die Hauptmacht in die ›Innere Zone‹ zurück. Keine Verzettelung der Kräfte. Lediglich die motorisierte Kolonne bleibt draußen. Wo ist sie jetzt?«

»Sie hält das Elektrizitätswerk besetzt.«

»Das sich auf der dem Gefängnis entgegengesetzten Stadtseite befindet.«

»Na, und?«

»Der Angriff auf das Kraftwerk könnte ein Ablenkungsmanöver sein. Die Rechtgläubigen könnten es auf das Gefängnis abgesehen haben, um Major Sutan herauszuhauen.«

Wilson dachte einen Augenblick nach. »Schon möglich«, sagte er schließlich. »Glauben Sie, daß Sutan ihnen so viel wert ist?«

»Er ist ein wichtiges Mitglied des Komitees. Aber davon abgesehen, wäre es ein nicht wiedergutzumachender Prestigeverlust für sie, wenn sie nichts unternähmen.«

Wilson überlegte weiter. »Wenn es ihnen tatsächlich gelingen sollte, ins Gefängnis einzudringen«, sagte er, »dann dürften sich dort ein paar recht üble Dinge abspielen.«

»Genau das habe ich befürchtet. Haben sie erst einmal mit dem Töten angefangen ...«

»Ja. Wissen Sie, ich habe vorhin versucht, unseren Konsul in Medan zu erreichen. Ich wollte, daß er zum Befehlshaber des Gebietes geht und durchsetzt, daß Mrs. Lukey dort herauskommt. Die Verbindung ist nicht zustande gekommen. Man sagte mir, die Leitung sei unterbrochen.«

»Ich weiß. Ich habe genau das gleiche zu hören bekommen. Ich hatte mich entschlossen, wenn nötig, morgen früh ’rüberzufliegen. Wie die Dinge liegen ...«

»Was sollen wir tun? Den General Iskaq anrufen und ihn ersuchen, die Gefängnisbesatzung auf alle Fälle zu verstärken?«

Hallett runzelte die Brauen. »Ich weiß nicht. Überlegen wir doch einmal. Angenommen, er nähme die Idee ernst genug, um einen Teil der Garnison nach dort in Marsch zu setzen. Wäre das mit Notwendigkeit besser für unsere Leute? Angenommen, die Truppen hätten Order, im Falle eines Angriffs alle Gefangenen zu erschießen. Es wäre nicht der erste Befehl dieser Art. Angenommen, jemand wie Major Gani entschlösse sich, die Gefangenen als Geiseln zu benutzen. Und es gibt noch einen anderen Gesichtspunkt, unter dem man die Sache sehen muß: je erbitterter dort gekämpft würde, desto furchtbarer dürfte das Gemetzel nach Beendigung des Kampfes werden. Uns gehen ja schließlich nur die drei Gefangenen etwas an, das Gefängnis kann uns gleichgültig sein.«

»Ich sehe, Sie sind dagegen, Verstärkungen anzufordern«, sagte Wilson trocken.

»Ich bin gegen hypothetische Verstärkungen in dieser hypothetischen Situation.«

Wilson schaltete das Radio aus. »Nun, sie mag ja hypothetisch sein, aber ich muß Ihnen gestehen, daß Sie mich beunruhigt haben. Mrs. Lukey ist eine sehr sensible Frau. Anglo-Inderin, wissen Sie. Selbst Ihre Mrs. Nilsen, die ihr zu helfen versucht, kann nicht viel an ihrem beklagenswerten Zustand ändern. Es fiel mir ziemlich schwer, sie heute dort zurückzulassen.«

»Halten Sie es für möglich, daß sie irgend etwas weiß, was die herausbekommen wollen?«

Wilson zögerte und sagte dann: »Ich fürchte, das könnte der Fall sein.«

Ross Hallett nickte. Mrs. Lukey war britische Staatsangehörige und ging ihn – vom allgemein Menschlichen abgesehen – nichts an. Er dachte an die Nilsens, denn die gingen ihn etwas an. Fran gegenüber hatte er sie als ›vagabundierende Touristen‹ bezeichnet. Sie waren leichtsinnig und dumm gewesen; leichtsinniger und dümmer noch als der versoffenste aller amerikanischen Techniker der Ölgesellschaft sich aufführte, der es auf eine Schlägerei angelegt hatte. Bisher war Hallett in der Lage gewesen, ihre mißliche Situation ohne sonderliche innere Beteiligung im Auge zu behalten. Jetzt begann die Geschichte ihm Angst zu machen. Männer wie General Iskaq und Major Gani ließen sich nicht leicht aus Furcht vor diplomatischen Konsequenzen von ihren Gewalttätigkeiten abbringen. Die Nilsens konnten noch in dieser Nacht umgebracht werden, und ihm würde in seiner Machtlosigkeit nichts anderes zu tun übrigbleiben, als Protest einzulegen und sich höfliche Bekundungen des Bedauerns anzuhören.

»Ich fahre zum Gefängnis hinaus«, sagte er. »Wollen Sie mitkommen?«

»Was haben Sie vor?«

»Ich will sehen, ob man mich mit den Gefangenen sprechen läßt.«

»Mitten in der Nacht? Das wird man Ihnen nicht gestatten.«

»Nein, aber wir sind immerhin dann da. Schaden kann es nicht, und falls wirklich etwas los sein sollte, könnte unsere Anwesenheit ganz nützlich sein.«

»Dann sollten wir möglichst demonstrativ auftreten. Stander ans Auto, steifer Kragen, umständliches Protokoll.«

»Wie Sie wünschen, Sir Anthony.«

Um die Durchfahrt durch die ›Innere Zone‹ zu vermeiden, mußten sie einen weiten Umweg machen und sich der Gegend, in der sich das Gefängnis befand, vom südlich daran angrenzenden chinesischen Viertel her nähern. Und das sollte ihr Glück sein. Wären sie von der ›Inneren Zone‹ aus direkt dorthin gefahren, dann hätte man sie sicher unter Feuer genommen, ohne daß ihnen noch die Zeit geblieben wäre, sich auszuweisen.

Da Halletts Wagen der imponierendere von den beiden war, machten sie aus, daß er voranfahren sollte. Am Rand des chinesischen Viertels verlief ein tiefer Entwässerungskanal, über den nur an zwei Stellen Brücken führten. Hallett fuhr sehr langsam über die Furchen und Schlaglöcher der Anfahrtstraße zu einer der beiden Brücken, als ihn etwas, das er im Scheinwerferlicht gesehen hatte, abrupt anhalten ließ. Er hörte Wilson stoppen.

Sie waren etwa fünfzig Meter von der schmalen, mit Erde aufgeschütteten Rampe entfernt, die zur Brücke hinaufführte. Am Fuß der Rampe lag ein umgestürzter Karren, der die Auffahrt versperrte. Hallett stieg aus dem Wagen, und Wilson gesellte sich zu ihm.

»Was halten Sie davon, Keith?«

»Wir beide zusammen müßten den Karren aus dem Weg räumen können.«

»Meinen Sie, wir sollten es versuchen?«

»Ich weiß nicht. Finden Sie, daß es nach einem Unfall aussieht?«

»Müßte schon ein recht merkwürdiger Unfall gewesen sein.«

An der anderen Straßenseite befanden sich ein paar kleine Häuser, die jedoch in tiefer Dunkelheit lagen. Nur das Zirpen der Grillen und das Summen der laufenden Motoren waren zu hören.

»Wie wär's, wenn wir die Wagen mit eingeschaltetem Licht hier stehenließen und uns die Sache ein bißchen näher ansähen?«

»Okay.«

Sie waren in den Lichtkegel der Scheinwerfer getreten und gingen auf die Brücke zu, als sie das schnelle Huschen sandalengekleideter Füße hörten und vor sich, quer über die Straße fallend, lange Schatten von Männern sahen, die ihnen folgten. Als sie herumfuhren und mit erhobenen Armen stehenblieben, kamen die Männer näher und umstellten sie.

2

Als man Captain Voychinski abführte, war es früher Nachmittag gewesen, und Greg hatte von der Gelegenheit, etwas Schlaf zu bekommen, sofort Gebrauch gemacht.

Bei seinem Erwachen war es dunkel gewesen. Voychinski war nicht zurückgekehrt. Nach einer Weile war ein Wärter eingetreten und hatte ihm Essen und Wasser gebracht und dazu ein Päckchen von Hallett, das eine Stange Zigaretten, zwei Taschenbuchromane, eine Tube Enterovioform sowie einen Zettel enthielt, der besagte, daß Hallett hoffte, ihn morgen mit weiteren Annehmlichkeiten versorgen zu können. Das Paket war geöffnet und der größte Teil der Zigaretten gestohlen worden. Greg hatte dem Aufseher eines der verbliebenen Päckchen gegeben und dafür einen Becher schwachen Tee erhalten. Zusammen mit dem Rest seiner persönlichen Habe war ihm seine Uhr abgenommen worden, und er hatte keine Möglichkeit, sich über die Zeit zu informieren. Seiner Schätzung nach mußten etwa zwei Stunden vergangen sein, als das Licht ausgegangen war. Er hatte das für einen normalen Vorgang im Gefängnisalltag gehalten. Dann hatte er durch die vergitterte Öffnung in der Zellentür sehen können, daß im Korridor Öllampen angesteckt wurden.

Die Zellen waren dunkel geblieben. Da er nicht länger lesen konnte, hatte er sich schlafen gelegt.

Für Dorothy hatte die Stromunterbrechung eine merkwürdige Erleichterung gebracht.

Einige Zeit nach Dunkelwerden war die heftig schluchzende Mrs. Lukey in die Zelle zurückgeführt worden. Anscheinend war sie nach zweistündigem Verhör durch Major Gani in einen anderen Raum gebracht worden, wo man sie Captain Voychinski gegenübergestellt hatte. Er war von den Aufsehern bereits so brutal zusammengeschlagen worden, daß er sich kaum mehr auf den Beinen halten konnte. Vor ihren Augen hatte man ihn dann so lange mißhandelt und getreten, bis er bewußtlos wurde. Danach hatte man sie hinausgeführt und bedeutungsvoll darauf hingewiesen, daß ihr eigenes Verhör in Kürze fortgesetzt würde. Inzwischen sollte sie versuchen, sich an brauchbare Fakten zu erinnern.

Dorothy hatte sich große Mühe gegeben, sie zu beruhigen, aber keinen Erfolg dabei gehabt. Selber ruhig zu bleiben, das war alles, was ihr gelungen war. Wenn sie Captain Voychinski schlagen konnten, dann konnten sie auch Greg schlagen. Der amerikanische Konsul hatte gesagt, daß Greg physisch nichts geschehen würde; aber wie konnte er dessen sicher sein? Diese abscheulichen kleingewachsenen Teufel waren zu allem fähig.

»Aber was wollen sie denn wissen?« hatte sie gefragt. »Mr. Hallett sagte, er würde Greg auffordern, eine ausführliche Erklärung abzugeben.«

»Es ist schon eine neue Sendung unterwegs«, sagte Mrs. Lukey. »Sie wollen Genaues darüber wissen.«

»Haben Sie davon etwas gewußt?«

»Ja, ich wußte es.«

»Haben Sie ihnen gesagt, was sie hören wollten?«

»Ich habe ihnen gesagt, woraus die Sendung besteht. Das

ist alles, was ich weiß. Aber sie wollen die Route wissen, damit sie die Sendung abfangen können. Sie sagten, wenn ich selber die Route nicht wüßte, dann müßte ich ihnen sagen, wer sie wüßte.«

»Was haben Sie gesagt?«

Mrs. Lukey richtete den Blick aus angstgeweiteten Augen auf Dorothy. »Ich habe ihnen gesagt, Captain Voychinski wüßte die Route.«

»Und weiß er sie tatsächlich?« Dorothy merkte, daß ihr übel zu werden begann.

»Vielleicht.« Ihre Augen flehten um Verständnis und Verzeihung. »Ich konnte nicht anders. Ich mußte etwas sagen, sonst hätten sie mich geschlagen.«

Und dann war das Licht ausgegangen, und Dorothy hatte nicht mehr in Mrs. Lukeys Augen blicken und sich fragen müssen, ob sie bei ihrem nächsten Verhör verzweifelt genug sein würde, um Greg ebenso zu belasten wie Captain Voychinski.

Zwei Betten standen in dieser Zelle. Nach einer Weile sagte Dorothy: »Es sieht so aus, als bekämen wir heute abend kein Licht mehr. Ich finde, wir sollten versuchen, etwas zu schlafen.«

»Sie werden mich wieder zum Verhör holen.«

»Wenn Sie nicht darauf warten, kommen sie vielleicht nicht.«

»Ich werde nicht einschlafen können.«

»Versuchen Sie es.«

Nach wenigen Minuten begann Mrs. Lukey auf damenhaft diskrete Weise zu schnarchen.

Dorothy fiel in einen unruhigen Halbschlaf. Stunden schienen vergangen zu sein. Sie war halb wach, halb im Schlaf, als sie einen Knall hörte, der etwa so klang, als sei in ihrer unmittelbaren Nähe eine luftgefüllte große Tüte zum Platzen gebracht worden. Einen Augenblick später knallte es abermals. Diesmal schwankte das Bett ein wenig. Mrs. Lukey erwachte und begann zu wimmern.

3

Außer Untersuchungsgefangenen, die auf ihre Verhandlung warteten, oder solchen, die man erneut in Untersuchungshaft genommen hatte, saßen nur Strafgefangene, die zu weniger als neunzig Tagen Haft verurteilt waren, im Gefängnis von Labuanga. Es umschloß zwei viereckige Innenhöfe, die als Übungsplätze dienten; einer für die weiblichen, einer für die männlichen Gefangenen. Die beiden Höfe wurden durch die sogenannte Kontroll-Sektion getrennt. In diesem Gebäudeteil befanden sich die Unterkünfte der Aufseher, eine Anzahl von Räumen, in denen die Verhöre stattfanden, sowie eine Küche und das Büro des Gefängnis-Oberaufsehers. Eine hohe Außenmauer umschloß den gesamten Komplex. Das Haupttor mit seinen beiden mächtigen eisengefaßten Teakholzflügeln befand sich gegenüber der Kontroll-Sektion.

Was Dorothy gehört hatte, waren zwei explodierende Panzerabwehr-Granaten gewesen, die vor einigen Monaten aus einem britischen Armee-Depot in Kuala Lumpur gestohlen und den Dieben von Captain Lukey abgekauft worden waren. Sie wurden mit ziemlicher Zielsicherheit von einer Schußvorrichtung abgefeuert, die wie ein abgesägtes Lewis-Maschinengewehr aussah; die erste Granate traf die geschlossenen Torflügel genau in Höhe des Fallriegels. Zwei der Pfosten, die den Riegel trugen, zerbrachen, und ein Stück des herumfliegenden Metalls verwundete einen der diensthabenden Aufseher. Die zweite Granate vollendete das Werk. Der Riegel fiel zu Boden, und der eine Flügel schwang auf. Zu benommen von der Wucht der Explosion, um irgendeiner Handlung fähig zu sein, starrte der unverletzte Aufseher die voranstürmenden Angreifer fassungslos an. Als er endlich herumfuhr und sich zum Davonlaufen anschickte, geriet er ins Stolpern und stürzte auf die Knie. Einen Augenblick später wurde ihm ein Parang tief in den Nacken hineingestoßen, und er sackte tödlich getroffen zusammen.

Die Gitter am Eingang zur Kontroll-Sektion waren weniger beeindruckend als das Außentor, dafür aber widerstandsfähiger. Eine Leuchtrakete wurde abgefeuert, um für die Panzerabwehr-Waffe Licht zum Zielen zu schaffen. Aber die Gitterstäbe wurden von der Granate nur verbogen und die Riegel verklemmt. Ein zweiter, auf die Angeln gezielter Schuß blieb ebenso erfolglos. Zudem waren die Verteidiger inzwischen zur Besinnung gekommen. Vom Dach aus wurde eine Fackel in weitem Bogen auf die Straße geworfen, und eine von jenseits des Gitterwerkes abgefeuerte Gewehrsalve zwang die Panzerabwehrschützen, hinter der Außenmauer Schutz zu suchen, wo sie keinen weiteren Schaden anrichten konnten. Der Fackel, die vom Dach aus geschleudert worden war, folgten jetzt Handgranaten. Zwischen der Außenmauer und dem eigentlichen Gefängnisgebäude zusammengedrängt, erlitten die Angreifer ihre ersten Verluste.

Sie waren jedoch gründlich ausgebildet und wurden gut geführt. Nachdem der Überraschungsangriff zusammengebrochen war, begannen sie, sich den Zugang ins Innere mit Sprengladungen zu erzwingen. Mit Hilfe von Rauchgranaten und unter dem Feuerschutz der von der gegenüberliegenden Straßenseite abgegebenen Gewehrsalven, drangen immer mehr Männer durch die geborstenen Außentore ein. Sie hatten Befehl, sich längs der Gebäude vorzuarbeiten, die auf dem Dach postierten Verteidiger außer Gefecht zu setzen und dann von der rückwärtigen Seite her in das Gefängnisgebäude einzudringen.

In der Kontroll-Sektion führte Major Gani, der das Verhör von Voychinski in einem interessanten Augenblick hatte unterbrechen müssen, ein Telephongespräch mit dem General Iskaq, der sich in seinem Hauptquartier in der ›Inneren Zone‹ befand.

»Nein, Sir«, sagte er gerade. »Wie kann ich Ihnen sagen, wie stark die angreifenden Kräfte sind? Es ist unmöglich, das zu schätzen. Aber sie sind gut bewaffnet. Sie haben Maschinengewehre und Panzerabwehr-Waffen irgendwelcher Art. Unsere Wachen sind nur mit Gewehren und Handgranaten ausgerüstet. Es ist unbedingt erforderlich, daß Sie Panzerwagen und Truppen schicken.«

»Panzerabwehr-Waffen?«

»Sie haben das Haupttor mit zwei Schüssen gesprengt.«

Der General zögerte. Nur vier seiner zehn altersschwachen Panzerwagen waren zu diesem Zeitpunkt fahrbereit. Die restlichen Wagen hatten Motorschaden verschiedener Art. Drei davon, für welche man Ersatzteile aus Italien erwartete, waren seit Monaten außer Betrieb. Der Gedanke, auch nur einen einzigen der funktionierenden Wagen dem Feuer der Panzerabwehr-Geschütze auszusetzen, ließ sein Herz sinken.

Seiner Stimme war eine leichte Ungeduld anzumerken. »Solange sie nicht die äußere Mauer zerstören, können sie derart weitreichende Waffen gegen das Gebäude nicht einsetzen. Das Gefängnis ist aus Ziegelstein gebaut. Jedes Fenster ist vergittert. Sie haben das Haupttor unter Kontrolle. Wozu brauchen Sie weitere Truppen?«

»Diese Gefängniswachen sind keine Truppen«, entgegnete Major Gani. Er wußte, daß es ein Fehler gewesen war, die Panzerabwehr-Waffen zu erwähnen, und versuchte die Initiative wiederzugewinnen. »Ich muß Sie daran erinnern, Sir«, fuhr er schnell fort, »daß wir wichtige Gefangene haben. Dies ist ein Versuch, sie zu befreien.«

»Selbstverständlich. Aber sie werden nicht befreit werden.«

»Dann müssen Sie Truppen schicken, Sir.«

»Sie werden nicht befreit werden«, wiederholte der General scharf. »Besser wäre es, wenn sie alle umgebracht würden.«

»Sie ermächtigen mich also, Sir, diese fünf Gefangenen zu erschießen, die Engländerin und die beiden Amerikaner nicht ausgenommen?«

»Man würde die Aufständischen dafür verantwortlich machen. Aber das wird nicht nötig sein. Wir werden sie behalten. Haben Sie den Weißen schon zum Reden gebracht?«

»Nein, Sir. Er ...«

Irgendwo detonierte eine Granate, und von der Decke des Büros, in dem Major Gani telephonierte, fiel der Putz in Brocken herunter. Als der Kalkstaub in Wolken aufstieg, hörte er, wie der General fragte, ob sie unterbrochen seien.

Er konnte gerade noch: »Schicken Sie Truppen!« in die Muschel krächzen, bevor der Staub ihn zu einem Hustenanfall zwang; dann hängte er ein. Wenn der General über das, was geschehen war, im ungewissen geblieben sein sollte, um so besser. Dann würden die Truppen mit größter Eile entsandt werden.

Er hatte die Gedankengänge des Generals falsch gedeutet. Der General war kein Mann, den man überfahren konnte. Bis jetzt war nur etwa die Hälfte der verfügbaren Parteimitglieder mit den Waffen aus den aufgebrachten Sendungen ausgerüstet worden, und sie hatten sehr wenig Munition. Weitere Beschlagnahmungen würden die Lage zweifellos bessern, aber bis dahin war die Miliz unbrauchbar. Für den General war der Plan zur Verteidigung der ›Inneren Zone‹ immer noch bindend. Das bedeutete, daß die Garnison ihre schwachen Kräfte nicht dadurch verzettelte, daß sie in alle Himmelsrichtungen ausschwärmte, um sich überall dort, wo die Aufständischen anzugreifen beliebten, in Kämpfe verwickeln zu lassen. Der Vorstoß auf das Elektrizitätswerk war zweifellos als Ablenkungsmanöver für den Angriff auf das Gefängnis unternommen worden; aber diese Erkenntnis änderte nichts. Das Kraftwerk war schwer zu verteidigen, doch das Gefängnis praktisch ein Bollwerk. Gani war Nachrichtenmann, kampfungewohnt und daher überängstlich. Das zeigte schon seine rücksichtslose Forderung nach Panzerwagen. Er mußte lernen, daß zum Soldatenberuf mehr gehörte, als er sich hatte träumen lassen. Diese Erfahrung würde ihn vielleicht etwas respektvoller machen.

Unbehagen bereitete dem General in diesem Augenblick lediglich seine Erlaubnis, die weißen Gefangenen zu töten. Es wäre ärgerlich, wenn Gani die Nerven verlieren und sie vorzeitig umbringen lassen würde. Er schwankte einen Augenblick, ob er das Gefängnis anrufen und seine Erlaubnis widerrufen sollte. Aber er kam zu dem Schluß, daß zu diesem Zeitpunkt auch das geringste Anzeichen von Unentschlossenheit auf seiner Seite falsch ausgelegt werden konnte. Falls sich die Situation im Gefängnis entscheidend änderte, würde Gani das ohnehin melden. Inzwischen war es das beste, die Dinge auf sich beruhen zu lassen.

Tatsächlich änderte sich in diesem Augenblick die Situation im Gefängnis schneller, als selbst Major Gani es ahnte. Man kämpfte auf dem Dach, und die Gefängniswärter dort oben waren in eine Ecke neben dem Wasserbehälter zusammengedrängt worden. Es war nur eine Frage der Zeit, daß der Feind sie überwältigte und sich Zugang zu den hinunterführenden Treppen verschaffte. Mit einer Umsicht und Entschlossenheit, die den General erstaunt hätten, bereitete Major Gani die Räumung der Kontroll-Sektion und den Rückzug hinter die Eisengitter und Stahltüren der Männerabteilung vor. Was er nicht wußte, war, daß ein Stoßtrupp des Feindes, während auf dem Dach heftig gekämpft wurde, um das Gebäude herum zur Rückseite geschlichen und in diesem Augenblick dabei war, in einem Abflußrohr eine Sprengladung anzubringen.

Es war bereits befohlen worden, Sutan und Voychinski aus den Verhörräumen abzuführen und sie sofort in Zellen der Männerabteilung unterzubringen, als der Mann, der die Sprengladung gelegt hatte, die Zündschnur ansteckte.

4

Gregs Zelle war keine hundert Meter von der Explosion entfernt. Der Luftdruck schleuderte ihn gegen die Wand, zerschmetterte die Glühbirne und riß den Zinkraster aus der Fenstervertiefung, als sei er aus Papier.

Seit Beginn des Angriffs hatte er so jämmerlich und bestürzt dagesessen wie ein Kind, das in einen Streit zwischen Erwachsenen hineingeraten ist. Draußen auf dem Korridor waren zunächst ein paar verworrene Zurufe laut geworden, und dann waren die Aufseher, offenbar auf Befehl, sämtlich abgezogen. Die anderen Gefangenen dieses Gebäudeteils hatten begonnen, durch die Gitterstäbe der Türen hindurch aufgeregte Unterhaltungen in Malaiisch zu führen. Im Gefängnishof war es ruhig gewesen. Der Lärm war von der anderen Seite des Gefängnisses herübergedrungen. Dann hatte Greg angefangen, sich Sorgen um Dorothy zu machen. Falls, wie es schien, eine Art von Gefängnisaufstand losgebrochen war, konnte sie in Gefahr sein.

Als er jetzt aufstand und zum unverdeckten Fenster hinüberging, konnte er eine Wolke von Staub und Rauch über den mondbeschienenen Gefängnishof treiben sehen. Im gleichen Augenblick brach hinter ihm ein Krachen von berstendem Eisengitter los, und der Lärm rennender, stolpernder, schreiender Männer hallte den Korridor entlang. Dann wurde die Luft von lang anhaltendem Maschinengewehrfeuer erschüttert, und die Rufe verwandelten sich in Schreie.

5

Die Kampfgruppe wurde von einem Komiteemitglied befehligt. Es war Colonel Oda, ein früherer Armee-Offizier, dem Hallett auf einer seiner Reisen in das Gebiet der Aufständischen begegnet war.

Der Colonel hatte eine vorstehende Unterlippe, die er unheilvoll zu verziehen pflegte, sobald sich seinen Wünschen auch nur der geringste Widerstand entgegenstellte; aber er war nicht gänzlich unvernünftig und hatte sich schließlich davon überzeugen lassen, daß der Vorschlag seines Unterbefehlshabers, den amerikanischen und den britischen Vizekonsul kurzerhand umzubringen und ihre Wagen in Besitz zu nehmen, politisch ebenso unklug wie taktisch unnötig war. Hinsichtlich der Gefangenen jedoch war er unerbittlich geblieben. Er, und nur er allein, würde darüber entscheiden, was mit ihnen zu geschehen habe; seien es Gefangene oder Aufseher, Weiße oder Farbige. Nach längerer Diskussion hatte er widerstrebend zugestimmt, den ausländischen diplomatischen Vertretern zu gestatten, daß sie die angreifenden Truppen begleiteten. Als neutrale Beobachter würden sie Zeugen sein, wie der Gerechtigkeit vom Komitee der Rechtgläubigen zum Siege verholfen wurde.

Daß selbst noch hinter so einer geringfügigen Konzession eine Absicht steckte, sollten sie sehr bald merken. Neutral oder nicht, den Beobachtern war befohlen worden, ihre beflaggten Wagen Stoßstange an Stoßstange keine fünfzig Meter vom Gefängnistor entfernt abzustellen, um so dem neben der Straße zwischen den Bäumen eingerichteten Gefechtsstand des Colonels als Deckung zu dienen.

In der ersten Phase des Kampfes hatten sich Hallett und Wilson veranlaßt gesehen, schleunigst hinter ihre Wagen zu kriechen, während Karabinerschüsse vom Gefängnisdach durch die Türfüllungen schlugen und in die Sitzpolster drangen.

Eine halbe Stunde nachdem die erste Panzerabwehr-Granate abgefeuert worden war, riß die Sprengladung die Rückwand der Kontroll-Sektion fort. Zwei Minuten darauf war der Gefechtslärm verstummt. Befehle wurden gebrüllt. Dann erschien der Unterbefehlshaber beim Haupttor und verkündete, daß das Gefängnis genommen sei. Der Colonel überquerte die Straße. Um Hallett und Wilson kümmerte er sich nicht. Die beiden blickten sich fragend an und ließen die Wagen stehen, um dem Colonel zu folgen.

Als sie durch das Haupttor gingen, wurden die dahinter befindlichen verbogenen Eisengitter von den Männern drinnen aufgestemmt. Man hatte Laternen herbeigebracht, und in dem gelben Licht konnte man eine Gruppe von Aufsehern erkennen, die sich mit hinter dem Kopf verschränkten Händen vor einer Bürotür zusammendrängten. Die Leichen der im Vorhof erschossenen Aufseher lagen mit dem Gesicht zur Erde gekehrt am Fuß der Treppe. Ihr Blut hatte eine große Lache gebildet. Der Colonel machte sich nicht die Mühe, um sie herumzugehen.

Durch die Wucht der Explosion waren große Mengen Verputz heruntergeschlagen worden. Der dadurch verursachte Staub reizte Hallett und Wilson zum Husten. Dem Colonel schien er nichts auszumachen. Er sprach mit seinem Unterbefehlshaber. Als er jedoch der gefangengenommenen Aufseher ansichtig wurde, unterbrach er sich und blickte über die Schulter zu Hallett hinüber.

»Wissen Sie, wo in diesem Gebäude Ihre englischen und amerikanischen Gefangenen eingesperrt sind?« fragte er.

»Ich weiß, wo sie waren, Colonel«, Hallett fing wieder an zu husten.

Der Colonel blickte einen der Soldaten an, der die Gefangenen bewachte. »Schlüssel«, sagte er.

Der Soldat blickte die sechs angsterfüllten Aufseher an. Drei von ihnen hatten lange Schlüsselketten an den Gürteln. Der Soldat grinste und zog ein Messer heraus. Dann trat er vor und hob das Messer. Der Aufseher schrie, als die beidseitig geschliffene Klinge ihm durch den Gürtel hindurch und in den Leib fuhr. Als er sich im Todeskampf aufbäumte, riß der Soldat den Gürtel an sich und übergab dem Colonel die Schlüssel. Die anderen beiden Aufseher mit Schlüsseln lösten hastig ihre Gürtel und ließen sie auf den Boden fallen. Der Soldat mit dem Messer lachte.

Der Colonel zog die Unterlippe ein und nickte Hallett zu. »Sie können Ihre Gefangenen befreien«, sagte er. »Aber versuchen Sie nicht, sie von hier wegzubringen.«

»Ausgezeichnet, Colonel.«

Aber der Colonel war schon weitergegangen. »Voychinski kann warten«, sagte er zu seinem Unterbefehlshaber. »Viel wichtiger ist Sutan.«

Der Aufseher mit der Bauchwunde war zusammengesackt und blickte stumpfsinnig auf das Blut herab, das ihm über die Hände rann. Wilson nahm einen der herumliegenden

Gürtel auf und löste die Schlüsselkette los. Als er Hallett anblickte, war sein Gesicht weiß. »Sehen Sie nach, ob Mr. Nilsen wohlauf ist«, sagte er ruhig, »dann kümmere ich mich inzwischen um die beiden Frauen.«

Hallett nickte. »Okay.«

Er nahm den anderen Gürtel und ging den Korridor hinunter. Diesen Teil des Gebäudes hatte die Sprengladung zerstört, und er mußte über Schutthaufen hinwegklettern, um zu dem Durchgang zu gelangen, der zur Männerabteilung führte. Die Soldaten dort hatten ihn mit ihrem Colonel zusammen gesehen und machten keine Anstalten, ihn aufzuhalten. Sie waren ohnehin zu sehr damit beschäftigt, die Leichen der getöteten Aufseher zu fleddern, um sich sonderlich um einen Weißen zu kümmern. Er stolperte weiter, benutzte die Taschenlampe aus seinem Wagen und versuchte, den Schreien zweier Männer, die noch lebten, sein Ohr zu verschließen. Von jenseits des offenen Eisengitters drang ihm der Lärm der Gefangenen entgegen, die sich durch gegenseitige Zurufe verständigten und mit den Fäusten gegen die Zellentüren trommelten. Ein Mann schrie hysterisch, das Gefängnis stünde in Flammen und sie alle würden bei lebendigem Leib verbrennen. Während Hallett weiterging und die Zellennummern zu erkennen versuchte, rief er auf malaiisch, es sei alles in Ordnung und sämtliche Gefangenen würden sehr bald entlassen werden. Den Lärm nützend, der auf diese Ankündigung hin ausbrach, rief Hallett leise: »Mr. Nilsen.«

»Hier.«

Er war schon an der Zelle vorbeigegangen. Er ging zurück, machte sich mit der Taschenlampe und den Schlüsseln zu schaffen und rief noch einmal. »Wo sind Sie? Sagen Sie doch etwas.«

»Hier bin ich. Sind Sie das, Hallett? Was ist los? Ist

meine Frau wohlauf?« Er versuchte, das Zittern seiner Stimme zu unterdrücken; es gelang ihm nicht ganz.

Hallett begann, die Schlüssel durchzuprobieren. »Ruhig Blut, Mr. Nilsen. Ich muß erst den richtigen Schlüssel finden. Das Gefängnis ist vorübergehend den Aufständischen in die Hände gefallen. Der britische Konsul ist mitgekommen, um Ihre Frau und Mrs. Lukey herauszuholen.«

»Ist sie wohlauf?«

»Auf der Frauenseite des Gefängnisses ist nicht gekämpft worden. Sie werden einen tüchtigen Schrecken bekommen haben, aber ich bin ziemlich sicher, daß ihnen nichts passiert ist. Warten Sie einen Augenblick. Dieser Schlüssel sieht aus, als könnte er der richtige sein.«

Im nächsten Augenblick hatte er die Zellentür geöffnet und sah das Gesicht des Gefangenen grau und verzweifelt im Schein der Taschenlampe vor sich.

Hallett zwang sich zu einem Lächeln. »Dr. Livingstone, nehme ich an?« sagte er und dann, »ganz ruhig, Mr. Nilsen. Setzen Sie sich einen Augenblick.«

»Ich will nur heraus hier«, aber er tat, wie ihm gesagt worden war. »Es hörte sich an, als ob sie die ganze Gegend in die Luft gesprengt hätten«, fügte er schwach hinzu.

»Nur einen kleinen Teil davon. Hören Sie, Mr. Nilsen. Wir sind in einer sehr verzwickten Situation. Sutans Freunde sind gekommen, um ihn herauszuholen. Nun gut, sie haben ihn herausgeholt. Lange werden sie sich aber hier nicht halten können. Sobald es hell zu werden beginnt, müssen sie sich schleunigst auf die Socken machen und sich wieder in ihre Berge verkriechen. Was dabei aus Ihnen und Mrs. Nilsen werden soll, weiß ich nicht, es sei denn, Sie bitten darum, daß Sie mitgenommen werden. Selbst wenn man sich damit einverstanden erklären sollte, möchte ich Ihnen nicht dazu raten.«

»Sie meinen also, wir müßten hier im Gefängnis bleiben?«

»Ich hoffe nicht. Ich weiß es nicht. Ich möchte Sie nur warnen. Im Augenblick hängt alles vom Kommandeur des Überfalltrupps ab, und er ist unberechenbar. Ich werde Sie jetzt zu ihm führen. Er spricht kaum Englisch, wird Sie also nicht selber verhören. Aber sagen Sie nichts, es sei denn, ich fordere Sie dazu auf. Werden Sie vor allen Dingen nicht wütend und versuchen Sie nicht zu protestieren. Sie müssen nur ruhig bleiben. Ist das klar?«

»Nach irgendwelchen Protesten ist mir gar nicht mehr zumute.«

»Gut so. Wie geht es Ihrem Magen?«

»Mir ist übel.«

»Nun, bleiben Sie in meiner Nähe und blicken Sie nicht allzuoft um sich, sonst könnte es Ärger geben.«

Er führte Greg aus der Zelle hinaus und zur Kontroll-Sektion. Er ging schnell, leuchtete mit der Taschenlampe voraus und überhörte Nilsens Klagen, daß er nicht sehen könnte, wohin er ginge. Hallett sagte sich, daß der Mann einen Punkt geistiger Erschöpfung erreicht haben mußte, der vom Nervenzusammenbruch nicht mehr fern sein konnte. Zuweilen war Ärger das wirksamste Mittel dagegen.

»Kommen Sie doch«, sagte er ungeduldig. »Wir haben nicht viel Zeit.«

»Zeit wozu?«

Hallett brauchte nicht zu antworten. Sie hatten den Hauptkorridor des Verwaltungsblocks erreicht, und Colonel Odas Unterbefehlshaber kam ihnen entgegen. Er war ein muskulöser, gedrungener Mann mit strähnigem Schnurrbart und dümmlichen großen Augen. Er hatte nicht vergessen, daß der Colonel vorhin Halletts Argumente seinen eigenen vorgezogen hatte. Verächtlich sah er Nilsen an.

»Ist das Ihr Amerikaner?«

»Dies ist Mr. Nilsen, ja.«

»Sie werden beide sofort zum Colonel kommen.«

»Sehr gern.«

Der Unterbefehlshaber drehte sich auf dem Absatz herum, und sie folgten ihm den Korridor hinunter. Hallett fühlte Nilsens Hand auf seinem Arm.

»Was hat er gesagt?«

Hallett runzelte die Brauen und ermahnte ihn mit lauter Stimme in malaiischer Sprache, den Mund zu halten. Der Unterbefehlshaber sprach kein Englisch, und Hallett wollte ihn nicht unnötig reizen.

Der Raum, in den man sie führte, war derselbe, in dem Hallett Major Gani zuletzt gesehen hatte; und Major Gani war es auch, den Hallett dort jetzt als ersten sah. Er stand, von zwei Soldaten flankiert, vor einem der vergitterten Fenster. Blut rann ihm vom Kopf und der rechten Schulter herab. Neben Colonel Oda saß ein Mann am Tisch, von dem Hallett annahm, daß er Major Sutan war. Sein Kopf war vornübergesunken, und sein Gesicht sah im Lampenlicht gespenstisch gelb aus. Es war sichtlich das Äußerste, was er noch an Haltung aufbringen konnte. Der Colonel sprach ihm leise zu.

Ihnen gegenüber auf der anderen Seite des Tisches stand Wilson mit den beiden Frauen. Mrs. Lukey weinte. Sowie er seine Frau sah, ging Nilsen zu ihr hinüber und umarmte sie. Da fing auch sie zu weinen an. Der Colonel blickte unwirsch auf, und sein Blick fiel auf Hallett.

»Ah!« Er pochte auf den Tisch, als wollte er Ruhe gebieten. »Ich habe es Mr. Wilson bereits gesagt. Jetzt sage ich es Ihnen, Mr. Hallett. Major Sutan hat die freundschaftliche Einstellung dieser Europäer bestätigt. Sie können sie mitnehmen und gehen. Das ist alles.«

Halletts und Wilsons Blicke trafen sich. Wilson zuckte resigniert die Achseln.

Der Colonel runzelte die Stirn. »Das ist alles«, wiederholte er scharf.

»Danke.« Hallett machte eine knappe Verbeugung. »Darf ich fragen, wohin sie Ihrer Meinung nach gehen sollten?«

»Das ist ihre Sache. Sie sind frei und können gehen, wohin sie wollen.«

»Einen Augenblick bitte, Colonel.« Hallett trat an den Tisch heran. »Sie haben Mr. Wilson und mich aufgefordert, als neutrale Beobachter hierher zu kommen und Zeuge zu sein, wie das Komitee der Rechtgläubigen Gerechtigkeit ausübt. Sie sagen jetzt, daß Major Sutan Ihnen die freundschaftliche Einstellung dieser Personen bestätigt hat. Und doch bringen Sie es fertig, sie schutzlos wegzuschicken, damit sie von der Zentralregierung erneut verhaftet, wie die Verbrecher ins Gefängnis gebracht und möglicherweise als Ihre Verbündeten erschossen werden. Sieht so die Gerechtigkeit des Komitees der Rechtgläubigen aus?«

»Sie sind frei und können gehen. Ich verstehe nicht, was Sie wollen.«

»Er versteht ausgezeichnet«, sagte Wilson auf englisch. »Ich habe es ihm gerade ausführlich erklärt.«

Unverwandt blickte Hallett den Colonel an. »Es war lehrreich zu sehen, wie das Komitee der Rechtgläubigen seinen Freunden die Treue bewahrt«, sagte er. Er gab dem Wort ›Rechtgläubigen‹ einen sarkastischen Unterton.

Der Unterbefehlshaber trat vor. »Sie haben es nicht nötig, sich derartige Beleidigungen anzuhören, Colonel«, sagte er. »Geben Sie den Befehl, und ich sorge dafür, daß sie keinen weiteren Ärger mehr verursachen können.«

Der Colonel beachtete ihn nicht. »Was sollen wir tun?« erkundigte er sich aufgebracht. »Was erwarten Sie?«

»Freies Geleit zum Flugplatz für diese Gefangenen und die Erlaubnis, mit dem nächsten Flugzeug der Malayan Airways nach Penang oder Singapur zu fliegen.«

»Sie müssen ein Narr sein oder verrückt.«

»Das glaube ich kaum.«

»Wir sind eine Überfall-Einheit und keine Besatzungsarmee. Nur General Iskaq könnte freies Geleit bieten.«

»Das weiß ich.«

Der Colonel lachte ungehalten auf. »Dann müssen Sie auch wissen, daß Sie meine Zeit vergeuden. Wir haben diese Gefangenen entlassen. Sie sind in Ihrer Obhut. Mehr können wir nicht tun.«

»Sie können vom General Iskaq freies Geleit für diese Personen bekommen.«

»Unmöglich.«

»Wirklich? Warum fragen wir nicht Major Gani?« Ohne eine Antwort abzuwarten, wandte er sich an den Mann, der auf der anderen Seite des Raumes beim Fenster stand. »Major, glauben Sie, daß General Iskaq Ihre Dienste hoch genug einschätzt, um Mr. und Mrs. Nilsen und Mrs. Lukey als Gegenleistung für Ihre Freilassung sicheres Geleit zu gewähren?«

Er sah Ganis Augen aufglimmen. Dann gab es ein Krachen, als Colonel Oda aufsprang und sein Stuhl gegen die Wand flog.

Wilson versuchte, näher an Hallett heranzukommen. Der Unterbefehlshaber entsicherte seine Maschinenpistole.

Hallett blickte von der Maschinenpistole zu des Colonels Unterlippe und zuckte die Achseln. »Gewalt ist die einzige Antwort der Dummköpfe auf jede Schwierigkeit«, sagte er. »Ich hatte nicht geglaubt, daß es Ihre sei, Colonel.«

»Verschwinden Sie, bevor wir es uns anders überlegen.«

Hallett machte eine knappe Verbeugung. »Bitte sehr. Das

ist sehr bedauerlich. Ich hatte gehofft, Mr. Wilson und ich könnten Ihnen behilflich sein.«

Der Colonel verzog arrogant die Unterlippe. »Wir haben Ihre Hilfe nicht gebraucht, um dieses Gefängnis zu erstürmen. Wir werden Ihre Hilfe nicht brauchen, um – wenn wir das wollen – ganz Labuanga einzunehmen.«

»Mag sein. Aber Sie werden feststellen, daß es leichter ist, Labuanga zu erobern, als es zu halten. Eines Tages, vielleicht schon bald, werden Sie hier eine autonome Regierung ausrufen und sich als unabhängig von Djakarta und Medan erklären. Und dann werden Sie auf die Hilfe von Freunden angewiesen sein.«

»Dies sind unsere Freunde«, der Colonel beklopfte seine Pistolentasche.

»Damit wird Ihre Regierung sich kaum internationale Anerkennung verschaffen können. Überlegen Sie doch, Colonel. Die Zentralregierung wird Sie als Wegelagerer und Banditen verleumden und Sie genauso erledigen, wie sie Ihre Kameraden auf Celebes erledigt hat. An wen wollen Sie Ihre Appelle für Gerechtigkeit richten? An die Vereinten Nationen? Die Zentralregierung wird Ihnen zuvorkommen. An die Sowjetunion? Sie sind antikommunistisch. Die einzigen Länder, die Ihnen Verständnis entgegenbringen werden, sind die Vereinigten Staaten und Großbritannien. Unsere Länder, Mr. Wilsons Land und mein Land, bewundern tapfere Männer, die für ihre Freiheit kämpfen, aber sie wissen maßvolle Zurückhaltung ebenfalls zu schätzen. Kein Zweifel, daß Major Sutan von diesem Gani übel mißhandelt worden ist. Aber wie wollen Sie erklären, daß Sie, nur um der Genugtuung willen, Gani foltern und töten zu können, das Leben von zwei amerikanischen und einer britischen Staatsangehörigen in Gefahr gebracht haben? Angenommen, General Iskaq läßt sie morgen wieder hierher zurückschaffen;

angenommen, er läßt sie umbringen und erklärt dann gegenüber der Weltöffentlichkeit, sie seien bei der Einnahme des Gefängnisses grausam von Ihnen ermordet worden. Wie könnten Sie das widerlegen?«

»Sie würden wissen, daß das nicht stimmt«, sagte der Colonel empört.

»Würde ich das? Mir scheint, der Unterschied zwischen dem eben Gesagten und dem, was Sie vorhaben, ist nur geringfügig. Und wie töricht ist es doch! Sie brauchen Gani bloß als Geisel zu benutzen und würden damit nicht nur erreichen, daß General Iskaq sein Gesicht verliert, sondern sich selbst als humane und ehrenhafte Männer erweisen, unvergleichlich viel würdiger, in Labuanga zu regieren, als diese Lakaien Djakartas. Diese Dinge werden nicht vergessen. Wenn der Tag gekommen ist, an dem Sie die Freundschaft der Vereinigten Staaten und der Nationen des britischen Commonwealth brauchen, welche Erinnerung wird Ihnen dann lieber sein – die Erinnerung daran, Major Gani getötet oder amerikanische und britische Bürger gerettet zu haben?«

Der Colonel starrte ihn einen Augenblick an und setzte sich dann wieder. Er blickte Sutan fragend an.

Sutans fanatische Augen blickten zu Hallett auf. »Captain Voychinski ist von diesem Mann zu Tode geprügelt worden«, sagte er langsam auf englisch. »Vielleicht ist das den Herren nicht bekannt. Voychinski war ein Weißer. Vielleicht würde der Herr, wenn er Voychinskis Leiche gesehen hätte, nicht so mitleidig sein.«

»Es ist nicht Mitleid, worum er bittet«, warf Wilson ein, »sondern Schutz für diese Leute, die hierhergekommen sind, um mit Ihnen ein Geschäft zu machen.«

»Sie sind auf eigene Gefahr gekommen.«

»O nein. Sie sind gekommen, weil Sie es wollten. Man hat

ihnen gesagt, die Reise sei gefahrlos. Ich persönlich finde es unklug, daß sie sich auf diese Zusicherung verlassen haben; aber ich bin der Ansicht, daß auch Sie eine Verantwortung tragen. Haben Sie sich übrigens schon überlegt, was aus Ihren zukünftigen Waffenlieferungen werden soll, falls Sie diese drei Leute den Behörden übergeben? Niemand würde Ihnen auch nur noch einen Flitzbogen verkaufen.«

Der Colonel hämmerte mit der Faust auf den Tisch. »Wir haben nicht die Absicht, sie den Behörden zu übergeben.«

»Darauf läuft es aber hinaus«, schaltete sich Hallett wieder ein. »Es sei denn, man sicherte ihnen freies Geleit zu, damit sie das Land verlassen können.«

Der Colonel wandte sich an Sutan.

Sutan zuckte müde die Achseln. »Gani hat nichts von Bedeutung erfahren. Tun Sie, was Sie für das beste halten.«

Der Colonel blickte angewidert von den Weißen zu Major Gani hinüber. Sein Blick wurde hart.

»Wir hatten Ihnen etwas anderes zugedacht, Gani«, sagte er. »Vielleicht kommen wir noch darauf zurück, wenn Ihrem General nicht genug an Ihnen gelegen sein sollte. Oder wir sprechen uns vielleicht in Labuanga wieder, wenn Sie dort bleiben.«

»Vielleicht«, sagte Major Gani.

Der Colonel deutete auf das Telephon. »Dann probieren Sie jetzt, ob Ihr großartiger General für Sie zu sprechen ist.«

6

Daß vom Gefängnis keine weiteren Nachrichten gekommen waren, hatte General Iskaq nicht sonderlich beunruhigt. Eine Explosion war aus jener Richtung gehört worden, aber später hatte die Schießerei aufgehört. Er hatte angenommen, daß die Lage im Gefängnis jetzt der im Elektrizitätswerk ähnelte. Als er Ganis Stimme am Telephon hörte, war er entschlossen, ruhig und sachlich zu bleiben. Dadurch, daß er mit keiner Silbe auf das hysterische Benehmen zurückkäme, das Gani ein paar Stunden vorher gezeigt hatte, würde er die Absurdität solchen Verhaltens viel deutlicher machen als wenn er ausdrücklich darauf hinwiese.

Als er hörte, was Gani ihm zu sagen hatte, schien er von einem Krampf geschüttelt zu werden, der ihn wie ein elektrischer Schock von den Fußsohlen bis zur Schädeldecke durchlief. Ihm summte das Blut in den Ohren.

Durch das Summen hindurch vernahm er Ganis Stimme, die eindringlich wiederholte: »General! General! Können Sie mich hören?«

Erst als er sich wieder in der Gewalt hatte, antwortete der General: »Sie sagen, daß man Sie als Geisel festhält?«

»Ja, General. Sehen Sie, Sir, die Lage ist so . . .«

»Beantworten Sie meine Fragen!« Er hatte die zurückkehrende flotte Selbstsicherheit in Ganis Stimme wiedererkannt und in plötzlicher Wut den Befehl gebrüllt.

»Selbstverständlich, General. Aber sehen Sie . . .«

»Welche Schritte sind wegen der weißen Gefangenen unternommen worden?«

»Captain Voychinski ist bedauerlicherweise verstorben. Die anderen sind am Leben. Es handelt sich um diese Personen . . .«

»Und Sutan?«

»Major Sutan ist neben mir und Colonel Oda ebenfalls.«

»Wie kommt es, daß man Sie nicht umgebracht hat?«

»Wenn Sie mir gestatten würden, es Ihnen zu erklären, Sir.« Und er erklärte es.

Der General hörte mit wachsender Bitterkeit zu. Wirre Phantasien bewegten seine Vorstellung. Er würde die für die ›Innere Zone‹ bei Nachtangriffen geltenden Anordnungen widerrufen, mit Panzerwagen und Feldgeschützen vorpreschen und das Gefängnis in einen Haufen rauchender Trümmer verwandeln. Er würde jeden Insassen töten, Major Gani nicht ausgenommen. Die Panzerabwehrwaffen des Gegners würden unter den Rädern der Panzerwagen zermalmt werden. Es würde ein Blutbad geben. Oder, viel einfacher, er würde das freie Geleit verweigern, ihnen sagen, daß sie Gani umbringen sollten, und die drei Weißen dann öffentlich vor dem ›Stadhuis‹ aufknüpfen lassen. Oder, noch klüger und viel raffinierter, er würde einen Absperrungsring um den Gefängnisbezirk legen, Feldartillerie auffahren und sie alle aushungern, bis sie sich ergaben. Er wußte, daß nichts von alledem geschehen durfte, denn er konnte nicht sicher sein, ob die Überfälle auf Elektrizitätswerk und Gefängnis keine Tricks waren, die ihn aus der ›Inneren Zone‹ herauslocken sollten, damit die Garnison dann von der Hauptmacht der Aufständischen aufgerieben werden konnte. Wie sehr er auch wünschte, Major Gani loszuwerden, er wußte doch, daß der Zeitpunkt noch nicht gekommen war, wo er das ohne Gefahr tun konnte. Ohne Gani würde die Bewaffnung der Miliz nicht durchgeführt werden können, und er, der Militärgouverneur, müßte erneut ohnmächtig um Verstärkungen betteln, die ja doch nie kämen. Und er wußte auch, daß er es nicht einmal sich selbst gegenüber rechtfertigen könnte, das Leben eines indonesischen Offiziers zu opfern, bloß um die Genugtuung zu haben, drei Weiße bestrafen zu können.

Er hörte sich selber sagen: »Ausgezeichnet. Ich verstehe. Aber welche Garantien haben wir, daß sie sich an die Vereinbarungen halten werden?«

»Einen Augenblick, Sir.«

»Ich spreche wohl besser mit Oda persönlich darüber.«

»Einen Augenblick, Sir.«

Eine Pause trat ein, und der General hörte nichts mehr. Gani hatte die Unverschämtheit besessen, die Hand über die Muschel zu legen. Und dann meldete sich eine andere verhaßte Stimme.

»Gouverneur, hier spricht Ross Hallett. Ich bin im Gefängnis, um das Leben zweier amerikanischer Staatsbürger zu schützen. Colonel Oda, der die Truppen befehligt, die zur Zeit den Gefängnisbezirk besetzt halten, hat mich und den britischen Vizekonsul in der Angelegenheit des geplanten Gefangenen-Austausches um Unterstützung gebeten.«

»Um was für eine Art von Unterstützung?«

»Um Unterstützung als Unparteiische, Gouverneur. Es sind noch fünf Stunden bis zum Abflug einer Frachtmaschine der Malayan Airways, mit der Mr. und Mrs. Nilsen und Mrs. Lukey das indonesische Hoheitsgebiet verlassen könnten. Währenddessen werden Colonel Odas Truppen das Gefängnis räumen. Sie werden Major Gani mit sich nehmen. Um Mißverständnisse und unliebsame Zwischenfälle zu vermeiden, wird Mr. Wilson Major Gani begleiten und nicht von seiner Seite weichen. Ich selber werde mit drei von Colonel Odas Offizieren bis zum Abflug der Maschine mit Mr. und Mrs. Nilsen und Mrs. Lukey auf dem Flugplatz bleiben. Dann werde ich Mr. Wilson anrufen, und der Austausch kann abgeschlossen werden. Major Gani wird sich bei Ihnen melden. Colonel Odas Offiziere werden sich bei ihm zurückmelden.«

»Sie erwarten von mir, daß ich Ihnen vertraue?«

»Colonel Oda ist bereit, uns zu vertrauen, General. Sollte jedoch eine der beiden Parteien versuchen, die Situation zu ihrem Vorteil auszunutzen, werden wir – Mr. Wilson und ich – uns persönlich als Bürgen anbieten, bis die Vereinbarungen verwirklicht worden sind.«

Der General überlegte einen Augenblick. Die Betrugsmöglichkeiten, die eine derartige Situation enthielt, waren zahlreich. Offenbar hatte Mr. Hallett einige davon vorausgesehen. Er hatte beispielsweise auf der Benutzung eines Flugzeugs der Malayan Airways bestanden. Das schloß die Wahl einer indonesischen Maschine und damit die Möglichkeit aus, mit den Gefangenen in die Lüfte zu steigen und sie nach Ganis Entlassung wieder in Labuanga abzusetzen. Aber was sollte Oda daran hindern, sich lachend über Mr. Wilsons Protest hinwegzusetzen und Gani zu töten, sobald er erfuhr, daß seine weißen Komplicen frei wären? Das Leben von drei entbehrlichen Nachwuchsoffizieren? Der General seufzte. Die Antwort darauf war ihm bekannt. Kein Anführer der Aufständischen, dem an seinem eigenen Leben noch irgend etwas gelegen war, würde es wagen, auch die allerunwichtigsten seiner Männer auf derart verräterische Weise im Stich zu lassen.

»Wie soll ich glauben, daß Sie bei diesem Austausch nicht etwa den Verrätern Vorteile zuspielen?«

»Glauben Sie wirklich, Gouverneur, daß Mr. Wilson und ich unaufrichtig sind?«

Der General prüfte seine geheimen Gedanken und stellte zu seiner eigenen Überraschung fest, daß seine wahrheitsgemäße Antwort auf diese Frage ›nein‹ lauten müßte. Er beschloß, sie zu ignorieren.

»Nun gut«, sagte er kalt.

»Dann würde ich die Einzelheiten der Vereinbarungen für den Austausch vielleicht mit einem Mitglied Ihres Stabes besprechen können?«

»Ich werde die Vereinbarungen persönlich aushandeln.«

Als die Unterredung beendet war, machte sich der General ein paar Notizen und ließ seinen dienstältesten Colonel kommen.

Nur eines verstand er nicht. Gani hatte Sutan gefoltert.

Sutan und Oda waren Freunde. Wie kam es, daß Männer wie sie, die er selber kannte und einmal respektiert hatte, sich die Genugtuung, Gani mit eigenen Händen in Stücke zu reißen, entgehen lassen konnten, um drei Weißen die Möglichkeit zu geben, ihre häßliche Haut zu retten? Es schien unglaublich. Und doch, unter einem anderen Blickwinkel zeigte es einmal mehr, wie leicht Asiaten durch den Umgang mit Weißen schwach werden und sich korrumpieren lassen. Es zeigte, wie recht er daran getan hatte, der Versuchung zu widerstehen, sich mit der Partei der Rechtgläubigen zu verständigen. Der Gedanke war tröstlich.

7

Es war vier Uhr morgens, als Hallett sich ans Steuer seines kugeldurchlöcherten Wagens setzte, um Greg, Dorothy und Mrs. Lukey vom Gefängnis zum Flugplatz zu fahren. Die drei Offiziere der Aufständischen, die nach dem Abflug der Maschine in dreieinhalb Stunden für sie als Geiseln fungieren sollten, folgten in Major Ganis Jeep.

Hallett hatte es fertiggebracht, die beiden Pässe und einen Umschlag, in dem Gregs Wertsachen steckten, im zertrümmerten Büro des Gefängnis-Oberaufsehers wiederzufinden; aber als er davon sprach, daß man später versuchen könnte, auf irgendeine Weise die im Harmonie-Hotel zurückgebliebenen Habseligkeiten sicherzustellen, hatte Greg abgewinkt.

»Wir haben Ihnen genug Ärger bereitet«, hatte er gesagt, »von uns aus sollen sie alles behalten, Kamera einbegriffen. Wir wollen nur hier herauskommen.«

Mrs. Lukey war nicht so entgegenkommend gewesen. Hallett hatte Dorothy und Greg den Inhalt der Abmachungen über ihre Freilassung kurz erklärt; aber Mrs. Lukey war den

Verhandlungen von Anfang an gefolgt und hatte infolgedessen übertrieben optimistische Vorstellungen über die Stärke ihrer Position bekommen.

»Ich sehe nicht ein, weshalb nicht jemand vom Hotel zum Flugplatz geschickt werden könnte«, hatte sie gesagt. »Ich habe ein sehr schönes Reisenecessaire. Es war sehr teuer. Ich will es nicht verlieren. Alle Leute hier sind Diebe.«

Hallett war im Begriff, sie daran zu erinnern, daß die ›Innere Zone‹ immer noch abgesperrt sei, als Dorothy Mrs. Lukey fest am Arm packte und sie zur Seite nahm. Keiner der Männer hörte, was sie ihr sagte, aber von da an war Mrs. Lukey kleinlaut, und vom Reisenecessaire wurde nicht mehr gesprochen.

Offensichtlich hatte der General entschieden, daß die Gelegenheit, drei Offiziere der Aufständischen mit der Stärke der Garnison Labuanga zu beeindrucken, allzu günstig war, als daß man sie sich hätte entgehen lassen können, und so hatte es im und um das Flughafengebäude herum von Truppen nur so gewimmelt, als sie dort ankamen. Während Hallett sich beim diensthabenden Offizier meldete, fuhr in ebenso bedrohlicher wie überflüssiger Weise ein Panzerwagen vor, der offenbar die Auffahrt zum Flughafengebäude sichern sollte.

Sie wurden in einen großen Lagerraum in der Zollabfertigung geführt, um dort die Ankunft des Flugzeuges abzuwarten. Hallett bat um Tee und etwas Eßbares, und zu seinem eigenen Erstaunen wurde seiner Bitte umgehend entsprochen. Einen nahe gelegenen Waschraum aufzusuchen, unter Bewachung selbstverständlich und vorausgesetzt, daß nicht mehr als zwei Personen gleichzeitig gingen, wurde ihnen ebenfalls gestattet.

Dorothy und Mrs. Lukey machten gerade von dieser Konzession Gebrauch, als Greg eine Frage stellte, die ihn zu beunruhigen begonnen hatte.

»Weiß alle Welt von der Geschichte?« fragte er. »Ich meine, wird es zu Hause in die Presse kommen?«

Halletts Lächeln war nicht völlig frei von Schadenfreude. »Wenn die Sache hier in die Zeitungen kommt«, sagte er, »dann können Sie Gift darauf nehmen, daß auch die Presse drüben Wind davon bekommt. Bis jetzt ist alles geheimgehalten worden. Ich kann mir nicht vorstellen, daß der General zu diesem Zeitpunkt etwas darüber verlautbaren läßt. Hierzulande bringen die Zeitungen ohnehin nur das, was ihnen vorgeschrieben wird. In Singapur ist das anders. Und dort müssen Sie vorsichtig sein.«

»Wie meinen Sie das?«

»Nun, man wird Sie unter bewaffneter Aufsicht ins Flugzeug setzen. Sie werden nicht verhindern können, daß die Besatzung nach ihrer Rückkehr darüber redet. Ich an Ihrer Stelle würde mir rechtzeitig eine hübsch langweilige Geschichte für den Piloten zurechtlegen.«

»Etwa welcher Art?«

»Ihr Visum sei technisch nicht in Ordnung. Es sei nur für Bali ausgestellt. Sie seien hier unter Bewachung festgehalten worden. Sie könnten sehr ungehalten sein. Warum haben die Indonesian Airways Ihre Visa nicht sorgfältig geprüft, bevor Sie von Singapur abflogen? Gottverdammte asiatische Schlamperei! Irgend etwas in dieser Art. Nicht, daß Sie das sagen sollen. Es ist nur ein Ratschlag.«

»Danke. Ich wünschte, es gäbe etwas, was ich für Sie tun könnte.«

»Machen Sie sich darüber keine Gedanken, Mr. Nilsen, es ist ja nichts wirklich Schlimmes geschehen.«

»Major Gani nimmt seine Arbeit wieder auf. Das ist schlimm genug. Sie können keine Freude daran gehabt haben, diesen Kuhhandel abzuschließen.«

»Wirklich nicht?« Hallett lachte. »Ich bin nie in meinem

Leben so erleichtert gewesen. Als der General sich diesem sadistischen Bastard zuliebe bereit erklärte, Sie alle drei laufenzulassen, dachte ich, er wollte einen Scherz machen.«

Greg sah ihn verständnislos an. »Warum?«

»Sie kennen General Iskaq nicht. Ich würde gewettet haben, daß er für die Chance, Sie drei in seine Gewalt zu bekommen, seine eigene Frau hergegeben hätte. Er haßt die Weißen. Hat sie immer schon gehaßt.«

»Das sagten Sie. Aber Sie wußten doch, daß er Gani nicht aufgeben konnte.«

»Warum denn nicht? Ich war mir fast sicher, daß er es tun würde. Sie ahnen nicht, welches Glück Sie gehabt haben.«

»Aber in Anbetracht dessen, was er und Gani vorhaben, mußte er ihn doch zurückhaben wollen.«

Hallett runzelte die Brauen. »Wovon reden Sie?«

»Nun, sie beschlagnahmen all diese für die Aufständischen bestimmten Waffensendungen doch, um die Kommunisten zu bewaffnen. Ist denn Gani nicht Mittelsmann der Partei?«

Hallett schwieg einen Augenblick und blickte dann zu den drei Offizieren hinüber. Sie hatten sich auf Packkisten gelegt und schliefen. Er blickte Greg wieder an.

»Wer hat Ihnen das gesagt?«

»Voychinski. Wußten Sie das nicht? Er redete, als ob es allgemein bekannt sei.«

»Nun, das ist es nicht. Können Sie sich genau erinnern, was er gesagt hat?«

Das konnte Greg. Für den Rest seines Lebens würde ihm jeder Augenblick, den er in diesem Gefängnis verbringen mußte, unvergeßlich bleiben.

»Ist es wichtig?« fragte er, als er geendet hatte.

»Trifft es zu, und das kann leicht nachgeprüft werden, dann dürfte es immerhin genügen, um Iskaq seines Postens zu entheben und eine Säuberungsaktion in Gang zu bringen.

Vorausgesetzt natürlich, daß der Befehlshaber des Gebietes in Medan dahinterkommt.«

»Und wird er das?«

»Es ist nicht an mir, dies vorauszusagen. Meine Sache ist lediglich, einen Informationsbericht loszuschicken. Aber selbstverständlich werden Sie als Nachrichtenquelle genannt werden.«

»Muß das sein?«

»Ich muß einen Bericht über Ihre Verhaftung und die Gründe dafür abgeben.« Halletts Lächeln war jetzt fast herzlich zu nennen. »Damit wären wir wohl ungefähr quitt«, sagte er.

»Das ist immerhin etwas, hoffe ich.«

»Das ist es. War übrigens der von Sutan unterzeichnete Scheck zwischen Ihren anderen Sachen? Ich habe nicht nachgesehen.«

»Ich weiß nicht.« Greg holte seinen Paß heraus und öffnete ihn. Der Scheck lag noch darin. Greg blickte Hallett an. »Hat Major Sutan Ihnen gegenüber den Scheck überhaupt erwähnt?«

»Nein.«

»Das ist ja komisch. Er muß gewußt haben, daß der Scheck gefunden worden ist, aber er hat nichts davon erwähnt, bevor wir losfuhren. Ich weiß, er war in ziemlich übler Verfassung, aber man sollte doch annehmen, daß er darüber beunruhigt sein müßte.«

»Vielleicht hielt er es für selbstverständlich, daß ein so erfahrener Waffenhändler wie Sie ihn um einen zweiten Scheck gebeten hätten, wenn das nötig gewesen wäre.« Ein Schimmer von Belustigung war in Halletts Augen.

Greg schwieg einen Augenblick. Dann faltete er den Scheck sorgfältig zusammen und steckte ihn in eine andere Tasche. »Haben Sie Voychinskis Leiche gesehen?« fragte er.

Hallett schien nichts Überraschendes an der Frage zu finden. Er nickte.

»Major Sutan war offenbar der Ansicht, daß ein verstümmelter Leichnam etwas über die Methoden der Zentralregierung aussagen müßte. Tatsächlich besagt er nicht mehr, als daß es in jedem Bürgerkrieg Männer wie Major Gani gibt.«

»Ich glaube, Voychinski gehörte zur gleichen Sorte.« Greg fiel etwas ein. »Haben Sie oder Wilson Dorothy übrigens erzählt, *wie* er starb?«

»Ich nicht, und ich kann mir nicht vorstellen, daß Wilson das getan hat. Vielleicht hat Mrs. Lukey es ihr gesagt. Warum?«

»Nun, sie schien sich nicht allzu viele Gedanken über die getöteten Aufseher zu machen. Aber daß Voychinski starb, schien sie wirklich aufzuregen.«

8

Die Frachtmaschine aus Koetaradja und Medan landete um sieben Uhr dreißig und startete um acht nach Singapur. Der Flugkapitän war ein Neuseeländer, und Greg hatte es nicht schwer, ihm mit Beschwerden über den indonesischen Amtsschimmel und einer zurechtgemachten Geschichte über abhandengekommene Reisetaschen auf die Nerven zu fallen. Er hörte gelangweilt zu, lieh Greg einen elektrischen Rasierapparat und kehrte auf seinen Platz im Cockpit zurück. Sie bekamen ihn nicht mehr zu sehen.

Maschinenteile, die zu Reparaturen nach Singapur oder weiter verschickt wurden, und Postsäcke beanspruchten den größten Teil des Innenraums. Das Flugzeug hatte keine Druckkabine; die Motoren dröhnten und es war kalt. Sie saßen auf den Postsäcken und dösten unruhig vor sich hin, bis der malaiische Funker nach hinten kam, um ihnen zu sagen, daß sie in fünf Minuten in Singapur landen würden. Die Maschine rollte zu den Frachtschuppen, und der Funker führte sie zum Passagier-Empfang, damit sie sich der Zoll- und Einwanderungskontrolle unterziehen konnten. Dort ließ er sie stehen und lehnte das Trinkgeld, das Greg ihm anbot, höflich ab.

Es war seit dem Abend ihrer Verhaftung das erstemal, daß sie zu dritt unter sich waren und frei reden konnten. Mrs. Lukey, hohläugig und kläglich anzusehn, seit sie im Flugzeug geweckt worden war, wurde jetzt unsicher und verlegen. Sobald sie die Zollabfertigung hinter sich hatten, eilte sie davon, um ihren Mann anzurufen.

Greg seufzte. »Du lieber Gott! Müssen wir auf sie warten? Alles, was ich im Augenblick will, ist das Raffles-Hotel, ein Bad und einen Drink.«

»Ich auch, Liebling«, sagte Dorothy. »Aber ich glaube, wir sollten einen Augenblick warten.«

»Du hast wohl recht. Findest du nicht, einer von uns beiden sollte ihr sagen, daß wir sie nicht für irgend etwas verantwortlich machen?«

»Nein, das finde ich nicht.« Dorothys Tonfall war überraschend bestimmt.

»Wie du meinst. Nur schien sie mir sehr elend auszusehen.«

»Und daß uns fröhlich zumute ist, könnte ich auch nicht gerade behaupten, oder was meinst du, Liebling?«

Er gab ihr einen Kuß, aber sie entzog sich ihm.

»Nicht. Wir riechen beide immer noch nach diesem Gefängnis.«

»Ich weiß.«

Sie standen unglücklich herum, bis Mrs. Lukey zurückkehrte.

»Ich mußte telephonieren«, erklärte sie atemlos. »Ich wußte, daß er sich schreckliche Sorgen machen würde, weil wir gestern nicht zurückgekommen sind. Er hat ein Telegramm geschickt, aber keine Antwort bekommen. Er ist gleich mit dem Wagen hier.«

Dorothy nickte. »Das ist gut, aber ich glaube nicht, daß wir auf ihn warten sollten, Betty.«

»Oh, aber das müssen Sie.«

»Nein. Wir nehmen uns ein Taxi zum Raffles-Hotel.«

»Richtig«, sagte Greg. »Vielleicht unterhalten wir uns nachher oder morgen vormittag, wenn wir uns ein bißchen ausgeschlafen haben.«

»Aber er hat gesagt, daß er Sie unbedingt sehen wolle.«

»Gewiß, aber doch nicht unbedingt jetzt gleich, nicht wahr? Wir hören voneinander.«

Sie schien zugleich erleichtert und beunruhigt darüber zu sein, daß man sich trennte.

Im Taxi blieben sie schweigsam, bis Dorothy, als sie sich dem Hotel näherten, fragte: »Hast du den Scheck wiederbekommen?«

»Ja, er lag noch im Paß.« Er machte eine Pause. »Wir haben nicht einmal eine Zahnbürste«, fuhr er dann fort. »Ich fände es das beste, wenn wir an einem Drugstore hielten und ein paar Sachen kauften.«

Als sie gebadet hatten, war es halb eins. Greg ließ Martinis extra dry aus der Bar heraufbringen, aber weder ihm noch Dorothy war nach irgendeinem Lunch zumute. Während sie ihre Martinis tranken, rief er Cook an.

»Hier spricht Mr. Nilsen. Ja, wir sind aus Indonesien zurück. Ja. Nun, wir haben beschlossen abzureisen. Nun, hören Sie, ich möchte, daß Sie sich für mich nach Schiffen erkundigen, die in den nächsten Tagen nach Kalkutta gehen. Nein, das spielt keine Rolle. Britisch, norwegisch, deutsch –

was Sie wollen, solange es komfortabel ist. Wir wollen eine Luxuskabine mit Bad und, wenn möglich, Klimaanlage. Ich verstehe. Okay, aber es darf nicht zu langsam sein – und muß komfortabel sein mit guter Küche. Außerdem möchte ich über Flugzeugverbindungen nach Kalkutta informiert werden, über Bangkok. Vielleicht wollen wir dort ein paar Tage Aufenthalt nehmen. Ja, das ist gut. Nein, heute nicht mehr. Wir kommen morgen vormittag bei Ihnen vorbei und besprechen dann alles Weitere. Danke.«

Er hängte ein und sah Dorothys Blick.

»Können wir uns einen Abstecher nach Bangkok leisten?« fragte sie.

»Ich weiß es nicht. Wir können uns auf jeden Fall sagen lassen, was es kostet.« Er lächelte sie an, aber sie blickte jetzt auf ihr Glas hinunter.

»Greg, wie willst du dich Captain Lukey gegenüber verhalten?«

Er erhob sich mit einem Seufzer. »Ich weiß es nicht. Ich habe im Flugzeug versucht, darüber nachzudenken. Wir sind ausgezogen, um einen Scheck unterschreiben zu lassen und« – er zögerte – »weil wir etwas erleben wollten. Nun, beides haben wir geschafft. Logischerweise brauche ich jetzt nur noch mit Tan und Lukey zum Zollamt zu gehen, ein paar Papiere zu unterschreiben und zweiundsechzigtausendundfünfhundert Dollar zu kassieren. Aber . . .« Er verstummte.

»Aber du weißt nicht, ob du logisch sein willst.«

»Das ist es. Was meinst du?«

Sie ging zu ihm hinüber und küßte ihn auf die Wange. »Vielleicht sollten wir uns erst einmal ausschlafen.«

NEUNTES KAPITEL

I

Greg erwachte gegen halb sieben Uhr abends. Er fühlte sich am ganzen Körper zerschlagen und hatte einen metallischen Geschmack im Mund. Dorothy schlief noch. Er ging ins Wohnzimmer, schloß leise die Schlafzimmertür hinter sich und klingelte nach Eis. Als es gebracht wurde, nahm er die Überreste der Flasche Whisky, die er für das erste Zusammentreffen mit Captain Lukey besorgt hatte, und mixte sich einen Drink. Als er trank, wurde ihm klar, daß er Hunger verspürt hätte, wäre nicht eines gewesen – er hatte immer noch den Gefängnisgeruch in der Nase.

Er wurde nachdenklich. Bevor sie schlafen gegangen waren, hatten Greg und Dorothy sich von Kopf bis Fuß abgeschrubbt und sich auch die Haare gewaschen; und sie hatten jeden Fetzen, den sie am Leibe gehabt, dem Zimmerboy mit der Anweisung gegeben, das Zeug zu verbrennen oder es auf irgendeine andere Weise loszuwerden. Es konnte nur einen Grund für dieses Phänomen geben. »Vielen Dank, Sigmund Freud«, murmelte er widerwillig.

Er griff nach dem Telephon und bat die Hotelvermittlung, festzustellen, ob Mr. Lane Harvey vom American Syndicated Wire Service im amerikanischen Club zu erreichen sei.

Harvey war im Club, und seine Stimme klang, als sei er schon seit geraumer Zeit dort.

»Und wie hat Ihnen das traumhafte Bali gefallen?«

»Großartig.«

»Und die mannbaren Mädchen mit den vollen Brüsten und den niedergeschlagenen Augen? Wie fanden Sie die? Oder sollte ich vielleicht besser Mrs. N. danach befragen?«

»Das sollten Sie vielleicht. Hören Sie, ich hätte mich gern mit Colonel Soames unterhalten. Macht es Ihnen etwas aus, mir zu sagen, wie ich ihn erreichen könnte?«

Eine kurze Pause verging, bevor Harvey antwortete. »Den Polizisten? Aber sicher. Sie brauchen nur die Polizei-Verwaltung anzurufen. Dort verbindet man Sie mit seinem Büro.«

»Ich meinte heute abend.«

»Oh. Nun, ich habe mein Notizbuch im Augenblick nicht zur Hand, aber ich gehe nachher ohnehin in mein Büro zurück. Wie wär's, wenn ich Sie dann anrufe?«

»Danke. Ich bin im Raffles.«

»Ich rufe Sie an.«

Seine Stimme klang gleichgültig, und er hatte bereits eingehängt, bevor noch das letzte Wort gesprochen war. Greg nahm an, daß das Versprechen schon vergessen war. Er tat noch ein weiteres Stück Eis in seinen Drink und schlug dann das Wort ›Polizei‹ im Telephonbuch nach. Es gab eine lange Liste von Eintragungen, keine jedoch, die sich ›Polizei-Verwaltung‹ nannte. Er war gerade dabei, die Eintragungen unter ›Regierung‹ durchzugehen, als das Telephon klingelte.

»Hier spricht Soames«, sagte eine wohlbekannte Stimme.

»Colonel Soames, ich habe versucht, Sie zu erreichen.«

»Das habe ich gehört. Deswegen rufe ich Sie an. Was kann ich für Sie tun?«

»Ich brauche Ihren Rat. Ich würde Sie gern sobald wie möglich sprechen.«

»Wäre morgen vormittag nicht früh genug?«

»Ich hatte gehofft ...«, Greg unterbrach sich. »Hören Sie, ich war in Labuanga. Ich bin heute zurückgekommen. Es ist – nun ja, dringend.«

Schweigen. Dann sagte Colonel Soames: »Also gut, Mr. Nilsen. Ich treffe Sie in einer Viertelstunde in der Raffles-Cocktail-Lounge. Ist Ihnen das recht?«

»Aber ja. Danke.«

Er ging ins Schlafzimmer zurück. Dorothy schlief fest. Leise nahm er die Kleidungsstücke an sich, die er brauchte, und kehrte ins Wohnzimmer zurück. Als er sich angezogen hatte, schrieb er einen Zettel für Dorothy, damit sie wüßte, wo er sei, und ging in die Cocktail-Lounge hinunter.

2

Colonel Soames traf gleichzeitig mit den Sandwiches ein, die Greg bestellt hatte. Er trug ein weißes Dinnerjackett.

»Hoffe, es dauert nicht allzulange«, sagte er aufgeräumt. »Ich bin um halb neun zum Abendessen eingeladen.«

»Es ist eine ziemlich lange Geschichte«, sagte Greg, »aber ich will versuchen, es so kurz wie möglich zu machen. Was trinken Sie?«

»Ist das Kaffee, was Sie da haben?«

»Ja.«

»Dann trinke ich auch welchen. Nun erzählen Sie mir mal, was geschehen ist.«

Der Colonel war ein guter Zuhörer. Er wurde nicht unruhig, als Greg ihm die Geschichte von seinem Handel mit den Gebrüdern Tan, mit Captain Lukey und der Partei der Rechtgläubigen berichtete. Zweimal nur stellte er kurze Zwischenfragen, um über gewisse Einzelheiten Klarheit zu gewinnen. Einmal gab er dem Kellner ein Zeichen, frischen Kaffee zu bringen. Als Greg geendet hatte, lehnte er sich zurück.

»Ist das alles?«

»Ja.«

»Wie, sagten Sie, heißt der Bursche? Gani?«

»Ja. Major Gani.«

»Sehr interessant. Könnte unseren Leuten bei Gelegenheit ganz nützlich sein. Bin Ihnen sehr dankbar für die Informationen.« Er machte eine Pause. »Sie sagten aber, daß Sie Rat brauchten.«

»Hilfe wäre ein besseres Wort dafür.«

»Für einen blutigen Laien scheinen Sie Ihre Sache ohne Hilfe nicht schlecht gemacht zu haben. Sie hatten Glück, natürlich, aber hat nicht irgend jemand gesagt, Glück sei eine Form von Genie?«

Greg beugte sich vor. »Colonel, neulich beim Lunch sagten Sie, daß Sie sich mit dem Gedanken getragen hätten, mich deportieren zu lassen.«

Der Colonel schmunzelte amüsiert. »Wenn ich gewußt hätte, was ich jetzt weiß, würde ich's wahrscheinlich getan haben. Kann doch nicht zulassen, daß sich Amateure in der Waffen-Branche herumtummeln. Wäre ja ein unmöglicher Zustand!«

»Angenommen, Sie hätten mich ausweisen lassen«, fuhr Greg fort, »und angenommen, ich hätte gerade vor dem Abschluß eines Geschäfts gestanden, bei dem für mich zweiundsechzigtausendfünfhundert *Straits*-Dollar herausgesprungen wären. Würde man mir erlaubt haben, das Geschäft abzuschließen?«

Das Lächeln des Colonels verschwand, und er sah Greg neugierig an. »Das wäre von den jeweiligen Umständen abhängig gewesen. Ich hatte Ihnen gegenüber ein bißchen dick aufgetragen. Sie wären nicht ausgewiesen worden, es sei denn, es hätte eine offizielle und spezifizierte Beschwerde gegen Sie von seiten der Indonesier vorgelegen. In diesem Falle würden wir natürlich versucht haben, Sie am Abschluß zu hindern.«

»Wenn ich einmal hinausgesetzt worden wäre, hätte ich nicht mehr zurückkommen können?«

»Nein, natürlich nicht.«

Greg nickte. »Genau das wollte ich hören. Gut, Colonel. Tun Sie mir den Gefallen und stellen Sie mir eine Deportationsorder aus.«

»Verzeihung, wie war das?«

»Selbstverständlich hätte ich es gern, wenn man die Sache erledigen könnte, ohne viel Aufhebens davon zu machen. Ich nehme an, das müßte möglich sein, es sei denn, ich versuchte, die Order anzufechten. Und das würde ich natürlich nicht tun. Ich bin sicher, daß der amerikanische Konsul keine Schwierigkeiten machen würde, wenn ich vorher ein Wort mit ihm rede.«

Verärgert starrte ihn der Colonel an. »Wenn das ein Witz sein soll, Nilsen, dann kann ich nur sagen, daß ich ihn für ziemlich geschmacklos halte.«

»Ich meine es vollkommen ernst.«

»Dann müßten Sie irgend etwas vorhaben, wovon ich nichts weiß. Ich halte es für besser, wenn Sie mir sagten, worum es sich handelt.«

»Gewiß. Ich will aus der Sache aussteigen.«

Der Colonel runzelte die Stirn. »Ich verstehe. Sie haben ein besseres Angebot für das Zeug. Mein lieber Freund, wenn Sie glauben, mich benutzen zu können, um von der Sache loszukommen, dann haben Sie sich gründlich getäuscht.«

»Ich habe kein anderes Angebot. Ich will kein anderes Angebot. Ich will nur aus diesem dreckigen Geschäft aussteigen.«

»Aber doch nicht ohne Ihre Kommission wahrzunehmen, nehme ich an.«

»Kein Abschluß, keine Kommission, nichts.«

Der Colonel schüttelte ergeben den Kopf. »Schon gut, was haben Sie vor? Nun mal los, lassen Sie hören.«

»Ich habe es Ihnen doch gesagt. Ich will aussteigen.« Er machte eine Pause und zuckte dann die Achseln. »Sie sollen ruhig die ganze idiotische Wahrheit wissen. Als ich in diese Sache hineingeriet, war es eine Art Witz. Man hatte mir gesagt, diese Waffen seien den Kommunisten abgenommen worden. Ich dachte es mir außerordentlich amüsant, dabei mitzuhelfen, daß sie in die Hände von Antikommunisten gelangten. Fragen Sie mich nicht, wie ich es fertiggebracht habe, mir einzureden, ich täte da etwas besonders Schlaues. Das ist wieder eine hübsche kleine Geschichte für sich. Es ist ganz einfach so, daß ich diesem Tan in Manila auf den Leim gekrochen bin. Ich habe mich benommen wie ein Minderjähriger, nein, das ist nicht fair. Meine eigenen Jungens hätten mehr Verstand gehabt.« Wieder machte er eine Pause. »Na, und dann bekam ich, was ich verdient hatte. Ich erhielt Gelegenheit, beide Seiten dieses faszinierenden kleinen Krieges ein wenig näher kennenzulernen. O ja, einen kommunistischen Bluthund habe ich angetroffen, das stimmt – und er tat genau das, was man von einem solchen Burschen erwartet hätte. Aber einen faschistischen Bluthund habe ich dort ebenfalls getroffen.«

Der Colonel lachte kurz auf. »Und war *er* nicht dort, wo man *ihn* hätte vermuten können?«

»Das kann man wohl sagen.« Gregs Mund wurde schmal. »Aber Sie dürfen eines nicht vergessen, Colonel. Ich hatte mir etwas vorgemacht. Na, und für einen ewigen Pfadfinder, wie ich einer bin, kann schon eine kurze Bekanntschaft mit der beunruhigenden Wirklichkeit schrecklich ungemütlich werden. Nicht genug damit, daß unser Pfadfinder es geschafft hat, seine Frau ebenso wie sich selbst in eine außerordentlich gefährliche Situation zu lotsen und dem

Vertreter seines Landes dadurch ernstliche Schwierigkeiten zu bereiten – er mußte sich von ihm auch noch retten lassen. Sie sehen also, Colonel, der Spaß ist vorbei. Meine Frau ist sehr nachsichtig. Nicht ein einziges Mal habe ich von ihr ein ›Ich habe es dir ja gesagt‹ zu hören bekommen – und werde es auch nie hören. Aber ich habe ein schlechtes Gewissen, und sie weiß es. Ich glaube, sie hätte es gern, wenn ich etwas dagegen täte. Und das will ich versuchen.«

Der Colonel lächelte spöttisch. »Ich verstehe. Sie möchten Ihre Hände in Unschuld waschen und so tun, als sei die Geschichte nie geschehen.«

»Ja, darauf wird es wohl hinauslaufen, nehme ich an. Erneute Selbsttäuschung, wie Sie sagen. Nun, vielleicht mißlingt es ja, aber das eine oder andere könnte ich immerhin tun.«

»Sie könnten sich ausweisen lassen, zum Beispiel? Und was soll damit erreicht werden?«

»Eines bestimmt. Tan würde sich wieder dort befinden, wo er am Anfang war. Ursprünglich konnte er diese Waffen wegen gewisser gesetzlicher Bestimmungen nicht von Manila ausführen, das hat er jedenfalls behauptet. Ich bin sein alleinbevollmächtigter Agent. Wenn man mich hier herauswirft, kann ich das Zeug nicht aus dem Zollverschluß herausholen oder die Eigentümerschaft übertragen. Das bedeutet, daß er die Waffen nicht aus Singapur ausführen kann. Und damit ist er dann wieder genau dort, wo er war, bevor ich ihm über den Weg lief, und die Waffen sind wieder auf Nummer sicher. Gerichtlich gegen mich vorgehen kann er nicht, denn die Umstände entziehen sich meiner Kontrolle. Seinen Scheck über tausend Dollar kann er von mir zurückbekommen. Schluß.«

Der Colonel sah verdutzt drein. »Ich verstehe zwar, worauf Sie hinauswollen, aber, mein lieber Freund, Sie erwarten doch wohl nicht ernstlich von mir, daß ich Sie deportieren lasse?«

»Allerdings. Es ist mein voller Ernst.«

»Ich bin kein Himmler, wissen Sie. Ich müßte einen solchen Antrag begründen können, und ich wüßte nicht, wie ich das tun sollte.«

»Wieso nicht? Sie haben doch selber gesagt, daß eine Beschwerde der indonesischen Regierung dazu ausreichen würde. Ich wette, inzwischen ist bereits eine unterwegs.«

»Wenn es stimmt, was Sie über General Iskaq sagen, dann halte ich das für sehr unwahrscheinlich. Seine Beschwerde würde über Medan gehen, und das hätte zur Folge, daß er zuerst eine Reihe von peinlichen Fragen beantworten müßte.« Er schüttelte den Kopf. »Nein, ich fürchte, das wird nicht gehen. Wenn Sie sich auf diese Weise von der Sache reinwaschen wollten, dann schlagen Sie sich das aus dem Kopf.«

»Na schön. Herzlichen Dank, daß Sie mir zugehört haben.«

Der Colonel blickte auf seine Uhr. »Ich muß gehen.« Er zögerte. »Es ist natürlich nicht meine Sache, aber ich habe den Eindruck, als gingen Sie unnötig hart mit sich ins Gericht, Nilsen.«

»Ja?«

»Und mit einigen Ihrer Mitmenschen ebenfalls.«

»Tan einbegriffen?« fragte Greg sarkastisch.

»An ihn hatte ich nicht gedacht. Sehen Sie«, fuhr der Colonel nachdenklich fort, »gelegentlich überkommt auch mich das Bedürfnis, vor mir selber als Tugendbold dazustehen. Ich kann also beurteilen, wie Ihnen zumute ist. Aber eines habe ich bemerkt: All das Reinwaschen und Sichherunterputzen läuft gewöhnlich darauf hinaus, jemand anderes anzuschwärzen. Komische Sache das, moralische Entrüstung.«

Greg schwieg.

»Diese Idee von Ihnen, zum Beispiel«, der Colonel unterbrach sich, um einem vorübergehenden Kellner in Malaiisch etwas zuzuflüstern. »War eigentlich keine so schlechte Idee, kommunistische Waffenvorräte an antikommunistische Kräfte zu verkaufen, ›um sie mit ihren eigenen Waffen zu schlagen‹, oder wie immer das Sprichwort lautet. Durchaus nicht schlecht, diese Idee.«

»Möglich. Wenn's tatsächlich kommunistische Waffenvorräte gewesen wären.«

»Doch, doch, das waren sie.«

»Sie wollen doch nicht im Ernst behaupten, daß Sie an Tans Geschichte von einem Darlehen glauben, für das ihm die Waffen als Sicherheit überlassen wurden?«

»Nein, aber ich habe einen meiner Leute beauftragt, sich das Zeug einmal genauer anzusehen. Die Art der Waffen, die Hersteller, die Bezifferung der Munitionssätze, die Stückzahlen – das alles spricht ziemlich eindeutig für ihre Herkunft.«

»Und die wäre?«

»Geheimes Waffenlager der Terroristen. Es ist genau die Art von Sendung, wie sie vor vier oder fünf Jahren von den Chinesen über die thailändische Grenze geschmuggelt wurde. Irrtum ausgeschlossen.«

»Wie ist denn Tan an das Zeug herangekommen?«

»Woher soll ich das wissen? Wahrscheinlich hat er's gestohlen. Ist das wichtig?«

»Nein, nur insofern, als ich, wenn er es gestohlen hat, außerdem als der Empfänger gestohlener Waren dastehe.«

Der Colonel seufzte. »Außerdem, mein lieber Freund: Welcher Vergehen klagen Sie sich vor Gott und den Menschen sonst noch an?«

»Der Anmaßung, Unwissenheit, Dummheit und des Versuchs, bequemes Geld an Menschen zu verdienen, die sich gegenseitig umbringen wollen. Genügt das fürs erste?«

Der Kellner brachte zwei Stengahs.

»Eine Vorsichtsmaßnahme«, erläuterte Colonel Soames. »Ich bezweifle nämlich, ob ich noch rechtzeitig bei meiner Gastgeberin eintreffe, um vor dem Essen einen Drink angeboten zu bekommen. Und nach all den Selbstbezichtigungen wird auch Ihnen ein Drink guttun.«

Greg schwieg.

Der Colonel leerte sein Glas zur Hälfte und tupfte sich dann mit einem schwarzseidenen Taschentuch die Lippen. »Heutzutage«, sagte er, »hört man den Ausdruck ›Händler des Todes‹ nur noch selten. Es ist alles sehr traurig. Die Idee, daß der Waffenhändler ganze Völker in Kriege stürzen könnte, die sie nicht gewollt haben, diese Idee hat einer kritischen Untersuchung niemals wirklich standgehalten, nicht wahr? Aber es machte sich gut, einen schönen Butzemann mit Zylinderhut vorzuweisen, dem man alle Schuld zuschieben konnte. Ärgerlicherweise haben wir seit dem Jahr neununddreißig das eine oder andere dazugelernt. Jetzt können wir nicht einmal mehr den Politikern die Schuld geben – jedenfalls nicht im Brustton der Überzeugung. Das wahre Schreckgespenst ist vor Millionen von Jahren mit unseren Vorfahren aus dem Schlamm gekrochen. Nun, wir alle haben davon ein Stück in uns, und wenn wir anfangen, die Stücke zusammenzubringen, dann passiert dasselbe wie bei diesen nuklearen Spaltungsgeschichten – sobald die Masse einen kritischen Punkt erreicht hat, beginnt eine Kettenreaktion und – wumm!«

Greg hob die Brauen. »Ich hatte immer geglaubt, es gäbe längst eine stereotype Rechtfertigung für jede Art von unerlaubtem Hausieren, sei es mit Rauschgift, mit Schmutz und Schund oder mit Waffen. ›Mach ich's nicht, macht's ein anderer.‹ Ist Ihre Rechtfertigung nicht etwas ungewöhnlich?«

»Ich habe nicht von unerlaubtem Hausieren geredet«, entgegnete der Colonel beleidigt. »Und auch gar nicht daran gedacht, irgend etwas rechtfertigen zu wollen. Ich habe lediglich versucht, den zur Zeit etwas wirren Begriff zu korrigieren, den Sie sich von Ihren Verpflichtungen machen. Mit Waffen zu handeln oder mit Einzelteilen, aus denen Waffen gemacht werden – wo liegt da der Unterschied? Was tut Ihre Regierung mit den Gußformen, die Sie in ihrem Auftrag herstellen – füttert sie die Armen damit, oder baut sie die Dinger in die Raketen ein?«

»Die Regierung der Vereinigten Staaten verkauft keine Waffen mit Profit.«

»Das darf ich nicht vergessen, wenn der Atomkrieg beginnt. Es wird mir ein rechter Trost sein.«

Greg fühlte, daß ihm der Ärger hochkam. »Ich habe Ihnen schon einmal gesagt, daß Sie mit erstaunlicher Leichtigkeit den Standpunkt wechseln. Welchen vertreten Sie in diesem Augenblick?«

»Major Sutans Standpunkt, möchte ich annehmen.«

Greg sah ihn verdutzt an.

Der Colonel nahm sein Glas und betrachtete es zweifelnd. »Natürlich«, sagte er zögernd, »Sie haben einiges durchgemacht, ein paar unangenehme Überraschungen erlebt und wenig Schlaf bekommen. So etwas muß die Urteilskraft jeden Mannes beeinträchtigen. Es ist dasselbe wie bei einem Kater. Alkoholische Reue und so weiter.« Er blickte auf und lächelte versteckt.

»Worauf wollen Sie hinaus, Colonel?«

»Nun ja. Nehmen wir an, ich sei Sutan. Recht oder Unrecht, ich kaufe Waffen, um damit für irgend etwas zu kämpfen – für die Freiheit, Macht, soziale Gerechtigkeit oder irgendeine andere Wahnvorstellung. Sie bieten mir Waffen an, und ich akzeptiere Ihr Angebot. Sind wir nicht beide Männer, die in gutem Glauben handeln? Ich gebe Ihnen einen

Scheck, und dann passiert etwas Unvorhergesehenes. Mit dem Resultat, daß meine Freunde und ich vor die Wahl gestellt werden: Wir können unsere Hände in Unschuld waschen und Sie und Ihre Frau ungerührt verrecken lassen, oder wir können, unter gewissen Opfern unsererseits, dafür sorgen, daß Sie frei ausgehen. Es ist keine leichte Wahl, aber wir entscheiden uns zu Ihren Gunsten, und Sie gehen frei aus. Um Ihre Dankbarkeit zu beweisen, widerrufen Sie prompt den vereinbarten Handel und tun Ihr Bestes, um zu verhindern, daß jemand anderes ihn erneut in Gang bringen könnte. Wie klingt das?«

Greg seufzte. »Genauso, wie es klingen sollte, natürlich. Aber in Wirklichkeit sieht es ein bißchen anders aus.«

»Ich bin sicher, daß es anders aussieht. Aber zuerst haben Sie mich um einen Rat gebeten. Dann haben Sie mich gefragt, ob ich Ihnen helfen könnte. Das konnte ich nicht, und so werden Sie meinen Rat vielleicht beherzigen. Was Sie beunruhigt, Mr. Nilsen, das ist nicht Ihr Gewissen, sondern Ihre verletzte Selbstachtung. Von Amts wegen bin ich weder an Ihnen noch daran, was aus den Waffen wird, sonderlich interessiert. Privat allerdings möchte ich Ihnen vorschlagen, daß Sie etwas dafür tun, um Ihren Sinn für Humor wiederzugewinnen.«

»Damit ich die Sache fröhlich abschließen kann, wie geplant?«

»Oh, ich bezweifle nicht, daß Sie einen Weg finden, um sich selbst dabei zu bestrafen, beispielsweise, indem Sie den Tausend-Dollar-Scheck an Tan zurückschicken.« Er stand auf. »Jetzt muß ich aber wirklich gehen. Ich glaube, ich werde Sie für meinen Drink aufkommen lassen.«

»Auf Wiedersehen, Colonel.«

Der Colonel zögerte und setzte sich dann wieder. »Ich möchte Sie nicht gern in dieser mutlosen Stimmung zurücklassen«, sagte er. »Wenn Sie Aufheiterung brauchen, dann könnte ich Ihnen wenigstens in dieser Hinsicht helfen.«

»Ich sag's Ihnen, wenn ich den Witz schon kenne.«

Der Colonel überging die Bemerkung. »Was hatten Sie mit Tan in Manila wegen der Bezahlung vereinbart?« fragte er. »Was sollten Sie mit dem Geld von Lukey tun?«

»Ich sollte es hier auf sein Konto bei der Merchant's Security Bank einzahlen.«

»Ist für den Fall, daß Sie das Geld in bar erhalten, genauer ausgemacht worden, was Sie damit tun sollen?«

»Nein. Warum auch? Mir scheint, ich begreife die Pointe nicht. Wissen Sie, ich möchte bezweifeln, ob wir über die gleichen Dinge lachen.«

»Wie wär's, wenn man sich ein bißchen in ausgleichender Gerechtigkeit übte? Das kann zuweilen ganz unterhaltsam sein, finden Sie nicht?«

»Oh, gewiß.«

»Nun, Ihr Mr. Tan in Manila war Ihnen gegenüber nicht gerade das, was man ›offen‹ nennen könnte, oder? Meinen Sie nicht, daß Sie zu einem netten kleinen Jux auf seine Kosten berechtigt sind?«

»Was für eine Art Jux wäre das?«

»Sie könnten Tan Yam Heng hier das Geld geben, damit er es für seinen Bruder einzahlt.«

»Und ihm damit die Gelegenheit geben, doch noch die doppelte Kommission einzustreichen? Ist das die Idee?«

Der Colonel spitzte die Lippen. »So ungefähr. Natürlich müßten Sie sich von dem Burschen für den vollen Betrag eine Quittung in doppelter Ausfertigung geben lassen. Eine behalten Sie, die andere schicken Sie nach Manila.«

Greg lächelte unsicher. »Na, der allerbeste Witz des Jahres scheint es mir gerade nicht zu sein.« Er zuckte die Achseln. »Tatsächlich kommt es mir ein bißchen kleinlich vor, finden Sie nicht?«

»Ich kann Sie versichern, daß Mr. Tan anderer Meinung sein wird.«

»Sie meinen, er würde sein Gesicht verlieren, oder wie immer man das hier nennt?«

»Ohne Frage.«

»Gut, ich werde es mir überlegen. Und es besteht keine Aussicht, daß Tan Yam Heng sich durch irgendwelche familiären Rücksichten gebunden fühlt?«

Der Colonel grinste. »Es besteht keinerlei Aussicht. Den Burschen kenne ich. Keine Sorge.«

Als er gegangen war, blieb Greg noch ein paar Minuten sitzen, beendete seinen Drink und dachte über alles nach, was der Colonel gesagt hatte.

Er war, so überlegte er, mit schöner Offenheit oder durch die Blume ein Tugendbold, ein Einfaltspinsel, ein Heuchler, ein eingebildeter Esel und undankbarer Zeitgenosse genannt worden, ein Mann, der es fertigbrachte, das Unbehagen seiner verletzten Eitelkeit mit Gewissensqualen zu verwechseln. Zusammen mit den Adjektiven, die er selber hinzugefügt hatte, ergab diese Aufzählung ein recht anschauliches Bild. Dorothy wäre sehr empört darüber gewesen. Das Merkwürdige war nur, daß er selber es keineswegs empörend fand. Tatsächlich fühlte er sich seit Tagen zum erstenmal zum Lachen aufgelegt; nicht über irgend etwas Bestimmtes und ganz gewiß nicht über des Colonels bläßliche Vorstellungen von ausgleichender Gerechtigkeit, sondern weil er plötzlich sein eigenes Gesicht erkannt hatte.

Er unterschrieb die Rechnung für die Sandwiches und die Drinks und ging in das Appartement hinauf. Dorothy schlief fest. Er zog sich aus, putzte sich die Zähne und legte sich wieder neben sie ins Bett.

3

Am nächsten Morgen traf er sich mit Captain Lukey und Tan.Yam Heng in der Filiale der Hongkong-und-Schanghai-Bank in der Orchard Road.

Der Captain war von ungestümer Fröhlichkeit und versah seine Unterschrift mit einem schwungvollen Schnörkel. Der ›kleine Ärger in Labuanga‹, wie er den Vorfall am Telephon bezeichnet hatte, war, so schien es, jetzt vergessen.

Greg beobachtete Tan, als das Geld ausgezahlt wurde. Sein Gesicht blieb unbewegt, aber seine Augen folgten jedem Banknotenbündel, das über den Schaltertisch geschoben wurde, und die Finger seiner Rechten zuckten unwillkürlich, als der Captain die Bündel nachzählte. Es war mehr als wahrscheinlich, entschied Greg, daß der Colonel recht gehabt hatte. Wenn Yam Heng das Geld erst einmal in den Fingern hatte, dann würde ihn brüderliche Liebe nicht davon abhalten können, eine drei- oder selbst vierfache Kommission für sich abzuzweigen.

Von der Bank gingen sie zum Zollamt. Dort unterschrieb Greg die zur Übertragung der Eigentumsrechte auf Waffen und Munition an Captain Lukey erforderlichen Dokumente und nahm anschließend den umfänglichen Leinwandsack mit dem Geld in Empfang.

Captain Lukey strahlte. »Unterschrieben, besiegelt und abgeliefert«, sagte er albern. »Wie wär's, wenn wir den Abschluß begießen?«

Sie gingen in die Cocktail-Bar eines nahen Hotels. Als die Drinks bestellt worden waren, begab sich Captain Lukey auf die Herrentoilette. Greg sah Tan an.

»Ich glaube, jetzt ist der Moment gekommen, mir einen weiteren Scheck über eintausendundfünfzig Dollar zu geben«, sagte er.

»Ah nein«, Tan deutete auf den Leinensack, der vor Greg auf dem Tisch stand. »Das muß erst in die Merchant's Security Bank eingezahlt werden.«

»Wo ist die Bank?«

»In der Coleman Road. Wir nehmen ein Taxi.«

Greg runzelte die Brauen. »Ich habe heute noch eine Menge zu erledigen. Hören Sie, Sie vertreten die Interessen Ihres Bruders. Kann ich Ihnen nicht das Geld geben, und Sie zahlen es ein? Dann können wir die ganze Sache jetzt gleich aus der Welt schaffen.«

Auf gewisse sichtbare Anzeichen, daß sein Vorschlag Tans Zustimmung fand, war er gefaßt gewesen, aber daß die Reaktion so deutlich sein würde, hatte er nicht erwartet. Es war bemerkenswert. Kein Muskel bewegte sich im Gesicht des Mannes, aber plötzlich glänzte es vor Schweiß.

Seine Lippen bewegten sich stockend. »Wenn das Ihr Wunsch ist, Mr. Nilsen, ja, ich werde zur Bank gehen.«

»Gut. Einen Augenblick.« Greg stand auf und ging zu einem der Schreibtische hinüber, um auf dem Hotelbriefpapier in zwei Ausfertigungen eine Quittung über zweiundsechzigtausendfünfhundert *Straits*-Dollar in bar für die auf dem Konnossement Nummer soundso aufgeführten Waren auszuschreiben. Er fügte das Datum hinzu, adressierte dann einen Umschlag an Mr. Tan Tack Chee in Manila, schrieb ›Airmail‹ darauf und ging zum Tisch zurück.

Captain Lukey war auf dem Rückweg von der Toilette von einem Bekannten aufgehalten worden, und sie waren in der Lage, die Transaktion abzuschließen, bevor er wiederkam. Tan setzte die Konnossement-Nummer in die Quittungen, unterschrieb beide Ausfertigungen und überreichte Greg einen Scheck über eintausendundfünfzig Dollar. Greg steckte den Scheck mit einer Ausfertigung der Quittung in seine Tasche. Quer über die andere Ausfertigung schrieb er

›Empfehlung von Gregory H. Nilsen‹, steckte sie dann in den Umschlag und klebte ihn zu.

Tan saß gespannt da und beobachtete ihn aufmerksam. Greg schob den Leinensack zu ihm hinüber und lächelte. »Ich nehme nicht an, daß Sie das Zeug nochmals durchzählen wollen.«

»Nein.« Tan nahm den Geldsack und legte ihn sich auf die Knie.

Greg hielt das Kuvert hoch. »Sie haben nicht zufällig eine Luftpostmarke für Manila?«

»Ich besorge Ihnen eine beim Barmixer.«

»Sparen Sie sich die Mühe. Ich kann mir später eine besorgen.«

»Es macht mir keine Mühe, Mr. Nilsen.«

Tan klemmte den Geldsack unter den Arm und ging zur Bar. Captain Lukey kehrte an den Tisch zurück und fing an, von dem ›guten alten Kumpel‹ zu erzählen, den er soeben wiedergetroffen hatte. »Durch und durch ein echter Weißer, was mehr ist, als man von manchen finsteren Typen sagen kann, die heutzutage für Afro-Asiaten arbeiten.«

Tan kam mit einer Briefmarke zurück und legte sie neben Gregs Ellbogen auf den Tisch. Er setzte sich nicht.

»Wenn Sie die Güte hätten, mich jetzt zu entschuldigen«, sagte er, nur mühsam beherrscht. »Ich glaube, ich sollte jetzt zur Bank gehen.«

»Wollen Sie nicht vorher einen Drink nehmen?«

»Nein, ich werde zur Bank gehen.« Er schwitzte immer noch und verging offensichtlich vor Ungeduld, sich empfehlen zu können.

»Okay. Ich sehe Sie noch.«

»Auf Wiedersehen, Mr. Nilsen. Wiedersehn, Captain.«

Er eilte davon. Captain Lukey schmunzelte. »Sie müssen eine vertrauensvolle Natur sein, old boy. Wenn es mein

Geld gewesen wäre, ich hätte es ihm nicht einmal in die Hand gegeben, um mir meinen Schnürsenkel zu binden.«

Greg lächelte. Er drückte die Briefmarke auf den Umschlag. »Ich glaube nicht, daß ich mich deswegen beunruhigen muß«, sagte er.

Sie brachen auf, und Greg ging zum Hotelbriefkasten hinüber. Er war im Begriff, den Brief einzuwerfen, als Captain Lukey ihn zurückhielt.

»Übrigens, old boy. Habe zufällig die Marke gesehen. Wenn Sie den Brief mit Luftpost nach Manila schicken wollen, müssen Sie noch ein paar Marken mehr draufkleben. Sonst geht er mit der normalen Post. Kann eine Woche länger dauern, bis er ankommt.«

Greg zuckte die Achseln und ließ den Brief in den Kasten fallen. »Er ist nicht besonders eilig.«

4

Auf dem Rückweg zum Hotel ging Greg in die ›Chase National‹, durch die sich seine eigene Bank hier vertreten ließ, zahlte die beiden auf amerikanische Dollar ausgestellten Schecks von Mr. Tan ein und bat um spezielle Verrechnung.

Im Hotel schrieb er dann einen Scheck auf zweitausendeinhundert Dollar aus, zahlbar an das Büro des Amerikanischen Roten Kreuzes in Wilmington. Dorothy, die eine Frau im ›Komitee zur Koordinierung freiwilliger Dienste‹ kannte, schrieb einen Begleitbrief dazu. Auf dem Weg zum Reisebüro warfen sie ihn ein.

ZEHNTES KAPITEL

I

Tan Tack Chee und Tan Siow Mong waren freundliche Männer mit klarem Kopf und guten Nerven; aber als Yam Hengs Quittung in Manila eintraf, gerieten sie in einen Zustand verwirrter Bestürzung, über den Greg sich gefreut haben würde, wenn er ihn auch etwas in Verlegenheit gebracht hätte.

Tack Chee warf einen entsetzten Blick auf die Quittung und meldete dann ein Überseegespräch mit dem Raffles-Hotel in Singapur an. Man sagte ihm, daß Mr. und Mrs. Nilsen vor zwei Tagen auf dem Dampfer ›Camboge‹ nach Colombo und Bombay abgereist seien. Anschließend versuchte er Yam Heng in dem Gewerkschaftsbüro zu erreichen, in dem er zu arbeiten pflegte. Ein Angestellter teilte ihm mit, daß Yam Heng seit einigen Tagen nicht in seinem Büro erschienen war. Man nahm an, daß er indisponiert sei. Yam Heng hatte kein Telephon in der Wohnung, und Tack Chee wußte, daß es sinnlos wäre, ihm ein Telegramm zu schicken. In wachsender Verzweiflung meldete er ein Gespräch mit der Merchant's Security Bank an. Der Manager war entgegenkommend und tüchtig. Im letzten Monat war keinerlei Einzahlung auf sein Konto erfolgt. Tack Chee hängte ein, drehte die Klimaanlage auf volle Touren und beauftragte seinen Sekretär, ein Gespräch mit seinem Bruder in Kuala Pangkalan mit Voranmeldung zu bestellen.

Siow Mong war nicht besonders beunruhigt über die Verzögerung seines Fünfundzwanzigtausend-Dollar-Anteils an Girijas Scheck. Er hatte einen zufriedenstellenden Zwischenbericht aus Singapur erhalten, der besagte, daß der Handel unmittelbar vor dem Abschluß stünde. Und da es immer noch eine ganze Woche bis zu dem Zeitpunkt war, wo der Inder den Wechsel zur Zahlung präsentieren konnte, rechnete er nicht damit, auf seine eigenen Reserven zurückgreifen zu müssen, um den Wechsel zu decken. Nur eines machte ihn etwas nervös. Bisher hatte sich der Sekretär als klug, umsichtig und diskret gezeigt. Die Frage war, ob er weiterhin klug, umsichtig und diskret bleiben würde – mit fünfundzwanzigtausend Dollar auf der Bank? Geld konnte die Menschen zuweilen auf merkwürdige Weise verändern, und für einen jungen Mann in seiner Position würde dies ein Vermögen bedeuten. Was er wohl damit anzufangen gedachte? Irgend etwas Törichtes, etwa einen teuren Sportwagen zu kaufen und prahlerisch damit herumzufahren, um seinen plötzlichen Reichtum aller Welt kundzutun? Und wie gedachte er, wenn das der Fall sein sollte, die Herkunft seines plötzlichen Reichtums zu erklären? Tan Siow Mong hatte beschlossen, bevor die dreißig Tage herum waren, mit dem jungen Mann ein Wörtchen zu reden, ihn nötigenfalls zur Vorsicht zu ermahnen und eindeutig klarzustellen, daß keine der Erklärungen, die der junge Mann sich zurechtgelegt haben mochte, die Anglo-Malaiische Transportgesellschaft oder deren Inhaber kompromittieren dürfte.

Der Anruf aus Manila erreichte ihn Donnerstag spätnachmittags. Als er die Stimme seines Bruders hörte, wußte er sofort, daß irgend etwas schiefgegangen sein mußte; aber Tack Chee war in der Übermittlung schlechter Nachrichten sehr geschickt, und es dauerte zwei volle Minuten, bis Siow Mong sich der ganzen Tragweite dessen, was sich ereignet hatte, bewußt wurde. Dann allerdings übermannte ihn die Wut, und eine weitere Minute des Übersee-Ferngesprächs wurde dem lautstarken und würdelosen Austausch allgemeingehaltener Verwünschungen gewidmet, bei dem er von Worten, die sich auf die Exkretionsorgane und deren Funktionen bezogen, uneingeschränkt Gebrauch machte. Aber schließlich begann Siow Mong, die Selbstbeherrschung wiederzugewinnen und nachzudenken.

»Der Amerikaner ist schuld«, erklärte er. »Wenn das Geld weg ist, muß er es ersetzen.«

»Ausgeschlossen«, antwortete Tack Chee. »Yam Heng hat die Quittung als mein autorisierter Agent unterzeichnet. Wir können nur hoffen, daß er noch nicht alles verspielt hat. Du mußt sofort nach Singapur reisen.«

»Wir beide müssen reisen.«

»Meine Unkosten für dieses Geschäft sind schon hoch genug gewesen. Einundzwanzighundert amerikanische Dollar plus Bewirtungskosten. Und dazu kommen jetzt noch Überseegespräche.«

»Das sind Belanglosigkeiten, Bruder.« Siow Mong wurde wiederum ärgerlich. »Wenn ich fünfundzwanzigtausend malaiische Dollar plus fünfhundert Hongkong Dollar plus Fracht- und andere Kosten zu verlieren habe, dann kann ich mich nur wundern, daß du die Unfeinheit besitzt, überhaupt davon zu sprechen.«

»Ich sehe nicht, was an zweitausend amerikanischen Dollar unfein sein soll. Die ganze Transaktion war deine Idee.«

»Du hattest nichts gegen sie einzuwenden. Hättest du diesen Nilsen besser instruiert...« Er unterbrach sich. »Es hat keinen Sinn, daß wir uns streiten. Wir verschwenden unsere Zeit. Wir werden von dem Geld nichts wiedersehen, wenn es nicht gelingt, Yam Heng zur Vernunft zu bringen. Du weißt, was das bedeutet. Diesmal wird man vielleicht die Polizei ins Spiel bringen und ihm wegen Veruntreuung mit einer Klage drohen müssen. Du bist in dieser Sache der legale Handelsherr, und die Quittung wird als Beweisstück benötigt werden. Du mußt da sein.«

»Die Polizei? Dann wüßte er, daß wir bluffen.«

»Ich bluffe nicht«, sagte Siow Mong, »diesmal ist er zu weit gegangen. Eine von der Gewerkschaft angestrengte Klage wegen Veruntreuung ihrer Gelder würde unserem Namen geschadet haben. Wir würden unser Gesicht verloren haben. Wenn wir selber gegen ihn Klage erheben, dann gibt das keinen Anlaß zu derartiger Schande, ausgenommen für Yam Heng selbst.«

»Es würde unserer Mutter Schmerz bereiten.«

»Sie hat Schlimmeres durchgemacht«, sagte Siow Mong roh. »Wenn ich unverzüglich nach Kota Bharu fahre, kann ich heute abend ein Flugzeug nach Singapur nehmen. Ich treffe dich morgen vormittag im Cathay-Hotel.«

Tan Yam Heng hatte eine Woche enttäuschender Fehlschläge auf dem ›Pickle-Market‹ hinter sich und war in schlechter Verfassung, als die Brüder ihn endlich stellten. Das Geld, so erklärte er aufgebracht, hatte er sich nur für ein paar Tage ausgeborgt. Stand ihm denn nicht in Anbetracht der für sie geleisteten Arbeit ohnehin ein Teil davon zu? Warum hetzte man ihn? Ja, ja, er hatte gewisse Verluste erlitten; sie dürften aber jeden Augenblick durch beträchtliche Gewinne mehr als wettgemacht werden. In drei Tagen werde er in der Lage sein, ihnen hunderttausend Dollar zu geben, wenn sie so dringend Geld brauchten.

Das Wort ›Polizei‹ änderte jedoch das Klima der Diskussion. Es gab Beschimpfungen und viel rauhes, verächtliches Auflachen und Mit-den-Fingern-Schnippen. Erst als er merkte, daß seine Brüder nicht nur entschlossen waren, Anzeige gegen ihn zu erstatten, sondern in ihrer Rachsüchtigkeit auch anfingen, dem Gedanken an die Ausführung ihres Vorhabens Geschmack abzugewinnen, erklärte sich Yam Heng mürrisch zu einer Abrechnung bereit.

Von den zweiundsechzigtausendfünfhundert Dollar waren siebzehntausendreihundert übriggeblieben, und nur Androhungen von nackter Gewalt und polizeilicher Verfolgung konnten Yam Heng bewegen, sich von dem verbliebenen Geld zu trennen. Seine Brüder verließen einen vor Selbstmitleid triefenden Yam Heng und kehrten ins Cathay-Hotel zurück.

Von kleineren Unkosten abgesehen, waren sie vierzehntausend *Straits*-Dollar bei dem Handel losgeworden. Außerdem waren sie müde. Sie einigten sich verhältnismäßig schnell darüber, wie der sichergestellte Rest geteilt werden sollte. Tack Chee bekam den Gegenwert von achthundert amerikanischen Dollar zum Ausgleich für die von ihm vorgeschossenen zweitausendeinhundert. Siow Mong, als der größere Verlierer, erhielt den Gegenwert von fünfzehntausend *Straits*-Dollar.

Am Freitag traf er spät abends wieder in Kuala Pangkalan ein. Am nächsten Morgen fand er in seinem Büro eine Bestellung vor. Mr. Krishnan hatte angerufen und Mr. Tan sprechen wollen. In der Hoffnung, daß Mr. Tan das nicht als störend empfinde, werde er ihm am Sonnabendnachmittag gegen vier Uhr einen Besuch abstatten.

2

Mr. Tan, der mißgelaunt an seinem Schreibtisch saß, sah den Inder, vom Speicher Nummer eins herkommend, den Hof überqueren und glaubte, an der Gangart dieses Burschen eine gewisse herausfordernde Munterkeit erkennen zu können.

So absurd es auch war, er konnte sich doch nicht ganz von der Angst befreien, daß der Inder auf irgendeine Weise von der Katastrophe in Singapur Wind bekommen habe und nur hierhergekommen war, um sich an seiner Niederlage zu weiden und sich über ihn lustig zu machen. Wenn das tatsächlich der Fall sein sollte, dann, das schwor er sich, sollte der Bursche für seine Tollkühnheit büßen.

Wie die Dinge jetzt lagen, war er, Siow Mong durchaus bereit, großzügig zu sein. Der Inder sollte feierlich vor den Gefahren so großen plötzlichen Reichtums gewarnt und auf seine Unfähigkeit, der Polizei befriedigende Auskünfte über den Erwerb dieses Reichtums zu geben, hingewiesen werden. Alsdann würde es viel leichter sein, ihn zur Rückgabe des Schecks zu überreden. Als Gegenleistung würde ihm eine Jahresrenten-Urkunde überreicht werden, die ihm auf zehn Jahre ein jährliches Einkommen von zweitausendfünfhundert Dollar garantierte. Mr. Tan glaubte sich einigermaßen sicher, daß er eine solche Jahresrente für etwa fünfzehntausend Dollar kaufen könnte.

Für den Fall, daß ihm allerdings das Bürschchen irgendwelche Schwierigkeiten bereiten sollte, hatte Mr. Tan eine Alternativlösung vorbereitet. Er würde sein Konto sperren lassen und den jugendlichen Erpresser auffordern, einen Prozeß gegen ihn anzustrengen. Wenn seine Herausforderung angenommen werden würde, so wollte er dem Richter erklären, daß der Inder sich angeboten habe, ein wertvolles Stück Land mit Zinnvorkommen von einem Verwandten für ihn zu erwerben; der nachdatierte Scheck sei auf Betreiben des Inders ausgestellt worden, um den Verwandten zu beeindrucken, und hätte als Anzahlung dienen sollen, wenn das Geschäft unter Dach und Fach gekommen wäre. Als er entdeckt habe, daß der Verwandte mit Grundbesitz nicht existierte, habe er die Zahlung auf den Scheck sperren lassen. Lächerlich einfach. Entschied sich der Inder dafür, die Wahrheit zu sagen, dann würde er entweder keinen Glauben finden und den Prozeß verlieren, oder man. würde ihm glauben, und dann würde er wegen Waffenhandels belangt werden. Daß der Inder so töricht sein konnte, eine dieser beiden Alternativen zu riskieren, hielt Mr. Tan für unwahrscheinlich.

Als seine Ankunft ihm gemeldet wurde, gab er sich höflich und bestellte Tee.

Girija strahlte ihn an, als sie sich die Hand gaben. »Ich bin sicher, daß mir von Mr. Wright, hätte er nur gewußt, daß ich das Vergnügen haben würde, Sie zu sehen, Mr. Tan, aufgetragen worden wäre, Ihnen seine besten Wünsche zu übermitteln.« Er trug einen Karteikasten unter dem Arm und stellte ihn neben sich auf den Fußboden, als er sich setzte.

»Mr. und Mrs. Wright sind gesund und wohlauf, hoffe ich.«

»O ja, danke. Ich bin zuversichtlich, daß Ihre eigene hochgeschätzte Familie sich ebenfalls guter Gesundheit erfreut.«

Der Tee wurde gereicht und bei fortgesetzter leichter Konversation getrunken.

Girija nahm den Zettelkasten und stellte ihn sich auf die Knie.

Mr. Tan nahm das als Zeichen dafür, daß jetzt mit dem geschäftlichen Teil der Unterhaltung begonnen werden konnte.

»Ich hoffte, in naher Zukunft das Vergnügen zu haben, Sie wiederzusehen, Mr. Krishnan«, sagte er. »Tatsächlich kam mir schon gestern bei meiner Rückkehr aus Singapur der Gedanke, Sie anzurufen.«

»Vielleicht ist uns beiden derselbe Gedanke gekommen, Mr. Tan.«

Unwillkürlich fuhr Mr. Tan zusammen.

»Ich beziehe mich«, fuhr Girija fort, »auf den für mich sehr traurigen Gedanken, daß nach den gegenwärtigen Abmachungen unsere sehr befriedigende Zusammenarbeit in Kürze enden wird.«

Mr. Tan entspannte sich. Er hatte die Worte ›nach den gegenwärtigen Abmachungen‹ zur Kenntnis genommen und beschlossen, dem Inder Gelegenheit zu geben, sich näher zu erklären.

»Ich möchte hoffen«, sagte Girija höflich, »daß unsere Verbindung sich von Ihrem Standpunkt aus als ebenso zufriedenstellend erwiesen hat.«

»O ja, sehr zufriedenstellend«, versicherte Mr. Tan tapfer.

»Und für Mr. Lee?«

»Auch zur vollen Zufriedenheit, glaube ich.«

»Darüber bin ich sehr froh«, sagte Girija, »weil es mir den Mut gibt, Ihnen ein weiteres Problem vorzulegen in der Hoffnung, wiederum gut beraten zu werden.«

Mr. Tan schwieg.

Wiederum strahlte ihn Girija an. »Ich bin sehr traurig, Ihnen sagen zu müssen, daß der Freund, von dem ich sprach, inzwischen verstorben ist.«

Mr. Tan gestattete sich, schmerzlich den Mund zu verziehen. »Ich fühle mit Ihnen.«

»Danke. Wie Sie wissen, hatte mein Freund Geld. Das geht jetzt an mich. Unglücklicherweise hinterließ er kein Testament. Meine Schwierigkeit besteht im Augenblick darin, für dieses Testament einen Ersatz zu finden.«

Mr. Tan verbarg seine Zufriedenheit meisterhaft. »Ich kann die Schwierigkeit ermessen«, sagte er. »Tatsächlich, wenn Sie mir erlauben wollen, das zu sagen, hatte ich sie vorausgesehen. Ich wüßte sogar eine mögliche Lösung, die ich Ihnen vorschlagen könnte, wenn Sie daran interessiert sind.«

»Ich bin in der Tat außerordentlich interessiert.«

Mr. Tan ging daran, einigermaßen umständlich seinen Jahresrenten-Plan zu entwickeln. Aber als er sich über dessen Vorteile auszulassen begann, mußte er zu seiner Beunruhigung sehen, daß sich auf dem Gesicht des Inders zum erstenmal ein Lächeln purer Belustigung ausbreitete. Er merkte, daß er ärgerlich wurde, und unterbrach sich mitten im Satz.

Das Lächeln verschwand augenblicklich, und Girija beugte sich vor.

»Mr. Tan, ich bitte um Verzeihung. Vielleicht hätte ich es gleich sagen sollen. Für das Projekt, an das ich denke, wird ein Mindestkapital von fünfundzwanzigtausend Dollar erforderlich sein, wenn wir mit Gewinn operieren wollen.«

Mr. Tan erfuhr niemals, ob der Inder die Worte ›wir‹ und ›Gewinn‹ in diesem Augenblick absichtlich benutzt hatte; ebenso wurde es ihm nie richtig klar, wie es geschehen konnte, daß zwanzig Minuten später der Inhalt des Karteikastens über seinen Schreibtisch verstreut lag und er benommen einem Vortrag über die Wirtschaftlichkeit öffentlicher Verkehrsmittel in ländlichen Gegenden lauschte. Es war ziemlich schwierig gewesen, dem Inder ins Wort zu fallen und die Initiative wiederzugewinnen; und auch dann behielt er sie nicht lange.

»Warum fangen Sie nicht mit einem Bus an? Warum müssen Sie zwei haben?«

»Die Leute sollen möglichst schnell merken, daß die Busse verläßlich sind, denn sonst bleiben sie bei ihren Fahrrädern. Der Busdienst muß unersetzlich werden, Mr. Tan. Mit nur einem Bus kann man keinen pünktlichen Betrieb gewährleisten.«

»Aber wenn Sie als einzigen Bus einen neuen kauften,

dann würden Sie damit die Verläßlichkeit haben, die Sie als so wichtig erachten.«

»Zunächst einmal können wir uns keinen festangestellten erfahrenen Mechaniker leisten. Infolgedessen können wir nachts auch keine Instandhaltungsarbeiten verrichten, wie das die großen Bus-Betriebe tun. Was ich vorschlage, ist, zwei von diesen modernisierten Bussen zu kaufen. Ich kenne diese Firma in Acton bei London. Sie hat große Erfahrung auf diesem Gebiet. Die Chassis sind alt, aber sehr gut. Die Karosserien sind den Bedingungen im Fernen Osten angepaßt. Sehen Sie, hier ist eine Abbildung.«

Mr. Tan schob das Bild zur Seite. »Ja, ja. Das ist alles sehr interessant. Aber warum kommen Sie mit diesem Projekt zu mir?«

Girija kehrte auf seinen Platz auf der anderen Seite vom Schreibtisch zurück, bevor er antwortete. Er sprach langsam und methodisch. »Erstens, Mr. Tan, weil ein Busdienst von der Art, wie ich ihn beschrieben habe, eine logische Weiterentwicklung der Anglo-Malaiischen Transportgesellschaft bedeuten würde. Zweitens, weil Mr. Wright wegen der Fachmagazine, auf die ich abonniert bin, von meinem Interesse an diesen Dingen weiß. Er weiß auch von meiner Hochachtung für Sie. Er würde es nicht abwegig finden, wenn eine neue Autobus-Gesellschaft, deren Inhaber Sie wären, mich als Manager einstellte. Drittens, weil, wenn eine neue Gesellschaft, Kuala Pangkalan Transport Ltd. genannt, mit einem Anfangskapital von fünfzigtausend Dollar gegründet werden würde und man mir, in Anbetracht dessen, daß ich einen Vertrag mit dieser Firma als deren Betriebsdirektor unterschrieben haben würde, fünfzig Prozent der Stammaktien überließe, ich Ihnen den Scheck zurückgeben könnte, ohne ihn präsentiert zu haben. Viertens, weil einer Gesellschaft, hinter der Ihr Ruf steht, die Lizenz zum Betreiben eines Autobusdienstes anstandslos erteilt werden würde. Fünftens, weil ich glaube, daß Sie wissen, daß ich vertrauenswürdig bin und unseren gemeinsamen Interessen gute Dienste leisten würde.«

Mr. Tan dachte scharf nach. Was der Inder über das Bedürfnis nach einem Busdienst gesagt hatte, war zweifellos zutreffend. In der geschäftlichen Kalkulation schien das Projekt fundiert zu sein. Das Kapital für eine neue Gesellschaft brauchte nicht in voller Höhe eingezahlt zu werden. Mit fünfzehntausend könnte man die beiden modernisierten Autobusse bekommen. Anderseits dürfte, wenn das Projekt sich als Erfolg herausstellte, eine fünfzigprozentige Beteiligung daran auf lange Sicht viel mehr wert sein als fünfundzwanzigtausend Dollar. Er würde sicherlich gut daran tun, die Stammaktien nicht aus der Hand zu geben. Ein Gegenangebot von nicht stimmberechtigten Vorzugsaktien mochte die Lösung sein. Wenn man es geschickt ausschmückte, dessen war er sich sicher, konnte man ein solches Angebot vorteilhaft erscheinen lassen. Inzwischen würde er sich einer verzögernden Taktik bedienen, den Inder durch Hinhalten langsam zermürben, um dann, wenn nötig, die Bedingungen zu diktieren. Er blätterte flüchtig in den Papieren aus dem Karteikasten herum, als sei ihnen keine sonderliche Bedeutung beizumessen, und schob sie dann zur Seite.

»Also gut«, sagte er. »Ich werde mir diese Schätzungen und Vorschläge ansehen und eventuell meinerseits weitere Daten sammeln. Später könnten wir möglicherweise erneut zusammentreffen, um die Diskussion fortzusetzen.«

Girija nickte. »Selbstverständlich, Mr. Tan. Zu den Bedingungen, die ich genannt habe, kann die ganze Angelegenheit jederzeit leicht geregelt werden« – er machte eine Pause und setzte sein strahlendstes Lächeln auf – »bevor Ihr Wechsel in der nächsten Woche fällig wird.«

3

Einen Tag nachdem Greg und Dorothy wieder in Wilmington eingetroffen waren, nahm die Kuala Pangkalan Transport Ltd. ihr erstes Fahrzeug in Singapur in Empfang.

W. W. Belden, der Fernost-Vertreter der Herstellerfirma, war zur Stelle, um eine herzliche Atmosphäre des guten Willens zu verbreiten.

Der Betriebsdirektor des neuen Besitzers, G. Krishnan, war anwesend, um für seine Gesellschaft die nötigen Dokumente zu unterschreiben.

Ein Zehntonnen-Kran hob den Bus vom Schiffsdeck und setzte ihn auf dem Kai ab.

Bei sich dachte Mr. Belden, daß das Ding wie ein Viehwagen aussähe, aber da vermutlich die meisten Passagiere Kulis sein würden, spielte es wohl keine Rolle. Viel wichtiger war die Tatsache, daß der Inder zufrieden zu sein schien. Bei so viel deutscher Konkurrenz in der niedrigen Preiskategorie mußte man sich schon Mühe geben. Sobald der zweite modernisierte Bus abgeliefert worden war, wollte er anfangen, das preisgünstige neue Herstellungsprogramm seiner Firma zu propagieren. Aber jetzt war er zum Lunch im Jacht-Club verabredet. Sobald er sich mit Anstand zurückziehen konnte, ging er.

Die beiden Fahrer, mit denen Girija gekommen war, hatten jahrelang Armeelastwagen gefahren und kannten das Chassis gut. Als alles überprüft, die neue Batterie eingesetzt, das vorläufige Nummernschild befestigt und der Tank gefüllt worden war, wurde der Motor angelassen. Er hatte einen ruhigen, kraftvollen Klang, der sehr zufriedenstellend war.

Der eine Fahrer kletterte auf den Führersitz, der andere setzte sich hinter ihn auf einen der Fahrgastplätze.

Der Fahrer am Steuer grinste zu Girija hinunter.

»Dürfen wir den *Tuan* in sein Hotel fahren?«

Girija lächelte und schüttelte den Kopf. »Ich erwarte Sie in Kuala Pangkalan«, sagte er.

Er benutzte keine Autobusse, er betrieb sie.

Aber er stand dort, sah und hörte zu, wie die mächtige Gangschaltung krachte, die gewaltigen Reifen sich zu drehen begannen und der Bus in Richtung Dockeinfahrt davonrumpelte, um die Reise nach Norden anzutreten. Er wünschte, sein Vater, der *Subahdar*, hätte das erleben können.

PRODUKTION
EDITO-SERVICE S.A., GENF

PRINTED IN ITALY